Drie wensen en een vloek

LAURA WOOD

Drie wensen en een vloek

Vertaald uit het Engels door Marjolijn Huiberts

Van Goor

ISBN 978 90 00 39269 8
ISBN e-book 978 90 00 39270 4
NUR 343/285

oorspronkelijke titel *Under Your Spell*
oorspronkelijke uitgave by Simon & Schuster UK Ltd, 2024
Citaat pagina 8: Lord Alfred Tennyson, *In Memoriam*, vertaald door Rudy Bremer, 1998, Ambo Anthos

www.feelgood-vibes.nl

vertaling Marjolijn Huiberts
omslagontwerp Marieke Oele
zetwerk binnenwerk Mat-Zet bv, Huizen

Voor de dromers die zes boeken per week verslinden,
nog één bladzijde willen lezen, gek op tropes zijn,
een biebpasje bezitten, in het openbaar spicy luisterboeken
beluisteren en een lang en gelukkig leven najagen.
Dit is een liefdesbrief.

Deel een

1

Even een inkijkje in hoe mijn leven er nu uitziet: mijn zus staat voor de deur met een dode vogel in haar hand, en dat is bij lange na niet het ergste wat er vandaag is gebeurd.

'Clemmie.' De ogen van Lil vullen zich moeiteloos met tranen en haar zware zwarte eyeliner loopt al verontrustend uit, terwijl ze het hoopje grijze veren omhooghoudt. 'Hij vloog zomaar tegen mijn auto aan... Denk je dat hij het gaat redden?'

Ik kijk naar de vogel. De overduidelijk dode vogel.

'Ik denk het niet.' Ik probeer het voorzichtig te brengen, maar schiet gigantisch tekort. Zoals ik al zei, het was een lange dag.

'Jezus, Lil!' Onze zus Serena komt naast me staan en zet de champagnefles die ze heeft meegenomen zo aan haar mond. 'Wat moet je met dat ding? Gadverdamme!'

Lil kijkt Serena nijdig aan. 'Ik probeer hem te redden. Kun je bij een vogel mond-op-mond doen?'

'Mond-op-snavel, bedoel je zeker?' mijmer ik hardop. Serena maakt ondertussen keiharde kokhalsgeluiden.

'Ik kan hem toch niet zomaar dood laten gaan?' zegt Lil koppig, en ik blijf vastberaden in de deuropening staan, anders ligt die dode vogel binnen de kortste keren in mijn appartement.

'Ik denk dat dat een gepasseerd station is.' Serena steekt een goed gemanicuurde vinger uit naar het beest. 'Zo plat hoort hij in het midden namelijk niet te zijn.'

Lil kijkt omlaag. 'O,' zegt ze uiteindelijk. 'Wat vreselijk.'

'Oké, nou, leg die dode vogel maar neer en kom binnen,' opper ik.

'Zomaar op de grónd?' Lil is ontzet.

Ik weet al hoe dit gaat aflopen en ik heb totaal geen puf om een vogeluitvaart te organiseren. Ik werp Serena een wanhopige blik toe, die als antwoord met haar ogen rolt.

'Dan leg je hem toch in de vuilnisbak?' stelt ze voor.

'De vuilnisbak?!' Lils stem schiet een octaaf omhoog.

'De compóstbak,' zegt Serena snel. 'Clemmie heeft ongeveer zestien verschillende bakken, toch?' Ze kijkt me aan.

'Ik heb er een voor het tuinafval,' zeg ik schouderophalend. Hoewel 'tuin' een groot woord is voor het overwoekerde lapje gras dat bij het appartement hoort. Ik was van plan bollen te planten, zag mezelf al met een wilgen mand aan mijn arm en een bescheiden glimlach complimenten over mijn groene vingers in ontvangst nemen, maar het is er nooit van gekomen. En nu doet het er niet meer toe.

'Zie je wel.' Serena zwiept haar haar naar achteren. 'Probleem opgelost. Dan geef je hem weer terug aan de aarde.' Serena krijgt anderen altijd moeiteloos zover dat ze doen wat zij wil, en momenteel past ze zich met een overtuigende ondertoon aan Lils taalgebruik aan.

Lil aarzelt. 'Het lijkt me zo oneerbiedig.'

'Zo is de natuur, Lil.' Serena wappert met haar hand. 'Je kent het gedicht wel, kaken en klauwen, dood van 't bloed.'

'Het is "róód van 't bloed",' zeg ik. 'En ik denk niet dat aangereden worden door een klein vrouwtje in een enorme roze jas achter het stuur van een Toyota Yaris nou het soort tot de verbeelding sprekende daad van geweld was die Tennyson voor ogen had.'

'Het zal wel.' Serena wimpelt mijn opmerking weg en is nu echt op dreef. 'Rood, dood, het hoort allemaal bij de cyclus, toch? Terugkeren naar de grond, waaruit gij zijt genomen, stof zijt gij en tot stof keert gij terug. Het is de kringloop van het leven… die ons allen voortbeweegt…'

Voordat ze in een wellustige versie van het lied uit *De Leeuwenkoning* kan uitbarsten, waardoor ze de indruk teniet zal doen dat ze dit zo serieus neemt als Lil zou willen, kom ik vlug tussenbeide. 'Kom op, Lil, het is buiten ijskoud en binnen heb ik pizza. Je favoriete vegan pizza, en wijn. Heel veel wijn.'

'Oké.' Lil knikt met tegenzin. 'Maar ik wil wel kort iets zeggen.'

'Als je het maar snel doet,' zegt Serena. 'Clemmie heeft ons harder nodig dan die dode vogel. Voor haar is er misschien nog wel een beetje hoop.'

'Moest dat nou?' mopper ik.

Serena reageert niet en neemt met opgetrokken wenkbrauwen nog een slok champagne, maar het is duidelijk wat ze bedoelt: mijn leven lijkt in alles op die dode vogel en ik kan haar geen ongelijk geven.

Vijf minuten later staan we om mijn geopende tuinafvalbak.

'Hier rust Derrick de duif,' dreunt Lil op.

Ik betwijfel of die dode vogel in mijn vuilnisbak wel een duif is, maar dit lijkt me niet het moment voor semantische muggenzifterij.

'We weten niet hoe lang je hebt geleefd,' vervolgt Lil, 'maar je maakte deel uit van deze wonderschone wereld en het is jammer dat je die hebt verlaten. Waar je ook bent, ik hoop dat de zon op je rug schijnt en je de wind onder je vleugels voelt. Ik hoop dat je vrij en gelukkig bent.'

Opeens branden er tranen in mijn ogen, die ik voor Serena probeer te verbergen.

'Jullie zijn verschrikkelijk,' moppert ze, maar ik hoor de schoorvoetende genegenheid in haar stem. 'Kunnen we nu eindelijk naar binnen? Het vriest, hoor. Kan mij die vogel schelen; ik sterf straks nog aan een longontsteking.'

Lil zwaait het deksel van de bak dicht en met een zucht van opluchting neem ik ze mee naar binnen.

'Wat is hier gebeurd?' vraagt Lil, en ze kijkt mijn appartement rond, dat er eerlijk gezegd nogal spartaans uitziet.

'Leonard is hier gebeurd,' zegt Serena met een nijdige blik.

'Heeft hij al je spullen meegenomen?' Lil snakt naar adem. 'Je bank? En je tv? En... waar zijn al Tuna's spullen? Waar is Túna?'

O, ja. De kat. Daar moet ik niet te veel aan denken, anders begin ik weer te huilen.

Als Lil beseft wat er aan de hand is, knippert ze met haar ogen. 'Heeft hij je kat meegenomen?'

'Len zei dat Tuna beter bij hem kon wonen,' zeg ik in een poging de woorden luchtig te houden. 'En hij heeft gelijk. Hij woont in een echt huis en niet bij een grote weg. Veel veiliger.'

'Hij heeft je kat meegenomen!' herhaalt Lil, en nu fonkelen haar grote blauwe ogen van moordlust. 'Hij is er met een andere vrouw vandoor gegaan, heeft al je spullen meegenomen en je kat gejat?! Ik haat hem.'

Ik kijk naar mijn zo goed als lege woonkamer en open keuken. Gisteren was het appartement nog netjes en overzichtelijk ingericht met IKEA's mooiste platte verpakkingen. Het was natuurlijk niet helemaal mijn smaak – de stijlvolle, eigentijdse lijnen en het gebrek aan tierelantijnen waren een beetje zielloos, maar redelijk aangenaam; het zag eruit als een thuis. Maar nu, met de eenzame fauteuil die ik ooit op straat heb gevonden (ik had tegen Len gezegd dat ik hem op een antiekmarkt had gekocht, anders had de stoel nooit het huis in gemogen), de halfgevulde boekenkast met doorgezakte planken, en de tafellamp in de vorm van een zeemeermin met een schelp in haar handen, maar zonder tafel om op te staan, lijkt het op de laatste paar minuten van een kofferbakverkoop.

'Het waren zijn spullen,' zeg ik. 'Hij heeft ze uitgezocht en betaald. Ik denk dat ik gewoon niet doorhad hóéveel daadwerkelijk van hem was, totdat de verhuizers kwamen en alles meenamen.' Wat ze dus vandaag hadden gedaan, toen ik aan het werk was. Op een werkplek die binnenkort niet meer van mij is. Als ik er alleen al aan denk, barst de hoofdpijn los die ik probeer te bestrijden.

'Ik vond hem altijd al vreselijk,' zegt Serena duister. Ze hangt op het aanrecht en klapt het deksel van een reusachtige pizzadoos open. 'Dat zeg ik al jaren.'

'Je zei dat hij saai was,' antwoord ik. 'Dat kun je nu niet meer zeggen, dat moet ik hem nageven.'

Len en ik zijn vier jaar samen geweest, en toen vertelde hij tien dagen geleden niet alleen dat hij me ging verlaten voor Jenny, een collega op zijn accountantskantoor, maar ook dat ze al anderhalf jaar een relatie hadden en dat zij drie maanden zwanger was. Len, Jenny, hun baby en mijn kat zouden met z'n allen, en al onze meubels, op het platteland van Oxfordshire in een vijfkamercottage gaan wonen. Hij was zo vrijgevig mij het appartement te gunnen in een stad waar ik me de huur niet langer kan veroorloven. Het is allemaal heel netjes gegaan.

Voordat me dit overkwam, had ik altijd een beetje mijn twijfels over mensen die door dit soort gebeurtenissen werden overrompeld. Hoe konden ze het niet zien aankomen, dacht ik. Nou, ik zal je vertellen – ik had geen idee. Er was totaal geen lichtje gaan branden; ik had geen flauw vermoeden dat er ook maar iets aan de hand kon zijn.

Toen Len gewichtig voor onze open haard stond en de feiten voor me op een rijtje zette, alsof hij een detective was die de dader onthulde in een slecht Agatha Christie-verhaal, dacht ik eerst dat hij een grapje maakte.

Dat duurde niet lang, want Len is niet bepaald een grapjas en eerlijk gezegd waren de woorden die uit zijn mond kwamen allesbehalve grappig.

'We houden de schijn nu al zo lang op,' zei hij, en zijn woorden klonken stijf en voorbereid, als een geoefende speech. (Later kwam ik erachter dat Jenny de tekst letterlijk voor hem had uitgeschreven, waarmee ze blijk gaf van gezond verstand, aangezien Len de neiging heeft om nogal vaag te zijn, en onze relatiebreuk was glashelder.) 'We zijn gewoon te verschillend. Gezien jouw achtergrond is dat niet echt een verrassing...' Dat was in mijn ogen een extra pijnlijke dolksteek. 'We zijn eigenlijk niet verliefd meer, Clemmie. We zijn gewoon gewend om bij elkaar te zijn. Let maar op, het is beter zo.'

En toen kotste ik spontaan in het lege Quality Street-blik dat ik vasthad.

Het feit dat hij gelijk had, bood weinig troost. Ik miste hém niet zozeer, als wel het vertrouwde gevoel van iemand om je heen hebben, onze ingesleten gewoontes die zo innig met elkaar waren verstrengeld. Maar ik miste de kat wel. En de bank.

'Ik moet toegeven dat ik in eerste instantie misleid werd door hoe saai hij is,' overpeinst Serena nu. 'Waarschijnlijk besefte ik niet dat hij met zijn persoonlijkheid van een gekookte aardappel het hart van een schurk verhulde. Maar nu wel.' Haar stem klinkt gevaarlijk, belooft vergelding, en haar norse blik is indrukwekkend. Ze pakt een pizzapunt en zet met onnodig veel kracht haar tanden erin.

Lil wipt op het aanrecht en verwijdert de folie van een tweede champagnefles die Serena heeft meegenomen. 'Hij was inderdaad saai, Clemmie.' Ze ontkurkt de fles met een geoefende *plop*. 'Dat mag je nu wel toegeven.'

'Hij was niet saai,' protesteer ik. 'Hij was solide, betrouwbaar. Dat vond ik fijn.'

'Jezus, Clem,' zegt Serena geïrriteerd. 'Hij was je vriend, geen Volvo. Die relatie had je veel meer moeten bieden dan dat.' Ze zwijgt veelbetekenend en deelt vervolgens de genadeklap uit. 'En trouwens, we weten allemaal dat dit hele gedoe met Leonard eigenlijk om het p-woord draaide.'

'Niet waar,' snauw ik, meteen op stang gejaagd. 'En hou op over het p-woord.'

'Ik ben het met Clemmie eens.' Lil knikt en schenkt voorzichtig drie mokken vol champagne, ondanks het feit dat Serena nog vrolijk aan haar bijna lege fles lurkt. 'Het p-woord klinkt alsof jullie het over piemels hebben.'

'Ieuw.' Serena pakt een mok aan waar IK BEN BOEKHOUDER, ALTIJD IN BALANS op staat, die ik Len cadeau heb gedaan, maar waar hij niet zo aan gehecht was als aan bijvoorbeeld ons mooie glasservies of de stofzuiger.

'Als ik het over penissen wil hebben,' vervolgt mijn zus hooghartig, 'dan praat ik gewoon over penissen. Maar goed.' Ze schraapt haar keel en werpt me een strenge blik toe. 'Clemmie, je weet dat jouw hele relatie met Leonard eigenlijk om pap draaide.'

'Over penissen gesproken,' mompel ik en ik neem een flinke slok uit mijn eigen mok. De champagne is fris, tintelend, en de bubbels razen door mijn aderen. Serena koopt alleen het allerbeste.

We hebben allemaal een andere band met onze vader, en in mijn geval is die vergelijkbaar met die van toevallige kennissen. Als je vader een rockgod op leeftijd is, die het voor elkaar kreeg om drie vrouwen binnen een tijdsbestek van vier maanden zwanger te maken, dan willen de dingen nog wel eens ingewikkeld worden.

'Het is waar dat Len het tegenovergestelde van pap was,' mijmert Lil. 'Minder rock-'n-roll dan een boekhouder uit Surrey gaat het nooit worden.'

'Wat weet jij nou van rock-'n-roll?' snuift Serena verontwaardigd.

'Ik ben muzikant.' Lil slaat haar armen over elkaar. 'Ik heb verstand van allerlei soorten muziek.'

'Alleen van muziek door vrouwen die op victoriaanse geesten lijken.' Serena gniffelt om Lils gesputter, hoewel Lil zo te zien onder haar gigantische roze jas een wijde, witte nachtpon aanheeft.

'Die commerciële bagger die jij op jouw label uitbrengt kun je nauwelijks nog muziek noemen.' Lil is gepikeerd.

Serena's haar heeft een subtiele balayage en ze zwiept het weer over haar schouder. 'Populair zijn is geen misdrijf. Stel je voor dat een nummer een beat heeft, dat mensen er daadwerkelijk op kunnen dansen.'

'Ho maar weer.' Vermoeid kom ik tussenbeide; deze discussie ken ik maar al te goed.

Mijn zussen zijn allebei in de voetsporen van onze vader getreden met een muziekcarrière, maar toch zijn ze twee cirkels in een venndiagram die elkaar nauwelijks raken: Serena is een angstaanjagend bekwame producer voor een van 's werelds grootste platenmaatschappijen – elegant, bloedmooi, met nagels die voortdurend op het scherm van haar iPhone tikken – terwijl Lil er als een zeer tengere, etherische engel uitziet, die het festivalpubliek voor zich wint met haar melodieuze hese stem, haar akoestische gitaar en hippie-uitstraling.

'Jij moet je nergens mee bemoeien, mevrouw Ik Heb Al Twee Decennia Niet Meer Naar Nieuwe Muziek Geluisterd.' Serena snuift.

Ik weiger te happen. Het heeft geen zin om in een discussie over mijn familieproblemen te verzanden, er is genoeg ander gedoe om boos over te zijn. 'Het is dóctor Ik Heb Al Twee Decennia Niet Meer Naar Nieuwe Muziek Geluisterd, dat je het even weet. En ik maar denken dat jullie hier zijn om mij te helpen,' voeg ik er wanhopig aan toe, terwijl ik op een van de krukken van het keukeneiland klauter.

'Dat is ook zo!' roept Lil uit. 'Natuurlijk zijn we daarom hier. Dus vertel, wat is er gebeurd? Ik dacht dat je zei dat je contract verlengd zou worden.'

'Dat dacht ik ook, dat is wat het hoofd van de afdeling zei, maar er moest bezuinigd worden en...' Ik dwaal af en knijp in mijn neusbrug om de tranen tegen te houden. Ik kan niet blijven huilen, want dan val ik op een gegeven moment uit elkaar.

'Als ze gezegd hebben dat ze je zouden aanhouden, dan moeten ze dat doen,' zegt Serena verbolgen. 'Je bent briljant, een expert op jouw vakgebied, en de studenten zijn gek op je. Wat een gelul.'

'Volgens mij is er niet zo veel vraag naar experts op het gebied van obscure middeleeuwse literatuur als je zou denken,' zeg ik in mijn mok.

Sinds ik vijf jaar geleden ben gepromoveerd, heb ik het ene na het andere slechtbetaalde, tijdelijke contract aangenomen, in de hoop dat het ooit een vaste baan zou opleveren. Ik dacht dat het hier in Oxford eindelijk was gelukt, maar blijkbaar moest het universum me toch nog een loer draaien. Net toen ik dacht dat ik op adem kon komen, dat ik op de gezegende leeftijd van tweeëndertig eindelijk kon beginnen aan het leven als volwassene, kwam ik erachter dat ik na dit semester werkloos ben. Werkloos. Vriendloos. Binnenkort dakloos. Tot zover het leven als volwassene.

Ik giet mijn champagne achterover en houd mijn mok omhoog voor nog een ronde. Lil voldoet zwijgend aan mijn verzoek.

'We moeten dus een plan bedenken,' zegt Serena vastberaden. 'Een nieuwe baan voor je vinden.'

'Zo vaak komt er geen academische functie voorbij,' zeg ik. 'En daar komen dan talloze sollicitanten op af. Geloof me, ik weet er alles van. En zelfs als er wonder boven wonder toch iets voor volgend jaar voorbijkomt, dan begin ik pas aan het eind van de zomer, waardoor ik ruim vier maanden zonder inkomen zit.' Ik heb momenteel ontzettend veel medelijden met mezelf.

'Wat dacht je van een kortetermijnlening?' vraagt Serena. 'Gewoon tot je iets hebt kunnen regelen.'

Ik schud al mijn hoofd. 'Ik kan geen geld van je aannemen.'

'En anders is pap er altijd nog,' oppert Lil, maar ze krimpt ineen als ik haar nijdig aankijk. 'Ik weet dat je dat niet wilt, maar ik weet zeker...'

'Ik wil zijn geld niet.' Ik probeer de emotie uit mijn stem te weren.

'Je hoeft niet zo eigenwijs te doen,' zegt Serena. 'Hij is een waardeloze vader of je nou wel of niet zijn geld aanneemt, dus kun je die ouwe sukkel je net zo goed laten helpen. En trouwens, hij is niet zo erg als jij...'

Met een zwaai van mijn hand kap ik haar af. Mijn zussen kijken me aan en zuchten in koor. Ze weten dat ze deze discussie nooit zullen winnen.

'Wat ga je dan doen?' vraagt Lil. 'Heb je het al aan je moeder verteld?'

Ik trek een grimas. 'Nog niet. Dan wil ze dat ik weer thuis kom wonen.'

We zwijgen bedachtzaam en slaan nog wat champagne achterover. Ik voel de bubbels bijna niet meer en er suist een aangename roes door mijn lijf.

'Ik weet wat we moeten doen!' zegt Serena ten slotte, en door de alcohol klinken haar woorden uitgesmeerd en zijn de harde kantjes er een beetje vanaf.

'Wat dan?' vraag ik.

Ze grijnst. 'Het is tijd voor de liefdesverdrietspreuk.'

2

'De liefdesverdrietspreuk?' Ik trek mijn neus op. 'Zoals vroeger?'

Iets wat verdacht veel op gekakel lijkt, klinkt uit Serena's mond. 'De drie heksen slaan weer toe!'

Ik kreun en sla mijn handen voor mijn gezicht. De drie heksen was een spelletje dat we als tienjarigen speelden en was voortgekomen uit onze nogal... bijzóndere gezinssamenstelling.

Het was begonnen met een opmerking in de krant, waarin ons gezin een 'coven' werd genoemd, waarop mijn moeder in lachen was uitgebarsten en riep: 'Wie de punthoed past!' Toen schoten Petty en Ava ook in de lach, dus deden wij vrolijk mee, ook al moesten we het woord later in het woordenboek opzoeken.

In die tijd stonden we vaak in de krant. Toen bekend werd dat Ripp Harris drie vrouwen praktisch tegelijkertijd zwanger had gemaakt, was dat precies het soort prikkelende verhaal waar de pers bovenop kon duiken. Mijn moeder, Dee – drieëntwintig jaar en zelf ook een veelbelovende muzikant – had de twijfelachtige eer om destijds als enige met Ripp getrouwd te zijn en dus was de aandacht voor haar niet-aflatend. *Wat gaat ze doen?* vroeg de pers zich ademloos af. *Zal ze bij hem blijven? Zal ze voor haar man vechten? Zal ze dat letterlijk doen als de twee andere vrouwen zich binnen tien meter afstand wagen en dan het liefst voor een camera???*

Mijn moeder deed uiteindelijk geen van die dingen. Ze pakte haar spullen en vertrok (Ripp protesteerde amper) en kocht van haar riante scheidingsregeling een boerderij in Hertfordshire.

Daarna vroeg ze of Petty en Ava bij haar op de boerderij wilden wonen en gingen de roddelbladen helemaal los.

EX VAN RIPP OPENT BABYCOMMUNE was mams favoriete krantenkop. Die ingelijste pagina hing in onze wc beneden. We wisten geen van allen hoe een babycommune eruitzag, maar ons echte leven was lang niet zo schandelijk of spannend als de paparazzi voor ons hek dachten.

Mam stopte met zingen en de aandacht van de pers nam af, maar verdween nooit helemaal. Het huis was onze veilige haven. Mam trad niet meer op en stichtte een kunstzinnige liefdadigheidsorganisatie, die ze nog steeds vanuit huis runt. Ze woonde met mij in het middelste gedeelte van het lange, krakkemikkige pand met lage plafonds, dat in de loop der eeuwen in elkaar was geflanst, terwijl Petty en Lil aan de ene gerenoveerde kant van het huis woonden en Ava en Serena aan de andere kant. Iedereen had een eigen plek, maar de deuren stonden meestal open en vaak kropen we bij elkaar in de gigantische centrale keuken of de aftandse woonkamer.

Ik heb geen idee hoe mam, Petty en Ava zo'n hechte band hebben gekregen, vooral niet onder zulke omstandigheden, maar zolang ik me kan herinneren liepen ze met z'n drieën – beste vriendinnen – en daarna wij met z'n drieën – zusjes – de deur bij elkaar plat, renden we rond op al die hectares verwaarloosde landbouwgrond, en groeiden we samen op in een gelukkig, liefhebbend kluwen.

Ripp speelde nauwelijks een rol in ons leven. Als er naar dat hele drie-baby's-in-één-jaar-gedoe werd gevraagd, haalde hij gewoon zijn schouders op en zei met een berouwvolle glimlach: 'Hé man, het waren de jaren tachtig.' Alsof dat alles verklaarde, alsof de val van de Berlijnse Muur en de beenwarmerrage het hem onmógelijk maakten om niet met Jan en alleman het bed in te duiken en zijn zaad te verspreiden. ('Ieuw, hou op over záád,' had Lil gezegd toen ik die gedachte hardop uitsprak.)

We werden in 1990 binnen vier maanden na elkaar geboren en hoewel Ripp het best aan het nieuwe decennium had kunnen toeschrijven, kregen we geen halfbroertjes of -zusjes meer. Ik vond het lastig om dat niet persoonlijk op te vatten, omdat mijn vader een week na mijn geboorte een voorpagina-interview had gegeven over zijn sterilisatie. (DE KNIP VAN RIPP!) Daar had mijn therapeut zich echt in vastgebeten.

Maar goed, volgens de publieke opinie was ons huis een soort kruising tussen een sekte, een commune en een plek waar zwarte magie werd beoefend. De werkelijkheid was natuurlijk veel afgezaagder, maar mijn zussen en ik raakten bijna geobsedeerd door het idee dat we heksen waren – zoals de drie heksenzussen uit *Macbeth*.

Als de drie heksen hadden we de door Stevie Nicks geïnspireerde kleren van mijn moeder aangetrokken. We struikelden over lange, met lovertjes versierde zwarte jurken en 'spraken betoveringen uit' boven een oude Le Creuset-steelpan. Daarmee vervloekten we onze vijanden en wensten we elkaar oogverblindende schoonheid, vele vriendjes en – tijdens één gedenkwaardige gelegenheid – 'enorme borsten' toe.

Mam en Petty vonden het allemaal prima, maar Ava zei dat we om zakelijk inzicht en beleggingstips moesten vragen, want al die andere dingen waren te koop dankzij het patriarchaat. 'Patriarchaat' was nog zo'n woord dat we moesten opzoeken en daarna werden onze bezweringen een stuk... grimmiger.

Later bliezen we als tieners de traditie nieuw leven in als een van ons liefdesverdriet had.

'We zijn geen kinderen meer,' zeg ik nu, maar Serena rommelt al in haar gigantische handtas en haalt een houten doosje tevoorschijn.

'Ik had al zo'n vermoeden dat we dit vanavond nodig zouden hebben,' zegt Serena en mijn mond zakt open.

'O mijn god!' roept Lil uit. 'Is dat...'

'Het doosje voor gebroken harten?' vul ik ademloos aan.

Serena knikt. 'Petty heeft het huis van Granny Mac laten verbouwen en vond hem begraven in de tuin.'

Lil zet grote ogen op. 'Wat een angstaanjagend toeval. Het voelt alsof het... vóórbestemd is.'

Ik pak het doosje van Serena aan en met een beklemmend gevoel wrik ik het deksel eraf. Er liggen een aantal enveloppen in – een voor elke keer dat iemand van ons als tiener liefdesverdriet had. De bovenste envelop is zwart met een zilveren ster erop getekend. Ik weet precies wat erin zit... de laatste toverspreuk die de drie heksen ooit hebben uitgesproken. De liefdesverdrietspreuk.

Het was vlak voor mijn achttiende verjaardag, een periode in mijn leven waar ik niet graag bij stilsta. Ik had net een relatiebreuk achter de rug, vergeleken waarmee die tussen Len en mij kinderspel is, en Serena en Lil hadden me overgehaald tot een nacht vol drank en hekserij. We zaten destijds in Northumberland, in het huis van Petty's oma, en nadat we de spreuk hadden uitgesproken, hadden we het doosje in de tuin begraven. Ik had niet verwacht dat ik het ooit weer zou zien.

Serena pikt de zwarte envelop uit de doos en scheurt hem zonder poespas open. '"Drie wensen en een vloek",' leest ze voor, waarna ze mij en Lil grijnzend aankijkt. 'Tijd om deze jongens weer van stal te halen, vinden jullie niet?'

'Jaaaaaaaaaaaa!' gilt Lil en ze laat zich van het aanrecht vallen.

Serena trekt de keukenkastjes open op zoek naar een geschikte pan. Er staat geen oude Le Creuset – als we die überhaupt al hadden gehad, dan stond die nu veilig in het nieuwe huis van Len – maar ze haalt een gebutste koekenpan tevoorschijn, waarmee we volgens haar de klus kunnen klaren.

'Ik haal de kruiden,' roept Lil en ze loopt lichtjes schommelend naar de voordeur.

'Serena, dit is belachelijk,' zeg ik. 'Ik snap niet dat je dit aanmoedigt.'

'Waarom niet?' zegt mijn zus onverschillig. 'Het kan geen kwaad. Meer pech dan je al hebt ga je toch niet krijgen.'

Ik kreun opnieuw.

'Kaarsen?' vraagt Serena.

'Zie ik eruit alsof ik kaarsen heb?' Ik gebaar naar de kale vlakte die ooit mijn huis was.

Ze maakt een *tss*-geluidje en begint lades open te trekken. Uiteindelijk slaakt ze een triomfantelijke gil en heeft ze een paar half opgebrande verjaardagskaarsjes te pakken.

Lil stormt weer naar binnen, met handenvol groene bladeren. 'Geen idee of hier kruiden tussen zitten,' zegt ze en ze mikt een berg onkruid op het aanrecht.

'Volgens mij is dat salie.' Serena tikt een van de blaadjes aan.

'Dat is een paardenbloem,' zeg ik.

'Maakt niet uit.' Serena zwaait zorgeloos met haar hand. 'Lil, leg alles maar in de pan.'

Serena steekt de kaarsen aan en prikt ze in de overgebleven pizza, die er daardoor vaag feestelijk uitziet, terwijl Lil alle bladeren in de koekenpan smijt.

'Dit slaat nergens op,' probeer ik nogmaals.

Serena snuift. 'Zeg dat maar tegen je cupmaat.'

'Dat heet puberteit, niet magie,' zeg ik.

'We hebben een geweldige staat van dienst,' zegt Lil, dronken giechelend. 'Weet je nog toen het uit was gegaan tussen Cam en Serena en we die spreuk hadden uitgesproken?'

'Dat was ook zo,' zegt Serena. 'En toen ontdekte haar moeder onder het bed Cams geheime voorraad Marlboro Lights en had ze de hele zomer huisarrest en kon ze niet naar Shania Twain in Hyde Park, toch? Wie lachte er toen het laatst?'

Ik knipper met mijn ogen. Misschien komt het door dit overtuigende argument, of de onverminderde steun van mijn zussen, misschien komt het door de golf van nostalgie, of misschien de fles champagne die ik opheb (wie zal het zeggen?), maar ik begin wel wat te voelen voor dit hele toverspreukengedoe.

'Kan mij het schelen,' zeg ik. 'We doen het gewoon.'

'Jaaaaaa!' Lil stoot haar vuist in de lucht, wankelt een beetje en struikelt over de zoom van haar nachthemd.

'Wat deden we vroeger altijd als eerste?' Fronsend probeer ik het me te herinneren.

'We hebben een zoutcirkel nodig,' zegt Serena, die al brokken zeezout op de keukenvloer strooit. Halverwege is ze erdoorheen, maar ze laat zich niet ontmoedigen, pakt de pepermolen en begint eraan te draaien. Binnen de kortste keren niezen we ons een slag in de rondte.

'Kunnen we niet beter suiker gebruiken in plaats van peper?' zegt Lil met waterige ogen. 'Ik heb het gevoel dat een suiker-en-zoutcirkel echt symbool staat voor het leven – zoetheid en... zoutachtig, weet je wel?'

Ik ben helemaal om, en met al die champagne die door mijn aderen stroomt, klinkt Lils argument ongelooflijk logisch. Ik pak een pak basterdsuiker en maak de cirkel af. 'En nu?' vraag ik.

Lil zet de pan met kruiden in het midden van de krakkemikkige kring.

'We moeten muziek hebben.' Serena pakt haar telefoon en kijkt er fronsend naar. 'Bijna leeg.' Mopperend rommelt ze in haar reusachtige handtas, haalt er een oplader uit en hangt haar telefoon eraan. Nadat ze op haar scherm heeft getikt, klinkt het vertrouwde geluid van 'Sisters of the Moon' van Fleetwood Mac door de kleine speaker.

'Jaaaaa!' roept Lil opnieuw uit, en ze wiegt met haar heupen. 'Ik weet het weer!' Ze begint zachtjes te zingen en Serena en ik doen mee. Ik sluit mijn ogen, zie ons voor me in onze oude keuken, hoor de muziek kraken uit mams platenspeler, ruik de geur van geplukte lavendel en munt uit Ava's tuin. Muziek was toen nog iets simpels voor me. Iets wat ons huis vulde.

Serena schudt het velletje papier in haar hand open en begint voor te lezen: '"Wij zijn de gezusters Heks, en wij zijn hier vandaag gekomen om de Godin te verzoeken drie wensen te vervullen!"'

Ze geeft het blaadje aan Lil door, die de volgende regel voorleest: '"We vragen u ook onze vijand te vervloeken. Een man die onze geliefde zuster onrecht heeft aangedaan."'

'Leonard,' snauwt Serena, die zijn naam hier invoegt, in plaats van de naam op het blaadje. De naam waar ik ábsoluut niet aan wil denken.

'Ja,' zeg ik knikkend. Ik trek de kurk uit een fles rode wijn en giet mijn mok vol. 'Len, we vervloeken je!'

Lil geeft het blaadje weer terug aan Serena. 'Leonard, we vervloeken je! Moge je nooit meer een vrouw seksueel bevredigen, en moge je een of andere verschrikkelijk branderige uitslag in die regionen krijgen,' roept ze.

'Dat staat er helemaal niet!' sis ik verafschuwd.

Serena steekt het vel papier naar me uit en ik zie de woorden in haar handschrift staan.

'Mijn god, we waren meedogenloos,' zegt Lil opgewekt.

'Arme Jenny,' mompel ik. Serena geeft mij het blaadje en ik lees de volgende regel voor, die ik heb geschreven. '"Moge je je fouten inzien en je voor eeuwig schuldig voelen over wat je mij hebt aangedaan."' Mijn maag trekt samen als ik aan het meisje denk dat ik was toen ik die woorden opschreef. 'Hmmm, misschien iets te heftig.'

'Het is helemaal niet te heftig,' zegt Lil snel. 'Het is gewoon zo! Len zou zich voor altijd schuldig moeten voelen, net als...' Ze vangt Serena's dreigende blik en kapt zichzelf af, voordat ze de ex ter sprake brengt over wie we het nooit hebben. 'En dat van die uitslag ook niet,' zegt ze verhit. 'Die uitslag helemaal niet.'

Met een hoofdknik trekt Serena een van de kaarsjes uit de pizza en gooit het in de pan met bladeren. We juichen met z'n allen en Serena kakelt opnieuw.

'En dan nu de wensen,' zeg ik, met een blik op het velletje papier.

'Drie wensen voor Clemmie,' zegt Lil. 'Om haar gebroken hart te helen.'

Serena grist onmiddellijk nog een kaarsje van de pizza en gooit het in de pan. 'Heftige seks!'

'Je hoefde niet eens naar de spreuk te kijken,' zegt Lil vol bewondering.

'Ik heb het goed onthouden.' Serena gniffelt. 'Precies wat ze nodig heeft. Ik weet niet of het geholpen heeft, Clem, maar voor mij kwam de wens wel uit. Behoorlijk goed, zelfs.'

'Ik weet nog dat ík destijds vond dat je er iets beter over na had kunnen denken,' zeg ik.

'Daar gaat het bij jou fout, Clemmie,' verzucht Serena vermoeid. 'Te veel nadenken, te weinig doen, en met dóén bedoel ik...'

'We weten allemaal wat jij bedoelt.' Ik rol met mijn ogen.

'Je bent jarenlang alleen maar met Leonard naar bed geweest.' Serena huivert. 'Eerlijk gezegd is dat het ergste wat ik me kan voorstellen.'

'Het zal je goeddoen als je je seksualiteit volledig omarmt,' zegt Lil met iets meer tact.

'Ik omarm mijn seksualiteit,' mopper ik.

Mijn zussen zijn verdacht stil.

'Laat gewoon zien wat je in huis hebt,' zegt Lil uiteindelijk.

'Vrijblijvende seks, Clemmie... is geweldig en dat heb je nog nooit gehad,' zegt Serena.

'Op de uni had ik Tom,' zeg ik verbolgen. 'Dat was vrijblijvend.'

'Jullie waren zes maanden bij elkaar. Dat was alleen vrijblijvend in de zin dat je erachter kwam dat hij het halve toneelgezelschap naaide.' Het toontje van Serena is vernietigend.

Dat klopt niet helemaal. Voor mij was het wél vrijblijvend, omdat ik nog steeds niet over de voornoemde, zeer pijnlijke relatiebreuk heen was en daardoor nog niet volledig voor Tom ging.

'Ik denk gewoon dat een onenightstand je ontzettend veel goed zou doen,' gaat mijn zus verder.

'Ik wil heus wel iets vrijblijvends proberen,' zeg ik volhardend. 'Maar ik ga geen apps gebruiken.' De vorige keer dat ik vrijgezel was, schreef Serena me overal in en maakte ze een profiel voor me aan waarin ze me omschreef als 'een volslanke roodharige, met een kop voor zaken en een lijf voor zondes'. Ze ging er onterecht van uit dat dit mannen zou lokken die *Working Girl* konden citeren (goed), in plaats van een lading viezeriken die dachten dat ik gecharmeerd zou zijn van foto's van hun piemels (fout). 'Godzijdank ben ik lesbisch,' had Serena bij wijze van verontschuldiging gezegd.

Nu rolt zíj met haar ogen. 'Hoe kom je anders aan iemand om seks mee te hebben? Je bent praktisch een kluizenaar. Je hangt in bibliotheken rond en de enige mannen met wie jij contact hebt, zijn al achthonderd jaar dood.'

'Geen. Apps,' zeg ik.

'Het komt goed,' onderbreekt Lil ons sussend. 'Door deze spreuk komt er iemand op Clemmies pad met wie ze heftige seks kan hebben. Ze heeft geen app nodig. Oké, Clemmie, nu jouw wens.'

Ik kijk op het blaadje. '"Ik wens werk waar ik van hou,"' lees ik voor. 'Wauw. En bedankt, vroegere ik. Zo te zien ben ik geen stap dichterbij dan toen ik zeventien was.'

'Dat is inderdaad slechte timing.' Serena trekt een grimas.

'Maar met die wens ga je weer de goede kant op,' zegt Lil vastberaden. 'Daar gaat het om.'

Ik voel een pijnlijke steek bij de gedachte dat ik nog maar een paar maanden het werk mag doen waar ik zo van hou. Ik pak een kaarsje en gooi het in de pan.

En dan draait Lil zich om en haalt de laatste kaars uit de pizza. Met een vertederde glimlach leest ze haar eigen verbonden handschrift voor: '"Ik wens grootse liefde – onvoorwaardelijke, oprechte, zielsverwante liefde. Dat gun ik Clemmie van harte."'

'Boeoeoeoe!' joelt Serena. 'Ik was vergeten hoe waardeloos jouw wensen waren.'

Lil negeert haar en gooit haar kaars in de pan. 'De laatste regel moeten we met z'n allen opzeggen.' Ze laat ons de woorden zien.

'"In de duisternis schenken wij het licht, mogen wij uit de as verrijzen,"' dreunen we samen op. Wauw, we draaiden vroeger onze hand niet om voor een beetje drama.

Dan kijkt Lil ons allebei aan, en als we knikken laat ze ook die spreuk in de pan vallen. Het papier vat vlam en smeult langs de randen. Opeens klinkt er gesis en verschijnt er een rookwolk als een paar droge bladeren in brand vliegen.

'Wacht even, Lil... zitten er takjes in?' vraag ik.

'Misschien?' Lil laat het als een vraag klinken.

De vlammetjes flakkeren op, verteren het papier, likken langs de randen en nemen de pan over terwijl we met z'n drieën in stilte stomverbaasd toekijken. Dan begint de rookmelder boven ons hoofd te loeien. Een paar tellen later gaan alle lichten uit.

'WAT IS ER AAN DE HAND?' gilt Serena met haar handen over haar oren.

'Je hebt je telefoon in een gammel stopcontact gestopt!' schreeuw ik terug en ik struikel over dingen in het donker. 'De stoppen zijn gesprongen. Er ligt een zaklamp in het gootsteenkastje.'

Lil wappert tevergeefs met een theedoek naar de rookmelder. Serena grijpt de wijnfles en kiept hem op het vuur leeg, waardoor de vlammen doven, maar de rook niet minder wordt.

'Mijn wijn!' gil ik wanhopig.

'WAAR IS DIE VERDOMDE ZAKLAMP, VERDOMME?' grauwt Serena vanuit de schaduwen. Er klinkt nog meer gekletter, een paar harde klappen, en Lil weet de achterdeur open te wrikken. Serena heeft de zaklamp eindelijk gevonden en werpt een felle lichtstraal door de kamer.

Het geloei houdt abrupt op, maar wordt vervangen door een schril gerinkel.

We knipperen alle drie met onze ogen en kijken verward naar de stomende ravage van de koekenpan.

'Het is mijn telefoon,' zegt Serena ten slotte. Ze pakt haar mobiel en kijkt op het scherm.

'Hé, mam,' zegt ze als ze opneemt. 'Het komt nu eigenlijk niet zo goed uit...' Dan zwijgt ze en zegt Ava iets waardoor ze haar ogen openspert. 'Hoho, rustig aan,' onderbreekt Serena haar. 'Wíé is er overleden?'

'O mijn hemel, Clemmie,' fluistert Lil, met de theedoek nog in haar handen geklemd. 'We zijn echt een stel krachtige heksen.'

3

Lil mag denken wat ze wil, maar we hebben niemand vermoord met onze heksenkrachten. Uiteindelijk blijkt oom Carl overleden te zijn, na zijn derde hartinfarct, uren voordat wij met onze dronken koppen een paar twijgjes in de fik staken. Volgens mij betekent dat dat wij vrijuit gaan.

Oom Carl was eigenlijk geen familie, maar mijn moeders ex-manager en nog steeds de manager van Ripp. Ondanks het feit dat mijn moeder haar zangcarrière had opgegeven, is ze al die jaren met Carl bevriend gebleven – vooral omdat hij als een soort tussenpersoon voor Ripp fungeerde. Hij regelde alles, van bezoekregelingen tot extra geld voor schoolexcursies. Niets was te veel voor Carl: hij nam zelfs Ripps plek in als die de dag weer eens in bed doorbracht of was vergeten dat hij op ons had moeten passen – iets wat met voorspelbare regelmaat gebeurde.

Carl was een graatmagere man, die rookte als een schoorsteen en voortdurend een mobiele telefoon aan zijn oor had. Ik kan zo ongeveer de keren dat ik hem heb ontmoet, dateren aan de hand van de grootte van zijn telefoon. Hij sprak uit zijn mondhoek en had altijd keelpastilles met kersensmaak in zijn zak, die hij gul uitdeelde, terwijl hij vertelde dat hij nog nooit een gaatje had gehad en dat de oorlog tegen suiker een 'communistisch complot' was.

Er zijn twee weken verstreken sinds het uitspreken van de spreuk en ik ben onderweg naar Carls uitvaart. Om een of andere reden die alleen mijn moeder begrijpt, wordt de condoleance bij ons thuis gehouden, na de dienst in een nabijgelegen kerk. Vloekend tuf ik in mijn aftandse Ford Fiesta over de M40, gigantisch te laat dankzij een verplichte personeelsbijeenkomst op de universiteit die mij heeft ontslagen.

Ik hoop maar dat mijn auto niet stomweg instort voordat ik er ben. Bij de vorige onderhoudsbeurt zei de monteur dat als mijn auto een paard was geweest, hij hem zou hebben afgeschoten – een opmerking die ik nogal onnodig vond toen ik een exorbitant bedrag neertelde voor vier nieuwe banden en een ellenlange lijst van 'punten waar dringend naar gekeken moet worden'.

Ik neem twee keer de verkeerde afslag en als ik eindelijk piepend bij de kerk tot stilstand kom, besef ik dat de lijkwagen vlak achter me staat. Ik pak mijn telefoon en handtas en sprint door de deuren. De tent zit stampvol en honderden hoofden draaien mijn kant op als ik binnenstrompel, terwijl ik mijn jas over mijn te strakke zwarte jurk trek en rondkijk op zoek naar mijn familieleden.

Een gebeten 'Clemmie!' brengt me naar waar Serena en Lil een plekje voor me hebben vrijgehouden en ik ga precies op tijd naast hen op de kerkbank zitten.

'Dat was op het nippertje,' fluistert Serena als de sombere orgelmuziek begint.

'Het was een ramp om de kerk vinden,' zeg ik en ik zak vermoeid onderuit op mijn zitplaats. Ik heb amper tijd om erover na te denken, want we krijgen het sein dat we moeten opstaan. Ik kom overeind, draai me met alle anderen om en kijk toe terwijl de kist naar binnen wordt gedragen.

Het is nauwelijks voor te stellen dat Carl, die tenslotte een zeer lévendig mens was, in die kleine kist ligt. Ik heb een brok in mijn keel en tranen branden in mijn ogen. Lil geeft me een verfrommelde tissue.

Als de stoet langszij komt, besef ik dat mijn vader een van de kistdragers is en mijn lichaam verstrakt. Hoewel hij en Carl hecht waren, had ik ergens verwacht dat Ripp de uitvaart zou skippen.

Ik heb hem al zeker een jaar niet gezien – de laatste keer was meteen de enige keer dat ik Ripp aan Len had voorgesteld. Ze hadden onmiddellijk een hekel aan elkaar. Destijds dacht ik dat dat voor mijn relatie een goed teken was.

Hij ziet me en knipoogt vrolijk naar me. Natuurlijk laat Ripp Harris een kleinigheidje zoals het lichaam op zijn schouder niet in de weg staan van zijn charmeoffensief. Ik blijf hem ijzig aankijken, maar ik voel een steek in mijn maag als ik besef dat ik hem straks weer zal tegenkomen bij de condoleance.

Het wanluidend gekreun van het orgel klinkt steeds harder, maar opeens dringt het tot me door dat er nog een geluid om de aandacht strijdt.

'BESTEMMING BEREIKT,' dreunt een stem plechtig op, dwars door de muziek heen. Een paar hoofden kijken op en Serena en ik wisselen verwarde blikken uit.

'BESTEMMING BEREIKT,' buldert de stem opnieuw, luider deze keer. Nog meer hoofden draaien zich om.

'God?' vormt Lil met haar mond en ze slaat haar ogen op naar het hoge stenen plafond.

Terwijl de zes kistdragers doorlopen naar het altaar en de stem opnieuw roept, merk ik dat een van hen – een man met zijn rug naar me toe – even hapert. Ik zie alleen zijn brede schouders en donkere haar dat over de kraag van zijn perfect op maat gemaakte pak krult.

'KEER OM BIJ DE VOLGENDE AFSLAG,' schreeuwt de stem ondertussen, en de waarheid begint pijnlijk duidelijk te worden.

'Nee, nee, nee,' murmel ik en ik doe mijn ogen dicht, alsof ik mezelf kan dwingen door de grond te zakken. Alsof het probleem verdwijnt als ik het negeer.

'KEER OM BIJ DE VOLGENDE AFSLAG,' roept de stem nogmaals.

'Kut, kut, kut,' mompel ik, stuntelend met mijn handtas.

De dame voor ons snakt vol afschuw naar adem, kijkt nijdig naar mij en dan nogal nadrukkelijk naar het enorme kruisbeeld dat tegenover ons aan de muur hangt. Eerlijk gezegd denk ik dat Jezus grotere problemen heeft. Ik sowieso.

Ik klem mijn hand om mijn telefoon en terwijl ik hem uit mijn tas haal, maakt Google Maps van de gelegenheid gebruik om nog één keer keihard 'KEER OM BIJ DE VOLGENDE AFSLAG' te schreeuwen, alsof de kist terug naar het land der levenden gedirigeerd moet worden.

De organist hapert; iedereen in de kerk kijkt nu naar ons. De schouders van de donkerharige kistdrager schudden als de kist eindelijk het altaar bereikt.

'Het spijt me,' fluister ik. Met trillende vingers zet ik mijn telefoon op stil en mijn wangen zijn ondertussen zo gloeiend heet dat ze een kerncentrale van energie kunnen voorzien.

Naast me giechelen Serena en Lil geluidloos. Zo nu en dan laten ze een onbehulpzaam gesnuif horen, terwijl ik op zoek wil naar een mooi open graf zodat ik me erin kan werpen.

Daarna verloopt de dienst vlekkeloos, niet dat ik me er echt op kan concentreren. Er wordt wat muziek gedraaid en uit de Bijbel voorgelezen. Tot slot paradeert Ripp naar voren om de grafrede te houden.

Hij is lang, mager, met ruig, onwaarschijnlijk donker haar, maar zijn gezicht ziet er rimpeliger uit dan de vorige keer dat ik hem zag. Het valt me op dat zijn kaaklijn zachter wordt, dat zijn hele gezicht een beetje begint te verslappen. Zijn zwarte overhemd is ten minste één – maar misschien zelfs twee – knoopjes te ver losgeknoopt om fatsoenlijk te zijn voor een uitvaart, maar daar heeft de misprijzende dame voor me blijkbaar geen moeite mee. Ze staart mijn vader aan met dé blik... de blik die aanbidding met ontzag en een misselijkmakend snufje wellust vermengt. Een blik die ik maar al te goed ken en die ik bij iedereen heb gezien, van mijn vriendinnen tot aan mijn wiskundedocent in de brugklas.

'Carl Montgomery,' zegt Ripp, en hij schudt traag en droevig zijn hoofd. 'Wat een kerel. Wat een gemis.' Hij praat niet hard, maar iedereen leunt naar voren, hangt aan zijn lippen en concentreert zich op de ruwe rasp van zijn beroemde stem. Zet Ripp Harris voor een publiek en er gebeurt iets met hem: hij is onweerstaanbaar. Dat is een van de dingen waar ik altijd zo'n moeite mee heb als ik bij hem in de buurt ben: het is alsof hij alle zuurstof om me heen opzuigt.

'Sommigen van jullie weten waarschijnlijk wel wie ik ben,' zegt Ripp zogenaamd bescheiden, en de draak van een vrouw voor me slaakt een hijgerig zuchtje en trapt er blindelings in. 'Maar niemand zou ooit van me gehoord hebben als Carl er niet was geweest. Je zou kunnen zeggen dat hij me ontdékt heeft, in een kelderkroeg in Sheffield, vele, vele jaren geleden.' Hier zwijgt hij even en lacht zijn volmaakt gelijkmatige witte tanden bloot. 'Hoewel onze ijdelheid gebiedt dat Carl waarschijnlijk liever heeft dat ik "niet zo lang geleden" zeg.'

Er wordt zachtjes gegrinnikt en Ripp vervolgt zijn grafrede, maar blijkbaar heeft niemand door dat die over hemzelf gaat. Tegen de tijd dat hij bij zijn tweede Grammy is gekomen, is mijn aandacht afgedwaald en laat ik mijn blik gedachteloos over de kerkgangers gaan, op zoek naar mijn moeder.

Maar mijn blik blijft met een ruk hangen op een man die bijna vooraan zit. Het is die kistdrager weer, hoewel ik me afvraag waarom ik dat zo zeker weet, aangezien ik alleen een glimp van zijn achterhoofd heb opgevangen – achterhoofden zijn toch zeker nietszeggend en lijken allemaal op elkaar? Hij heeft zich naar de persoon die naast hem zit toe gedraaid, zodat hij zachtjes iets kan zeggen, en het valt me op dat zijn profiel nog mooier is dan zijn rug. Ik zie een streepje jukbeen, een stukje vierkante kaak, donker haar dat over zijn voorhoofd valt en om zijn oorschelp krult.

Er raast iets heets en eigenaardigs door mijn lijf en na een misselijkmakend momentje herken ik het als begeerte. Dat is lang geleden en dus moet ik mezelf even streng toespreken. Hunkeren naar een vreemde? In een kerk? *Tijdens een uitvaart????*

Hoewel Serena en Lil ongetwijfeld verrukt zullen zijn over deze onverwachte wending, ben ik dat dus niet. Ik maak mezelf wijs dat ik mijn seksualiteit níét aan het onderdrukken ben; ik toon mijn manieren door mijn blik op de droevige Jezus te fixeren die aan het kruis aan de muur hangt. Hij heeft iets weg van een smeltende kaars en daar is absoluut niets sexy's aan.

Zodra ik daaraan denk, barst het orgel weer los. Deze keer is de muziek iets vrolijker, terwijl gordijnen zich om Carls kist sluiten. Ik herken 'Here Comes the Sun' van de Beatles en opnieuw voel ik een verdrietige steek, maar het is te laat, de uitvaart is voorbij, en met een collectieve zucht van opluchting banen de mensen zich een weg naar het zwakke lentezonnetje.

'Hoeveel van deze lui gaan mee naar ons huis?' vraagt Serena terwijl we ons bij het gedrang aansluiten.

Ik haal mijn schouders op. 'Mam had het over een handjevol goede vrienden.'

Serena vertrekt haar gezicht. 'Ongeveer tweehonderd ramptoeristen dus.'

'Misschien wel. Waar zijn de mama's eigenlijk?' vraag ik en ik strek mijn hals.

'Ze zaten bijna vooraan,' zegt Lil achter me. 'Ze zeiden dat we elkaar thuis zouden zien.'

'Wat heb jij in hemelsnaam aan?' Met grote ogen neem ik eindelijk Lils uitvaartoutfit in me op.

'Nou en?' vraagt Lil van achter de zwartkanten sluier die ze voor haar gezicht heeft laten zakken. De rest van haar lichaam is gehuld in een oversized zwarte tent. Zo te zien heeft ze ook zwarte handschoenen tot over de elleboog aan. 'We zijn allemaal in de rouw, hoor.'

'Ze heeft zich verkleed als maffiaweduwe,' fluistert Serena.

'Dat hoorde ik,' snauwt Lil. 'Ik begrijp niet waarom jullie een eerbetoon aan de doden zo onbelangrijk vinden.'

'Lil, ik zweer het je, als dit weer over die stomme vogel gaat...' begint Serena.

'Hij had een naam.' Ik ga ervan uit dat Lil ons onder haar sluier fel aankijkt.

'NEE, NIET WAAR!' brult Serena. 'IK VERTIK HET OM EEN DODE VOGEL DERRICK DE DUIF TE NOEMEN!'

Ik glimlach vermoeid naar de mensen om ons heen, wiens belangstelling door deze uitbarsting begrijpelijkerwijs is gewekt. 'Kom op, meiden,' zeg ik zachtjes. 'We moeten naar de condoleance. En die verrekte vader van ons is er ook.'

Zonder verder nog iets te zeggen haken ze hun arm in de mijne.

'Hopelijk is er wijn,' mompel ik.

'Er is zéker tequila,' zegt Serena grijnzend. Ze opent haar handtas en vist er een fles uit.

'Godzijdank,' fluister ik en we zetten koers naar de auto's.

4

Bij het huis parkeer ik naast Serena's gestroomlijnde Mercedes en Lils custom lila Toyota hybrid. Uiteraard waren ze er allebei eerder dan ik. Zoals ik stoïcijns over de snelweg tufte en zag hoe zij behendig tussen het verkeer door zigzagden en in de verte verdwenen, voelde als een nogal wrede metafoor voor mijn leven.

Het uitnodigende en ongeproportioneerde huis ziet eruit zoals altijd, op de slordig geparkeerde auto's en de discreet aanwezige beveiliging na. Ik vraag me af of het handjevol potige mannen met hun rigide houding – die in de bosjes van de voortuin proberen op te gaan zoals die Homer Simpson-meme – hier is met een van de gasten, of dat mam dit geregeld heeft. Hoe dan ook, ik ben er blij mee. Zo zullen de paparazzi het openstaande hek niet voor een uitnodiging aanzien.

Er hangt al een carnavaleske sfeer en gasten stromen naar buiten met drankjes in de hand. Als je het feit dat iedereen in het zwart is gekleed even wegdenkt, had dit een van de legendarische happenings van de coven kunnen zijn.

Toen we klein waren gaven de mama's niet vaak een feest, maar af en toe gebeurde er wel iets spontaans – er bleef een groep vrienden slapen en dan kwamen er nog wat mensen langs en opeens was er muziek en dans en lichtgroene cocktails in lege jampotten. De gasten waren altijd een interessante mengeling van kunstenaars, muzikanten, schrijvers en andere creatieve types, en dat zorgde voor ontzettend gezellige feestjes.

De mama's tolereerden geen wangedrag, dus was een verdwaalde joint of een beetje naaktzwemmen in de rivier het schandelijkste wat we ooit te zien kregen, maar er lette altijd iemand op ons, zodoende weet ik niet wat er verder nog achter gesloten deuren gebeurde. Ik kan wel vol overtuiging zeggen dat er geen SEKSORGIE VAN RIPPS DAMESSEKTE plaatsvond, zoals een van de krantenkoppen beweerde.

('Zeg gewoon orgie,' had Ava hoofdschuddend verzucht. 'Het woord "seks" is hier overbodig.' Ze tikte met een scharlakenrode nagel op de krant. 'Meiden, onthou: woorden zijn wapens, mits ze precies worden gebruikt. Je hoeft er niet sentimentéél over te doen.')

Als ik door de keukendeuren stap, zie ik dat de meeste mensen op Carls uitvaart nu van de gelegenheid gebruik hebben gemaakt om de plek te bezichtigen waar jarenlang schande van werd gesproken. Ik krijg jeuk als ik al die mensen zie. Volgens mij verbeeld ik me niet dat van sommige gezichten die ik voorbijloop de teleurstelling af te lezen valt. *Waar zijn de sekskelders en de ladingen harddrugs?* hoor ik ze zich bijna afvragen. Ik zie een man met een hoopvolle blik mams retro suikerpot bekijken, maar nadat hij nonchalant een vinger naar zijn mond heeft gebracht, betrekt zijn gezicht. Wat een drama om erachter te komen dat Dee Monroe geen cocaïne over haar pap strooit.

De keuken is mijn lievelingsplek, precies in het midden van het huis. Het vertrek is enorm en zeer licht, en is ontstaan door drie oorspronkelijke kamers samen te voegen, met krakkemikkige stenen muren, geschuurde balken aan het plafond en een pui met openslaande deuren naar de tuin. Er staan buffetkasten vol niet bij elkaar passend serviesgoed, een oud AGA-fornuis, twee grote banken waarin je wegzakt en een brede eiken keukentafel met onze initialen in de poten gekerfd en waar een dappere zesjarige Serena ooit het woord SJIT in scheve, wiebelige letters onderop heeft geschreven.

Het verborgen, verkeerd gespelde vloekwoord daargelaten, is de keuken het tegenovergestelde van rock-'n-roll. Het is het middelpunt van ons gezin, dit is waar we met z'n zessen de meeste tijd doorbrachten, dit is waar we als gezin samen aten, waar we ons huiswerk maakten, dit is waar we op de grond spelletjes speelden, waar we op de banken hingen toen we ontstoken keelamandelen hadden en mam voor ons dampende mokken met honing en citroen maakte.

Over mam gesproken: daar is ze dan eindelijk. Gehuld in een zwartzijden kaftanachtige jurk zweeft ze de keuken in. Ze heeft een champagnefles in de hand en vult daarmee glazen bij als ze langsloopt en moeiteloos even blijft staan om mensen haar medeleven te betuigen en ze te troosten.

'Clementine!' Ze begint te stralen als ze me ziet. Dee Monroe is onweerstaanbaar en zelfs ik ben er niet immuun voor, ondanks het feit dat ik er al zo vaak aan blootgesteld ben. Ze lijkt op een ondeugende fee: hartvormig gezicht, enorme grijze ogen, aanstekelijke glimlach. Ze heeft een bleke, porseleinen huid die snel verbrandt, en haar kastanjebruine haar is kortgeknipt, waardoor haar slanke hals en bloedmooie, fijngevormde trekken worden benadrukt. Ze beweegt als een danseres en haar hese zangstem klinkt als een Franse chanteuse die de ene na de andere Gauloises rookt.

Als ze haar armen om me heen slaat, ruikt ze zoals ze altijd doet, naar Pears-zeep en Diorissimo, een parfum dat ze op haar achttiende had uitgezocht omdat ze zich daarmee als een personage uit een Jilly Cooper-roman voelde. Ze klemt me nog een keertje extra stevig vast, ongetwijfeld omdat ik haar heb verteld dat ik zowel mijn vriend als mijn baan kwijt ben, en ik knuffel haar uitgebreid terug.

'Hé, mam,' zeg ik. 'Ik dacht dat je zei dat er maar een paar mensen zouden komen?'

'Nou lieverd, ik denk dat Carl geliefder was dan we dachten.' Mijn moeder kijkt om zich heen, zichtbaar tevreden over de opkomst.

'Ik begrijp alleen nog steeds niet waarom de condoleance bij ons is,' zeg ik zachtjes, en zelfs ik heb door hoe bokkig ik klink.

'Je weet dat hij geen familieleden had.' Mam knippert verdrietig met haar ogen. 'Dit wilde hij en hij was een goede vriend van ons.'

Schuldgevoelens kolken in mijn maag. 'Sorry,' antwoord ik. 'Je hebt gelijk. Ik vind het gewoon vreselijk om al deze mensen in huis te zien, maar natuurlijk moest je dit doen. Het was een mooie dienst.'

Mam legt begripvol een hand op mijn arm, maar gaat mee in het veranderde onderwerp. 'Jawel hè?' zegt ze. 'Hoewel er achterin volgens mij aan het begin wel wat commotie was. Ik heb niet meegekregen wat er aan de hand was, jij?'

Ik schud vol onschuld mijn hoofd. 'Nee, nee, niks gemerkt.'

'Daar ben je!' Serena en Lil banen zich een weg door de menigte. Mam omhelst hen allebei.

'Wat een drukte, zeg,' puft Serena.

'Leuk, die sluier,' zegt mam en ze streelt het kant dat om Lil schouders hangt.

'Waar zijn Petty en Ava?' vraag ik terwijl ik de keuken rondkijk.

'Volgens mij zijn ze in de woonkamer met je vader,' zegt mam, en ik probeer mijn zure gezichtsuitdrukking te onderdrukken. 'Zullen we even gedag zeggen? Als je Ripp maar geen dodelijke blikken toewerpt.' Ze slaat haar hand voor haar mond. 'Oeps! Zomaar een begrafenisgrapje.'

We besluiten buitenom te lopen, in plaats van dwars tussen alle gasten door te dringen, en dus hebben we de andere ouders al snel gevonden.

Zoals verwacht krioelt het in de woonkamer van de gasten die om hen samengedromd staan en doen alsof ze Ripp en de twee mama's niet openlijk aangapen. Er zijn meer dan genoeg beroemdheden op de condoleance, ook al herken ik er niet één (Carl is tenslotte meer dan veertig jaar zeer succesvol geweest in de muziekindustrie) maar ik moet toegeven dat Ripp, Ava en Petty die samen van de champagne nippen een fascinerende aanblik bieden.

Ik vang de blik van een man die stiekem een foto met zijn telefoon probeert te maken, en kijk hem nijdig aan. Hij laat het apparaat in zijn zak glijden alsof hij zich gebrand heeft. Mijn schouders zijn zo gespannen dat ik ze ter hoogte van mijn oren omlaag moet laten zakken. *Dit haat ik, dit haat ik, dit haat ik.*

Al het meubilair is aan de kant geschoven en mensen staan in groepjes bij elkaar. Ripp heeft zijn hand om Petty's middel liggen en ze glimlacht opgewekt naar hem. Petty – een afkorting van Petunia – is de allerliefste die er is, en ze heeft nog nooit iets naars over Ripp gezegd. Ze was pas zeventien toen Lil geboren werd – Ripp was bijna veertig, dus ik meen het serieus als ik zeg dat hij vreselijk is – en ze zegt altijd dat ook zij in dit huis is opgegroeid. Ze is kostuumontwerper voor verschillende theatergezelschappen en is een getalenteerde kunstenaar. Met haar lange blonde haar en blauwe ogen zou ze de tweelingzus van Lil kunnen zijn, hoewel Petty totaal niet muzikaal is.

Ava kijkt Ripp intussen aan zoals altijd, met een lichtelijk versufte blik van 'wat bezielde me?' Ik houd mijn lach in om de ergernis in haar ogen, om haar over elkaar geslagen armen. Ava ziet eruit als een topmodel – bijna een meter vijfentachtig, een diepbruine huid, inktzwart haar opgestoken in een gladde chignon, een brede, nukkige mond. Ze was rechtenstudent toen ze Serena kreeg en nu is ze een van de beste mensenrechtenadvocaten. Haar keiharde blik heeft menig sterke man doen huiveren, en als Ripp in de gaten heeft dat zij hem niet erg mag, dan laat hij niets blijken. Maar subtiliteit is hem dan ook volkomen vreemd.

'Daar heb je mijn meiden!' buldert hij, blij om ons te zien en zonder zich te bekommeren om alle hoofden die onze kant op draaien. De belangstelling van de gasten is nog schaamtelozer nu hij die blijkbaar verwelkomt. Ik moet opeens terugdenken aan toen ik zeven was en we langs de snelweg bij een tankstation waren gestopt. Ripp zwalkte naar binnen en schreeuwde 'Goedemorgen, Watford Gap!' alsof hij Robin Williams was en begon toen spontaan handtekeningen uit te delen. Ik werd door de enthousiaste menigte omvergekegeld en verstopte me onder een display met magnetronburgers.

Mijn vader had niks in de gaten, totdat we weer in de auto zaten en mijn knieën bloedden. Carl veegde met een zakdoek het bloed weg en gaf me een kersenkeelpastille terwijl Ripp aan de telefoon hing met zijn vriendin van die week.

Serena geeft hem een kus op zijn wang. 'Hé, pap,' zegt ze.

'Ik vind het zo erg van oom Carl,' voegt Lil eraan toe, en ze geeft hem snel een knuffel.

'Ripp,' zeg ik met een kille knik. Ik blijf buiten zijn bereik en ga naast Ava staan, die me hartelijk omhelst.

'Clemmie,' murmelt ze in mijn oor. 'Ik heb je gemist.'

'Ik heb jou ook gemist,' zeg ik en ik beantwoord de omhelzing. Aangezien mijn leven zo spectaculair ontspoort, is het al een poos geleden dat ik thuis ben geweest. Ik weet dat de mama's willen dat ik weer hier kom wonen, dat ik me door hen laat vertroetelen en ophoud met geld dat ik niet heb te verspillen aan huur, maar ik ben tweeëndertig. Ik heb het gevoel dat hierheen verhuizen de ultieme erkenning van mijn nederlaag zou zijn en daar kan ik me nog niet toe zetten. Ik kies ervoor om dat als iets positiefs te zien – misschien heb ik toch nog wat vechtlust in me. In elk geval een piepklein beetje.

'Tijd geleden dat ik je gezien heb, Clementine,' zegt Ripp. 'Je begint met de dag meer op je moeder te lijken.'

'Is dat zo?' Ik haal mijn schouders op. 'Komt zeker door de haarkleur. Ik zie het zelf niet.'

'Mijn móóiste echtgenote.' Ripp negeert de kille ondertoon in mijn stem en richt zijn vrolijkheid op mijn moeder, die grijnst.

'Ripp, ik was jouw enige echtgenote,' zegt ze.

'Ik kreeg je niet meer uit mijn hoofd,' verzucht hij en hij brengt haar hand naar zijn lippen.

Dat getuigt nogal van slechte smaak aangezien hij bij twee van de andere vrouwen die daar staan kinderen heeft, en er cirkelen waarschijnlijk maar liefst zeven ex-vriendinnen om hem heen, maar Petty en Ava zijn Ripps theatrale gedoe gewend en niemand reageert. Ik vind het altijd bijzonder dat iedereen het in dit soort situaties blijkbaar prima vindt om Ripp gewoon Ripp te laten zijn, terwijl ik een drankje in zijn zelfvoldane smoel wil smijten.

'Ik meen me te herinneren dat je mij uit je hoofd probeerde te krijgen door met een enorm aantal vrouwen in bed te duiken,' zegt mam. 'Zij waren gewoon verstandig genoeg om niet met je te trouwen.'

Ripps glimlach wordt alleen maar breder.

'Zullen we onze jassen ophangen en een echte borrel gaan halen?' vraagt Serena terwijl ze een hand op mijn arm legt.

'Goed idee,' antwoord ik, blij dat ik meegesleurd word naar de brede hal, waar een bar is neergezet, met barkeeper en al.

Ik knoop mijn jas los en geef hem aan Serena. Haar mond valt open.

'Shit, Clemmie! Zo mag ik het zien,' zegt ze en ze neemt mijn outfit in zich op.

'Wow!' zegt Lil vol bewondering. 'Wie was Len ook alweer?'

Ik trek aan mijn jurk. 'Hou er maar over op. Dit is mijn enige zwarte jurk en ik ben duidelijk wat aangekomen sinds de vorige keer dat ik hem aanhad.'

'Ja, bij je borsten.' Lil gebaart naar de lage uitsnede van mijn jurk, waar aardig wat decolleté te zien is, moet ik toegeven. 'O mijn god, denk je dat we laatst ál onze oude spreuken nieuw leven hebben ingeblazen?'

Ik schiet in de lach. 'Wat, denk je nou echt dat mijn borsten blijven groeien vanwege een magische wens die ik deed toen we twaalf waren?'

'Verstikt door haar eigen tieten.' Serena schudt haar hoofd. 'Dat is nog eens doodgaan.'

'Ik denk dat ik overal wat aangekomen ben, en daar horen mijn borsten ook bij.'

'Nou, je ziet er superlekker uit en het staat je goed.' Lil neemt de verder nogal zedige zwarte jurk in zich op. Hij is eenvoudig, met korte mouw, een ronde halslijn en een uitwaaierende rok die tot onder mijn knie komt.

Daar ben ik het mee eens. Ik heb ongeveer maat 44/46, en hoewel ik als tiener geobsedeerd was door mijn gewicht, ben ik tegenwoordig heel tevreden met de zachte rondingen die ik in de spiegel zie. Ik denk dat dat een van de pluspunten van goede therapie is.

'Waar blijft de drank?' vraag ik, terwijl Serena onze jassen in de kast propt waar nog allerlei spullen in liggen, zoals onze regenlaarzen van vroeger en een aantal kapotte rackets (Lil kan à la John McEnroe verbazingwekkend slecht tegen haar verlies).

We lopen naar de bar en de barkeeper glimlacht naar ons. Hij is verschrikkelijk knap – slaphangend blond haar, gevoelige blik, ergens achter in de twintig. 'Wat kan ik voor jullie inschenken?' vraagt hij.

'Heb je tequila?' Serena trekt een wenkbrauw op.

De man schudt berouwvol zijn hoofd. 'Het spijt me, dames, ik heb champagne, wijn, bier, jenever, wodka en whisky.'

'Volgens mij hadden de mama's niet verwacht dat mensen op een uitvaart shotjes zouden doen,' zeg ik.

'Dan hadden ze het goed mis.' Serena haalt de fles Patrón uit haar tas en geeft hem aan de barkeeper alsof de tequila een kwetsbare pasgeboren baby is. 'Wil je die achter in die koelkast voor me verstoppen? Maar geef ons eerst drie glazen met wat ijs, alsjeblieft.'

Hij doet dat maar al te graag, vooral omdat hij tijdens het overhandigen van Lils glas met zijn vingers langs de hare kan strijken. Lils wangen worden rood en die van hem ook.

'Ik ben Henry,' brengt hij verstikt uit.

'Lil,' kan mijn zus nog net zeggen, en ze kijken elkaar aan alsof er een aureool van blauwe tekenfilmvogeltjes om hun hoofd vliegt.

'En ik ben Serena en dit is Clemmie,' komt Serena tussenbeide, zich totaal niet bewust van de subtiele romantische spanning die er hangt. 'Bescherm die tequila met je leven, Henry. Als deze oude zuipschuiten er lucht van krijgen, richten ze een bloedbad aan.'

'Op mij kun je rekenen,' zegt Henry mans en hij schenkt drie belachelijk grote shotjes tequila in onze glazen, waarna hij de fles in het koelkastje verstopt dat achter hem staat.

'Oké.' Serena neemt een versterkend slokje. 'Zullen we kijken wat de ouders uitspoken?'

'Moet dat?' zeur ik.

'Wil je liever over koetjes en kalfjes praten met allerlei mensen uit de muziekindustrie?' vraagt ze sluw.

Ik houd opstandig mijn mond.

'Dat dacht ik al.' Serena schrijdt naar voren. 'Kom op, Lil,' roept ze achterom.

Lil en Henry staan daar maar, zwijgend naar elkaar te glimlachen.

'Lil?' Ik schud haar aan haar arm.

Ze draait zich naar me toe, met pupillen zo groot dat het lijkt alsof ze hallucinogenen heeft geslikt. Ze maakt een geluid dat klinkt als: 'Waaa?'

Ik moet mijn lach inhouden. 'We gaan weer terug.'

'O... ja... oké...' zegt ze en ze probeert zich zichtbaar te herpakken. 'Tot straks, Henry.'

'Tot straks, Lil,' fluistert Henry en mijn zus smelt alsof hij Shakespeare heeft geciteerd.

Als we weer in de woonkamer zijn, treffen we Ripp in het middelpunt van de belangstelling aan: hij vertelt luidruchtig een verhaal waarin hij, Carl en een stripper die ze in Las Vegas hadden opgepikt de hoofdrol spelen, en iedereen om hem heen ligt dubbel. Ik ken dit verhaal, omdat ik me de foto's nog herinner van mijn vader die strompelend een club verlaat met zijn arm om een topless vrouw. Het was dezelfde week waarin hij niet kwam opdagen voor het feestje ter ere van mijn dertiende verjaardag.

'Zing eens een nummertje, Ripp!' roept iemand. 'Iets voor Carl.'

'O, jezus,' mompel ik binnensmonds.

'O nee, dat kan ik niet maken,' zegt Ripp en hij zwaait bedeesd met zijn hand, hoewel zijn blik naar de piano in de hoek van het vertrek dwaalt.

'Ja, kom op!' zeggen nog meer mensen.

'Dee?' vraagt Ripp, mijn moeder aankijkend, en er trekt een opgewonden huivering, een knetterende spanning, door de groep gasten.

Mam rolt goedhartig met haar ogen. 'Nee hoor, Ripp.'

'Carl had het geweldig gevonden, dat weet je,' vleit Ripp. 'Hij zat altijd te zeuren dat we samen moesten zingen.'

'Dat is waar, Dee,' beaamt Petty.

Mam knippert met haar ogen en volgens mij zie ik tranen. 'O, oké. Voor Carl.'

Met die woorden begeeft ze zich naar de piano en Ripp loopt met lange passen achter haar aan. Zonder aarzeling gaat ze achter de toetsen zitten, heft haar handen en laat ze zakken. Akkoorden barsten los als ze 'Girl from the North Country' begint te zingen. Haar stem is nog altijd prachtig; honingzoete klanken stromen door de ruimte. Ripp valt in en je kunt van hem zeggen wat je wilt, maar hij kan echt goed zingen. Hun stemmen passen perfect bij elkaar; er gebeurt iets magisch en alle aanwezigen weten het. Iedereen houdt collectief de adem in, is doodstil.

'Dit was Carls lievelingsnummer,' fluistert Petty. Haar wangen zijn al nat van de tranen. 'Mijn hemel, ze is geweldig.'

Terwijl ik naar mijn moeder kijk, naar Ripp, zijn mijn handen tot vuisten gebald. Ik zie de flits van iemand die een foto neemt. Uiteindelijk deins ik terug, zet een stap naar achteren, daarna nog een, en nog een, totdat ik uit het gedrom ben.

Dan bots ik met mijn rug tegen iemand op. Een paar handen pakken me vast zodat ik blijf staan, en al voor ik me omdraai weet ik wie het is. Misschien word ik gewaarschuwd door de geur van zijn aftershave – hij was altijd nogal scheutig met het spul en blijkbaar heeft hij die gewoonte nog steeds – of misschien door het intense, apocalyptische voorgevoel, maar hoe dan ook, ik weet het.

Langzaam draai ik me om. 'Hallo, Sam,' zeg ik en tot mijn opluchting klinkt mijn stem evenwichtig, ook al voelt het verder alsof ik in ruw water op een losgeslagen boot zit.

'*Oh, my darlin' Clementine!*' Jengelend imiteert hij een zogenaamde cowboy, en als ik dat lied niet al tot op het bot haatte, dan had dit ogenblik het wel voor elkaar gekregen. De man die me bijna kapot heeft gemaakt, grijnst op me neer met een lome, scheve glimlach. Het is een glimlach die ooit vlinders in mijn buik deed losbarsten, een glimlach waar ik duizelig van werd. Nu heb ik alleen maar een vaag misselijk gevoel, alsof mijn maag in mijn keel zit terwijl ik van grote hoogte naar beneden val.

Natuurlijk is hij vandaag hier, in mijn huis. Het lijkt wel alsof die stomme spreuk hem heeft opgeroepen.

Sam Turner – het oorspronkelijke slachtoffer van de vloek, de jongen die mijn hart brak toen ik zeventien was – is ondertussen behoorlijk beroemd. Hij ziet er nog steeds goed uit, met zijn lange rossige haren en rijzige, magere lichaam, maar hij is gepolijster dan de sjofele jonge kerel die ik me herinner. Ik heb foto's van hem gezien, maar heb hem bijna vijftien jaar in levenden lijve kunnen ontwijken. Dat was niet zo moeilijk, we verkeren niet bepaald in dezelfde kringen.

'Je ziet er goed uit,' zegt hij en hij bekijkt me niet zo subtiel. 'Maar jij was altijd al bloedmooi.' De glimlach wordt breder. Zijn blauwe ogen hebben rimpels in de hoekjes, kleine lijntjes die er nog niet zaten de vorige keer dat ik hem zag.

In de loop der jaren heb ik me dit vaak voorgesteld: Sam weer zien. Soms stelde ik me voor dat ik tegen hem schreeuwde, hem een klap verkocht. Andere keren stelde ik me voor dat ik ijzig kalm bleef terwijl hij voor me op zijn knieën ging. Ik had me niet kunnen voorstellen dat hij zou doen alsof er nooit iets is gebeurd. Ik had niet bedacht dat ik gewoon zou blijven staan, verstijfd, met een bonzend hart terwijl hij gniffelde en een beetje kletste.

Hij leunt nonchalant tegen de muur, een drankje in de hand. 'Vertel, hoe is het met je? Wat doe je tegenwoordig? Je bent docent, toch? Ik hoopte al dat ik je tegen het lijf zou lopen. Je vader wist niet of je zou komen.'

Ergens in mijn hersenen ontstaat kortsluiting. Zelfs nu, op dit moment, ben ik me er vaag van bewust dat ik spijt zal krijgen als ik wegloop. Ik kan Sam alleen maar aangapen. Ik zou niet eens weten waar ik moet beginnen met het uitpluizen van de reikwijdte van emoties die vanbinnen kolken, nu ik hem zie en de woorden hoor die uit zijn mond komen. Hij is hier, in mijn huis. Hij heeft met Ripp over mij gepraat. Ripp is hier ook.

'Ik moet weg,' kan ik nog net verstikt uitbrengen en dan dring ik langs hem heen, naar de gang.

Nu zit er nog maar één ding op.

'Henry,' zeg ik bars terwijl ik zijn kant op been. 'Ik moet die tequila hebben.'

Zwijgend overhandigt hij me de fles en ik gris hem uit zijn handen, sprint de trap op en de gang door, totdat ik bij mijn slaapkamerdeur ben. Ik storm naar binnen en wil op mijn buik op het bed ploffen.

'Hallo,' zegt een stem. 'Gaat het?'

5

Er zit een jongen in mijn kamer. Dat zijn de enige woorden die mijn geklutste hersenen kunnen bevatten terwijl ik met een bonkend hart en een fles tequila in mijn hand, met mijn rug tegen de deur sta. *Er zit een jongen op mijn bed.*

En ik heb nog nooit iemand gezien die zo mooi is.

'Wat doe jij hier?' weet ik uit te brengen. Mijn hoofd tolt nog van de onverwachte ontmoeting met Sam en dan nu dít? Iemand is duidelijk met me aan het sollen. Wat heeft Lil in hemelsnaam in die koekenpan gestopt?

'Sorry,' zegt de jongen (die eigenlijk een man is). 'Ik was die gasten helemaal zat. Woon je hier?'

'N-nee,' zeg ik, want dat is waar, voorlopig tenminste, en ik klamp me aan dat feit vast. Ik probeer het tafereel dat ik voor me zie te laten bezinken.

Sinds ik ben verhuisd heeft mam mijn slaapkamer onaangeroerd gelaten en dit is nog steeds de kamer uit mijn jeugd: een boekenkast vol gehavende boeken over balletdanseressen en ponyclubs, een kaptafeltje bezaaid met korstige Rimmel-nagellakflesjes en uitgedroogde mascara's. Naast het eenpersoonsbed hangt een poster van Geoffrey Chaucer aan de muur, samen met die van Ryan Gosling in *The Notebook*. Het bed zelf wordt momenteel in beslag genomen door de mooie man die languit op mijn zachte, gebloemde dekbed ligt.

Hij zwaait zijn benen opzij zodat zijn voeten op de vloer belanden en hij overeind komt, met zijn rug tegen de muur en de bovenkant van zijn hoofd tegen de onderkant van de Ryan Gosling-poster. Zo te zien is hij ergens achter in de dertig, met inktzwart haar dat lichtjes krult zodat je zin krijgt om je vingers erdoorheen te halen, donkere ogen die ondeugend fonkelen, waardoor de rest van zijn gezicht er iets minder onverbiddelijk uitziet, want verder is hij een en al scherpe hoeken, rechte lijnen en perfect symmetrisch.

Het dringt tot me door dat hij de kistdrager van de uitvaart is en opnieuw voel ik dat vurige flintertje lust vanbinnen. De schok omdat ik hem hier aantref, op mijn bed, wordt er niet minder van.

'Ik ben Clementine,' flap ik eruit.

'Clementine?' De harde streep van zijn mond verzacht en zijn glimlach ontneemt me de adem.

Ik knik en brabbel onnozel verder: 'Mijn moeder zegt dat ze die naam heeft uitgekozen omdat clementines de vriendelijkste vruchten zijn.'

Zijn glimlach wordt breder en er verschijnt een ondiep kuiltje in zijn linkerwang. Dus toch niet helemaal symmetrisch. 'Maar waarom,' vraagt hij, 'moest je überhaupt een vrucht zijn?'

'Geloof me, die vraag heb ik zo vaak gesteld,' brom ik, en ik herpak me een beetje. 'En de redenering blijft een raadsel. Stel je eens voor dat je een roodharig meisje bent dat Clementine heet.'

Hij schiet in de lach en dat geluid suist door mijn lijf. Ik wil het meteen nog een keer horen.

'Mijn moeder noemt me nog stééds Teddy,' zegt hij. 'Misschien helpt dat.'

'Jawel. Als gênante moeders zelfs zeer redelijke namen zoals Edward blijven afkorten tot Teddy, dan hoef ik me niet zo zielig te voelen.' Hij doet zijn mond open alsof hij iets wil zeggen, maar ik ga zenuwachtig verder. 'Bijna iedereen noemt me trouwens Clemmie.' Ik houd de fles tequila omhoog. 'Zin in een borrel?'

Hij klopt naast zich op het bed. 'Nee, bedankt, maar kom je bij me zitten? Zullen we ons samen verstoppen?'

'Wie zegt dat ik me verstop?' Ik kom een stap dichterbij. 'Misschien vond ik het beneden wel ontzettend gezellig.'

'Die reuzenfles tequila doet anders vermoeden.'

'Daar heb je me.' Ik adem diep in, plof naast hem op het bed, maar laat genoeg ruimte tussen ons zodat we elkaar niet raken. Ik haal de dop van de fles en neem met een grimas een klein slokje.

'Vertel, waar kende je Carl van?' vraagt Edward.

'Hij was een oude vriend van de familie,' zeg ik. Onder de poster van Chaucer leun ik tegen de koele muur en laat mijn voeten over de rand van het bed bungelen.

'Gecondoleerd. Waren jullie hecht met elkaar?'

'Ik had hem eigenlijk al een hele tijd niet meer gezien. Maar hij was een aardige man, van wat ik me kan herinneren.'

Edward glimlacht. 'Ja, hij was een goeie vent.'

'Jij droeg toch de kist?' vraag ik ongemakkelijk. 'Want volgens mij zag ik je in de kerk. Waar kende jij Carl van?'

Hij gaat verzitten. De mouw van zijn overhemd strijkt lichtjes langs mijn arm en mijn hersenen zijn helemaal leeg, op het ruisende geluid na. Ik zie dat hij zijn donkere jasje heeft uitgetrokken en zijn das heeft afgedaan – die hangen netjes over de rugleuning van mijn roze bureaustoel. Het bovenste knoopje bij zijn kraag is los en mijn blik blijft hangen op het piepkleine driehoekje van huid dat ik onderaan zijn keel zie.

'We kenden elkaar al jaren,' zegt hij ten slotte en ik dwing mezelf me weer op het gesprek te focussen. Mijn god, waar is een flink kruisbeeld als je er een nodig hebt? Naar een ernstig kijkende en hopeloos verliefde Ryan Gosling staren zal gewoonweg niet het gewenste effect hebben.

'Maar het verbaasde me wel dat ik gevraagd werd om de kist te dragen,' geeft Edward toe. 'Ik had me nooit gerealiseerd dat hij geen familie of zo had. Het is triest.'

'Ja, inderdaad,' beaam ik, 'maar er waren tig mensen op zijn uitvaart en honderden hier op de condoleance. Blijkbaar heeft hij vele levens beïnvloed.'

Edward zwijgt en zijn mond staat weer vastberaden, de humor is uit zijn ogen verdwenen. Hij ziet er ongelukkig uit en dat vind ik vreselijk.

'Je hebt hem in elk geval niet laten vallen,' zeg ik, de woorden rollen eruit voordat ik er al te veel over kan nadenken.

Hij stoot verrast een lach uit. 'Precies.' Hij gaat zo zitten dat hij me recht aankijkt. 'Daar was ik doodsbang voor. Heb je wel eens dat je een vreselijke gedachte maar niet uit je hoofd krijgt? Ik had me op mijn verdriet om Carl moeten concentreren, of op wat een eer en een verantwoordelijkheid het was of zo, maar in mijn hoofd dreunde het maar door: "laat de kist niet vallen, laat de kist niet vallen." En toen ging die navigatie af…'

Kreunend sla ik mijn handen voor mijn gezicht.

'Niet waar!' Met een vrolijke stem leunt hij voorover en trekt voorzichtig mijn hand weg. Hij wikkelt zijn vingers om mijn pols en het zou me niets verbazen als de vonken van mijn huid afspatten. 'Was jij dat?'

'Natuurlijk was ik dat.' Ik kreun opnieuw. 'Mijn leven is momenteel gewoon één grote ramp.'

'O mijn god, dat was zo grappig,' zegt hij grinnikend. 'Ik bedoel maar, ik weet wel dat het een uitvaart was, maar toen die stem "Keer om!" begon te gillen, moest ik mijn stinkende best doen om niet in lachen uit te barsten. Ik moest al mijn aandacht op een reusachtige Jezus richten die aan de muur hing en eruitzag als een Action Man-pop die in de magnetron heeft gezeten…'

'Dat was precies hoe hij eruitzag!' roep ik uit. Het dringt tot me door dat hij nog steeds mijn pols vastheeft en zijn gezicht is nu dichter bij het mijne. Hij grijnst naar me en het kuiltje is dieper geworden. Ik kan hem niet recht aankijken; het is alsof je in de zon kijkt: zo schitterend dat het pijn doet. Ik ga verzitten, trek mijn hand weg en neem nog een slok uit de tequilafles. Het spul brandt in mijn keel.

'Maar waarom is jouw leven één grote ramp, Clemmie?' vraagt Edward.

'O, je kent het wel, het gebruikelijke verhaal,' zeg ik, friemelend aan mijn rok. 'Gedumpt door mijn vriend die vreemdging en bij die andere vrouw een kind krijgt, baan kwijt, binnenkort mijn appartement kwijt.'

'Oef!' Edward krimpt ineen en laat zijn hoofd tegen de muur vallen. 'Dat is zwaar, zwaar waardeloos. Jouw vriend is overduidelijk een sukkel.'

'Hij heeft mijn kat meegenomen,' zeg ik met een klein stemmetje.

'Klootzak,' zegt Edward dof.

'Yep.' Ik sluit mijn ogen. 'En alsof dat nog niet erg genoeg is, liep ik net nóg een ex tegen het lijf.'

'Nog een klootzak?'

Ik moet lachen, maar het is een hard geluid. 'De grootste, eigenlijk.'

'Aha,' zegt Edward veelbetekenend. 'Eerste grote liefde?'

'Zoiets. Ik heb het niet helemaal aangepakt zoals ik bedacht had... Daar krijg ik later spijt van. En dan moet ik ook nog met onze gezinssituatie dealen en die is... ingewikkeld.'

'Gezinnen kunnen ingewikkeld zijn,' beaamt Edward. 'Mijn zus heeft ooit een uitgebreide grap met me uitgehaald waarbij ze deed alsof ze een klopgeest was die Colin heette en in mijn kamer woonde.' Verbaasd stoot ik opnieuw een lach uit, een echte deze keer, en ik ben dankbaar voor de verandering van gespreksonderwerp.

'Heb jij broers en zussen?' vraagt hij.

'Twee zussen,' zeg ik glimlachend. 'En wij hebben ook genoeg grappen met elkaar uitgehaald, hoewel er volgens mij niet één was die met een klopgeest te maken had.' De lichte roes van de tequila maakt een golf van warme genegenheid los voor Lil en Serena. 'Maar we zijn misschien wél magisch. We hebben een toverspreuk uitgesproken.' Ik weet niet waarom ik dat laatste vertel, maar er is iets aan Edward en aan hier op mijn oude kamer zitten waardoor ik me op mijn gemak voel.

'Wat bedoel je met "een toverspreuk uitgesproken"?'

'Dat deden we vroeger als kind, doen alsof we heksen waren, en toen mijn zussen laatst bij me langskwamen, hebben we een oude spreuk tevoorschijn gehaald die we ooit hadden uitgesproken. De liefdesverdrietspreuk. We hebben een koekenpan in de brand gestoken en Len vervloekt.'

'Len?' Er klinkt een huivering in Edwards stem door.

'Mijn ex-vriend,' leg ik uit. 'We lazen dezelfde spreuk op van toen ik zeventien was en vervloekten hem, wat ontzettend louterend werkte, en toen deden we drie wensen voor mij, ieder één.'

'Wat voor wensen?'

'De wens die ik destijds had gedaan was voor een geweldige baan, wat me eigenlijk het gevoel gaf dat het universum een grote grap met me uithaalt, gezien mijn huidige omstandigheden.' Ik werp een blik op hem, maar hij kijkt me al aan. Zijn ogen zijn zo donker, maar nu zie ik dat er om zijn irissen lichtere, goudbruine spikkeltjes zitten. 'Ik heb keihard gewerkt om te komen waar ik nu ben in mijn vakgebied, en het voelt voortdurend alsof ik één stap vooruit zet en twee stappen terug.'

Alleen al bij de gedachte aan sollicitatiegesprekken in de toekomst word ik overspoeld door een allesoverheersende vermoeidheid. 'Maar volgens mij is focussen op je carrière het beste wat je kunt doen als je liefdesleven op zijn gat ligt,' zeg ik, alsof ik probeer mezelf daarvan te overtuigen.

'En wat waren die andere wensen?' vraagt hij.

'O, eh, een van mijn zussen wenste dat ik liefde zou vinden – grootse, zielsverwante liefde. Zij is de optimist van de familie.'

'En de andere?'

Ik voel mijn wangen rood worden. 'Zij wenste heftige seks.'

'Heftige seks?' Zijn wenkbrauwen vliegen omhoog, maar verder lijkt hij onaangedaan.

Ik knik en probeer net zo nonchalant over te komen. 'Ik ben heel lang met Len geweest.' Ik haal mijn schouders op. 'Serieuze relaties trokken me sowieso altijd al meer aan. En mijn zussen vinden dat ik op het gebied van seks wat... avontuurlijker moet zijn, zeg maar, wat vrijblijvender. Zo nu en dan een onenightstand moet hebben.'

'Ik snap het,' mompelt hij. Door de manier waarop hij die woorden zegt, voel ik het vanbinnen warm worden. 'En wil jij dat ook?'

'Weet ik niet,' fluister ik. 'Misschien.'

We zitten zo dicht bij elkaar dat de kleinste beweging al genoeg is om mijn mond op de zijne te laten belanden. Ik weet niet hoe we dit voor elkaar hebben gekregen, waarschijnlijk leunden we naar elkaar toe, beetje bij beetje, zonder dat ik het in de gaten had.

Maar nu heb ik het wel in de gaten. Ik ruik hem en hij ruikt verrukkelijk, naar koele, frisse zeelucht, doorspekt met iets citrusachtigs en waarschijnlijk iets wat een scheepslading supersexy feromonen moet zijn, want het voelt alsof mijn hele lichaam schittert. Ik wil mijn neus in zijn hals boren en hem gewoon inhaléren, en waarschijnlijk is er iets van die krankzinnige hunkering van mijn gezicht af te lezen, want de sfeer tussen ons verandert, knettert alsof er onweer gaat losbarsten, en hij blijft roerloos zitten.

'Zullen we dat gaan uitzoeken?' vraagt hij zachtjes.

Mijn hart gaat tekeer en ik zie zijn blik naar mijn mond zakken. Voordat ik de moed verlies, leun ik voorover en druk mijn lippen op de zijne. Het is een snelle kus, stelt bijna niets voor, een zachte streling van lippen, en toch voel ik het tot in mijn tenen. Ik deins verschrikt terug.

'Het spijt me,' flap ik eruit. 'Het spijt me heel erg, dat had ik niet moeten doen. Niet zonder het te vragen. Dat was onbeschoft, een slecht idee, ik...'

'Clemmie,' onderbreekt hij me. Dan plukt hij de tequilafles uit mijn hand en zet hem voorzichtig op het nachtkastje. 'Ik vond het een heel goed idee.'

Dan legt hij zijn handen – o zo teder – op mijn wangen, strijkt met zijn duim over mijn jukbeen, trekt me naar zich toe en kust me.

En hij kust me écht. Eerst langzaam, alsof we alle tijd van de wereld hebben. Lome, verdovende kussen die in elkaar versmelten en mijn hoofd doen tollen. Ik voel zijn glimlach tegen mijn lippen. Ik verlaat zwevend en verrukt mijn lichaam. Ik open mijn mond onder de zijne en maak een geluid dat klinkt als een zucht.

De hoek verandert en de kus wordt heftiger. Ik pak zijn kraag vast, hij boort zijn vingers in mijn haar, en dan klim ik op zijn schoot alsof ik niet genoeg van hem kan krijgen. Zoals hij smaakt, zoals hij aanvoelt – in mijn mond, onder mijn handen.

Een wanhopig, volhardend verlangen, dat ik nog nooit heb meegemaakt, raast in golven door mijn lichaam. Zachtjes bijt ik in zijn onderlip en hij gromt, waarna hij een vederlicht spoor van mijn mondhoek naar mijn oor en dan langs mijn hals trekt. Hij laat zijn lippen op mijn sleutelbeen liggen en ik heb me nooit eerder gerealiseerd wat een erogene zone dat is, maar nu moet ik me inhouden om niet te gaan gillen. Met een ruk trek ik hem weer omhoog, ik verlang naar meer van hem, verlang ernaar dat er geen eind komt aan die woeste, zinderende kus die tot in elke vezel van mijn lijf doordringt. Ik verstrengel mijn handen achter zijn nek en kruip tegen hem aan, de druk van mijn borst tegen de zijne duwt ons allebei nog verder over het randje.

Eindelijk laten we elkaar los. We ademen zwaar. Zijn pupillen zijn immens groot, de mijne waarschijnlijk ook. Twee van zijn overhemdknoopjes staan nu ook open, hoewel ik me niet kan herinneren dat ik ze losgemaakt heb. Zijn haar is verrukkelijk verfomfaaid. Er zit een veeg rode lippenstift op zijn gezicht.

'Ik... Ik...' stotter ik. 'Eh, dat was... Ik... We...'

'Klopt,' zegt hij ademloos. 'Klopt.'

Zijn blik valt weer op mijn mond en daarna op mijn borst, die daadwerkelijk zwóégt, alsof ik zo'n wellustige heldin uit een pikante historische roman ben.

'Waar slaap je vannacht?' vraag ik.

Hij schudt zijn hoofd, alsof hij het helder probeert te krijgen, en kijkt me verward aan. 'Eh... In een of ander hotel in de stad,' brengt hij uit. 'Hoezo? Waar slaap jij?'

'Bij jou?' Ik probeer de woorden er zo zelfverzekerd mogelijk uit te gooien, als een verklaring, maar ze komen eruit als een lichtelijk trillende vraag.

Edward spert zijn ogen open en die glimlach breekt weer door, die stralende glimlach, die zijn kuiltje benadrukt en rare dingen bij mij doet. 'Ja, Clemmie.' Zijn stem is hees, ruw van het zoenen, en hij trekt me weer naar zich toe. 'Bij mij.'

6

De volgende ochtend word ik wakker van het geluid van stromend water en ik vlieg overeind in de veronderstelling dat mijn appartement overstroomt. Maar dit bed is niet van mij, de lakens waarin ik gewikkeld lig zijn niet van mij en dit appartement is zeker niet van mij. In plaats daarvan lig ik in een mooie hotelkamer en het stromende water dat ik hoor, is het geluid van de man met wie ik vannacht waanzinnige seks heb gehad en die nu onder de douche staat.

Ik trek het witte laken van Egyptisch katoen omhoog en plof achterover op het kussen van ganzendons. Met een woeste, onvoorstelbare grijns laat ik het allemaal weer naar boven komen – de zoenen, de aanrakingen, het vúúr. In mijn gedachten dwarrelen enorm veel beelden als sexy confetti rond.

Zoals toen ik zijn overhemd openscheurde, mijn handen op zijn prachtige borst legde en met mijn vingers over die platte, harde spieren streelde, en zoals toen ik het overhemd van zijn schouders liet glijden en zag dat zijn armen van zijn schouder tot aan zijn pols bedekt waren met tatoeages. Ik weet niet waarom ik dat zo waanzinnig aantrekkelijk vond, om onder dat pas gestreken, witte overhemd al die verrassende, wervelende inkt te ontdekken, maar dat was het wel. Ik stopte toen, zat schrijlings op zijn schoot, en trok mijn vingers een tijdje over biceps en onderarmen. Daar zag ik krullende acanthusbladeren tussen geometrische patronen door slingeren, doorspekt met geopende, bloeiende exotische bloemen, totdat Edward begon te kreunen en het tot me doordrong dat hij me met een hongerige, geile blik aankeek.

Er werd nog meer gezoend. Gulzig en wanhopig gezoend. Ik zakte weg in dit bed, met zijn gewicht boven op me en zijn volle, stijve erectie precies waar ik die hebben wilde.

Op een bepaald ogenblik had hij zich heel, heel voorzichtig losgewrongen en gevraagd: 'Weet je zeker dat je dit wilt? We kunnen stoppen. We kunnen elk moment stoppen.'

Verbaasd keek ik hem aan, mijn door wellust verbijsterde brein zocht moeizaam naar woorden.

'Ja, graag,' zei ik. 'Ik wil meer. Ja. Graag.'

Hij schoot in de lach en begon me weer te kussen tot ik licht in mijn hoofd was.

Ik zie het beeld voor me van zijn prachtige handen, zijn lange, bekwame vingers die me aanraakten, vastpakten, plaagden, voel zijn ruwe, schuurpapieren kaak op mijn borst, mijn buik, mijn dijen.

Ik denk aan het eerste orgasme, dat door me heen raasde, me sterretjes liet zien, me als een gek deed hijgen en giechelen. Mijn bekentenis dat ik altijd maar één keer kon klaarkomen en dat wat mij betrof al die verhalen over meerdere orgasmes sprookjes waren.

Het was niet als uitdaging bedoeld, maar zo vatte hij het wel op, en hij nam de tijd met zijn mond, zijn vingers en fluisterde lieve, schunnige woordjes, totdat ik me weer liet gaan, nog veel heftiger die keer.

Het laatste wat ik me kan herinneren is dat ik uitgeput tegen hem opgekruld lag, met mijn hoofd op zijn borst terwijl hij mijn haar uit mijn gezicht veegde. Het regelmatige gebonk van zijn hart onder mijn oor.

En nu staat hij onder de douche.

Ik heb nog nooit een onenightstand gehad en ik heb geen idee hoe het met de etiquette zit.

Ik draai mijn hoofd naar de badkamer, maar de douche loopt nog steeds. Ik wip uit bed en merk dat mijn spieren pijn doen alsof ik naar de sportschool ben geweest en ik weet dat ik nog steeds loop te grijnzen, want mijn wangen beginnen ook zeer te doen. Ik raap mijn ondergoed en mijn kleren op die overal op de grond liggen en kleed me snel aan.

Midden in de kamer blijf ik ongemakkelijk stilstaan. Zal ik blijven? Volgens mij impliceert blijven bepaalde verwachtingen. Ontbijt en knuffelen en al die andere dingen die bij stelletjes horen, al die dingen die ik normaal gesproken doe nadat ik met iemand naar bed ben geweest. Maar nu niet, dat zou de oude Clemmie doen. Zal ik stiekem wegsluipen? Of is dat onbeschoft?

Besluiteloos bijt ik op mijn lip en ik vang een glimp op van mijn spiegelbeeld. Mijn haar steekt alle kanten op, mijn wangen zijn rood, mijn lippen opgezet, mijn ogen enorm, en ik heb een verbouwereerde blik van verbijstering in mijn ogen – eigenlijk valt die nacht vol verrukkelijke bezigheden in koeienletters van mijn gezicht te lezen. Ik rommel in mijn handtas op zoek naar een elastiekje en wikkel mijn lange, verwarde haar in een slordige knot. Wrijvend onder mijn ogen verwijder ik panda-achtige vegen mascara en ik tover een ietwat stoffig, extra sterk pepermuntje tevoorschijn, dat ik in mijn mond stop. Zo, denk ik, bijna menselijk.

Mijn telefoon zit ook in mijn tas en ik bedenk dat mijn batterij bijna leeg is. Ik heb berichten van mijn zussen en van mijn moeder, die verstuurd zijn nadat ik had laten weten dat ik op tijd naar huis ging en ze later wel zou spreken. Mijn DRIE HEKSEN-appgroep is helemaal ontploft:

Serena: Uhgggggg hoe kon je ons hier achterlaten? Die oudjes zijn stomdronken aan het worden.
Lil: Henry zei dat hij je al eerder weg zag gaan en dat je met een man meeging????
Lil: En dat jullie het zo te zien heel gezellig hadden???
Serena: WTF Clemmie? Toen je zei dat je vroeg naar bed ging had ik geen idee… 🍆🍆🍆 👀 😏
Lil: De spreuk voor heftige seks WERKT AL!!!!!!
Serena: Graag gedaan.
Lil: OMG. Henry heeft een nieuwe cocktail bedacht en die heet 'De Lil', 🖤 🖤 🖤
Serena: Zie je zo bij de drank.
Lil: Woehoe! De Lil is toch een potje STERK. Wodka, jenever en witte wijn. Begin nu aAn m'n derde!
Serena: De Lil is goor. Volgens mij is Henry geen echte barkeeper.

Lil: Hou je koP, vet lekker. Henry is een timmrman zoals JEZUS. Henrys gezicht is poetisch.
Serena: Lil bespringt Henry zowat op de bar. Niet te geloven dat je mij hiermee hebt opscheept. O wee als je geen 🔥 seks hebt. Gelukkig is er tequila om de pijn te verzachten.
Serena: CLEMMIE
Serena: WAAR IS DE TEQUILA???
Serena: CLEMMIE
Serena: CLEMMIE
Serena: CLEMENTINE GRACE MONROE
Serena: Ik neem mijn woorden terug. Dat je ongelooflijk middelmatige seks mag hebben.
Lil: HenrY kus Lil kus !!!!!!!!!!!!
Serena: Lil heeft in je oude regenlaarzen gekotst. Heb je nu je zin?

Ik krijg ook een herinnering dat ik vandaag een afspraak heb. O, shit. Geheel in overeenstemming met de loop van de huidige gebeurtenissen in mijn leven ga ik te laat voor therapie komen, tenzij ik mijn onenightstand nú in de steek laat. Dat moet toch wel een teken van het universum zijn?

Ik pak een notitieblok en potlood van het bureau en bijt even op mijn lip.

Lieve Edward,

schrijf ik,

Bedankt voor de fijne avond. Ik stelde de tijd en energie die je erin hebt gestoken erg op prijs.

Waar ben ik in hemelsnaam mee bezig? Waarom klink ik als een bejaarde die hem bedankt voor het afstoffen van mijn zolder? (Ik hoor de grap al die Serena nu zou maken: 'Eerder je kelder, Clem.')

Ik verfrommel het velletje papier en begin opnieuw.

Edward,
Ik heb het ontzettend leuk gehad, dank je wel.

Clemmie x

Zo moet het maar. Voordat ik me kan bedenken, pak ik mijn spullen, sluip de kamer uit en trek de deur zachtjes achter me dicht. Ik haast me door de gang en graai in mijn tas op zoek naar mijn autosleutels. Godzijdank was ik gisteravond zo verstandig om Edward met mijn auto hierheen te laten rijden, zodat ik er als een speer vandoor kon gaan.

Met de lift ga ik naar de receptie en ik houd mijn ogen op de grond gericht als ik door de draaideur loop.

FLITS!

Licht flikkert voor mijn ogen, gevolgd door een tweede flits en daarna nog een. Mijn lichaam komt meteen in opstand, mijn hart bonkt, mijn keel wordt dichtgeknepen.

Camera's. Overal camera's.

'O, sorry, mop,' roept een man en er komt abrupt een eind aan de lichtflitsen. 'Dacht dat je iemand anders was.'

Zwijgend pak ik de kraag van mijn wollen jas en trek die strak om me heen. Knipperend met mijn ogen tegen de felle stipjes die nog steeds in mijn gezichtsveld zweven, laat ik zijn woorden tot me doordringen en besef ik dat de fotografen hier niet voor mij zijn. Mijn longen vullen zich weer met lucht. Het is lang geleden dat ik voor het laatst aan paparazzi ben blootgesteld, en ik ben nog duizelig van dat moment van blinde paniek.

Op onvaste benen zwalk ik in de richting van de ondergrondse parkeergarage, terwijl ik langzaam en diep inadem. Ik weet nog dat Edward zei dat veel mensen op de condoleance hier een hotelkamer hadden geboekt, dus zo gek is het niet dat de fotografen op de plek afkomen waar meerdere beroemdheden waarschijnlijk de dag erna met een kater hun gezicht laten zien.

Misschien verblijft mijn vader hier en kunnen ze achthonderd foto's maken van die 'dappere Ripp' die om zijn goede vriend rouwt. Alleen al bij de gedachte word ik om meerdere redenen misselijk. Het is in elk geval tijd om de benen te nemen, want ik denk zomaar dat door mijn vader betrapt worden terwijl ik voor een muur van fotocamera's stiekem de hotelkamer van een man uit glip, misschien wel mijn allerergste nachtmerrie is.

Als ik veilig bij mijn auto ben, zet ik mijn luisterboek aan en sijpelt het opgewonden gevoel dat ik eerder had weer mijn lijf in. Niet te geloven dat ik zoiets heb gedaan. Dat ik, Clementine Monroe, een onenightstand met de allermooiste man ter wereld heb gehad, en het was zo ontzettend lekker. Zo lekker dat ik waarschijnlijk voor altijd verpest ben, maar dat is een heel ander verhaal. Serena en Lil zijn straks niet te genieten.

Het begint te regenen en de ruitenwissers piepen over de ruit. Ik tik op het stuur, en voel vanbinnen een kracht en oprecht enthousiasme die ik niet ken. Wie had kunnen denken dat vrijblijvende seks je zo'n oppepper kon geven? (En opnieuw hoor ik Serena's stem: 'Iedereen, Clemmie, letterlijk iedereen.')

Binnen een uur nadat ik het hotel heb verlaten, parkeer ik aan de rand van Oxford, waar mijn therapeute Ingrid haar praktijk heeft.

Ze laat me via de intercom binnen en hoewel ik maar een paar minuten te laat ben, bied ik van de zenuwen onsamenhangend mijn verontschuldigingen aan, terwijl Ingrid me zwijgend observeert.

'Het spijt me zo.' Hijgend laat ik me op de vlekkeloze witzijden fauteuil zakken en zet mijn tas op de grond. 'Na de condoleance van gisteravond heb ik me verslapen en moest ik me hierheen haasten.' Ik bazel maar door over het verkeer, over het hotel, over het feit dat ik de nacht met een man heb doorgebracht die ik nog maar net ken en over hoe ik moest maken dat ik wegkwam na mijn eerste onenightstand. Alles komt eruit als één ademloze wal van klanken.

Ingrid knippert niet eens met haar ogen. 'Zal ik je jas aanpakken?' vraagt ze.

'Ja, graag.' Ik kom overeind en knoop hem los. Ik overhandig de jas en ze hangt hem rustig aan de staande kapstok naast haar donkerblauwe Barbour-jas en komt dan tegenover me zitten.

Tussen ons in staat een tafel met een kan water en twee glazen en Ingrid schenkt een glas voor me in, dat ik dankbaar aanneem.

Ik heb nu al bijna twee jaar lang om de paar weken een afspraak met Ingrid, en ik wil eigenlijk niet stilstaan bij het feit dat ik me haar binnenkort niet meer kan veroorloven. Ze is achterin de veertig, met kort zilvergrijs haar en grote groene ogen achter een stevige bril. Dankzij haar air van kille afstandelijkheid komt ze over als een ongelooflijk koelbloedige dame. Met een fanatieke hartstochtelijkheid, die waarschijnlijk de reden is dat ik therapie nodig heb, wil ik dat ze me leuk vindt.

Ze kleedt zich als een lid van de Britse koninklijke familie op een vrije dag – alsof ze op het punt staat op een paard te springen – een soort van vaag tweedachtig, met knielaarzen en zo nu en dan een gilet. Ik weet bitter weinig van haar, behalve dat haar man Engels is en dat haar dochter op de middelbare school zit.

Ingrid praat met een licht Scandinavisch accent en haar gezicht is zo roerloos dat ik nooit precies weet of ze zich laat volspuiten met Botox of dat ze gewoon ongelooflijk goed is in haar werk. Waarschijnlijk allebei.

Net als Ingrid straalt haar kantoor een intense rust uit. Het bevat een minimum aan meubilair: een groot, eigentijds glazen bureau met een gestroomlijnde computer, een notitieblok en één pen, die allemaal kaarsrecht staan of liggen, een boekenkast vol boeken op alfabetische volgorde en een salontafel tussen twee stoelen in. Alles is glimmend wit, met lichtgrijze accenten, en het ruikt er altijd naar van die kaarsen die zo duur zijn dat een normaal mens het onverantwoord vindt er geld aan uit te geven.

Zoals ik al zei is Ingrid onverstoorbaar en om een of andere reden wil ik haar daarom vaak een reactie ontlokken. Zoals gewoonlijk laat ze ook nu totaal geen geschoktheid blijken.

'Dus,' zegt ze na een paar tellen, 'je hebt de nacht met een man doorgebracht?'

'Ja!' Mijn hoofd wipt op en neer als een jaknikkend speelgoedhondje. 'En je weet dat zoiets niks voor mij is, maar het was fantastisch.'

'Fijn om te horen. Hoe voel je je vanochtend?'

Fronsend kijk ik naar mijn glas. Ik heb al jaren therapie en ik vind het heerlijk om mijn emoties uit te pluizen – om tegen Ingrid te praten zonder eerst alles te moeten filtreren. Het zijn rare gesprekken, waarbij je ideeën en gevoelens onder woorden brengt die vaag op het randje van je gedachten sluimeren. 'Ik voel me goed,' zeg ik langzaam. 'Een beetje opgetogen. Het was... fijn, heel erg fijn, en ik heb er bewust voor gekozen, terwijl ik ook op zeker had kunnen spelen en in mijn eentje naar huis had kunnen gaan, wat ik normaal gesproken absoluut gedaan zou hebben. Ik voelde me... op een vreemde manier dapper?'

Ingrid knikt.

'En ik had verwacht dat ik me vanochtend schuldig zou voelen of... weet ik veel, een beetje berouwvol. Maar dat is niet zo, helemaal niet zelfs. Ik begin me af te vragen of Serena's wens daadwerkelijk is uitgekomen!' Ik schiet in de lach.

Ingrid niet. 'Refereer je nu aan het wiccaritueel dat jij en je zussen hebben uitgevoerd?'

'Ha!' roep ik uit, maar Ingrid kijkt me lichtelijk onderzoekend aan. 'Ik bedoel... ja? Ik weet niet of je de dronken liefdesverdrietspreuk die we uitspraken wel een echt wiccaritueel kunt noemen...'

'Maar je refereerde toch aan Serena's wens om' – Ingrid raadpleegt hier haar aantekeningen – 'heftige seks?'

Er valt een stilte. Ik schraap mijn keel.

'Juist ja. Heftige seks. Dat was het ook. Maar weet je...' En hier sterft mijn stem weg.

We zitten een poosje in stilzwijgen. Ingrid hanteert de stilte als wapen, een ninjasluipmoordenaar extreem goed getraind in de zwijgkunst. Het zou me niet verbazen als de inlichtingendienst MI5 haar heeft gebruikt om terroristen te breken. Ik ben ervan overtuigd dat mensen over elkaar heen zouden vallen en haar van alle kanten nucleaire codes zouden aanreiken terwijl zij rustig blijft zitten en van een glas water nipt.

'Ik vind het wel jammer dat ik hem niet meer zal zien.' Terwijl ik die woorden uitspreek, dringt dat ineens keihard tot me door. 'Ook al ken ik hem eigenlijk niet.'

Daar denken we allebei even over na, en Ingrid schrijft iets op haar notitieblok.

'Ik heb altijd het gevoel dat er iets belangrijks is gebeurd als jij op je notitieblok schrijft,' zeg ik, blij dat ik van onderwerp kan veranderen.

'Dit zijn gewoon mijn aantekeningen, Clemmie,' zegt Ingrid neutraal.

'Weet ik, maar iedereen wil natuurlijk weten wat de bevindingen van de therapeut zijn, of niet? En soms, als ik iets zeg en jij schrijft dat op, dan heb ik het gevoel dat ik een goed punt heb en dat jij, je weet wel, dat opmerkt.'

'Denk je dat ik je met mijn aantekeningen beoordeel?' vraagt ze voorzichtig. 'Zoals een docent huiswerk nakijkt?'

Ik knik. 'Ja, alsof je noteert wanneer ik het goed doe, wanneer ik in therapie uitblink.'

'Clemmie.' Ik zou bijna denken dat er een vleugje vermoeidheid in Ingrids stem doorklinkt. 'Hier hebben we het al over gehad. Je krijgt geen cijfer. Je kunt niet goed of slecht zijn in therapie. Het is een proces.'

'Tuurlijk, tuurlijk.' Ik wapper met mijn hand. 'Maar sómmige mensen hebben natuurlijk eerder een doorbraak, zijn zich sterker bewust van hun gevoelens, zijn eerlijker tegenover zichzelf over van alles. Volgens mij is het niet zo gek om de béste te willen zijn in therapie. Jij zegt altijd dat het goed is om doelen te stellen.'

Ingrid maakt opnieuw een aantekening op haar notitieblok. Vermoedelijk over hoeveel inzicht ik laat zien.

'Wil je over de uitvaart praten?' vraagt ze. 'Ik weet dat je ertegen opzag om je vader misschien te zien.'

'Het is altijd moeilijk om hem te zien. Hij doet alsof alles koek en ei is tussen ons, hoewel we totaal geen relatie hebben. Ik krijg dan het gevoel dat ik gek word, alsof ik me alles heb verbeeld, al die verschillende manieren waarop hij me teleurgesteld heeft.' Ik zak onderuit in mijn stoel. 'Wat valt erover te zeggen? Die man is een vreselijke vent. Het is een nachtmerrie om familie van hem te zijn en ik wilde dat ik hem nooit meer hoefde te zien.' Dát is nog eens een wens die ik had moeten doen.

De pen van Ingrid krast op het papier.

Misschien ben ik toch niet zo goed in therapie.

7

De veronderstelling dat we de decennialange sluimerende machten van de liefdesverdrietspreuk hebben ontketend, wordt door de gebeurtenissen van de daaropvolgende weken stevig de kop ingedrukt.

Ten eerste is er geen heftige seks meer. Zoals voorspeld waren Serena en Lil verrukt over Edward en schreeuwden ze om veel meer details dan ik bereid was te geven. Uiteraard hebben we elkaar na die nacht niet meer gesproken. En hoewel dat de bedoeling was, en we elkaar heus niet kenden of zo, blijf ik denken dat Edward me had kunnen opsporen als hij dat echt had gewild. Hoeveel Clementines waren er nou helemaal op Carls uitvaart?

Ten tweede is het afscheid op mijn werk een ongelooflijke ontgoocheling.

Ten derde gloort er absoluut geen grootse liefde slash zielsverwant aan de horizon. Dat gaat waarschijnlijk ook niet meer gebeuren, aangezien ik me praktisch heb teruggetrokken in mijn appartement (dat ik heb moeten opzeggen), waar ik als een mopperende, ongewassen kluizenaar woon, levend van zakjes ramen en Dairy Milk-repen in uitdeelformaat.

En ten vierde, het dieptepunt der dieptepunten: Len floreert schijnbaar op behoorlijk onvervloekte wijze.

'Ik begrijp niet waarom je steeds kijkt,' zegt Lil, terwijl ik theatraal languit op haar bank ga liggen. 'Wat kan jou het schelen wat die eikel doet?'

Ik staar naar de foto op Instagram – Len en Jenny op het strand, hij met zijn arm om haar heen, hun stralende gezichten vlak bij de camera tegen elkaar aan geplet. Zij houdt haar hand omhoog en pronkt met haar diamanten ring.

'Len haat het strand.' Mopperend ga ik rechtop zitten om Lil de foto te laten zien. 'Hij zegt altijd dat hij allergisch is voor zand. Weet je nog toen ik met hem op die all-inclusivevakantie naar Menorca wilde en hij deed alsof ik een romantisch uitstapje naar Mordor voorstelde?'

'Wat is Mordor?' vraagt Lil.

'Laat maar.' Ik zucht.

'Het doet er trouwens niet toe,' zegt Lil, die tussen haar slaapkamer en de woonkamer heen en weer beent met armen vol glimmende, kleurrijke stoffen die ze naast me neergooit. 'Dit bewijst nog maar eens wat we al weten: Len is een vreselijke vent. Maar ik wil weten waarom je hem überhaupt nog volgt op Instagram.'

Ze heeft een behoorlijk goed punt, dus negeer ik het.

'Het is niet zozeer dat ik Len terug wil,' zeg ik, 'maar ik vind het zo zuur dat mijn leven spectaculair uiteenvalt, terwijl hij met een andere vrouw de Instagram-gefilterde zonsondergang tegemoet gaat.'

'En dat snap ik,' antwoordt Lil sussend, 'maar het is zonde van de tijd om bij Len stil te staan, terwijl we op een te gek feest worden verwacht.'

Kreunend laat ik me weer op de bank achterovervallen. 'Ik ben niet echt in de stemming voor een te gek feest.' Het zijn een paar zware maanden geweest en ik vind dat ik récht heb op een beetje stilstaan, even een lekker potje mokken. Ik heb mijn zussen niet eens verteld dat ik Sam op de uitvaart tegen het lijf ben gelopen, ik heb geen zin om die beerput open te trekken en zij hebben ook niets over hem gezegd, dus misschien zijn ze elkaar niet tegengekomen. Het liefst zou ik zeggen dat het me niets deed, maar dat is niet zo, en ik heb behoorlijk wat tijd verspild met bedenken wat ik tegen hem had moeten zeggen. Dat was een leuk aanvullinkje op de ellenlange lijst van dingen waar ik spijt van heb, die ik onafgebroken herhaal als ik in slaap probeer te vallen.

Lil komt naast me op haar hurken zitten, met haar gezicht vlak bij het mijne. 'Clemmie,' zegt ze alsof ze tegen een klein, opstandig kind praat, 'denk je dat Serena het pikt als je niet op haar verjaardagsfeest komt? Denk je dat onze zus daar heel rustig onder blijft en het goedvindt? Of denk je dat ze heel erg boos wordt en jouw leven en dat van je compleet onschuldige jongere zusje tot een hel zal maken?'

'Dat tweede,' zeg ik vlak. 'De hel.'

We vieren onze verjaardagen allemaal op onze eigen manier. Serena viert het altijd met een groot feest en heeft op natuurlijke wijze progressie geboekt van de Powerpuff Girls en sundae-ijsjes naar nachtclubs en themacocktails. (Hoewel we ons vorig jaar wel moesten verkleden als de Powerpuff Girls voor een halloweenfeestje.) Je wordt absoluut geacht aanwezig te zijn, en cadeaus mee te nemen.

'Precies.' Lil staat kordaat op en gebaart naar de stapel kleding. 'De hel. Dus hou op met dat gemok en help me met wat ik moet aantrekken, want ik heb Henry vanavond uitgenodigd en wil er spectaculair uitzien.'

'Henry vindt je er al spectaculair uitzien in een zwarte zak en een belachelijke sluier, want dat had je létterlijk aan toen je hem leerde kennen en de hele avond aan zijn mond zat vastgeplakt.'

Lil glimlacht koket. 'Weet ik, maar ik heb hem de hele week niet gezien en ik wil hem van zijn sokken blazen.'

Lil en Henry zijn sinds de uitvaart vrijwel onafscheidelijk en je zou met gemak een hekel aan ze kunnen hebben als ze niet om op te vreten waren. 'Je vindt hem echt leuk, hè?' vraag ik.

Lil frunnikt aan de jurk in haar handen. Ze glimlacht verlegen, alsof ze een geheim bewaart. 'Ja,' zegt ze zachtjes. 'Ik weet dat het nog te vroeg is om er iets zinnigs over te zeggen, maar ik vind hem inderdaad leuk.'

'Ugh. Goed dan,' kreun ik en ik kom overeind. 'Laat maar zien waaruit ik kan kiezen.'

'Yes!' Lils ogen klaren op en ze stort zich op de stapel kleding. De volgende tien minuten houden we een modeshowtje in haar piepkleine, maar verbijsterend dure appartement in het centrum van Londen. Uiteindelijk valt de keuze op een zijden jumpsuit met regenboogstrepen, die haar geweldig staat.

'Haar opgestoken of los?' vraagt ze.

Ik houd peinzend mijn hoofd schuin. 'Los.'

Ze knikt. 'Ik krul het wel beetje, denk ik. Grove slag?'

'Perfect.'

Terwijl ik een gezichtsmasker opdoe dat ik van Lil heb gekregen, krult zij haar haren en maakt zich op. Haar oogschaduw is knalroze en glinstert, en als ik de achterkant van haar haar doe, plakt ze stervormige edelsteentjes om haar ogen. Wanneer ze klaar is, kijkt ze me stralend aan. Ze ziet eruit als een chique My Little Pony. 'Oké, en jij?'

'O.' Ik gebaar naar de stoffen tas van de boekwinkel, waar ik al mijn spullen in heb gepropt. 'Ik heb een spijkerbroek en een leuk topje bij me.'

Lil kijkt me vernietigend aan. 'Een spijkerbroek?'

'En een leuk topje,' zeg ik verbolgen. Ik heb zelfs gedoucht voor deze gelegenheid.

Mijn zus rolt met haar ogen. 'Gelukkig heb ik zelf iets geregeld.'

Ik koester onmiddellijk argwaan. 'Wat betekent dat?'

Lil werpt me een snelle grijns toe en verdwijnt dan haar slaapkamer in, om triomfantelijk tevoorschijn te komen met in haar handen een ragfijn stofje bedekt met gouden pailletten. 'Ik heb een jurk voor je gemaakt!'

'Dacht het niet.' Ik druk dit meteen de kop in. Lil kan heus wel naaien – Petty heeft haar zelf kleren leren maken toen we tieners waren – maar haar smaak was altijd al behoorlijk wat gedurfder dan die van mij en halverwege de jaren nul heeft dat tot een aantal dubieuze kledingkeuzes geleid.

'Kom op, Clemmie.' Lil steekt haar onderlip pruilend uit en kijkt me met grote blauwe ogen hoopvol aan. 'Trek hem in elk geval even aan, ik heb er heel erg mijn best op gedaan.'

Ik voel me een ondankbare, harteloze heks en zwicht onmiddellijk. 'Oké.' Ik steek mijn hand uit. 'Ik kijk wel of hij past.'

Lil straalt triomfantelijk en opnieuw besef ik dat ze ons allemaal om haar vinger heeft gewonden. Mensen denken dat je Serena in de gaten moet houden, maar Serena is zo subtiel als een stoomwals. Iedereen in onze familie kan je vertellen dat de kans veel groter is dat Lil je overhaalt om naar haar pijpen te dansen, zonder dat je doorhebt dat het hele gedoe niet eens jouw idee was.

'O, die past wel,' zegt ze, zelfverzekerd nu. 'Ik heb hem gemaakt om al die rondingen te benadrukken. Vertrouw me nou maar, je ziet er straks bloedmooi uit.'

Ik houd alleen mijn ondergoed aan en ga de strijd aan met de jurk, die tot mijn grote genoegen een fatsoenlijke hoeveelheid stretch bevat.

Als ik hem eindelijk over mijn hoofd krijg en over mijn borst omlaagtrek, glijdt de stof soepel langs mijn zij. De jurk zit als gegoten.

Lil gilt zo hoog dat alleen honden het kunnen horen. 'O mijn god, fantastisch!' Ze pakt mijn hand en trekt me naar de spiegel.

Ik kijk bedenkelijk naar mijn spiegelbeeld en ruk aan de zoom van de jurk. 'Hij is echt heel mooi, Lil, maar is-ie niet een beetje te kort?'

De jurk is prachtig, helemaal bezaaid met gouden pailletten, met lange mouwen en een hartvormige halslijn die breed op mijn schouders valt en een fatsoenlijk decolleté laat zien. Hij volgt elke ronding, valt liefdevol over mijn zachte buik en over mijn heupen. Hij heeft ook de lengte waarop we onze schooluniformrokken optrokken om onze docenten te choqueren.

'Je ziet er schitterend uit,' zegt Lil vastberaden. 'En eerlijk gezegd val je zo minder op dan in een spijkerbroek. Vergeet niet dat er op dit feest allemaal superglam vrienden van Serena's werk komen en die kennen het woord "casual" niet.'

Ik weet donders goed dat mijn zus weet hoe ze mij moet bewerken, maar ze gebruikt precies de juiste woorden. Als zij denkt dat ik in de achtergrond opga door me als discobal te verkleden, dan ben ik helemaal voor.

'Oké,' verzucht ik. 'Weet je het zeker?'

'Natuurlijk. Ik ga nu je haar en make-up doen, dan kunnen we daarna een Uber bellen.'

Ik ga er niet tegenin wanneer Lil mijn haar in een vlecht draait en als een slordige kroon op mijn hoofd vastzet. Op mijn blote schouders laat ze een paar losse krullen vallen. Ze smeert wat van dat magische spul op, waar mijn huid glad en glanzend van wordt, brengt zwarte eyeliner perfect aan en stift mijn lippen daarna een donker, verleidelijk karmozijnrood.

'Zo,' zegt Lil tevreden als we naast elkaar voor de spiegel staan. 'Zullen we een foto nemen?' Ze maakt een selfie van ons met mijn telefoon en post hem vlug op Instagram.

'Len is niet de enige die verdergaat, Clemmie,' zegt ze zachtjes.

Ik pak de telefoon uit haar uitgestoken hand en kijk naar de post. Ze heeft een sinaasappel- en een bloememoji eronder gezet, en we zien er fantastisch uit. Armen om elkaar geslagen, dezelfde hartvormige gezichten en heldere, grijnzende blikken. Ik voel me meteen een stuk beter.

Dan besef ik dat dit precies is waarom Lil wilde dat ik bij haar kwam om me klaar te maken, zodat ze haar ding kon doen en me een peptalk kon geven. Ik voel een brok in mijn keel en sla mijn armen weer om haar heen. 'Dank je,' zeg ik nogal korzelig tegen haar schouder. 'De jurk is echt prachtig en ik weet dat ik de laatste tijd in zelfmedelijden zwelg. Het is fijn om me op te dirken. Je had gelijk.'

'Het wordt een geweldige avond, let maar op.'

Ik probeer in Lils optimisme mee te gaan terwijl ik mijn schoenen aantrek en we onze spullen pakken, klaar om naar de Uber te gaan die beneden op ons wacht.

8

Onze chauffeur Marcus knippert niet eens met zijn ogen als Lil en ik moeizaam twee reusachtige met helium gevulde ballonnen in de vorm van een drie op de achterbank van zijn piepkleine auto proppen. Uiteindelijk liggen we allebei helemaal dubbel, ik in de auto met de ballonnen, terwijl Lil zich als een pretzel ertussen probeert te wurmen.

'Ik had een auto voor zes personen moeten regelen,' hijgt Lil. 'Niet lullig bedoeld, Marcus!'

Marcus glimlacht met de oneindig geduldige glimlach van een man die met een belachelijke hoeveelheid onzin te maken heeft gehad. 'En als je nou eens voorin komt zitten?' oppert hij.

'O mijn god, Marcus! Je bent geniaal. Wat stom dat we daar niet aan hebben gedacht. Ik bedoel, ik snap wel dat ík daar niet aan heb gedacht, maar Clemmie schijnt de slimmerik te zijn.'

'Nou zeg!' protesteer ik. Lil kapt me af door het portier voor mij en mijn opblaasvriendjes dicht te meppen. 'Ik werd afgeleid.'

Lil sprint om de auto heen en Marcus zet ons zonder verdere ophef af bij de poepchique bar waar Serena's verjaardagsfeestje wordt gehouden.

De bar ligt aan een zijstraatje in Mayfair, en ik ken Serena goed genoeg om te weten dat het discrete zwart ton sur ton uithangbord en bescheiden gebouw niets zeggen over wat we binnen zullen aantreffen. Nadat we door een vrouw in een stijlvolle zwarte jurk op de gastenlijst zijn aangevinkt en de gespierde bewakers hebben omzeild, worden we een schaars verlichte bar in gedirigeerd die deels nachtclub, deels botanische tuin is, vol mooie mensen, heldergroene palmbomen en pastelkleurige orchideeën. De lucht is warm en geurt ietwat kruidig.

Midden in het vertrek staat een enorme vierkante bar. Aan de ene kant is er ruimte gemaakt voor een dansvloer en aan de andere kant bevinden zich kaarsverlichte zitjes met donkergroene fluwelen muurbankjes. We zijn behoorlijk op tijd, maar er zijn al genoeg mensen, en uit de speakers knalt iets met een stevige beat die mensen uitnodigt te dansen.

Als er een meisje voorbijzweeft met wat zo te zien een aureool is en een vuilniszak vol slangen, ben ik Lil dankbaar dat ze heeft ingegrepen, want de vibe is eerder 'bondgirl gaat bij het circus' dan 'spijkerbroek en een leuk topje'.

Serena ziet ons meteen (hoewel de reusachtige ballonnen daar natuurlijk aan bijdragen) en komt uit de menigte tevoorschijn met een golvende roodsatijnen jurk aan en een bewerkelijke gouden kroon op haar hoofd. Geen hoeden of badges voor Serena, die het voor elkaar krijgt om tegelijkertijd zowel subtieler als nog veel opzichtiger te zijn.

'Gefeliciteerd!' krijsen Lil en ik.

'Drieëndertig!' Hoofdschuddend omhelst Serena ons en ze neemt de ballonnen in ontvangst. 'Bijna op een derde van mijn eerste eeuwfeest. Ik stond al op jullie te wachten.'

'Zo te zien zijn er genoeg mensen om je gezelschap te houden.' Ik gebaar naar alle gasten.

'O, die.' Serena pakt mijn arm en trekt me mee naar een van de zitjes, met Lil in ons kielzog. 'Ja, de platenmaatschappij heeft tig mensen uitgenodigd – niet dat ik dat erg vind, want zij betalen de drank, maar dat is niet waarom ik op jullie stond te wachten.'

'Niet?' vraag ik en ik schuif voorzichtig op een van de bankjes. Lil komt naast me zitten.

'Nee!' Serena zet de ballonnen in de hoek en kijkt me breed grijnzend aan. 'Ik heb al je problemen opgelost.'

'Hoe bedoel je?'

'Hebben jullie Henry gezien?' vraagt Lil, die zich omdraait. 'Hij heeft me een tijdje terug een berichtje gestuurd dat hij er al was.'

Serena knipt met haar vingers. 'Lil! Let eens op! Je staat op het punt getuige te zijn van mijn genialiteit.'

'O god,' kreun ik, 'het loopt altijd slecht af wanneer jij over je genialiteit begint.'

'Ja, zoals toen met die cavia's,' doet Lil een duit in het zakje. 'Toen je zei dat we die stiekem als huisdieren konden houden, zonder dat de mama's het wisten.'

'Ik was elf. En die vent had gezegd dat de cavia's mannetjes waren. Hoe moest ik nou weten dat ze zich zo fanatiek zouden voortplanten?' spuwt Serena verbolgen uit. 'Maar jullie mogen je woorden terugnemen. Clemmie, ik heb een baan voor je geregeld.'

'Een baan?' herhaal ik. 'Als wat?'

Serena wriemelt op de bank heen en weer. 'Dat is het allermooiste. Dit is de makkelijkste klus aller tijden. We hebben namelijk een artiest die echt allang zijn nieuwste album af had moeten hebben, snap je?'

'Okéééééééé,' zeg ik, het woord uitrekkend.

'En dus heb ik het briljante plan bedacht om hem een tijdje van de aardbodem te laten verdwijnen, zodat hij in retraite kan en zich volledig op het schrijven kan storten, waardoor dat album eindelijk afkomt.' Serena leunt naar voren. 'En dan bedoel ik niet "als een beroemdheid verdwijnen" in een of andere villa met zijn complete entourage om zich heen en bivakkerende pers op de stoep. Ik bedoel echt van de aardbodem verdwijnen. Petty heeft gezegd dat we Granny Macs huis mogen gebruiken.'

Mijn maag maakt een duikvlucht. Granny Macs huis. Helemaal aan de noordelijke kust van Northumberland ligt de plek waar we tijdens onze jeugd de zomers doorbrachten, losgeslagen en half verwilderd. We vonden het geweldig. Het is ook de plek waar ik een paar van mijn pijnlijkste herinneringen aan heb, de plek waar we de ultieme liefdesverdrietspreuk uitspraken. Sindsdien ben ik er niet meer geweest, maar het lijkt alsof die periode uit mijn leven me momenteel niet met rust laat.

'O ja, dat zei mam al,' zegt Lil. 'Wat een goed idee. Het zal daar een soort van creatief toevluchtsoord zijn.'

'Ja hè?' Zo te zien is Serena verheugd. 'Qua timing komt het perfect uit. Het huis is momenteel niet verhuurd omdat Petty net klaar is met verbouwen, en het ligt in een uithoek waar hij niet afgeleid kan worden en waar niemand is die gaat flippen omdat hij daar zit. Er is daar letterlijk niets te doen behalve werken.'

'Serena, ik begrijp alleen niet wat dit te maken heeft met een baan voor mij,' zeg ik.

'Is dat Henry?' gilt Lil ineens, en ze klautert zowat over me heen. 'Henry! Henry!' Ze houdt haar mond. 'O nee, wacht. Het is hem niet.' Ze laat zich op de bank onderuitzakken, totaal niet onder de indruk van mijn gemopper over het gehoorverlies in mijn linkeroor.

'Maar goed, de platenmaatschappij wil dus iemand naar Northumberland sturen die een oogje in het zeil houdt en als een soort huishoudster fungeert, maar die aan ons rapporteert. Geen vriend of zijn assistent, iemand die *wíj* inhuren. Dat hoort bij de afspraak,' zegt Serena, terwijl ze Lils uitbarsting compleet negeert. 'En ik heb jouw naam genoemd. Jij bent tenslotte zo goed als opgegroeid in dat huis, en je kent de omgeving heel goed.'

'Wil je dat ik in Northumberland een muzikant ga babysitten?' vraag ik, lichtelijk ontzet door het hele idee. En niet alleen vanwege die muzikant. Er is een reden dat ik nooit meer terug ben gegaan.

Ze knikt en houdt haar hand op. 'Laat me uitpraten voordat je nee zegt. Deze klus is een fluitje van een cent; waarschijnlijk zie je hem amper. Het is voor anderhalve maand, je begint maandag over een week, en het salaris is wáánzinnig.' Ze laat een bedrag vallen waarvan ik wit wegtrek, en begint dan op haar vingers van alles af te vinken. 'Je hoeft niet bij de mama's in te trekken, je kunt aan dat duffe boek werken dat je al jaren wilt schrijven en op vacatures solliciteren, en dat alles terwijl je betaald wordt en geld opzij kunt zetten. Daar hoef je toch niet over na te denken, Clemmie?'

Als ze het zo stelt klinkt het perfect. Sterker nog, het klinkt als de oplossing voor veel van mijn problemen. Maar zo makkelijk zal het toch niet zijn? En ik heb nou niet bepaald goede ervaringen als het op rocksterren aankomt.

'Wie is het?' vraag ik.

'Theo Eliott,' zegt Serena, en Lil onderbreekt haar zoektocht naar Henry lang genoeg om zich met open mond naar Serena toe te draaien.

'Dat meen je niet, Serena! Theo Eliott?' Lil klinkt hees. 'Ga je Clemmie betálen om zes weken lang met Theo Eliott te hokken?' Ze grist de drankkaart van de tafel en begint ermee te wapperen. 'Wat een bofkont. Die man is adembenemend.'

'Wie is Theo Eliott?' vraag ik.

Serena rolt met haar ogen en Lil kreunt. 'En daarom ben jij perfect voor deze klus,' zegt Serena. 'Je bent veel te veel oma om hem te verafgoden. Theo Eliott is een van de grootste muzikanten ter wereld, Clemmie. Zat in the Daze voordat ze uit elkaar gingen, en bouwde daarna een gigantische solocarrière op, weet je nog? Veertien singles op nummer één? Uitverkochte wereldtournee? Acht Grammy's? Theo Eliott!'

'O ja,' zeg ik. 'Die naam komt me wel bekend voor. En the Daze ken ik nog wel. Hadden zij niet dat nummer over een meisje dat op het postkantoor werkte?'

'In het eetcafé,' verzucht Serena. 'Maar goed, ook daarom ben jij geknipt voor de baan. Theo is geweldig, maar hij heeft nogal een reputatie en we hebben iemand nodig die niet al te gecharmeerd van hem zal zijn, om alles in goede banen te leiden.'

'Hoe bedoel je "nogal een reputatie"?' vraag ik, onmiddellijk op mijn hoede.

'O, nee, nee, geen slechte,' haast Serena zich te zeggen. 'Ik zou je nóóit voor deze klus hebben gevraagd als hij geen goede vent was. Ik bedoel dat hij eigenlijk... mensen zo betovert dat ze hem zijn zin geven. Maar we willen dat hij gefocust is, en jij laat hem de kantjes er niet vanaf lopen.'

'Hmmm, ik word inderdaad niet snel betoverd. En zeker niet door een beroemde muzikant.' Ik huiver.

'Zie je nou wel!' Serena grijnst. 'Door jouw problemen met je papa ben jij de perfecte gegadigde!'

'Dat is niet grappig,' mopper ik.

'Hij komt ook vanavond,' zegt Serena op vleierige toon. 'Maak even kennis en beslis daarna pas.'

'Ik weet het niet...' zeg ik, nog steeds weifelend.

'Volgens mij knap je er ontzettend van op als je er even tussenuit gaat,' zegt Serena, en haar stem heeft een gespannen randje. 'En je doet mij een gigántisch plezier. Het is megabelangrijk dat deze plaat afkomt. Mijn bazen oefenen veel druk op me uit en ik moet ervoor zorgen dat Theo over de brug komt. Ik heb me een slag in de rondte gewerkt om ze van dit plan te overtuigen, dus alles moet vlekkeloos verlopen. Alsjeblieft, ik heb je nodig.'

Ik wissel een bezorgde blik met Lil. Dit is hoogst ongebruikelijk. Als oudste – ook al scheelt het maar een paar maanden – is Serena altijd de probleemoplosser van ons drieën geweest en als we op het verleden af mogen gaan, moet ze behoorlijk wanhopig zijn wil ze mij om hulp vragen. 'Natuurlijk wil ik je helpen,' zeg ik, op mijn lip bijtend, 'maar ik heb totaal geen verstand van het maken van een album, het bestaat niet dat ik de geschiktste persoon ben voor deze klus. Je moet je niet over mij en mijn arbeidsstatus bekommeren; je moet doen wat voor jou het beste is.'

'Dit ís het beste voor mij. Je bent slim, gestructureerd en gewend aan de omgang met gespannen studenten die een deadline hebben,' merkt Serena op. 'Ik heb geen muzikant nodig, ik heb iemand nodig die ik ken en aan wie ik dit kan overlaten. Wat er ook gebeurt, ik weet dat jij je best doet om hem gefocust te houden, en dat je me eerlijk vertelt hoe hij vordert. Iemand die voor hem werkt zal zich zorgen maken om hém, maar jij niet. Het gaat er juist om dat ik goed geïnformeerd word, zodat ik mijn bazen op de hoogte kan houden.'

'Maak in elk geval even kennis,' zegt Lil. 'Ik ken hem een beetje en hij lijkt me heel aardig. Wat heb je te verliezen? Onthoud, Clemmie... je gaat verder met je leven.'

Ik kauw op mijn lip. 'Je hebt gelijk. Tuurlijk, ik zal kennis met hem maken.'

'Helemaal goed.' Serena ademt uit en er vloeit een beetje spanning uit haar lijf. 'Ik ga kijken of hij er al is.'

'Dan ga ik een drankje halen,' zeg ik. 'De kennismaking met mijn mogelijke superberoemde huisgenoot vereist een cocktail.'

'En ik ga Henry zoeken en hem een donker hoekje in sleuren,' zegt Lil opgewekt.

'Jullie gaan non-stop tekeer.' Serena grimast.

'Dat komt door de heftige-seksspreuk.' Lils ogen zijn rond. 'Ik zei toch dat we een stel krachtige heksen waren. De magie is als het ware overgelopen.'

'Daar heb ik niks van gemerkt,' zegt Serena met een katachtige grijns, 'maar ja, ik heb altijd al heftige seks.' En daarmee gaan we ieder onze eigen weg.

Het valt me op dat er aardig wat gasten bij zijn gekomen als ik me door de menigte een weg baan. Ik dring me ertussendoor met een hoop gemompelde sorry's, totdat ik mijn ellebogen op de bar zet.

Ik zet mijn hand onder mijn kin en ga ervan uit dat ik lang moet wachten, maar een van de barkeepsters loopt linea recta op me af.

Ze is heel knap, met lang donker haar en een lippiercing. 'Wat kan ik voor je inschenken?' vraagt ze.

'Eh, een martini graag,' zeg ik. 'Dirty.'

'Komt eraan, en voor je vriend?' Haar blik glijdt naar degene die naast me staat en haar glimlach verandert in die van een roofdier.

'O, ik heb geen…' begin ik en ik volg haar blik, maar mijn woorden sterven weg en mijn hart hapert, want naast me, met smeulende ogen, staat Edward.

We staren elkaar een tel aan, en ik zou kunnen zweren dat de muziek stopt en dat alle andere mensen in de bar in het niets oplossen. Hij ziet er goed uit. Heel goed. Zijn haar is iets langer en hij heeft zich niet geschoren; zijn kaak is bedekt met donkere stoppeltjes. Hij heeft een zwarte broek, een zwart overhemd met een open kraag en een zwartzijden jacquardjasje met een patroon van rode rozen aan. Er zitten zilveren ringen om alle vingers van zijn rechterhand. Hij heeft iets zeeroverachtigs over zich wat woest aantrekkelijk is, en aan de aandacht die hij trekt te zien, ben ik niet de enige die er zo over denkt.

Hij wendt zich tot de barkeepster en grijnst ongedwongen naar haar. 'Ik wil graag een mineraalwater met heel veel ijs, alsjeblieft,' zegt hij, waarna hij zijn aandacht weer op mij richt. 'Hallo, Clementine.' Zijn stem is fluweelzacht, de glimlach die hij me laat zien veroorzaakt een soort kernreactie in mijn bloedbanen.

Ik ben ervan overtuigd dat mijn mond openhangt.

'Edward!' breng ik eindelijk uit. 'Wat doe jij hier?'

'Ah,' zegt hij met een grimas, 'daar moeten we het even over hebben…'

'Daar ben je!' Serena staat plotseling naast me, nadat ze zich met haar ellebogen tussen de gasten door heeft gedrongen. 'Je bent me te snel af, zie ik.' Ze kijkt Edward stralend aan en daarna mij. 'Clemmie, heb je jezelf al aan Theo voorgesteld?'

Ik kijk haar verbaasd aan. 'Theo?'

'Ja. 'Mijn zus gebaart naar Edward. 'Dit is Theo Eliott. Theo, dit is mijn zus, Clementine.'

9

'Dit is Theo niet,' zeg ik verward, op hetzelfde moment dat Edward zegt: 'Is Clemmie je zus?'

De barkeepster zet onze drankjes op de bar en leunt voorover zodat Edward volop in haar zwarte tanktop kan kijken. Hij houdt zijn blik op mij gericht en ik ben absoluut niet trots op de grijns die dat veroorzaakt, maar een of ander holbewoonsterdeel van mijn brein wil mijn lijf om deze man heen slaan en als een kat naar haar blazen.

Mijn god, Clemmie. Doe eens rustig.

Mijn zus kijkt me fronsend aan en heel even ben ik bang dat ze mijn gedachten kan lezen. 'Waar heb je het over, Clemmie?' Ze legt een hand op Edwards arm en trekt hem naar zich toe. 'Dit is Theo Eliott.'

'Niet,' zeg ik en ik leg mijn hand op zijn andere arm. 'Dít is Edward.'

'Clemmie,' onderbreekt Edward ons zachtjes en hij legt zijn hand op de mijne. 'Dat probeerde ik je net te vertellen: ik heet geen Edward, ik heet Theo.'

Ik ben zo van slag over de manier waarop mijn lichaam reageert op zijn warme hand die de mijne bedekt, dat het een tel te lang duurt voordat zijn woorden bij me binnenkomen. 'W-wat?' vraag ik als ze dat uiteindelijk doen.

Theo-geen-Edward zegt niets, maar haalt zijn hand weg en nipt van zijn drankje. Volgens mij is hij zenuwachtig.

'Edward?' Serena is verbijsterd, maar spert al snel haar ogen geschokt open. 'Als in dubbel-o Edward?' sist ze.

Theo verslikt zich, en ik vraag me af of ik misschien overleden ben en in een cirkel van de hel ben terechtgekomen waar nog nooit over is geschreven. Dante zou hier de grootste lol om hebben gehad.

'Dubbel-o Edward?' herhaalt Theo en langzaam breekt er een verrukte grijns bij hem door.

'Heb het lef niet naar me te glimlachen,' snauw ik verhit. De waarheid omtrent dit bizarre tafereel begint langzaam tot me door te dringen en ik voel me kotsmisselijk. Ik prik met mijn vinger in zijn borst. 'Je heet dus echt geen Edward?'

Zijn gezicht betrekt. 'Ja. Ik bedoel, nee, ik heet geen Edward.'

'En sterker nog, jij bent dus Theo Eliott, de beroemde muzikant?' ga ik verder, mijn stem ijzig kalm.

'Eh, ja,' zegt Theo mak.

'Maar waarom zei je dan dat je Edward heette?'

'Dat heb ik helemaal niet gezegd,' zegt hij en zijn glimlach laait weer op, hoewel die nu iets minder straalt. 'Ik zei dat mijn moeder me Teddy noemt, en dat is ook zo, en daar heb je zelf je conclusies uit getrokken.' Hij kijkt me zelfgenoegzaam aan.

Ik denk terug aan ons gesprek en probeer me te herinneren of zijn verhaal klopt. 'Is Teddy een afkorting van Theodore?'

Hij knikt.

'Maar waarom verbeterde je me niet?' Ik merk dat ik mijn zelfbeheersing begin te verliezen, maar ik klamp me er uit alle macht aan vast.

'Dat is lastig uit te leggen.'

'Probeer het maar,' grom ik tussen mijn tanden door.

Hij wrijft met zijn vinger over de rand van zijn glas. 'Ik denk in eerste instantie omdat je niet wist wie ik was, en dat gebeurt bijna nooit. En daarna... werd ik afgeleid.'

'Afgeleid!'

'Ja, en ik was dat hele gedoe met mijn naam oprecht vergeten totdat ik 's ochtends je briefje vond. Ik had je toen willen vertellen hoe het zat...' hij zwijgt en trakteert me op een strenge blik van onder zijn wenkbrauwen, 'maar jij was al verdwenen. Stiekem ervandoor gegaan toen ik onder de douche stond.'

'Waag het niet mij een rotgevoel te geven terwijl jij...'

'Ho eens even.' Nu springt Serena tussenbeide. Tot dusver heeft ze zwijgend toegekeken terwijl wij de bal steeds terugkaatsten, alsof ze een tenniswedstrijd volgde, maar blijkbaar is ze weer bij haar verstand gekomen. 'We kunnen dit gesprek beter ergens onder vier ogen voeren.'

Ze kijkt achterom, en ik zie dat een aantal mensen ons groepje aandachtig bekijkt. Nu staan ze nog allemaal op beleefde afstand en staat de muziek vrij hard, maar dat blijft misschien niet zo. En de kans bestaat dat ik straks ga schreeuwen.

Ik werp een blik op Theo's knappe gezicht. O ja, er gaat absoluut geschreeuwd worden.

Ik loop stijfjes achter Serena aan, dwars door de menigte, en ben me er volop van bewust dat Theo vlak achter me aan komt. Op een gegeven moment komt er iemand voor me staan en probeert met hem te praten. Theo mompelt iets, en met zijn hand op mijn onderrug leidt hij me erlangs, waarbij hij me met zijn lichaam zorgzaam afschermt. Ik schud hem zo snel mogelijk van me af en probeer uit alle macht het tintelende gevoel dat meedogenloos over mijn rug raast te negeren.

We duiken een deur door waar UITSLUITEND PERSONEEL op staat en lopen een trap op, om uiteindelijk in een kantoortje te belanden dat waarschijnlijk van de manager is.

Zodra we over de drempel zijn, wendt Serena zich tot Theo. 'Even voor mijn beeld. Ben jij met mijn zus naar bed geweest?'

'Ik wist niet dat ze je zus was,' zegt Theo, die zijn handen voor zich omhooghoudt.

Serena geeft hem een mep op zijn arm. 'Daar gaat het niet om, Theo! Je bent een gigantisch blok aan het been. Moet je nou echt met iedereen het bed in duiken?!'

Er trekt een uitdrukking over Theo's gezicht, een gekwetste uitdrukking bijna, maar die charmante glimlach komt er zo snel voor in de plaats dat ik me afvraag of ik het me heb verbeeld. Hij leunt tegen de muur en slaat zijn armen over elkaar. 'Volgens mij is datgene wat er tussen mij en Clemmie is gebeurd iets tussen ons, maar zo te horen heb je al een uitgebreid verslag gehad.'

'O mijn god,' mompel ik en ik drink met grote teugen uit het martiniglas dat ik nog steeds stevig vastheb – ze zullen over lijken moeten gaan om deze drank uit mijn handen te wrikken. 'Hoe kan dit? Ik ben met iemand naar bed geweest zonder dat ik wist hoe hij heette? En dan blijkt hij ook nog eens een beroemde rockster te zijn?'

'De toon waarop je dat zegt is verwarrend,' zegt Theo. 'Wat vind je het ergst van die twee?'

'Dat rockstergebeuren.' Ik neem nog een flinke slok. 'Zeker weten.'

'Hè?' Theo klinkt verbouwereerd.

'Denk eens na, slimpie,' snauwt Serena, die zich in de stoel achter het bureau laat vallen. 'Als Clemmie mijn zus is...'

'Als zij jouw zus is... dan is ze ook de dochter van Ripp,' zegt Theo langzaam. 'O shit.' Hij kijkt me aan. 'Ben jij de dochter van Ripp?'

'En jij kent mijn vader,' kreun ik. 'Hoe kan het ook anders? Dit verhaal wordt steeds mooier.'

'Clemmie, jij bent de enige ter wereld die zonder het te beseffen Theo Eliott aan de haak slaat.' Serena wrijft over haar voorhoofd. 'Dat krijg je er nou van als je een culturele kluizenaar bent.'

'Ik ben geen kluizenaar!' roep ik fel uit. 'Wel of niet een kerel kennen die zijn geld verdient met nummers over postkantoren zegt toch niets over hoe cultureel betrokken iemand is?'

'Postkantoren?' Theo fronst.

'Ze bedoelt eetcafeetjes,' zegt Serena. 'Clemmie erkent het bestaan niet van muziek die na 2003 is gemaakt. Dat is nogal een verhaal apart.'

'Ik kom niet van een andere planeet,' kom ik tussenbeide, waarmee Serena en ik in een vertrouwde discussie belanden. 'Er zijn heel veel mensen die liever naar luisterboeken of podcasts of...'

'Saaie mensen, bejáárde mensen.' Serena snuift.

'Het aanbod van podcasts groeit sneller dan wat voor onlineaanbod dan ook!' sis ik. 'Michelle Obama heeft een podcast, Serena. Michelle. Obama.'

'Ik snap 't niet,' zegt Theo met een verbijsterde blik. 'Waarom hebben we het nu over Michelle Obama?'

'Nou, dit gooit even fucking roet in het eten,' zegt Serena en ze tikt met haar nagels op de rand van het bureau. Ze heeft duidelijk door dat Michelle Obama haar in dit gesprek schaakmat heeft gezet, en doet daarom alsof deze hele discussie nooit heeft plaatsgevonden. 'Het was juist de bedoeling dat Clemmie naar Northumberland ging zodat jij niet afgeleid zou worden.'

'Is Clemmie degene die moest babysitten?' Theo fleurt op. 'Ik vind dit opeens niet zo'n slecht idee.'

'Nou, ik wel!' zeg ik vastberaden. 'Ik ga niet zes weken lang met jou in een huis opgesloten zitten.'

'Bang dat je niet van me af kunt blijven?' Theo zucht vol verlangen.

Nu verslik ik me. 'Dacht het niet. Ik wil niets met je te maken hebben!'

'Dan zie ik het probleem niet.' Theo wendt zich schouderophalend tot mijn zus.

'Theo,' berispt Serena hem. 'Dit is geen spelletje, en jij hebt nogal wat uit te leggen omdat je Clemmie hebt gekwetst.'

'Hé!' protesteert Theo. 'Ik ben hier degene die gekwetst is. Ik ben degene die gedumpt werd via een briefje van drie regels terwijl ik onder de douche stond.'

'Je werd niet gedumpt,' zeg ik stijfjes en ik zet mijn lege glas boven op een dossierkast. 'Het was iets vrijblijvends, weet je nog?'

'En ik maar denken dat ik bijzonder was.' Theo recht zijn rug en stapt op me af. Mijn verraderlijke lichaam reageert meteen op zijn nabijheid en wordt helemaal warm vanbinnen. 'Maar nu we elkaar weer gevonden hebben,' gaat hij verder met zachte stem, 'mag ik je op een drankje trakteren?'

'Drankjes zijn gratis,' zeg ik schor, en ik wankel achteruit alsof ik me uit zo'n *Star Trek*-achtige trekstraal van een sexy rockster probeer te rukken.

Als flirten topsport was, dan ging Theo Eliott met het goud naar huis. Met een moedeloos gevoel dringt het tot me door dat de chemie die ik met Edward had – de chemie waardoor ik dacht dat wij een klik hadden – gewoon iets is wat Theo met iedereen heeft. Hij is een flirt, een rokkenjager, en ik trapte er met open ogen in. Ik zou beter moeten weten.

'Je kunt er net zo goed meteen mee ophouden,' zegt Serena tegen Theo, alsof ze mijn gedachten kan lezen. 'Je bereikt er bij haar helemaal niets mee, kan ik je vertellen. Het maakt niet uit of je qua charmes naar de hoogste versnelling overschakelt; ze bijt nog liever haar ledematen af dan dat ze met een flirterige rockster uitgaat.'

Met een verbaasde blik in zijn ogen deinst Theo terug. Hij kijkt me vluchtig aan.

Knikkend sla ik mijn armen over elkaar. Serena heeft absoluut gelijk; er is een abrupt eind gekomen aan de dagdroompjes die ik nog koesterde waarin ik Edward weer tegen het lijf liep nu ik weet dat hij in werkelijkheid Theo Eliott is.

Hoewel dit voor Theo aanvankelijk echt een verrassing was, zet hij zich daar bijna meteen overheen. Als hij opnieuw begint te praten, klinkt zijn stem zacht en serieuzer dan eerst. 'Dan kan Clemmie zonder problemen de baan aannemen.'

Serena wil wat zeggen, maar Theo steekt zijn hand op. 'Mag ik eventjes alleen met Clemmie praten?'

Mijn zus kijkt hem met samengeknepen ogen aan. 'Waarom?'

Theo is even van zijn stuk gebracht en snauwt: 'Jezus, Serena. Ik ga haar niet onteren; ik wil alleen met haar praten, onder víér ogen.'

Serena's blik schiet naar mij en ik knik. 'Ga jij maar terug naar je feestje,' zeg ik. 'Ik regel dit zelf wel. Je gasten vragen zich vast af waar je blijft.'

Ze staat op en loopt bij het bureau vandaan. 'Goed dan.' Ze wijst naar Theo. 'Gedraag je, want anders...'

'Vervloek je me, weet ik.' Theo houdt zijn handen omhoog.

'Ik wilde eigenlijk zeggen: verpest ik systematisch je hele leven.' Serena glimlacht naar hem met ontblote tanden. 'Maar inderdaad, en vervloek ik je. Ik weet niet of je het weet, maar mijn zussen en ik zijn een stelletje zeer krachtige heksen. Vraag maar aan Lil, die kan je vertellen dat we een man hebben vermoord.'

Serena stuift de kamer uit en trekt de deur achter zich dicht. Theo ademt luidruchtig uit. 'Ik ben doodsbang voor je zus,' zegt hij.

'Dat vindt ze vast fantastisch om te horen.' Ik ga op de rand van het bureau zitten en wilde dat ik nog een drankje had zodat mijn handen iets te doen zouden hebben.

'Luister,' begint Theo en hij komt voor me staan. 'Het spijt me van dat hele gedoe met mijn naam. Ik heb het niet vanuit jouw standpunt bekeken en dat was nogal egoïstisch. Ik hoop dat je me het kunt vergeven, maar als dat niet zo is, dan begrijp ik dat.'

De ongecompliceerde oprechtheid van zijn verontschuldiging verwart me. 'O,' zeg ik. 'Oké.'

'En over die baan...' Theo schraapt zijn keel. 'Die moet je aannemen. Als je dat wilt. Ik beloof dat ik je met rust laat. Wat je zus ook denkt, ik heb mijn libido voor honderd procent onder controle. Je wilt niet, ik weet het, en dat respecteer ik.'

'Volgens mij is samenwerken met jou geen goed idee,' zeg ik, terwijl mijn hersenen zijn woorden proberen te laten bezinken.

'Heb je al een nieuwe baan?' vraagt hij voorzichtig.

Ik schud mijn hoofd.

'En ik neem aan dat Len nog niet tot bezinning is gekomen?'

Ik ben vergeten hoeveel ik hem heb verteld. 'Hij heeft zich verloofd.' Ik probeer mijn gezichtsuitdrukking en mijn stem neutraal te houden, maar weet niet of dat lukt.

Theo mompelt iets wat niet al te complimenteus klinkt.

'En als ik het niet was geweest,' begint hij, maar dan houdt hij fronsend zijn mond. 'Ik bedoel, als Theo Eliott en Edward niet dezelfde persoon waren geweest... had je de baan dan aangenomen?'

Ik trek aan de zoom van mijn jurk. 'Ik denk het wel, maar...'

'Dan moet je hem aannemen. Ik weet dat je een klotetijd achter de rug hebt en volgens mij kan deze baan je uit de brand helpen. Ik moet sowieso in Engeland zijn voor een familieaangelegenheid, dus ik blijf hoe dan ook. Wie weet, misschien heeft Serena gelijk en is dit goed voor me. We vergeten gewoon wat er tussen ons is gebeurd en gedragen ons volkomen professioneel.'

Ik kijk hem aan. Zijn gebruikelijke innemende glimlach is nergens te bekennen, zijn gezicht staat ernstig. Zijn donkere ogen boren zich in de mijne en zo te zien is hij volkomen oprecht. *We vergeten gewoon wat er tussen ons is gebeurd?* Dat lukt me nooit, aangezien de nacht die we samen doorbrachten in mijn geheugen staat gegrift. Kan hij echt zo makkelijk negeren wat er tussen ons is gebeurd?

Natuurlijk kan hij dat. Hij is een rockster. Daar weet je het een en ander van. Vrouwen dringen zich de hele tijd aan hem op; hij heeft de ene na de andere onenightstand. Serena zegt dat hij mensen betovert en jij was gewoon een van de velen die voor zijn charmes zijn gevallen. Waarschijnlijk is die nacht hem amper bijgebleven.

Bij die gedachte voel ik vanbinnen een sprankje zelfrespect en daar ben ik blij mee. Als hij kan vergeten wat er tussen ons is gebeurd, dan kan ik dat ook. Het was niet echt. Ik wist niet eens wie hij was. Natúúrlijk ga ik voor zoiets onbenulligs geen baan laten schieten. Ik ga hem toch niet in de waan laten dat ik naar hem smacht, dat ik niet verder kan met mijn leven?

Ik recht mijn rug en maak me lang. 'Goed dan,' zeg ik kordaat en ik steek mijn hand uit. 'Volkomen professioneel. Afgesproken.'

'Afgesproken,' antwoordt Theo en hij schudt mijn hand.

Ik beeld me maar een fractie van een seconde in dat hij me naar zich toe trekt voor een zinderende kus.

Een nieuwe baan met de man met wie ik heftige seks heb gehad. Als het om de wensen gaat die we hebben gedaan, zou ik bijna denken dat het universum inderdaad gevoel voor humor heeft.

Dit komt goed. Zes weken met z'n tweeën. In een of andere uithoek. Volkomen professioneel.

Ik kijk op naar Theo en dan omlaag naar de plek waar zijn vingers voorzichtig op de hartslag in mijn pols liggen.

Wie houd ik nu voor de gek? Dit wordt een ramp.

Deel twee

10

In de loop van de week verander ik ongeveer duizend keer van gedachten over samenwerken met Theo. Zodra ik na Serena's feestje terug in Lils appartement ben, bega ik de fout hem online op te zoeken.

Theo Eliott.

Ongeveer 372.000.000 resultaten volgens Google. Oké. Ook goed.

En daar heb je hem. De man die ik bij een uitvaart heb ontmoet, de man met wie ik de geweldigste nacht uit mijn leven doorbracht. Daar heb je hem, overal online.

Er zijn zo veel foto's, zo veel artikelen, interviews, fansites, filmpjes, blogs, tweets, fotoshoots. Ik begin te klikken, maar word al snel misselijk. Het is gewoon te veel, komt me te bekend voor. De krankzinnige koppen, de slechte paparazzifoto's.

Er wordt volop gespeculeerd over zijn liefdesleven, en voor zover ik kan zien is er een ellenlange lijst fotomodellen, acteurs en muzikanten met wie hij heeft gedatet of seks heeft gehad. De ene na de andere kop over HARTENBREKER THEO ELIOTT, ROKKENJAGER THEO ELIOTT, en elke keer wordt mijn hart verder samengeknepen. Ik weet toch beter dan wie dan ook hoeveel leugens er in de krant staan? Ja. Maar ik weet toch ook dat de kranten niet eens de helft hebben afgedrukt van wat mijn vader allemaal heeft uitgespookt? Ook dat.

Ik heb tegen Theo gezegd dat ik de baan aanneem. Belangrijker nog, ik heb tegen Serena gezegd dat ik de baan aanneem, maar als ik alle tabbladen van mijn laptop sluit, twijfel ik of ik het wel aankan.

Tegen de tijd dat ik weer een sessie met Ingrid heb, ben ik een ziedend, kronkelend hoopje besluiteloosheid.

'Heeft je zus je een baan aangeboden?' vraagt Ingrid en haar pen zweeft boven het notitieblok.

'Ja, maar zo rechttoe rechtaan is het niet.' Ik wriemel heen en weer. 'Herinner je je de man nog met wie ik een paar maanden geleden een onenightstand heb gehad?'

Ingrid knikt.

'Ik moet met hem werken. Vóór hem, kan ik beter zeggen. Met z'n tweeën zes weken lang in een of andere uithoek.'

Ingrid houdt bedachtzaam haar hoofd schuin. 'En jij bent bang dat door jullie verleden de boel wel eens...' ze zwijgt even, '...ongemakkelijk zou kunnen worden?'

'Ja!' roep ik uit. 'Ongelooflijk ongemakkelijk. En niet alleen omdat we...'

'Seks hebben gehad,' vult Ingrid aan.

Ik snuif. 'Ja, seks hebben gehad. Maar ook omdat het allemaal een beetje ingewikkelder in elkaar blijkt te zitten. Hij is niet wie ik dacht. Hij is... hij is muzikant. Een beroemde. Hij heet Theo Eliott.'

Er trekt een spiertje in Ingrids wang. Dit zou bij een ander het equivalent zijn van op haar knieën vallen, gillen, huilen en overgeven. Dit is nog nooit gebeurd. Hiervoor wist ik niet eens of ze wel spieren in haar gezicht hád. Mijn mond valt open.

'O god.' Ik zak onderuit in mijn stoel. 'Je kent hem.' Mijn therapeut heeft nog nooit zo heftig gereageerd en vreemd genoeg ben ik jaloers omdat Theo die reactie heeft uitgelokt.

Ingrid heeft haar gezichtsspieren weer volledig onder controle als ze onaangedaan zegt: 'Ja, ik heb van hem gehoord. Hij is behoorlijk beroemd, Clemmie.' Ze heeft een licht berispende ondertoon in haar stem, maar toch zie ik een zeer vage blos op haar wangen en ben ik zowel gefascineerd als verafschuwd. Het zou zomaar kunnen dat mijn therapeut verliefd is op de man met wie ik naar bed ben geweest.

'Maar goed,' vervolgt Ingrid nadat ze haar keel heeft geschraapt (ook dat heeft ze letterlijk nog nóóit gedaan), 'ik begrijp waarom deze onthulling je misschien dwarszit, gezien je geschiedenis met je vader en je relatie met...'

'Ja.' Ik kap haar af voor ze over Sam kan beginnen, want ik heb al genoeg op mijn bordje. 'Het zit me inderdaad dwars. Hij heeft gelogen, misschien niet expres,' voeg ik er met tegenzin aan toe, 'maar hij heeft gelogen. En voordat ik erachter kwam wie hij was, dacht ik dat we... een klik hadden. Nu weet ik dat hij net als mijn vader en' – ik slik en zet me schrap – 'je weet wel is. Die andere.'

'Maar Clemmie, als ik het me goed herinner was jij degene die tijdens je ontmoeting met Theo de grenzen aangaf.' Deze keer slaagt Ingrid er wel in zijn naam neutraal uit te spreken.

'Dat is waar,' beaam ik.

'En dat je je door deze ontmoeting' – ze raadpleegt haar notitieblok – 'dapper en opgetogen voelde.'

Ik wilde dat ze ophield over die ontmóéting, alsof Theo een buitenaards wezen is en we ons die nacht hebben beziggehouden met het verkennen van intersoortelijke lichaamsholtes.

'Mmm,' mompel ik instemmend.

'Maar je zei ook dat je het ergens jammer vond dat je hem niet meer zou zien. Voel je iets voor deze man?'

'Nee!' zeg ik snel en vanbinnen onderdruk ik iets verraderlijks wat het er niet mee eens is.

Ingrid kijkt me lang en nauwlettend aan. De stilte duurt een eeuwigheid en wordt een levend, ademend wezen dat mij dreigt te verpletteren. Ingrid ziet eruit alsof ze dit de hele dag kan volhouden.

'Nou, goed dan,' snauw ik onelegant. 'Heel, heel misschien voelde ik eventjes iets voor hem toen ik nog dacht dat hij gewoon een aardige vreemdeling op een uitvaart was. Maar nu niet meer. Ik zou niet... Ik kan me niet voorstellen... Geen haar op mijn hoofd... na alles wat ik heb meegemaakt, die eraan denkt om ooit een liefdesrelatie met een beroemde muzikant te beginnen. Nooit.' Nu klinkt mijn stem vastberaden, zonder ruimte voor tegenspraak. 'Niet dat hij dat wil,' voeg ik er snel aan toe. 'Hij lijkt me niet het type dat op zoek is naar een serieuze relatie. Het was voor ons allebei gewoon iets eenmaligs.'

Ingrids pen schiet over het papier en ik strek mijn hals in een poging te zien wat ze opschrijft, maar ik kan het niet ontcijferen. 'Als dat het geval is, waarom zie je dan tegen deze zakelijke overeenkomst met hem op?'

'Ik...' Ik zwijg en denk na. 'Ik weet het niet. Ik raakte in paniek toen ik al die artikelen over hem zag. Het voelde allemaal zo vertrouwd; hij hoort bij dat wereldje, het wereldje waar ik niet meer in terecht wil komen.'

'En denk je dat je met deze baan dat risico loopt?' vraagt Ingrid.

'Niet dan?' zeg ik, alsof het een vraag is, maar dan voeg ik er met meer stelligheid aan toe: 'Ik denk het niet, bedoel ik. Waarschijnlijk gebeurt het tegenovergestelde, zo ver van de bewoonde wereld.'

'Vertel eens wat meer over die baan.'

Dat doe ik. Ik vertel wat de bedoeling is, wat ik moet doen, hoe ik Serena, die nooit om hulp vraagt, ermee uit de brand help, hoe ik mijn woon- en financiële problemen ermee oplos, en al pratend voel ik een beetje van de spanning wegvloeien. Door alles op een rijtje te zetten voor Ingrid, zie ik op een of andere manier in dat deze baan iets positiefs zou kunnen zijn. Het kost me maar zes weken en we blijven ver uit de buurt van de paparazzi en de feestjes en de mensenmassa's. En als er echt niks tussen mij en Theo speelt – en dat speelt er ook niet – dan is er niets aan de hand. Dat is precies wat Theo vorige week heeft gezegd. Het duurde gewoon iets langer voordat bij mij het kwartje viel.

'Ik ga het doen,' zeg ik nadat Ingrid me nog een paar minuten lang voorzichtige vragen heeft gesteld. 'Dit is een buitenkans.'

'Klopt,' zegt Ingrid tot mijn verbazing met een hoofdknik. Ze ventileert bijna nooit haar eigen mening. 'Ik denk dat deze baan je op allerlei manieren goed zal doen. Je krijgt tijd en ruimte om na te denken over wat je hierna wilt doen, en misschien is dit het juiste moment om weer terug te gaan naar het verleden en het af te sluiten. Ik kan me voorstellen dat dit ontzettend veel gedachten en gevoelens oproept, dus wil ik onze sessies wel online voortzetten, als dat je helpt?'

En dankzij deze klus kan ik het me nog veroorloven ook, denk ik terwijl Ingrid en ik een afspraak voor over een paar weken inplannen. Nog een reden waarom dit een goed idee is. Ik twijfel of ik zit te wachten op al die gedachten en gevoelens die dit gaat oproepen, maar als ik haar kantoor verlaat voel ik me een stuk optimistischer dan ik me in tijden heb gevoeld.

Ik haal mijn mobiel tevoorschijn en bel Serena, van wie ik alle telefoontjes heb genegeerd.

'Ik doe het!' roep ik als ze opneemt.

'Daar ging ik verdomme wel van uit,' zegt mijn zus snuivend. 'Ik wist dat je de hele week zou dubben, maar ik heb al tegen iedereen gezegd dat je het zou doen en ik heb van Theo's assistent een ellenlange lijst e-mails gekregen, die ik nu naar je toe stuur. Hij is nu jouw probleem, moge God je bijstaan.'

En dat gezegd hebbend hangt ze op.

PING! doet mijn telefoon.

PING! PING! PING! PING!

Ik raak eventjes in paniek als ik de ene na de andere melding op mijn telefoon hoor.

Ik stap weer in mijn auto en open het eerste mailtje. Het is me al snel duidelijk dat Theo's assistent David volledig is ingestort omdat hij niet mee mag naar Northumberland, en het voelt alsof ik op iemands geliefde, maar gigantisch kieskeurige pekinees moet passen.

In een van de mailtjes staat alleen:

GEEN KIWI

De meeste mailtjes klinken als buitenissige haiku's voor de gewone man.

Kombucha yuzu
Eenmalige verzending
Al gefermenteerd

Naast een uitgebreide hoeveelheid dieetvoorschriften krijg ik ook: een overzicht van fitnessapparatuur die in Northumberland wordt bezorgd (Waar moet ik dat allemaal kwijt? Verwacht David dat ik eigenhandig een privéfitnessruimte tevoorschijn tover?), een waanzinnig lange lijst met voedingssupplementen en tijdstippen waarop Theo ze moet innemen, informatie over het transport van kostbare muziekinstrumenten, en na dit alles gaat David verder met een opsomming van wat Theo allemaal wel en niet leuk vindt, te beginnen met films (het cryptische GEEN NICOLAS CAGE!!!!!!!!!!!!!!!!! inclusief zeventien uitroeptekens roept nogal wat vragen bij me op) en tv-series (Hij komt helemaal tot rust bij *The Great British Bake Off*).

Ik ben nog niet eens halverwege de lijst als mijn telefoonscherm oplicht en ik een onbekend nummer zie.

Ik neem op. 'Hallo?'

'Clementine?' Aan de andere kant van de lijn klinkt een lichtelijk geïrriteerde, ongelooflijk bekakte stem. 'Clementine Monroe?'

'Ja, dat ben ik.'

'U spreekt met David, de assistent van meneer Eliott. Uw zus heeft me uw nummer doorgegeven.'

Met gesloten ogen leun ik naar achteren en stoot met een hoorbare bons tegen de hoofdsteun. 'O, David. Hallo. Ik ben net je e-mails aan het doornemen...'

'Mooi, ja,' onderbreekt David me. 'Dat is fijn. Ik ben verheugd dat we onderling contact hebben. In alle eerlijkheid, ik maak me nogal zórgen over deze zes weken en of meneer Eliott wel de ondersteuning krijgt die hij gewend is. Om ervoor te zorgen dat de overgang zo soepel mogelijk verloopt, denk ik dat het belangrijk is dat we alles doorspreken. Zullen we morgen een Zoom-bijeenkomst afspreken zodat ik het dossier dat ik aan het samenstellen ben met u kan doornemen?'

'Oké,' zeg ik zwakjes. 'Het dossier. Ik bedoel, natuurlijk. Als dat nodig is.'

Er valt een gevaarlijke stilte. 'Tot dusver bevat het document in kwestie achtenzestig pagina's,' snauwt David. 'Ik kan me voorstellen dat u enkele vragen hebt.'

'Achtenzestig pagina's,' herhaal ik verdoofd.

'Meneer Eliott is een drukbezet en belangrijk man,' vervolgt David. 'Het is onze taak om te zorgen dat zijn leven vlekkeloos verloopt zodat hij al zijn creatieve energie op het vervaardigen van dit album kan richten. Uw zus heeft u vast verteld dat er buitengewoon veel op het spel staat. Er zijn contracten ter waarde van enkele miljoenen ponden mee gemoeid, en vraag me niet waarom, maar het welzijn van meneer Eliott ligt in uw handen. Ik neem aan dat u van plan bent deze baan serieus te nemen?'

Ik recht mijn rug bij het horen van die woorden. Ik had inderdaad niet stilgestaan bij contracten van miljoenen ponden en de druk van verwachtingen waaronder Serena gebukt gaat. Ik kon alleen maar aan mijn relatie met Theo denken en aan wat dit betekende. Het schiet me te binnen hoe wit Serena zag toen ze me voor het eerst vroeg of ik haar wilde helpen en ik word overspoeld door schuldgevoelens. 'Natuurlijk,' zeg ik vastberaden. 'Ik neem mijn werk zeer serieus. Zullen we een overleg inplannen?'

'Ik heb morgen om kwart voor zeven een gaatje,' zegt David.

''s Ochtends?' breng ik moeizaam uit.

'Gaat dat niet lukken?'

'Jawel, jawel.' Ik ben nu al zover dat ik liever doodga dan dat ik die man teleurstel. Misschien is dat iets om met Ingrid te bespreken. 'Kwart voor zeven, doen we.'

'Mooi, ik stuur u de link door.'

En zonder verder op details in te gaan, wordt er opgehangen.

PING! doet mijn telefoon.

PING! PING! PING!

Ik slaak een diepe zucht. Oké. Dit kan ik. Ik ben een goed functionerende, verstandige volwassene. Op een rockster passen.

Hoe moeilijk is dat nou?

11

Aan: clemmie.monroe@livemail.co.uk
Van: david@eliottmgmt.com
Re: re: re: re: re: re: re: Melk

JA, dat moeten Andalusische amandelen zijn. JA, die moet jij klaarmaken. NEE, hij mag niet 'iets uit een pak'. JA, hij merkt het verschil en JA, DAT KRIJG IK TE HOREN.

Aan: clemmie.monroe@livemail.co.uk
Van: david@eliottmgmt.com
Re: re: re: re: re: re: re: re: re: Melk

De darmen van meneer Eliott gaan u niks aan.

Aan: clemmie.monroe@livemail.co.uk
Van: david@eliottmgmt.com
Re: re: re: re: re: re: re: re: re: re: re: Melk

De amandelen worden door een particuliere producent uit Spanje geleverd. Om wat probleempjes bij de douane te voorkomen worden ze verstuurd in een doos waar REINIGINGSAPPARATUUR op staat.

Aan: clemmie.monroe@livemail.co.uk
Van: david@eliottmgmt.com
Re: re: re: re: re: re: re: re: re: re: re: re: re: Melk

> De zending betreft hele amandelen en geen amandelmeel, dus nee, ik verwacht niet dat u verdacht zult worden van 'drugssmokkelpraktijken', hoewel ik de contactgegevens van onze juridische afdeling met alle plezier aan u verstrek, mocht u in de problemen komen.

Het is de bedoeling dat ik 's middags bij het huis van Granny Mac aankom, zodat ik alles netjes klaar kan zetten en tijd heb om naar de winkel te gaan met de lange lastminutelijst van 'noodzakelijkheden' die David me via de mail heeft gestuurd, en voor mezelf wat normaal eten kan kopen. Vraag me niet waarom ik dacht dat alles zou verlopen zoals ik voor ogen had, als je bedenkt wat ik tot nu toe voor elkaar heb gekregen.

Ten eerste gebeurt er een ongeluk op de snelweg waarbij olie op het wegdek terechtkomt, en sta ik vier uur in de file te hopen dat mijn auto niet afslaat. En als het verkeer eindelijk weer in beweging komt, slaat mijn auto inderdaad af en moet ik nog eens twee uur wachten op pechhulp. De monteur is een tijdje in macabere stilte aan het werk, maar krijgt de auto uiteindelijk weer aan de praat.

'Je moet toch niet al te ver, hoop ik?' vraagt hij.

'Ik moet naar Northumberland,' antwoord ik.

Hij laat fluitend de lucht tussen zijn tanden door ontsnappen. 'Zet voor de zekerheid ons nummer in je telefoon, mop.'

En met die geruststellende woorden vertrekt hij. Ik tuf de resterende tweehonderdvijftig kilometer met ingehouden adem, voor het geval de auto bij de minste of geringste beweging in elkaar stort. Als ik 's avonds eindelijk bij het huis aankom, is het al tien uur geweest. Ik was vergeten dat het zo ver naar het noorden in de zomer zo lang licht blijft, dus heb ik het laatste uur van de rit het gevoel gehad dat ik met de oranje gloeiende zon meereed, die nog steeds laag boven de horizon hangt.

Met een luidruchtig gekreun stap ik moeizaam uit de auto en pak de plastic boodschappentassen van de plaatselijke supermarkt, waar Theo's specifieke merk mineraalwater en lycheesap en zo'n negentig procent van de rest van mijn lijst beslist niet in zitten. Ik heb mijn borst vast natgemaakt voor de honderden ijzige mailtjes die David me hierover gaat sturen.

Alsof ik een personage uit een politieserie ben, die gevraagd wordt een lichaam te identificeren, recht ik mijn schouders, adem diep in en dwing mezelf naar het huis te kijken.

Het ziet er nog hetzelfde uit. Vraag me niet waarom ik dacht dat het er anders uit zou zien… Misschien omdat ik wist dat Petty het heeft laten verbouwen, maar het is – in elk geval aan de voorkant – precies zoals ik me herinner, en ik word overvallen door een vlaag van nostalgie die zo hard binnenkomt dat ik geen lucht meer krijg.

De hoge grijze stenen muur, met ramen van verschillende afmetingen op onregelmatige afstand van elkaar, die dreigend boven de oprijlaan uittorent, is niet bepaald uitnodigend. Het huis ziet eruit alsof het uit het landschap is gehouwen, alsof het gebouwd is om de wind, de regen en de golven, die ik verderop kapot hoor slaan, te weerstaan. Het huis is een oude, gerenoveerde molen, gelegen aan de rand van een lage klif, met aan de achterkant uitzicht over het water op Holy Island. Als je vanuit de achtertuin over het voetpad naar beneden klautert, kom je op een stuk privéstrand terecht, omsloten door donkere, steile rotsen. Dit is het strand waar Serena, Lil en ik onze zomers zwemmend doorbrachten, waar we zeerovertje speelden en broodjes krabsalade aten, die vol zand zaten, maar desondanks des te lekkerder waren.

Overspoeld door de herinneringen aan al die andere keren dat ik hier aankwam – aan duizelingwekkend veel zin hebben in weer een eindeloze, wilde zomer, aan meezingen met ABBA, aan spicy romanceboeken lezen en je insmeren met zonnebrandcrème die naar kokos ruikt – loop ik naar de voordeur toe. Die heeft nog dezelfde lichtgroene kleur als vroeger, maar dan schoner, en glimt waar de verf ooit in repen afbladderde. Ik toets de code van het sleutelkluisje in die Petty me heeft toegestuurd, maak de deur open en knip de lichten aan.

Binnen is duidelijk te zien dat er het een en ander is veranderd. Granny Macs frutsels zijn verdwenen, het bonte bloemetjesbehang heeft plaatsgemaakt voor allerlei vergrijsde en oudblauwe tinten. Het is veranderd, maar de basis van het huis is nog hetzelfde en het lijkt alsof ik dubbel zie: het beeld van hoe het was, met daaroverheen het beeld van hoe het nu is. Links van de voordeur is de woonkamer, die lang en licht is, voornamelijk door een van Petty's aanpassingen: de complete achtergevel is vervangen door een schuifpui met glazen deuren die het uitzicht op de zee omlijsten.

Petty moest alles in de opslag zetten en de platenmaatschappij heeft een lading meubels laten bezorgen, dus staat het huis – zoals je zou verwachten – vol spullen die er ongelooflijk duur uitzien. Er hangt een gigántische tv, er staan een paar boekenkasten en een kleine vierpersoonseettafel met een ingewikkelde glazen lichtarmatuur erboven die eruitziet alsof ze uit een van Picasso's nachtmerries komt. Ik loop om de enorme L-vormige bank heen – blauwgrijs, met knusse dekentjes erop – ga voor het raam staan en neem het uitzicht in me op.

Het verbaast me niets dat dit uitzicht ook hetzelfde is gebleven en dat stelt me gerust. Het lukt me amper om al mijn gevoelens op een rijtje te krijgen. Herinneringen worden zo snel en meedogenloos op me afgevuurd dat ik ze niet eens uit elkaar kan houden: mijn zussen, Granny Mac, die laatste zomer, ál die zomers. Ik heb me zo druk over Theo gemaakt en over ons verblijf hier, dat ik niet eens heb stilgestaan bij hoe ik me bij aankomst zou voelen.

Ik breng de tassen naar de dichte keuken, waar alles glanst en modern is, ruim de boodschappen op en leg de enorme Amerikaanse vriezer vol met ijs. David had me een e-mail gestuurd waarin één regel stond, die luidde: Er moet ALTIJD ijs voorhanden zijn, alsof Theo misschien wel het loodje legt als hij gedwongen wordt een drankje op kamertemperatuur te drinken.

Ik steek mijn hoofd om het hoekje van de kleine werkkamer en zie dat de meubels die er eventueel nog stonden, zijn weggehaald – zoals David had opgedragen – en de ruimte staat nu vol glimmende fitnessapparatuur. Tegen een van de muren zijn een heleboel dozen van verschillende afmetingen, waarvan ik weet dat David die heeft besteld, keurig op elkaar gestapeld. Net als met de fitnessapparatuur heeft hij nauw met Petty samengewerkt om te zorgen dat alles netjes werd bezorgd. 'Wat een figuur,' was haar berustende reactie op het organisatorische natuurgeweld dat al snel een nagel aan mijn doodskist is geworden.

Ik kan me er niet toe zetten om die dozen nu uit te zoeken, dat doe ik morgenochtend wel, voordat Theo er is. Alleen al bij de gedachte aan zijn komst krijg ik acuut de zenuwen.

Ik loop terug naar de auto, pak de rest van mijn spullen en stamp de trap op naar mijn slaapkamer. Toen we klein waren, sliepen Lil en ik altijd bij elkaar, maar het stapelbed waar we zo trots op waren, is vervangen door een smal tweepersoonsbed. Aan de overkant van de gang gluur ik in wat vroeger Serena's kamer was en zie tot mijn grote plezier dat Petty de muren die we nachtblauw hadden geschilderd, dezelfde kleur heeft gelaten.

Naast mijn kamer ligt de kamer van Granny Mac, die volgens Petty klaargemaakt zou worden voor Theo. Ik duw aarzelend de deur open, maar ook dit vertrek is onherkenbaar. Het heeft een groot, nieuw raam dat een prachtig uitzicht over de baai biedt. Het bed is reusachtig en het beddengoed is frisgewassen, wit en van hotelkwaliteit, geweven door nonnen in een of ander afgelegen klooster in de bergen of iets vergelijkbaars – echt waar, ik ben de draad van het beddenlakengesprek na dertien mailtjes kwijtgeraakt en heb maar gewoon ingestemd met wat David ook zei.

Ik strijk met mijn hand over het bed en mijn huid begint onmiddellijk te tintelen van verlangen. Geweldig, ik verander dankzij Theo Eliott ondertussen in een of andere door lakens geobsedeerde viezerik. Wat kan mij het schelen dat die man hier gaat slapen? Het doet me niets. Helemaal niets. Het is maar een bed.

Tegen de muur staat een rek met verschillende glanzende gitaren, instrumenten die volgens David met de allergrootste zorg en tegen een aanzienlijk bedrag hier afgeleverd zijn. Ik controleer of alles schoon en netjes is en pak een paar schone handdoeken (van Egyptisch katoen) uit de linnenkast, waarin – toen ik als veertienjarige *Op jacht naar de liefde* las en herlas – Serena, Lil en ik deden alsof we de Mitfords waren, 'maar dan zonder het fascisme,' zoals Lil er altijd angstvallig aan toevoegde. We zaten dan bijna bij elkaar op schoot, de kast was namelijk niet zo groot, en praatten over seks. Wij waren als liefdesbaby's van Ripp Harris beduidend meer vertrouwd met dat onderwerp dan de Radletts, maar we hadden er evengoed heel veel interessante vragen over.

Gelukkig heeft het schoonmaakbedrijf dat Petty altijd inschakelt uitstekend werk verricht en dus hoef ik alleen maar de handdoeken klaar te leggen en een paar pronkerwten uit de tuin in een jampot neer te zetten, en dat is het. De bloemen zorgen voor een huiselijke sfeer, die in mijn ogen nog ontbreekt; het lijkt hier nu nog te veel op een hotelkamer: mooi, maar doods. En dat past niet bij het huis van Granny Mac.

Ik sleep mezelf naar bed en kruip met een gigantische zucht van opluchting onder de heel gewone, enigszins versleten katoenen lakens. Misschien kan ik morgenochtend, nadat ik de dozen heb uitgepakt, naar Newcastle rijden, waar ik in de grotere winkels hopelijk wat van mijn lijst kan wegstrepen.

Met die geruststellende gedachte val ik in een diepe, droomloze slaap, totdat ik wakker word van een hard bonzend geluid.

Ik kom overeind, maar het duurt even voordat mijn versufte hersenen weten waar ik ben. Dan dringt het tot me door dat er iemand op de voordeur klopt. Ik klauter uit bed, strompel de trap af en wrijf ondertussen de slaap uit mijn ogen. Dat moeten die rare Japanse energydrankjes zijn die David online heeft besteld.

Ik ben bijna bij de deur als mijn telefoon in de slaapkamer met een schril geluid gaat.

'Mijn hemel, ik kom eraan, ik kom eraan,' mompel ik en ik ruk de deur open.

Aan de andere kant staat Theo Eliott, met een telefoon bij zijn oor. Hij heeft een spijkerbroek en een grijs T-shirt aan dat er zacht en versleten uitziet, maar waarschijnlijk meer kost dan al mijn kleren bij elkaar. Zijn donkere haar is verfomfaaid, zijn wangen ongeschoren.

'Gah,' zeg ik, kort en bondig.

Hij draagt een zonnebril, dus kan ik niet echt zien hoe hij reageert, maar zijn mondhoeken schieten omhoog bij het horen van dat geluid. 'Het is al goed, David. Ze is er. Ik ben binnen,' zegt hij tegen de telefoon. Na een korte stilte gaat hij verder: 'Ja, je hebt heel duidelijk laten blijken hoe je erover denkt. We spreken elkaar.'

Hij beëindigt het gesprek en schuift dan zijn zonnebril een stukje naar beneden, zodat ik zijn ogen kan zien.

'Mooie pyjama,' zegt hij.

Ik kijk omlaag naar mijn pyjama, die totaal niet geschikt is voor dit seizoen, omdat er allemaal hondjes met kerstmutsen op staan. Geweldig. Ik haal mijn hand over mijn woeste bos haar en probeer het glad te strijken.

'Wat doe je hier?' flap ik eruit, en de woorden klinken veel vijandiger dan de bedoeling was.

'In deze uithoek?' Theo zucht. 'Geen idee. Vraag dat maar aan je zus.'

'Ik bedoel,' dwing ik mezelf heel rustig te zeggen, 'wat doe je hier zo vroeg? Ik had je vanmiddag pas verwacht. Hoe laat is het eigenlijk?'

Theo kijkt op zijn walgelijk dure horloge. 'Bijna zeven uur.'

''s Ochtends?' zeg ik schor en vol afschuw.

'Geen ochtendmens.' Theo knikt begripvol. 'Ik snap het. Ik kom net uit LA, dus voor mij is het bijna middernacht.'

'Uit... LA?' breng ik moeizaam uit. 'Ik dacht dat David had gezegd dat je in Londen zat. Hoe ben je hier eigenlijk gekomen?'

'De plannen waren veranderd. Ik ben hierheen gevlogen.'

Met grote ogen leun ik naar voren en kijk naar de oprit; ik verwacht bijna dat er een helikopter naast mijn Ford Fiesta staat.

'Naar het vliegveld van Edinburgh, Clemmie.' Theo klinkt lichtelijk geïrriteerd. 'Daar heb ik een huurauto gepakt.'

'O, ja, natuurlijk.' Ik zie de glimmende Audi naast mijn auto staan, die er daardoor nog aftandser uitziet. 'Sorry, volgens mij ben ik nog niet helemaal wakker.'

We blijven nog een paar tellen ongemakkelijk op het stoepje staan. Hij zet zijn zonnebril af en haakt hem aan de hals van zijn T-shirt. Zijn ogen staan vermoeid en hij haalt een hand door zijn haar, waarvan ik weet dat het zijdezacht is. Ik volg de beweging van zijn getatoeëerde onderarmen en van zijn vingers met hun zilveren ringen. Mijn mond wordt droog. Mijn god, beweegt deze man nou echt in slow motion?

'Kom binnen!' roep ik uiteindelijk, en ik klink als een veel te fris en fruitige schooljuffrouw als ik me weer herinner waarom ik hier ben, waarom hij hier is en wat mijn taak eigenlijk is – de taak waar ik een torenhoog bedrag voor krijg. *Professioneel, Clemmie. Wees professioneel.* 'Zal ik je helpen met je tassen?'

Theo schudt zijn hoofd. 'Ik haal ze straks wel uit de kofferbak.'

'Prima.' Ik stap opzij zodat hij door de deur kan. Hij loopt rakelings langs me en ik vang eventjes een verrukkelijke zweem aftershave op.

Mijn tenen krullen en mijn maag maakt een duikvlucht. Ik wil dat dat stomme lijf van mij zich gedraagt en ga hem voor op de benedenverdieping.

'Wat een mooi huis,' zegt Theo, terwijl hij vol belangstelling rondkijkt.

'Klopt, Petty heeft het prachtig laten opknappen. Dat is Lils moeder.'

Theo knikt. 'Dat zei Serena al.'

'Ik zal je een rondleiding geven. Hier heb je de werkkamer, nou ja, ik noem het de werkkamer, maar je zou kunnen zeggen dat het nu de fitnessruimte is.' Ik neem hem mee de kamer in en opnieuw kijkt hij vlug rond en knikt.

Zijn blik blijft op de dozen hangen en ik krijg een kleur. 'Ik heb nog geen tijd gehad om alle spullen uit te pakken die David heeft opgestuurd. Het spijt me. Ik kwam gisteravond laat aan. Autopech.' De woorden buitelen over elkaar heen en ik zie Theo zijn lippen op elkaar klemmen, maar hij maakt alleen een geluid dat tussen grommen en mompelen in zit.

Hij is wel heel erg stil. Misschien is hij gewoon moe? Of vindt hij het irritant dat ik nog niet alles perfect op orde heb? Mijn beeld van de Theo die ik heb ontmoet, komt niet overeen met het beeld van de tiran voor wie David werkt, maar misschien is dit de echte Theo, nu hij zijn charmes niet op mij loslaat.

'Oké!' zeg ik opgewekt. 'En hier...' Ik draai me om en wil langs hem heen lopen naar de deur, maar struikel over een apparaat, zo tegen Theo aan... of ik zou tegen hem aan zijn gestruikeld als hij niet was teruggedeinsd alsof ik een zeer besmettelijke huidziekte had. Nu strijkt mijn arm amper langs de zijne en klettert hij met een gepijnigde uitdrukking op zijn gezicht tegen een paar dumbbells aan.

'Sorry,' zeg ik snel.

Hij laat alleen opnieuw dat hummende geluid horen en ontwijkt mijn blik, maar een spiertje in zijn kaak trilt als een bezetene.

Ik neem hem mee naar de keuken. Dit hele gedoe voelt zo ongemakkelijk. Van tevoren had ik bedacht dat ik me als een professional zou gedragen. Ik had plannen! Een checklist! Ik zou kalm zijn, alles onder controle hebben. Ik had niet gedacht dat ik met slaperige ogen en mijn kerstpyjama wanhopig zou proberen te bedenken wat er ook alweer in die talloze mailtjes stond die David en ik hebben uitgewisseld.

'Eh, dit is dus de keuken,' zeg ik totaal overbodig. 'Helaas heb ik nog niet alles kunnen vinden wat op Davids meest recente lijst staat. Ik moet alle dozen dus nog uitpakken, en vanochtend komen er een hoop bestellingen binnen en straks ga ik naar Newcastle. Er staat mineraalwater in de koelkast.' Ik aarzel. 'Maar helaas is het gewoon van het merk dat ze in de plaatselijke supermarkt verkopen, en ik heb fruit en eieren en brood en kaas.' Ik loop de checklist langs die ik al de hele week in mijn hoofd heb. 'Later op de dag komt er een koffiemachine en David laat wekelijks biologische groente bezorgen. Het spijt me dat nog niet alles geregeld is...' ratel ik van de zenuwen.

Theo's mond is een horizontale streep en hij heeft zijn kaken weer geïrriteerd opeengeklemd. 'Het is oké,' zegt hij, maar blijkbaar is het niet oké. Blijkbaar heb ik de eerste test al verprutst en gaat David me aan zijn goudvis voeren.

'Heb je honger?' vraag ik slapjes. 'Zal ik een tosti voor je maken? Of een kopje thee zetten? Ik heb de amandelen nog niet opgesnord, maar ik heb wel gewone melk?'

'Het is oké, ik hoef niks,' zegt hij, en opnieuw krijg ik het gevoel dat 'oké' codetaal is voor 'zwaar teleurstellend'. 'Ik ga liever gewoon naar m'n kamer, als je dat goedvindt?'

'O, tuurlijk,' zeg ik. 'Ik neem je mee naar boven.'

Samen lopen we de trap op en ik blijf voor mijn kamer even aarzelen. De deur staat nog open omdat ik naar beneden was gesprint en we kijken tegen het onopgemaakte bed aan en mijn koffer die nog openligt. 'Dit is dus mijn kamer. Voor het geval je iets nodig hebt. Niet dat je nou iets uit mijn kamer nodig hebt, maar als je mij nodig hebt.' Ik houd mijn mond en voel mijn wangen warm worden. 'Niet dat je míj nodig hebt, maar als je iets nodig hebt en ik moet dat voor je regelen en je kunt me beneden niet vinden, dan ben ik hier.'

Ik verwacht dat Theo met een dubbelzinnige opmerking komt, of op zijn minst een grijns, maar Theo schraapt zijn keel en fronst alleen maar.

'En dit is jouw kamer.' Ik duw de deur naast de mijne open, maar blijf op de drempel treuzelen, terwijl Theo naar binnen stapt. 'Je hebt een badkamer met een douche, maar als je in bad wilt, dan is er aan de overkant van de gang nog een badkamer.'

Theo loopt op zijn gemak verder, steekt zijn hoofd door de en-suitedeuren en kijkt daarna voor het raam naar het uitzicht. Hij zegt niets, maar zijn blik valt op de pot met pronkerwten.

'Dit is waarschijnlijk niet wat je gewend bent...' begin ik.

'Dit is prima,' zegt Theo, met een vlakke maar beleefde ondertoon in zijn stem.

Prima. Nou, dat klinkt alweer een stuk beter dan 'oké'.

'Mooi...' Ik zet een stap naar achteren. 'Je weet me te vinden, en ik ga straks naar Newcastle, dus laat het maar weten als je nog iets nodig hebt.'

'Komt goed,' zegt Theo. 'Bedankt.'

En hij duwt de deur voor mijn neus dicht.

12

De rest van de ochtend zoek ik alle dozen uit en laat grote hoeveelheden amandelen weken volgens Davids zeer nauwgezette instructies. Theo laat zich niet zien of horen. Volgens mij slaapt hij.

De keuken ziet er nu in elk geval beter bevoorraad uit. Ik blijf naar de voordeur heen en weer lopen en voor een eindeloze stroom pakketjes tekenen. David heeft zelfs stapels transparante kunststofbakjes en een labelprinter opgestuurd, zodat spullen op een dusdanige manier zijn opgeborgen dat Theo alles makkelijk kan vinden. Hij heeft me ook een gedetailleerd overzicht gestuurd van hoe de keukenkastjes precies ingericht moeten worden, zodat alle bakjes op dezelfde plek staan als bij Theo thuis in LA. Het kan zijn dat ik met mijn ogen heb gerold, want stél je voor dat een rockster in een kastje moet rommelen op zoek naar zijn biologische zeewiercrackers, maar ik moet zeggen dat ik een ontzettend bevredigend gevoel van zo'n labelprinter krijg en al snel heb ik overal een label op geplakt.

Als Theo zich eindelijk laat zien, sta ik over het aanrecht gebogen en ben ik zijn vele, vele voedingssupplementen aan het verdelen in pillendoosjes met een vakje voor elke dag van de week, die ik bij Amazon heb besteld. In tegenstelling tot David is er geen haar op míjn hoofd die erover denkt om elk uur achter Theo aan te lopen met handenvol vitamine B en mineraalrijk water. Hij is toch zeker een volwassene die zelf wat verantwoordelijkheid op zich kan nemen? Ik hoor de voordeur open- en dichtgaan, het neerploffen van tassen in de gang, en dan staat Theo voor me.

'Hier,' zegt hij korzelig en hij gooit zijn sleutels naar me, die ik met een gilletje ontduik, waardoor ze op de grond kletteren.

Theo raapt de bos op en legt hem omzichtig naast me op het aanrecht. 'Dit is mijn autosleutel, geen handgranaat. Je zei dat je autopech had, dus als je de deur uit gaat, pak dan de mijne. Pak hem maar wanneer je wilt.'

Zijn stem is een beetje hees en zijn haar is verfomfaaid. Zo te zien heeft hij geslapen. Hij glimlacht nog steeds niet naar me, maar het gebaar raakt me. Ik had niet verwacht dat hij überhaupt aan mij zou denken. Dan gaapt hij en strekt hij zijn armen boven zich uit, waardoor de onderkant van zijn T-shirt opgetild wordt en ik een randje van zijn gespierde, zongebruinde buik te zien krijg. Ik ruk mijn blik los. *Nee. Niet aan denken. Blijf professioneel.*

'Weet je het zeker?' vraag ik en ik concentreer me weer op de pillen. 'Over de auto pakken?'

Hij bromt. 'Ik wil niet dat je ergens in een of andere uithoek pech krijgt. Dat levensgevaarlijke stuk blik van jou wordt bij elkaar gehouden door hoop en plakband.'

'Nou zeg!' roep ik uit. 'Dat is ducttape en zit alleen op de zijspiegel. Eén zijspiegel. Die andere mankeert níks. Bijna niks.'

Theo maakt een spottend geluid en loopt naar de koelkast, trekt de deur open en pakt een fles van dat rare groene sap, dat in een speciale koelbox werd bezorgd, alsof er organen in zaten die getransplanteerd moesten worden.

Hij neemt een slok en tuurt daarna fronsend naar de fles. Waarschijnlijk leest hij het etiket waarop THEO'S RARE GROENE SAP staat. Dan doet hij de deur dicht en bekijkt het label met KOELKAST.

Hij kijkt me aan en trekt zijn wenkbrauwen op: 'Hoe zit dat met al die labels?'

Ik haal mijn schouders op. 'David heeft een labelprinter opgestuurd, zodat alles overzichtelijk opgeborgen kan worden, en ik werd een beetje enthousiast.'

Zijn mondhoeken krullen met tegenzin een stukje op en zijn ogen glijden van de mijne naar mijn borst, waar ze blijven hangen. Zit hij me nou verlekkerd in zich op te nemen? Ik voel mijn wangen warm worden en er raast een vreemde mengeling van verontwaardiging en adrenaline door me heen. Dan gebaart hij met zijn fles en zegt: 'Was je bang dat ik je naam zou vergeten?'

Ik werp een blik omlaag naar het etiket op mijn borst: CLEMMIE.

Theo perst zijn lippen op elkaar alsof hij me niet probeert uit te lachen, maar die donkere ogen van hem rimpelen in de hoekjes. Ik pak de labelprinter en druk op de knopjes.

'Ga jij me nou de les lezen over namen?' zeg ik, terwijl ik de achterkant van het stickertje pel dat het apparaat eruit heeft gespuwd. Ik zet een stap naar voren en plak het op zijn borst.

Theo kijkt omlaag naar mijn hand, naar mijn gespreide vingers op zijn shirt, dat net zo zacht is als ik me had voorgesteld. En een lichaam omspant dat hard en warm is. Een ogenblik lang kruisen onze blikken en volgens mij zie ik een flits in zijn ogen, iets woests en hongerigs, waardoor mijn knieën raar gaan doen, maar voor ik het weet is het weg. Hij zet een stap naar achteren, slaat zijn armen over elkaar, en ik laat mijn hand langs mijn lichaam vallen, waardoor het label op zijn shirt achterblijft, het label waar THEO op staat.

'Geen Edward,' zegt hij zachtjes, met hese stem.

'Zeker geen Edward,' beaam ik. Iets wat ik zorgelijk genoeg nogmaals moest horen. Hoe leuk ik Edward ook vond, hij heeft nooit bestaan. Ik moet me niet gek laten maken omdat Theo in de buurt is. Ik moet voor ogen houden dat dit een zakelijke overeenkomst is. Ik moet hoognodig onder een koude douche.

Er valt een lange en ongelooflijk ongemakkelijke stilte.

'Oké,' zegt Theo. Het vuur in hem is gedoofd en het enige wat achterblijft is een stugge beleefdheid in zijn blik en zijn stem. 'Ik kan maar beter gaan schrijven. Daarom zitten we hier. Serena zal ongetwijfeld binnenkort willen weten hoe het gaat.'

'Waarschijnlijk heb je gelijk. Ik ga nu boodschappen doen, heb je iets nodig?'

'Nee, nee,' zegt hij kortaf en hij deinst al achteruit. 'En je hoeft me niet... je weet wel... constant achterna te lopen.'

'Dat is mijn werk.' Ik pers een gemaakte, opgewekte glimlach tevoorschijn. 'En we weten allebei dat David hierheen komt en me heel vakkundig vermoordt als ik het niet goed doe.'

Theo's glimlach bereikt zijn ogen niet als hij eventjes ten teken van afscheid zijn hand heft, en dan is hij weg.

Tegen de tijd dat ik uit Newcastle terug ben met nog meer tassen in mijn handen geklemd, is het al avond. Nu kan ik David tenminste mailen en vertellen dat ik alles heb wat Theo ook maar nodig heeft. En dankzij Theo's grote, dure huurauto was het ritje lang niet zo'n lijdensweg. Ik reed relaxed, luisterend naar een luisterboek van Judy Blume, dat volledig aan mijn verlangen naar nostalgie tegemoetkwam, met de airco op de hoogste stand, en totaal niet bang dat de auto spontaan in vlammen op zou gaan.

Als ik de voordeur opendoe, roep ik dat ik er ben, maar Theo reageert niet. Hopelijk zit hij volop in een creatieve flow. Ik ruim de boodschappen op en maak iets te eten voor mezelf: spaghetti met een vrij simpele groentesaus en stokbrood met kruidenboter uit de oven. Het ruikt heerlijk en mijn rommelende maag is het met me eens. Ik red me aardig in de keuken, maar ik ben heel blij dat ik niet voor Theo hoef te koken. Zijn persoonlijke chef-kok heeft een vriezer vol perfect uitgebalanceerde biologische, suikervrije, zuivelvrije en glutenvrije maaltijden laten bezorgen, die alleen nog in de oven opgewarmd moeten worden. Ik hoef alleen maar af en toe wat boerenkool in de blender te gooien en God op m'n blote knietjes te danken dat die smoothies niet voor mij zijn.

Over Theo gesproken, hij is nog steeds nergens te bekennen, maar ik zou ook niet weten waarom we samen zouden moeten eten of zo. En toch voelt het vreemd met hem in huis. Is het onbeleefd om zonder hem te eten? Zal ik vragen of ik een van zijn chique gerechten in de oven moet zetten? Ik aarzel en besluit het niet te doen.

David heeft heel duidelijk uitgelegd dat Theo ruimte nodig heeft als hij aan het werk is en dat hij met rust gelaten moet worden, tenzij hij zelf ergens om vraagt. En als ik 'heel duidelijk' zeg, bedoel ik dat hij het honderd keer ter sprake heeft gebracht en dat hij me waarschuwde voor wat hij 'zinloos geklets' noemde en opperde dat ik zowel onzichtbaar als onhoorbaar zou zijn. Toen ik zei dat het klonk alsof ik een victoriaans kamermeisje was, liet hij een onmiskenbaar goedkeurend geluid horen.

Dus laat ik Theo met rust. In plaats daarvan druk ik op het knopje om de jaloezieën te laten zakken en ga ik met mijn pasta op de bank zitten, klaar voor de volgende aflevering van *Blood/Lust*, mijn lievelingsserie over tienervampiers op Netflix. Na vier afleveringen is de afwas gedaan en heb ik een bak stracciatella-muntijs soldaat gemaakt, maar heb ik Theo nog steeds niet gezien of gehoord.

Ik ruim alles op en plak een post-it op de koelkast om te zeggen dat zijn eten erin staat en hoe lang het in de oven moet. Ik denk er even over na en voeg eraan toe: *of als je liever iets anders hebt, er is nog pasta en knoflookbrood over. Pak gerust.* En ik teken een smiley.

Ik loop naar boven en blijf voor mijn slaapkamerdeur staan. Mijn ogen dwalen naar Theo's kamer. Ik hoor niets, geen muziek, geen gitaargetokkel, niets. Slaapt hij misschien al?

Ik lig heel lang wakker. De gedachte dat Theo niet alleen hier in huis is, maar zich aan de andere kant van de muur bevindt, maakt dat ik onrustig ben. Ik blijf roerloos liggen, stel me voor dat hij maar een tiental centimeters bij me vandaan ligt, en daardoor schakelt mijn hele lichaam over naar de hoogste staat van paraatheid. Ik maak me zorgen omdat ik mijn reactie op hem niet onder controle krijg. Mijn hoofd weet donders goed dat hij niet voor mij is bestemd, maar verschillende lichaamsdelen zijn het daar totaal niet mee eens.

Als ik bij Theo in de buurt ben, kan ik alleen maar denken aan hoe ik hem in handen kan krijgen. Of hij mij. Wat is er met me aan de hand? Het is overduidelijk een overblijfsel van de nacht die we samen hebben doorgebracht. *Het wordt heus wel makkelijker*, zeg ik tegen mezelf, en aan die gedachte klamp ik me nog steeds vast wanneer ik eindelijk in slaap val.

13

De volgende ochtend ga ik naar beneden en trek de koelkast open. Theo's eten staat er nog, maar de pasta en het knoflookbrood zijn weg. Net als mijn post-it. Ik had anders niet geweten dat hij hier was geweest.

Ik zucht.

Een kleine overwinning. We zijn tenslotte de eerste dag doorgekomen en hij leeft nog. Nog maar eenenveertig dagen en een album dat alle genres overstijgt en alle prijzen pakt te gaan. Appeltje-eitje.

De hele ochtend ben ik gespannen, in afwachting van Theo, maar die komt niet tevoorschijn. Ik dwaal doelloos door de keuken, poets oppervlaktes die al vlekkeloos schoon zijn. Ik raadpleeg de lijsten die David heeft gestuurd, maar alles is afgevinkt. Er hoeft niets meer gedaan te worden, behalve Theo's kamer schoonmaken... wat nogal lastig gaat, omdat hij er nog in zit.

Misschien had Serena toch gelijk en wordt dit een makkelijk klusje. Misschien zie ik hem inderdaad amper. Misschien is dat maar goed ook, gezien de verrukkelijke hoofdrol die Theo Eliott vannacht heeft gespeeld in mijn urenlange, onrustige, expliciete, erotische dromen. Mijn onderbewustzijn heeft het memo over professionaliteit duidelijk niet ontvangen.

Ik zit aan het keukeneiland en staar in de verte, als ik eindelijk stampende voetstappen op de trap hoor. Theo laat zich niet zien, dus sluip ik stiekem de keuken uit en gluur ik om het hoekje van de deur de hal in.

Theo staat met zijn rug naar me toe. Hij heeft zijn oortjes in en waar hij ook naar luistert, het staat zo hard dat ik de bas hoor dreunen. Hij neuriet mee, een laag gerommel in zijn keel. Hij bukt om een paar gympen aan te trekken en ik geniet van het verrukkelijke uitzicht op zijn achterwerk, dat in een grijze joggingbroek is gehuld. Daar heb je dat gesuis in mijn hoofd weer.

Volledig in paniek knijp ik mijn ogen vliegensvlug dicht. Ik heb al de hele nacht over hem liggen fantaseren en nu maak ik een lustobject van de man, als een of andere viezerik die zich in de bosjes verschuilt. *Doe normaal, Clementine.*

'Shit!' roept Theo luid. Mijn ogen schieten open en ik zie dat hij zich heeft omgekeerd en op me neerkijkt. Hij heeft zijn hand op zijn hart en doet een oortje uit. 'Ik wist niet dat je daar stond.'

Tientallen beelden flitsen haarscherp door mijn hoofd en mijn bloed kolkt.

Niet. Aan. Je. Dromen. Denken.

Ik glimlach opgewekt. 'Ja, ik sta hier.'

We zwijgen allebei.

'Eh. Kan ik iets voor je doen?' vraag ik uiteindelijk.

'Nee,' snauwt hij nog net niet. 'Ik ga een rondje hardlopen.'

'O, mooi. Hardlopen, goed idee.' De charmeur die met me naar bed wilde is allang verdwenen.

Alsof hij dat punt nog eens wil benadrukken, pakt Theo een baseballpet, zet hem op en trekt hem bijna over zijn ogen. Dan beent hij naar de voordeur en vertrekt zonder nog een woord te zeggen.

'Nou, dag!' zeg ik tegen de lege ruimte. Ik laat mijn schouders zakken. Als je erover nadenkt, zijn verwende rocksterren inderdaad allemaal klootzakken. Dat had ik kunnen weten, maar het valt me toch tegen.

Ik ga weer naar de keuken, waar ik mijn dikke map vol aantekeningen heb liggen. De Theo-bijbel. David en ik zijn het in elk geval met elkaar eens dat goede kantoorbenodigdheden belangrijk zijn. Toen ik hem over mijn systeem met gekleurde tabjes vertelde, had ik kunnen zweren dat hij begon te spinnen van genot.

'Hardlopen, hardlopen, hardlopen…' mompel ik binnensmonds. Ja, daar zijn ze: Davids instructies.

Na het hardlopen heeft meneer Eliott behoefte aan TEN MINSTE één van de eiwitrijke tussendoortjes uit addendum B, evenals een glas veganistische sportdrank vermengd met 300 ml mineraalwater (gekoeld serveren bij een temperatuur tussen 2,5 en 3 °C) en versgeperst boerenkool- en appelsap (zie sectie 4, paragraaf 7 voor het recept. NB: Dit post-hardloopsap zit niet bij de saplevering inbegrepen, aangezien meneer Eliott versgeperst verkiest. Geef hem NIET stiekem het andere sap 'om te kijken of hij het merkt'. Pers het sap gewoon.)

Als ik mezelf zover krijg dat ik een rondje ga hardlopen (zelden), dan moet ik het na afloop met een glas kraanwater en een banaan doen, maar waarschijnlijk ademen rocksterren exclusieve lucht in. Ik zoek het saprecept op en leg alle ingrediënten klaar, maar bedenk dan dat ik beter eerst de slaapkamer kan schoonmaken nu hij een flink eind uit de buurt is.

Ik sjouw de trap op en wil de lakens waar Theo één nachtje onder heeft geslapen gaan verschonen, maar blijf aarzelend bij de deur staan. Ik weet dat het mijn taak is, maar het voelt niet goed om zomaar naar binnen te stormen. *Wees professioneel*, zeg ik streng tegen mezelf. *Het is maar een slaapkamer. Je gaat niet rondsnuffelen. Je gaat schoonmaken.*

Ik adem diep in en duw de deur open. Ondanks mijn stoerdoenerij sluip ik evengoed als een zeer middelmatige geveltoerist naar binnen. Het voelt in elk geval alsof ik me op verboden terrein bevind.

Behalve het onopgemaakte bed ziet de kamer er nog precies hetzelfde uit. Ik open een van de lades op een kiertje en zie Theo's kleding netjes opgevouwen liggen. Volgens mij had ik zijn spullen moeten uitpakken, maar blijkbaar heeft hij het zelf gedaan. De kledingkast laat hetzelfde zien: alles hangt netjes en zijn lege koffers liggen onderin.

Ik haal het bed af en zeg tegen mezelf dat ik het me verbeeld dat zijn lichaamswarmte nog in de lakens zit. Helaas verbeeld ik me het vleugje aftershave zeker niet, dat nog lichtjes aan het beddengoed kleeft en me omhult terwijl ik ermee worstel. Waarom ruikt hij zó lekker? Het is niet eerlijk. Het leidt me af. Ik maak het bed zo vlot mogelijk op en ga de strijd aan met het enorme, donzige dekbed en boek een nipte overwinning.

Terwijl ik de kussens opschud, zie ik het label met Theo's naam erop dat ik gisteren heb gemaakt netjes op de muur naast zijn bed geplakt, de muur tussen onze kamers in. Ik strijk er met mijn vinger over en vraag me af waarom hij het heeft bewaard.

Ik controleer nogmaals of alles perfect glad en netjes zit en loop weer naar beneden. Ik heb geen idee hoe lang hij gaat hardlopen en volgens David wil Theo dat alles klaarstaat als hij terugkomt. Het is tijd om met de grote, glimmende nieuwe sapcentrifuge aan de slag te gaan, die niet zozeer op een keukenmachine lijkt, als wel op een industrieel schoonmaakapparaat.

Nadat ik zorgvuldig de gebruiksaanwijzing heb doorgelezen, spuit er bij mijn eerste poging allemaal groene smurrie door de keuken en over mij heen en houd ik alleen een beetje onappetijtelijke drab onder in een glas over.

'Je laat je niet kisten door een sapcentrifuge,' mompel ik, terwijl ik alles fanatiek schoonboen met antibacteriële spray. 'Je hebt een doctorstitel. Je kunt heus wel een stukje boerenkool persen.' Ik weet niet wie ik voor de gek probeer te houden... Zelfs zonder deze apparatuur zou ik van tevoren boerenkool nooit een bij uitstek sáppige groente hebben genoemd. Misschien probeert David me het leven zuur te maken.

Mijn tweede poging gaat al een stuk beter. Ik zou het zelf nooit opdrinken, maar ik heb een glas moerassige vloeistof gemaakt, en gezien de omstandigheden denk ik dat dit het hoogst haalbare is.

Ik breng net mijn kostbare glas sap naar de koelkast, zodat het gekoeld blijft (nogal riskant, omdat dit niet specifiek in de instructies staat, maar aangezien alles ver onder kamertemperatuur moet zijn, waag ik het erop), als ik de voordeur hoor opengaan.

Yes! Perfect getimed. Ik sprint triomfantelijk de keuken uit naar Theo toe, klaar om hem na zijn terugkomst als een braaf huishoudstertje een glas versgeperst sap te overhandigen. In plaats daarvan knal ik op de drempel van de woonkamer met een klap tegen een keihard voorwerp aan.

'Shit!' gil ik en het sap vliegt omhoog.

'Fuck!' schreeuwt het harde voorwerp.

Ik sla mijn ogen op en zie Theo nors op me neerkijken. Zijn haar druipt van het boerenkoolsap en ook zijn bovenlijf zit onder. Zijn volledig ontblote bovenlijf.

'Waarom heb je geen shirt aan?' flap ik eruit en mijn blik blijft op de perfect gespierde borstkas hangen waar ik zojuist tegenaan ben gebotst. Ik sta stevig tegen hem aan gedrukt, waardoor ik ook onder het sap zit en mijn T-shirt, dat ondertussen doorweekt is, is zo dun dat er niet genoeg stof tussen onze huid zit. Niet als ik mijn gezonde verstand wil behouden. Ik maak me van hem los, maar hij heeft nog steeds mijn onderarmen vast. Die heeft hij zeker beetgegrepen zodat ik overeind bleef toen we botsten.

'Ik had het heet,' zegt hij, maar zijn stem klinkt ijs- en ijskoud. 'Waarom gooi je groen slijm naar me?'

'Ik wilde boerenkoolsap naar je toe brengen,' zeg ik terneergeslagen en ik klamp het glas vast, dat nu helemaal leeg is. 'In de map staat dat je dit na het hardlopen drinkt.'

Hij knijpt zijn ogen dicht. 'Natuurlijk is er een fucking map,' mompelt hij.

'Zal ik... een nieuwe voor je maken?'

'Nee.' Theo kijkt omlaag, ziet dat hij me nog steeds vasthoudt en laat me los alsof hij nu pas beseft dat hij een gloeiend stuk kool in zijn handen heeft. 'Ik hoef niks, dank je. Ik ga douchen.' Hij draait zich om en als hij wegstampt, hoor ik hem mopperen: 'Heel lang douchen.'

'Sorry,' roep ik hem achterna.

Ik kijk naar de puinhoop om me heen en zucht. Dit is tot nu toe niet bepaald een succes. Mijn telefoon gaat en ik haal hem uit mijn zak.

'Hé, David,' zeg ik opgewekt. 'Nee, nee, alles gaat perfect. Van een leien dakje.'

Ik zie Theo de rest van de dag niet meer.

14

Zeven dagen lang wissel ik amper een woord met Theo. Ik ben 's werelds allerslechtste spion in de muziekindustrie. Is hij het album aan het schrijven? Ik heb geen idee. Het enige wat ik mijn zus te melden heb, is dat hij volop geniet van de ongelimiteerde toegang tot koolhydraten.

'Dit gaat al een week zo, Serena,' fluister ik tegen mijn telefoonscherm. 'Het voelt echt raar. Alsof ik met een uitgehongerd spook samenwoon.'

Tot nu toe blijkt elke ochtend als ik beneden kom dat Theo de andere helft van het eten heeft opgegeten dat ik de avond ervoor heb klaargemaakt, in plaats van de gerechten van de dure sterrenkok die David heeft ingehuurd. Ondertussen maak ik dubbele porties, want ik begrijp het wel: diepvriespizza smaakt waarschijnlijk ook gewoon fantastisch als je al jarenlang geen brood meer hebt gegeten. Sterker nog, mijn hele voedselvoorraad voor 'normale mensen' is aan het verdwijnen.

Uiteraard heb ik deze gang van zaken niet met David besproken – ik heb het gevoel dat ik per ongeluk Theo's dealer ben geworden en hem stiekem van geraffineerde suiker voorzie. Vandaag viel me op dat hij een heel pak chocolade-Digestives heeft verorberd en volgens mij drinkt hij nu ook halfvolle melk. Misschien wordt het tijd voor een interventie van mijn kant.

'Heb je hem nog helemaal niet gezien?' Mijn zus kijkt me vanaf het scherm afkeurend aan.

'Natuurlijk heb ik hem wel gezíén,' zeg ik. 'Ik kan bewijzen dat hij nog leeft. Gisteren kwam hij de keuken in en ik had zo'n goor slijmerig drankje voor hem gemaakt – ik heb de sapcentrifuge zowaar in de vingers. Volgens mij kan ik werkelijk álles persen… Maar hij zei hooguit een woord of vijf en sloot zichzelf toen weer op in zijn kamer. Hij heeft me amper aangekeken. Als ik vraag of hij iets nodig heeft, snauwt hij me af. Hij doet echt heel raar.'

Ik zeg niets over die avond dat ik hem toevallig aan de telefoon hoorde. Ik had hem al een uur of zeven niet gezien en hield het niet meer, maar toen ik op zijn deur wilde kloppen om te kijken of hij iets nodig had, hoorde ik hem mijn naam noemen. Ook al wist ik dat ik geen luistervink mocht spelen, ik deed het toch. Ik leunde naar voren en kon zijn woorden luid en duidelijk verstaan.

'...een fucking ramp. Hoe heb ik ooit kunnen denken dat dit een goed idee was? Dit hou ik niet vol. Ik had moeten eisen dat David met me meeging.'

'Je maakt jezelf helemaal gek. Gedraag je nou maar gewoon,' antwoordde een geamuseerde vrouwenstem, die blikkerig uit de telefoonspeaker klonk terwijl Theo rondliep. Iets in haar stem en de hese klank van haar lach kwamen me vaag bekend voor.

Theo kreunde gefrustreerd.

Ik was achteruitgedeinsd en haastig weggelopen, pissig over dit hele gebeuren. Zo slecht deed ik het niet, vond ik; híj was degene die zo arrogant deed. Ik heb geen idee wat hem dwarszit of hoe ik dat moet oplossen.

'Hmmm.' Serena kijkt nog steeds zwaar geïrriteerd. 'En je hebt niks gehoord waaruit blijkt dat hij aan het schrijven is?'

Vreemd genoeg voel ik me een verrader als ik mijn hoofd schud. 'Maar hoe moet ik weten hoe het schrijven van een album klinkt?' vraag ik vlug. 'Misschien schrijft hij van alles op in een dagboek of zo.'

Serena zucht en wrijft over haar voorhoofd. 'Dan moet je het hem op de man af vragen. Probeer een of andere update te krijgen. Mijn bazen hijgen me behoorlijk in mijn nek. Als dit niet lukt, ben ik goed de lul.'

'Dit gaat lukken,' zeg ik, met meer vertrouwen dan ik daadwerkelijk heb. Maar nu ik de bezorgde blik van mijn zus zie, weet ik dat ik die tien rotnummers er eigenhandig bij Theo Eliott uit trek als het moet. Ik ben hier in huis tenslotte degene die over de voorraad koekjes gaat en ik ga chantage niet uit de weg.

'Voor jou is het een fluitje van een cent,' vervolgt Serena. 'Als hij zich niet laat zien.'

'Ja, nou,' zeg ik een beetje sip. 'Het is inderdaad niet zo veel werk.' Sterker nog, behalve de voorraden aanvullen, zijn kamer schoonmaken, David driemaal daags een update sturen en mijn avondeten delen, is er verder niets te doen.

Vooral omdat het lijkt alsof Theo mij amper in zijn buurt duldt wanneer we gedwongen bij elkaar zijn. Van tevoren zag ik ertegen op om veel tijd met hem door te brengen vanwege al die vlinders in mijn buik, maar om een of andere reden is met Theo onder één dak wonen terwijl hij zich als een afstandelijke vreemdeling gedraagt, veel erger. Ik ben blij dat hij niet de hele tijd loopt te flirten, écht waar, maar nu we geen fysieke relatie hebben, lijkt het alsof hij totaal geen moeite voor me wil doen, alsof hij mij uit alle macht probeert te ontwijken. Behoorlijk lullig, naar mijn mening.

Ik breng mijn dagen door met strandwandelingen, of starend naar mijn laptopscherm terwijl ik halfslachtig sollicitatieformulieren invul, of tevergeefs enige motivatie probeer op te brengen voor mijn meerjarenplan om van mijn PhD-onderzoek een boek te maken. Volgens mij was ik ooit enthousiast over mijn werk, hoewel ik het me amper kan herinneren. In academische kringen is de druk om te publiceren torenhoog en ik weet dat ik daarmee makkelijker een aanstelling krijg, maar momenteel krijg ik van die pagina's vol aantekeningen een onverklaarbaar claustrofobisch gevoel.

Van nature ben ik een introvert persoon, maar van zo veel afzondering raak zelfs ik van slag. Bij de supermarkt praat ik over koetjes en kalfjes, zodat ik in elk geval nog een beetje onder de mensen kom. Ik was vergeten hoe ver het huis van Granny Mac voor mijn gevoel bij alles vandaan lag, en hoewel dat altijd bij de avonturen met Lil en Serena hoorde, voel ik me nu gewoon... eenzaam.

En dan heb ik het nog niet eens over wat een mijnenveld het is om weer terug te zijn op de plek waar mijn zeventienjarige ik haar heftigste emotionele trauma opliep. Elke keer als ik ga wandelen, zie ik wel iets wat me doet denken aan die zomer, aan hoe verraden ik me voelde, aan hoe boos en diepbedroefd ik was. Hoewel het slechts een echo is van wat ik toen voelde, raast de pijn nog steeds bijna fysiek door mijn lijf.

Elke keer dat het schrikbeeld van Sam zich roert, druk ik die gedachte de kop in. Die bewaar ik voor mijn sessie met Ingrid... misschien. Of misschien blijf ik die gedachte wel negeren, in de hoop dat ze verdwijnt. Dat lijkt me een prima oplossing.

'Gaat het wel met je?' vraagt Serena en ze kijkt me met een vermanende blik aan. 'Je bent zo mopperig en nu ik je wat beter bekijk, zie je er eerlijk gezegd niet uit.'

'Goh, dank je,' mompel ik.

'En je klinkt een beetje schor,' zegt ze met een beschuldigende ondertoon in haar stem.

'Volgens mij heb ik een virusje te pakken,' geef ik toe, terwijl ik lichtjes huiverend het dekbed over mijn hoofd trek en onder mijn kin vastklem, hoewel het een warme dag is. Ik zie mezelf in het hoekje van mijn scherm en ik lijk op een zweterige zijderups. Dat krijg je er nou van als je met mensen over koetjes en kalfjes praat.

'Waag het niet ziek te worden,' waarschuwt Serena me. 'Ik heb helemaal niks aan je als je ziek bent. Als bleke wetenschapper heb je natuurlijk een vitamine D-gebrek. Heb je die spray gebruikt die ik je gestuurd heb?'

'Wat hebben jullie toch allemaal met voedingssupplementen?' mopper ik. 'Theo slikt er wel zevenhonderd per dag. En wat is ashwagandha eigenlijk? Ik dacht dat het dat spul was dat Lil in die tent had opgedronken toen ze dat visioen kreeg van een reusachtige versie van zichzelf die een piepkleine versie van zichzelf opat en iedereen toen in zijn broek scheet.'

'Dat was ayahuasca, sukkel,' zegt Serena. 'Ashwagandha helpt bij stress.'

'Zou niet weten waarom hij gestrest zou moeten zijn,' antwoord ik nukkig, want ik ben momenteel niet zo blij met Theo. 'Het zou me niets verbazen als David zijn tanden voor hem poetst. Verwend rocksterretje.'

'Nou, dat verwende rocksterretje is op dit moment jouw probleem, Clemmie, van jou én van mij. Doe wat je kunt, goed?'

'Tuurlijk,' zeg ik meteen, want als Serena iets voor de tweede keer aan me vraagt, dan weet ik hoe gestrest ze is. 'Je krijgt een uitgebreid verslag van me, beloofd.'

'Dank je, Clem.' De toon in haar stem wordt zachter. 'En ik stuur meteen wat echinaceapilletjes naar je toe. HARRIET!' roept ze naar haar eigen arme kwaadaardige assistent. 'CLEMMIE HEEFT MET SPOED ECHINACEA NODIG.'

Ik word overspoeld door een golf van genegenheid voor mijn zus, maar dan moet ze het zo nodig verpesten door eraan toe te voegen: 'ZE IS EEN SECREET ALS ZE ZIEK IS!' Ze lacht kakelend, maakt een kusgeluid en hangt op.

Zuchtend sleep ik mezelf van het bed. Mijn hele lijf voelt pijnlijk aan. Misschien komt het door al die keren dat ik zielig in mijn eentje heb gewandeld.

In de keuken schenk ik een glas sinaasappelsap in, want ik kan nu net zo goed beginnen met die vitamines waar iedereen zo lyrisch over is, en dan, alsof mijn gesprek met Serena hem opgeroepen heeft, duikt Theo ook op.

'Hoi!' zeg ik en met de rug van mijn hand veeg ik het sap van mijn bovenlip.

'Hé.' Van onder zijn wimpers flitsen Theo's ogen naar mij. Zo te horen is hij niet bepaald enthousiast om mij te zien.

'Kan ik iets voor je doen?'

'Nee.' Hij klinkt gefrustreerd, boos bijna. 'Ik wilde een flesje water pakken en een rondje gaan wandelen. Ik moet gewoon eventjes die kamer uit.'

'Weet je zeker dat je geen sinaasappelsap wilt?' Ik steek het pak naar hem uit.

Hij zet daadwerkelijk een stap naar achteren, bij mijn hand vandaan, alsof hij bang is dat ik hem ga aanraken. Het ondertussen vertrouwde spiertje in zijn kaak trilt. 'Nee,' zegt hij nogmaals.

'Oké,' zeg ik en ik probeer nonchalant over te komen. Ik kom er maar niet achter waarom hij zo onbeschoft is. Ik doe alles wat David me vraagt. Volgens mij heb ik geen grote fouten gemaakt, behalve dat ik op die eerste dag niet alles perfect op orde had, maar toch lijkt mijn aanwezigheid hem lichtelijk te irriteren.

Ik weet wat ik Serena heb beloofd en aangezien ik wil voorkomen dat ik terugkrabbel, flap ik eruit: 'Ik had mijn zus net aan de telefoon. Ze wil weten hoe het gaat.'

Theo staat met zijn rug naar me toe terwijl hij iets uit de koelkast pakt, maar ik zie zijn schouders verstrakken. 'Het gaat goed,' zegt hij gespannen.

'Dus je bent aan het schrijven?' vraag ik, op zoek naar bevestiging.

'Ja hoor.' Theo doet de koelkast harder dicht dan nodig. 'Waar denk jij dan dat ik de hele week mee bezig ben geweest?'

'Ik wilde het gewoon even weten. Serena klonk een beetje... zenuwachtig.'

Theo snuift. 'De platenbazen krijgen hun pond vlees heus wel; zeg maar dat ze zich geen zorgen hoeven te maken. Daarvoor ben je hier toch, om mij in de gaten te houden? Om verslag uit te brengen aan de platenmaatschappij? Daarom moest jij toch mee in plaats van David, als spion?'

'Ik ben je moeder niet die loopt te zeuren over je huiswerk, hoor,' snauw ik gekwetst. 'Ze verwachten een album van je en jij maakt het anderen alleen maar lastig. Ik probeer hier gewoon mijn werk te doen.'

'Ik toch ook,' snauwt Theo terug.

'Mooi.'

'Mooi.'

'Oké.'

'Óké.'

En dan stormt hij weg. Ik hoor de voordeur opengaan en dichtslaan. Ik zak tegen het aanrecht aan en druk het koude glas sap tegen mijn voorhoofd. Ik begin hoofdpijn te krijgen en ben bekaf. Ik houd mezelf voor dat dit beter is dan werkloos zijn en bij mijn moeder in huis zitten, maar dan zou Theo er tenminste niet zijn en zou ik me niet zo verschrikkelijk alleen en ongelooflijk beroerd voelen.

Waarschijnlijk ben ik gewoon moe. Ik kijk op de klok en zie dat het al twaalf uur is. Ik denk dat ik een paracetamolletje neem en een dutje ga doen. Daar knap ik wel van op. Ik slik de pillen, duik vermoeid in bed, en val bijna meteen in slaap.

Als ik moeizaam mijn ogen opendoe, is het donker. Goed donker. Ik ben helemaal in de war en heb het ook ijskoud. Met klapperende tanden trek ik het dekbed strakker om me heen en ik kom op mijn elleboog overeind, zodat ik kan zien hoe laat het is. De kamer tolt heel even voordat ik me op de cijfers kan focussen. Bijna middernacht. Heb ik twaalf uur liggen slapen? Waarom voel ik me dan zoveel beroerder?

Heel voorzichtig zwaai ik mijn benen uit bed en ik snak sissend naar adem als mijn voeten de koude vloer raken. Oké. Ik ben ziek. Maar ik ben volwassen. Dit kan ik aan. Ik moet gewoon goed nadenken. Wat heb ik nodig? Achter mijn linkeroog voel ik een dof geklop. Mijn keel is droog en schraal. Water, bedenk ik. Dat lijkt me een goed idee. Water en pijnstillers en misschien iets te eten.

Met dat lijstje in mijn hoofd en het dekbed nog steeds om me heen gewikkeld, slof ik de trap af. Ik hoef alleen maar mijn ene voet voor de andere te zetten, maar helaas weigeren de treden mee te werken en deinzen ze af en toe alle kanten op.

Ik moet zelfs even op een trede zitten om bij te komen, met mijn gezicht tegen de trapleuning, maar uiteindelijk kom ik in de woonkamer. Languit op de bank, in het schijnsel van de tv dat zijn perfecte profiel uittekent, ligt Theo. Met een schuldige blik kijkt hij op en ik zie dat hij mijn stracciatella-muntijs met een lepel rechtstreeks uit de bak eet. Hij pakt de afstandsbediening en zet het programma dat hij aan het kijken is, een oude aflevering van *The Great British Bake Off*, op pauze.

'Clemmie!' roept hij uit en hij komt overeind. 'Ik ben blij dat je naar beneden bent gekomen. Luister, over dat van vanochtend... Ik wilde niet kortaf tegen je doen. Het spijt me. Ik weet dat jij gewoon je werk doet. Ik ben met de muziek bezig. Dan kun je dat tegen Serena zeggen, goed?' Hij praat snel, ademloos, alsof hij al een tijdje met die woorden rondloopt, en ik ben me er vaag van bewust dat het me iets zou moeten schelen, maar ik heb al mijn kracht nodig om te voorkomen dat ik op het vloerkleed voorover val.

'Gaat het?' vraagt hij en ik hoor zijn trillende stem heel ver weg. Opeens duikt zijn gezicht voor me op, zo dichtbij dat ik schrik en over mijn dekbed struikel. Hij pakt me bij mijn arm vast en voorkomt daarmee dat ik omval.

'Volgens mij,' zeg ik moeizaam, 'volgens mij moet ik heel erg overgeven.'

En dan laat ik mijn dekbed op de grond vallen, ren met bibberende benen naar de keuken en ga in de gootsteen over mijn nek.

'O mijn god, Clemmie.' Theo klinkt ontzet en ik hoor zijn voetstappen achter me. Ik voel me niet heel professioneel als ik nog een beetje overgeef.

Theo maakt een kokhalzend geluid, alsof hij uit alle macht zelf niet wil braken. Daarna houdt een hand mijn haar uit mijn gezicht, en wrijft een andere hand rondjes over mijn rug. 'Het komt wel goed,' prevelt hij.

'Het komt helemaal niet goed,' breng ik wanhopig uit en met trillende benen leun ik zwaar tegen de gootsteen aan. 'David zal zwaar teleurgesteld zijn. Een victoriaans kamermeisje zijn is niets voor mij.'

'Moet je nog meer overgeven?' vraagt Theo, die negeert wat ik zeg.

Ik denk serieus over zijn vraag na, knik en ga weer over mijn nek. Daarna wordt alles een beetje wazig. Theo frist me op en ik beland op de grond, met mijn rug tegen het keukenkastje en een beroemde rockster voor me op zijn hurken met een glas water in zijn handen.

'Je moet wat drinken,' zegt hij streng. 'Gewoon kleine slokjes.'

Ik probeer het glas aan te pakken, maar mijn arm voelt zo zwaar. 'Waarom is mijn arm zo zwaar?' vraag ik verward.

Hij legt zijn vingers op mijn voorhoofd en wat voelt dat fijn. Zijn hand is koel en als hij naar mijn wang glijdt, kan ik het niet laten om ertegenaan te kruipen, een klein beetje maar.

'Je hebt in ieder geval koorts,' zegt hij. 'Oké. Kun je een slokje water drinken als ik het glas voor je vasthoud?'

Ik kijk hem met samengeknepen ogen aan. Het licht is hier zo fel en de keukenlamp hangt als een aureool boven zijn hoofd. Hij brengt het glas naar mijn lippen en ik neem een paar kleine slokjes.

'Goed zo,' zegt Theo. 'Dan pak ik wat paracetamol en breng ik je weer naar bed.' Hij aarzelt. 'Ik weet eigenlijk niet waar de paracetamol ligt.'

'In dat laatje daar.' Ik gebaar met mijn loodzware arm.

Theo stopt de pilletjes in mijn mond en heel even wordt het spannend of ik ze wel binnen kan houden, maar voorlopig gaat het goed.

Dan slaat hij zijn arm stevig om mijn middel en helpt me de trap op en mijn bed in.

'Het spijt me dat ik geen eten heb klaargemaakt,' zeg ik.

'Doe niet zo stom,' snauwt Theo. Dan slaakt hij geërgerd een diepe zucht. 'Dat geeft niet, Clemmie.'

'Niks tegen David zeggen over al dat eten,' fluister ik. 'Ik heb gezegd dat je rauwe veganistische sushi en hennepmuffins eet.'

'Dat blijft ons geheim.' Zijn stem verzacht. 'Ik laat het water hier staan,' zegt hij dan en hij gebaart naar het nachtkastje. 'Met nog wat pillen die je na vier uur kunt slikken, goed?'

'Na vier uur,' mompel ik gehoorzaam.

Hij verdwijnt heel even en komt terug met mijn dekbed en een koud, nat washandje, dat hij op mijn voorhoofd legt.

'Ahhhh,' zeg ik. 'Lekker.'

'Dit deed mijn moeder vroeger ook altijd,' zegt hij zachtjes en hij veegt het haar uit mijn gezicht. 'Maar goed, morgen voel je je vast beter nadat je wat geslapen hebt.' Hij aarzelt nog even. 'En ik lig hiernaast, dus als er iets is, geef je een gil.'

'Mmmm.' Ik ben zo suf dat ik niet goed meer kan praten.

Hij blijft nog een tel naar me kijken, stopt zijn handen in zijn zakken en gaat weg, maar laat de deur op een klein kiertje staan.

'Dank je,' mompel ik, maar volgens mij hoort hij het niet. Hij is al weg. En dan vallen mijn ogen opnieuw dicht.

15

Ik droom dat er een inbreker in mijn kamer is. Maar het is geen droom, het is echt, en de inbreker kruipt over het plafond en achter zijn masker gaan rode ogen schuil waarmee hij me aanstaart, en als hij zijn handen naar me uitsteekt, heeft hij lange, grijpgrage armen, als een satanische Meneertje Kietel.

'Hij mag me niet te pakken krijgen, hij mag me niet te pakken krijgen,' hijg ik, terwijl ik de arm vastklem die naast me op het bed ligt (en gelukkig een normaal formaat heeft).

'Ik zorg dat hij je niet te pakken krijgt,' verzekert een rustige stem me. 'Beloofd, Clemmie, er kan je niks gebeuren. Ga maar weer slapen.'

Ik kijk opnieuw naar de inbreker, maar hij is weg en ik raak in paniek. *Waar is-ie?* Maar dan staat Theo recht voor me, hij legt zijn handen op mijn wangen en zegt langzaam en voorzichtig: 'Er is hier niemand, behalve ik, lieverd. Er kan je niks gebeuren, beloofd.'

'Oké,' zeg ik en ik doe mijn ogen dicht. 'Jij zorgt dat hij me niet te pakken krijgt.'

De keer daarna word ik wakker omdat iemand mijn gezicht aanraakt en dat vind ik maar niks. Ik mep de hand weg.

'Blijf van me af.' Ik probeer kronkelend weg te komen, maar ik heb het gevoel dat mijn lichaam van lood is, en zelfs mijn ogen opendoen, kost ontzettend veel moeite.

'Ik probeer je temperatuur op te nemen.' Theo's gezicht komt boven me in beeld en hij klinkt geïrriteerd. 'Blijf eens stilliggen.'

'Je moet op haar voorhoofd richten en dan op het knopje drukken totdat je een piep hoort.' Een stem zonder lichaam zweeft in het rond.

'O, nee!' kreun ik schor. 'David! Hij is hier! Hij kent ons geheim!'

‘Welk geheim?’ Davids stem klinkt achterdochtig en ik gluur woest om me heen in een poging te ontdekken waar hij is. Ligt hij onder het bed? Dat lijkt me aannemelijk.

‘Luister maar niet naar haar,’ zegt Theo snuivend. ‘Ze ijlt, weet niet wat ze zegt.’

‘Dat doe je goed,’ fluister ik goedkeurend. ‘We moeten de koekjes voor hem geheimhouden. Zullen we hem gewoon onder het bed laten liggen?’

Ik hoor gepiep. ‘Hij geeft 39,4 graden aan,’ zegt Theo, die dwars door me heen praat. ‘En hij knippert rood. Dat is zeker geen goed teken?’

‘Ze heeft in ieder geval koorts.’ Davids stem klinkt nog pissiger dan gewoonlijk. ‘Je moet…’

Theo pakt zijn telefoon en drukt hem tegen zijn oor. Davids stem valt weg en ik doe opgelucht mijn ogen dicht.

‘Ja.’ Theo knikt. ‘Ja. Oké. Ja, verbind haar maar door als dat kan.’ Hij zwijgt even en zegt dan: ‘Dokter Swain, fijn dat u me terugbelt.’

Ik kom overeind en nies. Een, twee, vijf keer. Elke keer schokt mijn hele lichaam. Theo geeft me een tissue uit de doos op mijn nachtkastje en ik snuit mijn neus. *Au.*

‘Dat klopt,’ gaat hij verder aan de telefoon. ‘Boven de negenendertig graden en ze heeft nachtmerries, hallucineert, denk ik. Ze heeft gisteravond overgegeven, maar vanochtend nog niet. Nu moet ze steeds niezen en ze ziet er’ – hij kijkt me peinzend aan en ik probeer mijn mond te laten glimlachen – ‘verschrikkelijk uit. Lijkwit en klam.’

Geweldig.

Theo luistert nog even met een frons op zijn gezicht. ‘Hoe weet ik wat haar klieren zijn?’ Hij werpt me een nerveuze blik toe. ‘Ja, oké, ik zet de telefoon op de speaker.’ Hij legt zijn mobieltje voorzichtig op het nachtkastje en komt op me af alsof ik een paard ben dat hij niet wil laten schrikken. ‘Ik moet even in je nek voelen, Clemmie.’

‘Ik heb liever niet dat jij je handen om mijn nek legt,’ zeg ik.

‘Geloof me, als er iemand is die jou wil wurgen, dan is het David,’ zegt hij met een grimas. ‘Hij heeft die opmerking over die koekjes luid en duidelijk gehoord.’ En dan drukt hij zijn vingers in mijn hals, onder mijn kin.

‘Ik weet niet precies waar ik mee bezig ben, dokter,’ zegt hij iets harder.

'Je moet vlak onder haar kaak drukken, aan beide kanten van haar keel,' zegt een Amerikaanse vrouwenstem via de speaker.

'Auauauau!' jammer ik enkele tellen later.

'Zo te horen zijn ze opgezwollen,' zegt Theo en hij ziet er nogal beroerd en bibberig uit, alsof hij een of andere ingewikkelde medische procedure moest uitvoeren in plaats van mijn nek aan te raken. Ik zou met mijn ogen rollen als ik niet het idee had dat ik dan van mijn stokje zou gaan.

'Clementine?' De stem van de vrouw doorklieft de lucht. 'Kun je me vertellen hoe je je voelt?'

'Mijn hoofd doet pijn,' breng ik moeizaam uit. 'En mijn keel doet pijn. En... mijn botten doen pijn.'

'Oké, zo te horen heb je een virus, waarschijnlijk griep. Theo, als je me van de speaker haalt, vertel ik je wat je moet doen.' De dokter klinkt kalm, zakelijk, en terwijl Theo wegloopt en zachtjes met haar praat, laat ik me achterover op mijn kussen vallen en doe mijn ogen weer dicht. Jeetje, álles doet zeer. Ik voel elke millimeter van mijn huid die contact heeft met mijn zware, ruwe dekbed, en opeens begrijp ik Theo's obsessie met zijn lakens. Waarom lig ik als een of andere sukkel onder schúúrpapier? De dokter denkt dat ik griep heb, maar ik weet het niet, hoor, volgens mij probeert de builenpest een comeback te maken. Mijn hoofd bonkt en ik voel hete tranen onder mijn oogleden vandaan druppelen.

'Huil je nou?' Theo's met afschuw vervulde vraag waarschuwt me dat hij klaar is met bellen en weer in mijn kamer staat.

'Ik voel me niet lekker,' snotter ik met een zwak stemmetje. Ik heb niet eens puf om opgewekt te kijken. Serena had gelijk: je hebt niks aan me als ik ziek ben. 's Werelds allergrootste baby, absoluut. Ik ben bijna drieëndertig en ik wil mijn moeder en een aardbeienmilkshake van McDonald's.

'Oké, ik wil dat je gaat staan,' zegt Theo vastberaden.

Ik doe één oog open. 'Is dit een misselijk grapje?'

'Nee. Maar je moet mee naar mijn auto. Ik moet wat dingen halen en ik weet niet hoe lang ik bezig ben en ik wil je hier niet alleen laten. Je mag je dekbed meenemen.' Dat laatste zegt hij alsof hij me met die verwennerij probeert te verleiden.

'Ik wil mijn dekbed niet mee. Ik haat dat ding. Het doet pijn.'

Er klinkt een geestdriftige zucht. 'Ook goed, zullen we maken dat we bij het kwaadaardige dekbed uit de buurt komen?'

Als ik geen antwoord geef, klinkt hij ineens sluw. 'Clementine Monroe, als jij niet als de sodemieter uit dat bed komt, dan bel ik David en vertel ik dat je me kipnuggets uit de diepvries te eten geeft.'

O shit. Ik was die hele kipnuggets vergeten. Ik vind ze niet eens lekker, maar ik had er een paar in mijn karretje gegooid in de terechte veronderstelling dat Theo ze heerlijk zou vinden. De volgende keer wilde ik de nuggets in de vorm van dinosaurussen meenemen.

Met een hoop gevloek van beide kanten helpt Theo me uit bed en hij tilt me praktisch naar de auto. Ik ben zo ziek dat ik niet eens kan genieten van al die spieren die me omhullen.

Hij zet me op de bijrijdersstoel in de gordel en mijn hoofd valt slap tegen de hoofdsteun aan. Ik heb mijn pyjama en een paar fluffy sokken aan, die Theo bij me heeft aangetrokken terwijl ik zwijgend en afstandelijk toekeek. Het daglicht is te fel en ik blijf erover zeuren totdat hij zijn zonnebril op mijn neus zet. Hij legt ook een deken over me heen. Volgens mij is hij zenuwachtig.

Daar zou ik me ook druk om moeten maken, maar als we wegrijden, bedenk ik dat ik beter kan zorgen dat ik niet opnieuw overgeef. Het is stil in de auto, op de monotone stem van de navigatie na, die Theo aanwijzingen geeft naar waar we ook heen gaan. Ik draai mijn hoofd opzij en om mezelf af te leiden, focus ik me op de man naast me. Ik heb een zonnebril op en hij concentreert zich op de weg, dus kan ik hem voor de verandering eens heerlijk bekijken.

Ik begin bovenaan. Zijn haar zit slordig, helemaal verfomfaaid, maar niet op een kunstige manier. Achterop steekt er een plukje uit. Zijn wenkbrauwen wijzen gefronst omlaag, maar zijn profiel is nog net zo mooi als de eerste keer dat ik hem in de kerk zag: lange wimpers, een volmaakt rechte neus, volle, zachte lippen. Zijn ongeschoren kaak is bedekt met de donkere stoppels van een drie-dagen-baardje, waardoor hij eruitziet als een model uit zo'n scheermesjesreclame. Ik stel me hem met ontbloot bovenlijf voor, terwijl hij een scheermes langzaam van onder zijn kin omhoogschraapt, zoals ze dat altijd doen, en dan het mesje afspoelt in de wasbak. Zo'n krachtig erotisch beeld heb ik nog nooit in mijn hoofd gehad en ik huiver.

Zijn sleutelbenen steken boven zijn shirt uit. Hij draagt vandaag een zwart T-shirt, zo een zonder boord, met bovenaan van die knoopjes die eruitzien alsof ze erop geairbrusht zijn. Het zit strak om zijn biceps en ik volg de lijn van zijn armen naar waar zijn handen op het stuur liggen. Waar lange vingers het leer omklemmen.

Volgens mij loopt mijn koorts op. Het is hier zo warm dat ik het zweet langs mijn nek omlaag voel sijpelen.

'We zijn er,' mompelt hij en daarmee verbreekt hij de betovering. Ik staar vermoeid uit het raam. We zijn in de stad, bij de apotheek, en Theo moet fileparkeren.

Lieve hemel. Laat die denkbeeldige scheerreclame maar zitten... Moeiteloos in één keer fileparkeren? Sturend met één hand en de andere op de hoofdsteun naast mijn gezicht? Blijkbaar is dat mijn kink, want zo opgewonden ben ik nog nooit geweest.

Zijn onderarm hangt precies voor mijn neus. Spieren en inkt en zachte, zongebruinde huid.

'Au! Jezus, Clemmie! Heb je me gebeten?' schreeuwt Theo en ik proest het uit en wil die bizarre beschuldiging ontkennen.

Maar nu ik er nog eens naar kijk, zie ik inderdaad een perfecte roze afdruk van twee rijtjes tanden in zijn huid.

'Huh,' mompel ik verward. 'Sorry.'

Theo zet de motor af, trekt zijn arm terug en bekijkt hem eens goed. 'Hopelijk is dit niet het begin van een zombieapocalyps.'

Ik grinnik, maar volgens mij zou dit wel eens waar kunnen zijn.

'Ik ga de spullen halen die dokter Swain heeft voorgeschreven,' zegt hij met een zucht. 'Ik ben zo terug, oké? Blijf hier.'

'Ik heb niet veel keus.'

Hij stapt uit en waarschijnlijk doezel ik weg, want voor mijn gevoel is hij binnen een paar tellen weer terug, met vier bomvolle boodschappentasjes.

'Heb je de hele winkel leeggekocht?' vraag ik uitgeput.

Hij werpt me een blik toe waaruit blijkt dat hij nu geen woord van me wil horen, en haalt een flesje water en een doosje pillen uit een van de tassen. 'Hier,' zegt hij en hij legt twee pilletjes in mijn hand.

‘Wat zijn dit voor pillen?’ vraag ik wantrouwend, want ik ben niet van plan om zomaar iets te slikken omdat een rockster dat tegen me zegt.

Er trekt een spiertje bij Theo’s oog en ik heb het idee dat hij zijn uiterste best moet doen om niet te gaan schreeuwen. ‘Een of ander medicijn tegen het virus dat de dokter heeft voorgeschreven. Neem nou maar.’

Ik slik de pillen, evenals de extra zware pijnstillers die hij me daarna geeft.

Theo ademt zwaar uit en trekt zijn gordel voor zijn borst langs. ‘Oké. We gaan je naar bed brengen.’

‘Bedankt dat je voor me zorgt,’ zeg ik, als we een paar minuutjes onderweg zijn.

Hij haalt alleen maar zijn schouders op.

‘Maar waarom doe je zo aardig tegen me?’ vraag ik. De woorden klinken gedempt omdat ik in mijn deken gemoffeld zit.

Ik gluur zijn kant op. Blijkbaar is hij beledigd. ‘Hoe bedoel je? Ik bén aardig.’

‘Niet tegen mij,’ zeg ik wanhopig. ‘Niet meer.’

Theo fronst. ‘Ik ben niet ónaardig tegen je,’ zegt hij behoedzaam.

‘Misschien niet. Maar je negeert me aldoor. Dat vind ik maar niks. Je vindt dat ik mijn werk slecht doe.’

Hij grijpt het stuur steviger beet en kijkt voor zich uit. Hij blijft lange tijd zwijgen en ik merk dat de pillen beginnen te werken. Het scherpe randje van de pijn is eraf en ik voel me suf, slaperig, alles ziet er zachter uit… Ik, de auto, Theo, we vloeien allemaal wazig in elkaar over.

‘Het spijt me.’ Theo’s stem klinkt ook zacht. Ik kijk naar hem en hij schenkt me een spottend glimlachje. Zijn lippen krullen op, zijn kuiltje komt tevoorschijn. ‘Ik probeerde alleen maar… Het maakt niet uit. Ik was een sukkel. Het spijt me heel erg, Clemmie.’

Ik wil je kuiltje likken, denk ik, maar het zou zomaar kunnen dat ik het hardop zei, want Theo maakt een raar verstikt geluid.

‘Als we thuis zijn, voel je je vast beter,’ zegt hij vastberaden.

En hoewel het waarschijnlijk helemaal niets te betekenen heeft, begin ik als een halvegare te glimlachen om hoe hij ‘we’ en ‘thuis’ zegt, terwijl ik in slaap val.

16

Ik ben geen geweldige patiënt en Theo is geen geweldige verpleegkundige, al moet ik daarbij wel in aanmerking nemen dat de man al ongeveer zijn hele leven niet voor zichzelf heeft hoeven zorgen, laat staan voor een ander. In het begin bleef hij zenuwachtig om me heen drentelen en maakte hij me om de tien minuten wakker, zodat hij mijn temperatuur kon opnemen en kon vragen hoe ik me voelde.

Na de twaalfde keer kan ik eindelijk genoeg kracht opbrengen om mijn kussen naar hem toe te gooien en hem in niet mis te verstane bewoordingen te vertellen dat als hij me niet met rust laat zodat ik kan slapen, de zombieapocalyps wel het laatste is waar hij zich zorgen over hoeft te maken. Ik gebruik heel veel krachttermen. Zijn ogen worden steeds groter en op een bepaald moment schiet hij bijna in de lach, maar als hij mijn nijdige blik ziet, onderdrukt hij die neiging.

'Ook goed,' moppert hij verongelijkt en mompelend verlaat hij de kamer. 'Als je iets nodig hebt, weet je me te vinden.' Ik hoor hem meteen David bellen, maar het kan me niets schelen en ik stort in een vergetelheid die tot de volgende ochtend aanhoudt.

Ik word wakker van onheilspellende bonkende geluiden die van beneden komen, en heel even loeit de rookmelder. Later blijkt dat Theo soep probeerde te maken. Dat vertelt hij me nogal boos, alsof het mijn idee was, en ik zie op drie van zijn vingers een pleister zitten.

'Je had gewoon soep uit blik moeten opwarmen.'

'Dit wás uit blik,' zegt hij nukkig.

Hij laat het soepplan varen en brengt me in plaats daarvan het ene na het andere bord ietwat zwart geroosterd brood, en hij vergeet welke medicijnen hij me heeft gegeven en wanneer. Ik kreun en mopper en wijs hem erop dat er pennen bestaan en dat hij zulke dingen kan opschrijven. Hij wil dat ik van dat groene slijmsap drink en we vloeken allebei nog wat. Zoals ik al zei, ik ben niet op mijn best.

Als ik me eenmaal iets beter begin te voelen, bied ik mijn excuses aan. 'Ik ben niet te genieten als ik ziek ben,' zeg ik ineenkrimpend. 'Vraag maar aan mijn familieleden en ze zullen het beamen. Je had de benen moeten nemen zodra ik verhoging kreeg.'

'Ik kreeg niet eens de kans, want je begon meteen keihard over te geven.' Theo legt het kussen onder mijn hoofd goed. 'Maar ik zal het voor de volgende keer onthouden.'

'Ik probeer je alleen maar te waarschuwen,' mompel ik. 'Het gevaar is nog niet geweken. Voorlopig ben ik nog een mopperende ouwe brompot.'

'Dat kan ik wel hebben,' zegt Theo, met een in mijn ogen misplaatst zelfvertrouwen.

'Dat zeg je nu...' Mijn stem sterft zwakjes weg. 'Ik moet David bellen. Moet er niet iemand anders komen om voor je te zorgen? Misschien kan ik beter gewoon naar huis gaan.'

'Er hoeft niet voor me gezorgd te worden,' zegt Theo snuivend. 'Ik ben geen kamerplant, ik ben een volwassen vent.'

Ik blijf verdacht stil, maar de blik die ik hem toewerp spreekt boekdelen.

'Ik meen het,' zegt Theo volhardend. 'Dankzij jou en David voel ik me een driejarige, maar ik verzeker je, ik ben bijna veertig en kan prima functioneren zonder nanny.'

Ik trek mijn wenkbrauwen op. 'Hoeveel kost een halve liter melk?'

'Weet ik veel. Twee pond? Drie?' Hij aarzelt. 'Wacht, is dit zo'n strikvraag om te bewijzen dat ik niet weet hoe het er in de echte wereld aan toegaat en is het eigenlijk vijftig pence?'

'Hoe kun je een gasrekening betalen? Hoe log je in op je Netflix-account? Hoe werkt de wasmachine?'

Nu kijkt hij geïrriteerd. 'Dat ik dit soort dingen niet dóé, betekent niet dat ik dit soort dingen niet kán,' houdt hij vol.

'Daar heb je gelijk in.' Ik laat me achterover zakken en doe mijn ogen dicht. Ik ben veel te moe om hierover te praten. Vaag vraag ik me af waarom het zo gewoon voelt om met Theo te bekvechten terwijl hij op mijn bed zit. 'Maar ik vind het niet fijn dat ik betaald krijg voor werk dat ik niet kan uitvoeren. Niet dat er nou zoveel te doen was.'

'Dat komt omdat ik weinig aandacht nodig heb,' verzekert Theo me, en hij strekt dat lange lijf van hem naast me uit, met zijn handen op zijn buik gevouwen. 'En hou er nu maar over op. Je bent ziek, daar kun je niets aan doen. Over een paar dagen voel je je wat beter en dan is alles weer gewoon. Je hoeft je baan heus niet op te zeggen omdat je een paar dagen een verstopte neus hebt.'

'Een verstopte neus,' snuif ik minachtend en mijn hoofd belandt uit eigen beweging op zijn schouder. 'Eerder de Zwarte Dood.' En dan val ik opnieuw in slaap.

Twee dagen later voel ik me een stuk beter; bleek, moe en hoestend alsof ik twee pakjes per dag rook, maar mijn lichaamstemperatuur is weer normaal, mijn lichaam doet geen pijn meer en ik trakteer mezelf op een lange, hete douche, waarna ik echte kleren aantrek. Oké, het gaat om een yogabroek en een kort topje dat – in elk geval een beetje – in de buurt van een beha komt, maar meer moet je op dit moment ook niet verwachten. Ik maak mijn outfit af met een slobbershirt dat van Len is geweest, maar dat ik gehouden heb omdat het zich ondertussen perfect naar mijn lichaam heeft gevoegd. Het verschil met een pyjama is misschien niet groot, maar het zijn evengoed kleren, kleren waar je mee naar buiten kunt.

Heel voorzichtig loop ik naar beneden en ik tref Theo onderuitgezakt op de bank aan.

'Hé,' zeg ik en gek genoeg word ik plotseling verlegen. De afgelopen twee dagen heb ik slapend en niezend doorgebracht. Ik was al die tijd een ziek, zweterig, chagrijnig monster en hij heeft voor me gezorgd. Ik zou niet weten waarom ik nu opeens verlegen moet zijn. Dat station ben ik allang gepasseerd. Als ik nu aan de noodrem trek, word ik door een boze conducteur de trein uit gezet.

'Hé!' Hij draait zich met een verheugde glimlach naar me toe. Het kuiltje is er weer en het lijkt alsof iemand binnen in me op het lichtknopje heeft gedrukt. 'Je bent uit bed!' Dan niest hij vier keer achter elkaar.

'O, nee.' Ik kom een stap dichterbij.

'Ik voel me niet echt ziek,' verzekert hij me, hoewel zijn neus rood ziet en zijn ogen een beetje glazig zijn. 'Moet alleen af en toe niezen en heb een beetje hoofdpijn. Ik ga niet dood.' Ik buig me over hem heen en leg mijn hand op zijn voorhoofd.

'Je voelt niet warm,' verzucht ik opgelucht. 'Heb je het heet?'

'Dat ligt eraan hoe je het bekijkt,' antwoordt hij met gedempte stem. Ik kijk omlaag en besef dat ik tussen zijn lange benen in sta, met mijn borsten bijna tegen zijn gezicht gedrukt.

'Oeps, sorry!' Snel stap ik naar achteren.

'Mij hoor je niet klagen,' prevelt hij, maar ik negeer hem. Zo te zien is Theo de Flirt weer terug en ik zeg tegen mezelf dat ik daar niet te veel achter moet zoeken, dat ik alle warme, tintelende gevoelens die de kop opsteken, resoluut moet onderdrukken.

'Tijd voor wat vitamines,' zeg ik over mijn schouder, en ik haal een fles sap uit de koelkast. Als ik terug in de woonkamer kom, gooi ik de fles naar hem toe. Hij vangt hem met gemak, draait de dop eraf en begint te drinken, en ik probeer niet naar de beweging van zijn keel te kijken.

'Je hebt een pakketje gekregen.' Theo gebaart naar de salontafel, waar hij een doosje met mijn naam erop heeft neergezet. 'Er is er nog een, die heb ik daarheen geschoven.' Hij wijst naar het raam en daar staat een enorme doos op de vloer. Niet te geloven dat ik die over het hoofd heb gezien. Ik had het veel te druk met naar Theo kijken, wat niet zo'n goed idee is, berisp ik mezelf. Is hij knap? Ja. Heeft hij het lichaam van een Calvin Klein-model? Ja. Is hij ook verbazingwekkend lief en zorgzaam? Tuurlijk... Ik weet zelf even niet meer waar ik naartoe wilde, dus knipper ik met mijn ogen en concentreer me weer op de dozen.

De reusachtige doos neem ik als eerste onder handen en Theo komt overeind om me te helpen. Er zit een gigantisch grote knuffeleenhoorn in, zo'n ding dat een kind als zitzak kan gebruiken. Zijn manen hebben alle kleuren van de regenboog en hij heeft een zelfgemaakte sjerp, zoals bij een missverkiezing, waarop staat: BETERSCHAP, CLEMMIE!

'Van Lil,' zeg ik glimlachend. Echt iets voor Lil.

Theo is de eenhoorn nog aandachtig aan het bekijken ('Zullen we hem Horny noemen?') als ik Serena's cadeau openmaak. Waar de eenhoorn echt iets voor Lil was, is dit echt iets voor Serena. Het is een XL-pot echinacea en een zo te zien ontzettend dure, paarse vibrator, ook maatje XL, met alle toeters en bellen.

Ik proest het uit en lees het kaartje.

Van orgasmes knapt iedereen op. Hopelijk ben je daarna niet bokchagrijnig meer. Wens nummer 1 kan nog steeds uitkomen. xx Serena

Ik kijk naar Theo, die al gezien heeft wat ik in mijn hand heb. Een fractie van een seconde kijkt hij me aan alsof hij me met zijn blik de kleren van het lijf gaat rukken. Dan schraapt hij zijn keel.

'Van Serena, neem ik aan?' zegt hij en zijn stem klinkt kalm en geamuseerd.

'Natuurlijk,' antwoord ik hoofdschuddend, alsof ik daarmee de uitermate onprofessionele beelden die door mijn hoofd schieten kan verjagen.

'Leuk.' Hij knikt en toont zo weinig belangstelling, dat ik denk dat ik me die blik misschien geheel heb verbeeld, dat het misschien gewoon aan mij lag. Uiteindelijk denk ik dat het hem echt niks doet, totdat hij zich omdraait en tegen de muur naast zich botst.

'Au!' kreunt hij, terwijl ik dubbel lig van het lachen.

Theo niest nog een keer. En nog een keer, en nog een keer.

Ten slotte laat hij zich op zijn buik op de bank ploffen. 'Mijn hoofd doet pijn,' mompelt hij.

'Ik moet David bellen.' Ik haal mijn telefoon al tevoorschijn.

'Nee, niet doen,' zegt Theo vastberaden. Dan niest hij opnieuw.

'Ben jij gek? Stel dat je echt ziek wordt? Ik begeef me al op het allergladste glad ijs met hem. Hij moet dit ogenblikkelijk weten.'

Theo doet alleen zijn ogen dicht en kermt in het kussen van de bank.

David neemt al op als de telefoon één keer overgaat.

'Clementine.' Zoals altijd klinkt het alsof mijn bestaan hem ergert. 'Ik hoop dat u zich weer beter voelt.'

'Ja, dank je,' antwoord ik nerveus. 'Eh, maar het lijkt alsof Theo verkouden aan het worden is.'

Er valt een gevaarlijke stilte. 'Heeft dit invloed op zijn stem?'

O god, daar had ik niet eens over nagedacht. 'Doet je keel pijn?' vraag ik aan Theo. Hij schudt zijn hoofd. 'Hij zegt van niet,' zeg ik tegen David.

'Ik wil hem graag even spreken.'

Ik geef de telefoon aan Theo, die met tegenzin overeind komt. 'Hé,' zegt hij berustend. Dan zwijgt hij een poos, terwijl David praat. Hij knijpt zijn wenkbrauwen samen. 'Een dokter uit LA laten komen?' herhaalt hij sceptisch. 'Ik ben gewoon verkouden, David. Rustig nou maar.'

Dan wordt er iets gezegd waardoor Theo begint te blozen. 'Dat was een compleet andere situatie en dat weet je!' Hij werpt een blik mijn kant op, kruipt in elkaar en gaat zachter praten, maar de nukkige tienertoon ontgaat me niet. 'Ik leef niet helemaal in een droomwereld, hoor.'

Zelfs ik hoor de lach die David uitstoot en ik pers mijn lippen op elkaar om mijn glimlach te onderdrukken. Als ik zie hoe David reageert als het om mijn werk gaat, had ik verwacht dat hij ongelooflijk onderdanig naar Theo toe zou zijn, maar zo te horen doet hij met alle liefde net zo moeilijk tegen Theo als tegen mij.

'Hou er maar over op,' zegt Theo. 'Als het iets ernstigs was, zou je hier een hoop heisa om mogen maken, maar dat is het niet. Ik hoef morgen niet voor twintigduizend man op te treden, dus volgens mij kunnen we de dokter haar vrije avond wel gunnen.'

Blijkbaar neemt David daar genoegen mee, want het gesprek duurt nog een paar minuten en dan geeft Theo mij de telefoon terug.

'Clementine, u moet even heel goed naar me luisteren.' Davids stem klinkt ernstig. 'De stembanden van meneer Eliott zijn miljoenen waard – écht miljoenen waard – en ze zijn aan uw zorgen toevertrouwd. Zie hem als een Stradivarius. U hebt één taak, en dat is dit kostbare instrument beschermen. Ik stuur een overzicht van hoe zijn keel moet worden behandeld en waaraan hij zich strikt dient te houden, en als hij enig teken van verslechtering vertoont, *ook maar enig teken*, neem dan onmiddellijk contact met me op.'

Terwijl hij praat voel ik mijn ogen groter en groter worden. 'Ja, David,' zeg ik gedwee.

Wanneer hij een paar minuten later ophangt, kijk ik Theo aan. 'Wat zei hij?' vraagt hij argwanend.

'Hij zei...' Ik slik. 'Dat jouw stembanden aan mij zijn toevertrouwd. Hij noemde je een kostbaar instrument. Hij noemde je een... Stradivarius.'

Theo slaat zijn handen voor zijn gezicht. 'O mijn god,' fluistert hij, als een kind dat zich doodschaamt voor zijn ouders.

Ik krijg de slappe lach.

Theo laat zijn handen zakken. 'En jij mag ook je mond houden,' moppert hij, maar hoewel zijn lippen tot een streep zijn geperst, verschijnen er rimpeltjes om zijn ogen,

Ik moet nog harder lachen en mijn lach slaat bijna ogenblikkelijk om in een benauwd, blaffend gehoest, waardoor ik mijn handen op mijn knieën moet zetten.

'Oké,' zeg ik wanneer ik me heb herpakt. 'Hopelijk hou je van honing en citroen, want als het aan David ligt, zwem je de komende tijd in dat spul.'

17

De volgende ochtend ziet het er een stuk slechter uit, wanneer de thermometer boven de achtendertig graden aangeeft. Ik heb mijn telefoon al te pakken, maar Theo omklemt mijn pols.

'Niet doen,' zegt hij. Ik word eventjes afgeleid omdat dit de eerste keer is dat hij me aanraakt sinds ik te ziek was om erop te letten. Hij heeft geweldige handen, en de warme druk van zijn vingers, de koude aanraking van de zilveren ringen die hij draagt... laten we het erop houden dat ik nu wel oplet.

Ik slik. Kom weer bij mijn verstand. 'Het moet,' zeg ik met onvaste stem. 'Je bent ziek.'

'Ik heb geen zin in al die heisa.' Hij zucht en laat me los. 'Zo beroerd voel ik me niet, hoor.'

'Ik weet het niet,' zeg ik langzaam. 'De koorts loopt op. En je bent lijkbleek en snotterig.'

'Maar ik ben niet over mijn nek gegaan.' Hij probeert me over te halen. 'En ik heb geen zere keel. Je hebt je belofte om mijn kostbare stem te beschermen niet verbroken.'

Als ik blijf aarzelen, zucht hij. 'Luister, we weten precies wat er aan de hand is en wat we eraan moeten doen. Ik heb het in elk geval niet zo erg als jij het had, want ik heb je schoenen niet ondergekotst.'

'Ik heb niet op je schoenen gekotst!' roep ik verontwaardigd uit.

'Er zaten spetters op,' zegt Theo volhardend. 'Mijn schoenen waren bijna verpest.'

'Doe niet zo stom,' mopper ik. 'Ik heb netjes in de gootsteen gekotst, heel professioneel. Volgens mij had je niet eens schoenen aan.'

Hij wimpelt die opmerking weg. 'Het zal wel, het gaat erom dat ik alleen die pillen moet slikken die je van de dokter hebt gekregen, rust moet houden en water moet drinken. Als jij David belt, krijg ik heus niet iets anders voorgeschreven, maar weet je wat hij dan doet?'

Ik schud mijn hoofd. Ik heb géén idee wat David zou doen als zijn lieve Theo ziek was, maar ik zie hem al met een strijdkreet en een zak van de allerbeste Siciliaanse citroenen onder zijn arm door het raam vliegen.

'Als eerste laat hij een dokter, of meerdere dokters, uit LA overvliegen.' Theo kijkt me van onder zijn wenkbrauwen aan. 'Denk aan de aarde, Clemmie. Het milieu. Al die onnodige CO_2-uitstoot.'

Ik snuif.

'En dan,' hij steekt een waarschuwende vinger omhoog, 'komt hij ook nog eens zelf, en – knoop dit goed in je oren – gaat hij *nooit meer* weg. Hij geeft jou op een of andere manier de schuld voor dit hele gedoe en dan blijft hij de komende vierenhalve week steeds bij je in de buurt, zodat hij zeker weet dat je precies doet wat hij zegt, en worden we allebei knettergek van hem.'

'Zeg je dit allemaal omdat je mijn junkfood wilt blijven eten?' vraag ik argwanend.

Theo kijkt me even met een gewiekste blik aan. 'Ik heb net voor het eerst weer Tucjes gegeten,' fluistert hij ten slotte, als een gebroken man. 'Pak dat alsjeblieft niet van me af.'

Ik schiet in de lach – ik kan er niks aan doen – en Theo's ogen lichten triomfantelijk op. Dan speelt hij zijn troef uit. 'En hij geeft dit óók nog eens aan de studiobazen door en die worden helemaal gek, vreten zich op over het album, en dan krijgt Serena nog meer stress.'

Sissend zuig ik lucht tussen mijn tanden door en ik weet dat híj weet dat hij me te pakken heeft. 'Prima,' zeg ik knorrig, 'maar je gaat wel nu meteen naar bed; we proppen je helemaal vol met medicijnen en als je je wel beroerder voelt, moet je het zeggen.'

'Wat een kattenkop,' mompelt Theo, die voor me uit loopt. 'Heerlijk.'

'Zie je het wel zitten om die pijnstillers te slikken?' vraag ik een beetje ongemakkelijk als hij eenmaal in zijn bed ligt.

'Vanwege de drank, bedoel je?' vraagt hij. Ik knik. Ik weet dat hij niet drinkt, en David heeft nadrukkelijk vermeld dat er geen alcohol in huis gehaald mocht worden. Ik heb er verder niet bij stilgestaan. Ik ken zo veel mensen die om wat voor reden dan ook niet drinken, hoewel ik moet toegeven dat ik – gezien zijn werk – zo mijn vermoedens heb, terecht of niet. Laat ik het zo zeggen, Ripp en zijn vrienden houden het niet bij één borrel… verre van dat.

'Ja.' Theo laat zijn hoofd op het kussen zakken. 'Ik ben een paar jaar geleden gestopt met drinken. Niet omdat ik een probleem had, maar omdat ik me maar al te goed kon voorstellen dat het in de toekomst wél problematisch zou kunnen worden. Ik heb te veel vrienden gehad die wel die kant op gingen, maar gelukkig waren er een paar die de signalen herkenden en me terugfloten voordat het te laat was. Het was gewoon makkelijker om er helemaal mee te stoppen.' Hij kreunt. 'Maar pijnstillers kunnen geen kwaad. Nu weet ik waar dat gewauwel over je zere botten vandaan komt.'

Ik geef hem de pilletjes en noteer het tijdstip en wat hij heeft ingenomen in mijn Notities-app, waardoor ik me volgens Theo 'zelfvoldaan en onhebbelijk' gedraag, waarop ik zeg dat ik gewoon doe wat een normale volwassene zou doen. Ik zorg dat hij een paar slokken water drinkt, neem zijn temperatuur nogmaals op en maak aanstalten om weg te gaan.

'Nee, niet weggaan,' zegt hij zachtjes.

Ik draai me weer naar hem toe.

'Wie gaat me beschermen als ik over duivelse Meneertjes begin te hallucineren?' vraagt hij wanhopig. 'Wat als ik ineens een hap uit iemands arm wil nemen?'

Ik voel mijn wangen warm worden. 'Ik heb al gezegd dat je je dat echt hebt verbeeld.'

'Alsjeblieft?' Hij houdt zijn hoofd schuin en klopt naast zich op het bed. 'Laat me niet alleen.'

Ik kijk naar zijn bed en zeg tegen mezelf dat dit geen goed idee is, maar volgens mij weten we allebei dat ik het voor de show doe. 'Maar je moet wel gaan slapen,' zeg ik, terwijl ik naast hem kruip.

'Dat is goed.' Theo heeft zijn ogen al dicht. 'Er liggen een paar boeken op het nachtkastje als je geen zin meer hebt om naar mijn knappe gezicht te kijken.'

Ik leun over hem heen. Er liggen drie boeken op een stapeltje naast het bed: een Agatha Christie-roman, het boek van Judy Blume dat ik vorige week uit mijn slaapkamerkast heb gepakt, met aan de binnenzijde van de kaft CLEMENTINE MONROE in een rond handschrift, en een exemplaar van *The Canterbury Tales.*

'Chaucer?' vraag ik verrast.

'Je hebt een poster van hem op je slaapkamer hangen.' Theo houdt zijn ogen gesloten. 'Ik was jaloers. Wilde weten waarom iedereen daar zo'n drukte om maakt.'

Ik pak het boek en ga lekker op mijn kant van het bed zitten. 'Jij hebt liever dat alle meiden een poster van Theo Eliott boven hun bed hebben hangen?' plaag ik.

'Niet álle meiden,' mompelt hij. Ik voel mijn wangen opnieuw rood worden, maar zeg tegen mezelf dat hij er niets mee bedoelt.

'Zelf ben ik meer een Ryan Gosling-fan,' zeg ik luchtig.

Theo kreunt.

We zwijgen een poosje. Ik bekijk de vertrouwde bladzijdes en glimlach als ik zie dat er aantekeningen in de kantlijn staan, waar Theo het Middelengels heeft geprobeerd te vertalen en de schunnige stukjes heeft onderstreept. Ik dacht dat hij in slaap was gevallen, maar dan kruipt hij dichter tegen me aan.

'Jouw bed ligt lekkerder,' zegt hij. Hij praat doezelig en een beetje met een dikke tong; de pillen beginnen te werken.

'Jij hebt het bed met de chique onbetaalbare lakens,' help ik hem herinneren.

Hij zucht. Verplaatst zijn hand totdat zijn vingers mijn arm raken.

'Je bent zo zacht,' zegt hij dromerig. 'Ik wil jou ook bijten. Alsof je een perzik bent.'

In mijn hersenen klinkt het brullende geluid van een roestige kettingzaag. *Het zijn de pillen. We worden allemaal een beetje maf als we koorts hebben. Kalm blijven.*

'Het maakt ook niet uit in welk bed ik lig,' brengt hij na een paar tellen moeizaam uit, 'zolang jij er maar in ligt.'

Wat moet ik daar nou op zeggen? Ik blijf roerloos zitten, op zoek naar woorden.

Maar ik heb geen woorden nodig, want aan een zacht gesnurk hoor ik dat Theo in slaap is gevallen.

De dagen daarna zorg ik dat Theo voortdurend honing en citroen binnenkrijgt, stoom inhaleert, met warm water gorgelt en zijn pillen slikt. Ik vink alles af wat David me heeft opgedragen en het lijkt te werken.

Eén-nul voor de duizenden voedingssupplementen, want Theo wordt niet zieker dan de dag waarop hij verhoging kreeg, hoewel er daarmee geen eind aan zijn geklaag komt.

'Misschien dat ik David tóch moet vragen of iemand zo'n vitamine-infuus langs kan brengen,' zeurt hij als we op de bank tv zitten te kijken.

'Hou je mond en neem nog een slok Hot Coldrex.' Ik gooi een stukje popcorn naar hem, maar hij vangt het op met zijn mond en schenkt me een zelfvoldane grijns.

Ik kan er niet over uit dat ik me zo bij hem op mijn gemak voel. Het is me zelfs gelukt om die meedogenloze, zinderende aantrekkingskracht die hij op me uitoefent te negeren. Nou ja, deels. Een klein beetje dan. Het snot hielp ook een tijdje.

Ja, hij houdt van flirten. Hij is ongelooflijk, duizelingwekkend charmant, maar zo is hij gewoon en dat moet ik mezelf blijven voorhouden. Dat gonzende gevoel dat af en toe door mijn lichaam raast, komt gewoon doordat ik in de buurt ben van iemand die met zijn charisma stadions vol fans in katzwijm doet vallen. Dat is voor hem net zo vanzelfsprekend als ademhalen; volgens mij kan hij dat niet eens uitschakelen. En zolang ik dat onthoud, zolang ik onthoud wie hij is, voelt het alsof we daadwerkelijk... vríénden aan het worden zijn.

De kille, afstandelijke Theo van een week geleden is verdwenen, en nu liggen we samen onder een deken *Blood/Lust* te kijken.

Een paar dagen terug heeft Theo me in niet mis te verstane bewoordingen gezegd dat hij het vertikte deze 'rotzooi' te kijken, maar ik negeerde hem en zette zwijgend de eerste aflevering aan. Nu zijn we halverwege seizoen twee. We leven als een stel kluizenaars, eten ijs en houden de jaloezieën dicht. Theo zit er helemaal in, zoekt alles online op over zijn favoriete koppels en leest spicy fanfiction hardop voor vanaf de browser op zijn telefoon.

'Niet te geloven dat jij fanfiction leest,' zeg ik.

'Echt wel. Er staan trouwens ook heel wat verhalen over mij op deze site.' Hij is in zijn nopjes.

'Niet!' Ik ben verbijsterd. 'En die heb je gelezen?'

'Stukjes.' Hij kijkt me aan, spert zijn ogen vol onschuld open. 'Wat? Daar hoef je niet zo moraliserend over te doen. Ik heb behoorlijk wat getalenteerde fans. Niks mis met een beetje goed geschreven erotische literatuur.'

Ik laat een soort sputterend geluid horen en probeer mezelf ondertussen wijs te maken dat ik die verhalen straks niet ga opzoeken.

We gaan weer verder met onze serie en zijn net bij een van mijn lievelingsstukjes – een cruciale romantische scène en de eerste keer dat de twee hoofdpersonages zoenen – als Theo zo'n schel geluidje uitstoot dat ik voorheen aan tienermeisjes toeschreef.

'Wat is er?!' vraag ik geschrokken.

'Dit nummer is van mij!' zegt hij stralend en hij gebaart naar de tv. Hij pakt de afstandsbediening en zet het geluid harder. Op de achtergrond zingt een schorre, fluweelzachte stem op een langzame, pulserende beat. En ineens komt die schorre, fluweelzachte stem niet alleen uit de tv, maar klinkt die overal om me heen en barst mijn huid in kippenvel uit als Theo meezingt. O, shit. De personages op het scherm zoenen en ik kan alleen maar denken: *natuurlijk moeten jullie zoenen, sufferds! Hoor die stem! Niet te geloven dat jullie je kleren nog aanhebben!*

Gelukkig heeft Theo niet door dat ik even niet functioneer, die is alleen van dit hoogtepunt aan het genieten, met zijn ogen op het tv-scherm gefixeerd. 'Mijn lievelingsserie heeft een nummer van mij gebruikt. Wat onwijs cool,' zegt hij blij.

Met die opmerking wordt de betovering eindelijk verbroken, en ik schiet in de lach. 'Je lievelingsserie? Een paar dagen geleden mocht ik die niet eens aanzetten.'

'Ik ben ouder geworden, Clemmie,' zegt hij serieus. 'En wijzer.'

'Je bent een sukkel,' zeg ik gniffelend en ik gooi nog een stukje popcorn naar hem.

Hij reageert niet, maar als hij weer op de bank achterover gaat zitten, trekt hij mijn voeten op zijn schoot. Misschien zou dat vreemd over moeten komen, maar dat is niet zo. Het voelt ongedwongen, vanzelfsprekend.

'Hé, Theo,' zeg ik bijna terloops.

'Mmm?' Hij wendt zijn blik niet van de tv af.

'Waarom deed je in het begin zo raar tegen me? Had ik iets gedaan waardoor je boos was?'

Ik voel hem verstrakken, maar als hij me aankijkt, verraadt zijn gezicht niets. 'Nee, jij hebt niks gedaan.' Hij zwijgt even, zijn mondhoeken hangen omlaag. 'Het spijt me als ik je dat gevoel heb gegeven. Ik was gestrest. Ik maak me de laatste tijd een beetje... zorgen.'

Dat laat ik even bezinken. 'Over het album?' durf ik te vragen.

Hij knikt. Ik houd de stilte tussen ons lang aan. Ingrid zou trots op me zijn. 'Ik heb al een eeuwigheid niets geschreven,' zegt hij ten slotte. 'Dit album had twee jaar geleden al af moeten zijn, wist je dat?'

'Zo lang geleden al?' zeg ik. Geen wonder dat de platenmaatschappij over de rooie gaat.

'Ja.' Hij wrijft bijna gedachteloos over mijn voet en elke vezel in mijn lijf reageert daarop, maar ik span me in om mijn uitdrukking neutraal te houden.

'Mijn vorige plaat deed het minder goed dan de albums daarvoor,' legt hij uit met een vertrokken gezicht en hij klinkt gekweld door deze bekentenis. 'Ik wil dat dit album bijzonder wordt. Ik weet dat ik beter kan, maar om een of andere reden lukt het maar niet om te beginnen. Hoe langer het duurt, hoe groter de druk wordt en nu is het een enorm, onmogelijk te nemen obstakel geworden.' Hij zucht. 'Dit is de laatste wanhoopspoging die de studiobazen ondernemen, in de hoop dat ik me kan focussen, daarna halen ze er andere schrijvers bij. Ik vind dat geen fijne werkwijze. We hebben het jarenlang zo gedaan toen ik nog in de band zat, en ik weet dat het geweldig kan uitpakken, maar voor mij draait het juist om muziek maken die heel persoonlijk is. Die rechtstreeks bij mij vandaan komt, vanuit mijn gevoelens.'

Dit gaat me boven de pet. Wat weet ik nou van muziek maken? Ik kom dan misschien uit een muzikale familie, maar ik heb mijn uiterste best gedaan dit soort gesprekken te vermijden. Dit soort dingen heb ik Sam zo vaak horen zeggen, dat ik er misselijk van word, maar dat zet ik van me af. Theo is overduidelijk van slag. 'Ik weet dat dit niet hetzelfde is,' zeg ik aarzelend, 'maar als ik aan het schrijven ben, probeer ik me alleen op dat heel kleine stukje dat ik voor mijn neus heb te concentreren. Als ik aan het geheel denk, word ik erdoor overweldigd.'

Dit is het meest clichématige, voor de hand liggende advies, maar Theo glimlacht lief en geeft mijn voet een kneepje met zijn warme hand. 'Ja,' zegt hij. 'Ik denk dat ik gewoon een beginnetje moet hebben. Het hoeft niet perfect te zijn.'

'Dat hoeft niet, nee.'

Hij kijkt me nog een ogenblik aan, houdt mijn blik strak vast, en om een of andere reden schiet mijn hartslag naar een hogere versnelling. Hij ademt diep in, alsof hij iets belangrijks te zeggen heeft, maar dan dwaalt zijn blik af.

'Maar goed, jij mag nu het ijs pakken,' is wat er uit zijn mond komt. 'En heb het lef niet om me weer stiekem die sorbettroep te geven.'

18

De volgende dag gaan we eindelijk naar buiten voor een strandwandeling. Het is Theo's idee, maar ik stem er onmiddellijk mee in. Het is een prachtige, stralende dag en we stappen knipperend met onze ogen het licht in. Ik blaas als een kat en Theo grinnikt.

'Kom op, Drusilla.' Hij schudt aan mijn elleboog. 'Je kunt wel wat vitamine D gebruiken.'

'Ugh, nu klink je net als Serena.'

Onderaan de glooiende achtertuin lopen we door het gammele hek en we dalen een steil pad af. Slingerend door duinen van fijn goudkleurig zand doorspekt met toefjes vederachtig groen gras, word ik overspoeld door een vertrouwde vlaag van schone, ziltige lucht. Dat doet me zoveel goed, dat het wel geneeskrachtig moet zijn.

'Dus vroeger gingen jij en je zussen hier 's zomers naartoe?'

'Yep.' Ik knik. 'Het huis was van Granny Mac, de overgrootoma van Lil. Ze was dan wel familie van Lil, maar ze rekende Serena en mij ook altijd tot de familie.'

'Wat voor iemand was ze?'

'Ze had gehakt van je gemaakt,' zeg ik lachend. 'Ze kwam uit Peebles, en toen zij en haar man hierheen verhuisden, noemden haar familieleden haar een "zachte zuiderlinge", hoewel dit huis niet veel zuidelijker ligt. En ze was het met hen eens! Ze heeft hier bijna haar hele leven gewoond en zoals ze over Northumberland praatte, zou je bijna denken dat ze naar Zuid-Frankrijk was vertrokken.'

We hebben het strand bereikt. Het zand strekt zich uit; het is eb.

'Lils opa en oma wilden niets met Petty te maken hebben toen ze zwanger raakte, maar Granny Mac wel. Haar man is overleden voordat wij geboren waren, dus woonde ze hier alleen. Als Petty niet bij mam was ingetrokken, zouden zij en Lil hiernaartoe zijn gegaan. Zolang ik me kan herinneren brachten we hier elke zomervakantie door.' Ik denk terug aan de vrouw die een grootmoeder voor ons allemaal was.

'Ze had een hekel aan mijn vader, echt een pokkehekel, maar ze hield van ons.' Ik lach spottend. 'Die ene keer dat ze Ripp heeft ontmoet, weet ik nog dat ze hem een oversekste idioot noemde en zei dat ze opgelucht was dat hij zulke zwakke genen had, want haar meiden hadden godzijdank helemaal niks van hem. Toen vertelde ze ook nog dat ze zijn muziek bar slecht vond. Ripp zag eruit alsof-ie in z'n broek ging piesen.'

Theo barst in lachen uit en ik kijk hem grijnzend aan. 'Ja, dat was geweldig.' Ik denk nog even na hoe ik Granny Mac het beste kan omschrijven. 'Ze was aardig,' zeg ik, moeizaam slikkend. 'Nors en chagrijnig en ietwat intimiderend, zou je kunnen zeggen, maar diep vanbinnen was ze echt aardig. Ze heeft mij en Serena nooit het gevoel gegeven dat ze anders naar ons keek dan naar Lil.'

'Ze klinkt geweldig.' Theo heeft zijn handen diep in zijn broekzakken en we lopen op ons gemak naar de zee. Het is volop eb en het water is volmaakt helderblauw.

Ik knik. 'Ik mis haar heel erg. Sinds haar dood was ik hier niet meer geweest.'

Theo blijft verbaasd staan en draait zich naar me toe. 'Niet?'

'Nee, alleen voor de uitvaart, vlak nadat ik achttien was geworden.'

Hij laat een diepe ademteug ontsnappen. 'Dat wist ik niet. Hoe voelt het? Om terug te zijn, bedoel ik.'

Ik boor mijn voet in het zand. 'Het voelt vreemd. Een beetje verdrietig. Het scheelt dat het huis er vanbinnen zo anders uitziet, maar nu ik híér ben...' Ik gebaar om ons heen naar het strand. 'Mijn zussen en ik leefden op dit strand. Granny Mac zette 's zomers alle deuren open en liet ons gaan. Het eerste wat we deden was naar het strand rennen en onze namen in het zand schrijven, om het voor onszelf op te eisen. Zes weken lang werden we vrijgelaten, maakten we ons los van de beschaafde wereld. Haren vol klitten, blote voeten, zonverbrand, overal zand, nooit onder de douche. We zwommen en speelden en klauterden over de rotsen. Het was fantastisch.' Ik kijk om me heen naar de plek waar we zo veel avonturen hebben beleefd en word overspoeld door die bijzondere, heerlijke mengeling van nostalgie en verdriet waarmee de herinneringen aan Granny Mac en die betoverende, ongecompliceerde zomers gepaard gaan.

Theo glimlacht zijn witte tanden bloot. 'Zoiets als *De Vijf*, maar dan verwilderd?'

'Klopt.' Glimlachend kijk ik hem aan. 'Maar Serena is nooit braaf genoeg geweest voor Enid Blyton. Wij alle drie niet. We deden niets liever dan elkaar op de grond werken en zo veel mogelijk zand in elkaars mond proppen.'

Theo humt geamuseerd.

'Nou ja, totdat we in de puberteit kwamen, want toen draaide alles om zonnebaden, boeken van Jilly Cooper en stiekem langs de kustlijn naar de surfers in hun wetsuits gluren. En lichaamshygiëne, gelukkig.' Ik wijs naar de rotsen die deze privé-inham insluiten. 'Wil je nog verder lopen? Als we over deze rotsen klimmen, komen we bij een uitgestrekt stuk waar je heerlijk kunt wandelen.'

'Ja,' zegt Theo inschikkelijk. 'Dit is fijn.'

We klauteren over de rotsen langs het bordje PRIVÉTERREIN. Nou ja, ik klauter; Theo schrijdt soepeltjes met lange passen, alsof de rotsen niets voorstellen. Eenmaal aan de andere kant word ik eraan herinnerd dat de zomer net is begonnen en dat wij hier niet met z'n tweetjes aan het eind van de wereld zitten. Overal op het lange, openbare strand zijn mensen: gezinnen die in het water spelen, stelletjes die languit in de zon liggen, opgewonden honden die door het zand scheuren.

Ik werp vluchtig een blik op Theo, maar zo te zien maakt hij zich geen zorgen. Hij heeft zijn zonnebril en een baseballpetje op en zijn stoppels zijn zo lang geworden dat ze bijna een baard vormen. De kans is klein dat iemand hem herkent. We lopen een stukje, en hij bukt en raapt een schitterende, zachtroze schelp op. Hij draait hem in zijn handen om en haakt dan zijn vinger in de zak van mijn korte broek, trekt me naar zich toe en laat de schelp erin vallen.

'Maar vertel, waarom ben je hier sinds je achttiende niet meer geweest?' vraagt Theo.

Ik trek mijn neus op. 'Ik was niet op mijn best toen ik wegging. Ik was hiernaartoe gekomen omdat mijn relatie op een akelige manier was stukgelopen, en toen ik naar huis was gegaan, stierf Granny Mac al na een paar weken. Ze had een hartaanval gehad en werd pas gevonden toen het al te laat was.' Mijn ogen branden en ik knipper mijn tranen snel weg.

Nog een reden waarom ik zo woest werd op Sam… en op mezelf. Ik was destijds veel te veel met mijn eigen sores bezig om tijd met haar door te brengen. Clemmie met een gebroken hart is nog ongezelliger dan zieke Clemmie, en ik vond het verschrikkelijk dat die laatste kostbare herinneringen overschaduwd werden door een wolk van ellende en omdat ik de allerergste versie van mezelf was.

Maar belangrijker nog was het schuldgevoel dat ik misschien iets over het hoofd had gezien wat haar gezondheid betreft, iets waardoor alles anders gelopen zou zijn. Dat zeg ik allemaal niet, maar gedurende een fractie van een seconde wil ik het wel. Ik wil mijn hart bij Theo luchten en ik heb geen idee wanneer en hoe hij over de muur is gekropen die ik heb opgeworpen.

'De laatste keer dat ik hier ben geweest, was voor haar uitvaart,' zeg ik in plaats daarvan. 'Ze liet het huis aan Petty na, maar niemand kon het opbrengen om hier zonder Granny Mac te zijn, dus verhuurt Petty het als vakantiehuis.'

'Heftig,' zegt Theo rustig. 'Toen mijn oma overleed, hoorde ik dat pas na haar uitvaart. Ik was op tournee in de vs en ze wilden me er niet mee lastigvallen.' Er klinkt een bitterheid in zijn woorden door die ik nog nooit eerder bij hem heb gehoord.

Ik snak naar adem. 'Au, wat erg.'

'Ja,' zegt hij instemmend. 'Ik was daar behoorlijk pissig over. Ik had erbij willen zijn. Ik hield van haar.' We blijven aan de rand van het water staan en hij wendt zijn gezicht af, kijkt uit naar de horizon. 'Maar ik had ook zo'n gevoel van: wat zegt het over mij dat mijn familie dat heeft gedaan? Dat ze dachten dat ik haar dood als… een óngemak zou beschouwen? Ik weet niet waarom ze dat zouden denken, maar blijkbaar heb ik me ergens als een lul gedragen.'

'Waarschijnlijk wilden ze je gewoon in bescherming nemen. Van wat Serena over haar werk vertelt, weet ik hoe grote platenmaatschappijen kunnen zijn; je familie dacht waarschijnlijk dat je er niet bij kon zijn en dat je dat afschuwelijk zou vinden.'

'Ik had het kunnen regelen,' zegt hij zachtjes. 'Dan had ik afscheid kunnen nemen. Ik heb alles voor mijn familie over.'

'Dat zullen ze ongetwijfeld weten,' zeg ik, net zo zacht.

'Pardon,' zegt een zenuwachtige stem achter ons. Theo en ik draaien ons om en zien een vrouw staan. Ze is ergens in de twintig, ziet bleek en trilt, en het lijkt alsof ze elk moment kan flauwvallen.

'Ben jij...' Ze praat nauwelijks harder dan een gefluister. Ze doet haar mond dicht en weer open. Probeert het opnieuw. 'Sorry, maar ben jij Theo Eliott?'

Ik verstijf. We mogen het huis heus wel verlaten, maar het is de bedoeling dat Theo met zo weinig mogelijk mensen in aanraking komt. Serena heeft een uitgebreid gesprek met me gehad over de veiligheidsrisico's als de paparazzi en zijn fans erachter komen waar hij zit. Granny Macs huis is nou niet bepaald Fort Knox.

Maar Theo is relaxed en glimlacht. 'Nee, het spijt me,' zegt hij en hij meet zich moeiteloos een Californisch accent aan dat ik absoluut niet herken. 'Dit gebeurt zo vaak, en mijn vrouw vindt het hilarisch.'

Hij pakt mijn hand en knijpt er zachtjes in.

Mijn mond valt open en het duurt een paar tellen voordat ik iets kan zeggen, voordat ik besef dat hij mij gebruikt om voor een normaal mens te kunnen doorgaan. Volgens mij heeft het woord 'vrouw' kortsluiting in mijn hersenen veroorzaakt. 'Mocht-ie willen,' breng ik uiteindelijk krakend uit.

Ondanks zijn zonnebril kan ik me Theo's fonkelende ogen helemaal voorstellen. 'Nou, echt wel. Die Theo Eliott is zo'n knappe vent.'

De vrouw laat teleurgesteld haar schouders hangen. 'Ja, ik dacht al dat hij het niet kon zijn. Wat zou hij hier nou moeten?'

'Waarschijnlijk is hij ergens met geitjes aan het yogaën en kombucha aan het drinken,' beaam ik.

De vrouw schiet in de lach. 'Ja. Nou, sorry,' zegt ze met een verlegen glimlach en haar ogen schieten naar Theo voor een laatste blik, waarna ze zich omdraait en naar haar vriendinnen rent, die ons belangstellend bekijken.

We lopen bij ze vandaan met onze ruggen naar hen toe.

'Ik voel me rot,' zeg ik. 'Ze was zo enthousiast.'

'Ja, ik ook,' zegt Theo. 'Ik wil mensen niet teleurstellen, maar soms is het belangrijker om dat kleine beetje normale leven dat ik heb en de mensen om me heen te beschermen. Het heeft lang geduurd voordat ik dat doorhad, dat ik niet verplicht was om alles van mezelf weg te geven. Iets met grenzen en zo.'

Ik krijg een warm gevoel vanbinnen. Zoiets heb ik Ripp echt nog nooit horen zeggen. Ik kan me niet eens voorstellen dat hij dat zou dénken, dat hij zich over grenzen zorgen zou maken of mij zou willen beschermen, en dan ben ik nog wel zijn dochter.

Dat hoef ik me ook helemaal niet voor te stellen, of wel soms? Ik heb het met Ripp al zo vaak meegemaakt, dat ik hem smeekte me te beschermen tegen alle tumult om hem heen, en hij deed helemaal niets. Hij begreep niet eens waar ik me druk om maakte. Ik voel een steek in mijn maag als ik er weer aan denk.

'Ik heb trouwens nog nooit met geiten geyogaad,' zegt Theo.

Ik rol met mijn ogen. 'Zeg dat maar tegen de flessen biologische kombucha die in onze keukenkast staan te fermenteren.'

'Ik zeg niet dat ik er iets tegen heb. Die jonge geitjes zijn heel schattig.'

Ik laat een lach horen, een heerlijke, zonnige lach, en we lopen verder. Ik denk aan de schelp in mijn zak, die ik op mijn nachtkastje ga neerleggen als we thuis zijn. En terwijl Theo de rest van de strandwandeling mijn hand blijft vasthouden, zeg ik tegen mezelf dat dit allemaal bij deze poppenkast hoort. Dat het niets betekent. Helemaal niets.

19

Een paar dagen later zit ik aan de eettafel en ik staar naar mijn laptop, met iets wat op wanhoop begint te lijken, als Theo zijn hoofd om het hoekje van de deur steekt.

'Vind je het goed als ik erbij kom zitten?' vraagt hij en hij werpt snel een blik op mijn computer.

'Natuurlijk,' zeg ik vlug. 'Ik ben met dit stomme wetenschappelijke boek bezig en het lukt voor geen meter. Wil je dat ik wegga?' Ik pak de pagina's vol aantekeningen die ik op tafel heb uitgespreid.

'Doe niet zo stom.' Theo komt de kamer in. 'Ik vind het fijn dat je er bent. Als ik alleen had willen zijn, was ik wel in mijn kamer gebleven.'

'Oké,' zeg ik behoedzaam, want hij heeft een gitaar in zijn hand. Het is voor het eerst sinds we hier zijn dat ik merk dat hij aan zijn muziek werkt.

Hij slentert naar binnen, gaat op de bank zitten met zijn voeten op de salontafel en haalt een klein notitieboekje uit zijn zak, dat hij naast zich neerlegt.

Hij heeft een slobberige grijze joggingbroek aan en zijn haar is vochtig, alsof hij net onder de douche vandaan komt.

Ik weet dat hij de hele ochtend heeft gesport, want ik betrapte hem in de werkkamer slash fitnessruimte toen ik op zoek was naar een pakketje dat David heeft gestuurd toen ik ziek was. Hij deed oefeningen met een zwaar uitziende dumbbell, waardoor zijn biceps opbolde en zijn spieren goed te zien waren. Daarna moest ik een poosje op bed gaan liggen en aan extreem brave dingen denken.

'Kan ik iets voor je doen?' vraag ik.

'Nope.'

Theo zegt verder niets, dus zet ik mezelf weer aan het werk en lees voor de honderdste keer mijn aantekeningen voor dit hoofdstuk door. Sinds we hier zijn heb ik totaal geen vooruitgang geboekt. Het is grappig hoe weinig ik aan mijn werk moet denken.

Vanuit mijn ooghoek zie ik Theo uit het raam kijken, met zijn gitaar op schoot. Eindelijk begint hij te spelen.

Hij speelt zachtjes, heel zachtjes, en het klinkt niet als een nummer of zo, maar alsof hij rustig tokkelt, gedachteloos, gewoon zijn vingers over de frets laat dwalen. Af en toe speelt hij hetzelfde – dezelfde paar noten – steeds weer opnieuw, en dan laat hij zijn vingers weer dwalen. Op een bepaald moment leunt hij naar voren, haalt een potlood achter zijn oor vandaan en krabbelt iets in zijn notitieboekje.

Ik heb het gevoel dat ik mijn adem inhoud, alsof ik hem absoluut niet af wil leiden of wil laten merken dat ik toekijk. Ik tik op het toetsenbord voor mijn neus, zodat hij denkt dat ik aan het werk ben, en typ wat er ook maar in me opkomt.

Tafel
Laptop
Stoel
Benen
Handen
Haar
Glimlach
Tanden
Kuiltje
Kuiltje
Kuiltje

Als ik me eindelijk op mijn scherm concentreer en het onsamenhangend gebrabbel van een stalker zie staan, ram ik fanatiek op de backspaceknop, zodat de cursor de woorden weer opvreet. Kon ik de gedachten in mijn hoofd ook maar zo makkelijk deleten.

'Is er iets?' vraagt Theo. 'Je bent helemaal rood.'

Ik onderdruk een gekreun. 'Ik loop een beetje vast.'

'Ik ken het gevoel.'

Mijn blik dwaalt naar hem. Hij zit onderuitgezakt op de bank, bijna horizontaal. De gitaar ligt op zijn schoot.

'Maar je hebt wel een begin,' zeg ik. 'Dat is in elk geval iets.'

'Misschien wel.'

'Dat stukje dat je speelde klonk goed. Dat stukje dat je steeds opnieuw speelde.'

'Echt waar?' Hij gaat rechtop zitten en glimlacht tevreden. Hij speelt het nogmaals, harder deze keer; een handjevol noten dat stijgt en daalt, oorstrelend en melodieus.

Ik knik. 'Mooi.'

'Mooi?'

Ik laat een ongemakkelijk lachje horen. 'Als je op zoek bent naar muzikaal inzicht, dan moet je niet bij mij zijn.'

'Nee, mooi is prima,' zegt hij, en hij kijkt naar het notitieboekje. 'Mooi is precies goed, eigenlijk.'

'O,' zeg ik. 'Nou ja, fijn.'

We zwijgen allebei en ik staar weer naar mijn scherm. Deze keer laat ik mijn onderbewustzijn het roer niet overnemen. Vooral omdat mijn onderbewustzijn een bedenkelijke belangstelling heeft voor de man die een vriénd is, iemand met wie ik werk. Meer niet.

'Mag ik je iets vragen?' vraagt Theo.

'Tuurlijk.'

'Hoe zit het met jou en muziek? Op Serena's verjaardag hadden jullie daar die eigenaardige ruzie over.'

'O, ja.' Ik schraap mijn keel. 'Dat.'

'Ja, dat.'

'Het is nogal lastig uit te leggen. Ik weet dat het een beetje vreemd is...' Mijn stem sterft weg.

Theo klopt naast zich op de bank. 'Kom even mee naar mijn kantoor,' zegt hij. 'Vertel jij mij jouw vreemde verhaal maar, dan vertel ik je het mijne.'

Ik kan een glimlach niet onderdrukken. 'Je bent aan het werk, weet je nog?' zeg ik tegen hem.

'Ik bén ook aan het werk,' zegt hij. 'Kletsen helpt. Het... suddert allemaal op de achtergrond.'

Ik vraag me bewust niet af waarom ik met alle liefde die verklaring accepteer, maar neem mijn kop koude thee, die ik al de hele tijd in mijn handen heb, mee naar de bank. Ik ga niet pal naast hem zitten – en ik ben belachelijk trots op mezelf omdat ik duidelijk een grens aangeef – maar ga in kleermakerszit bijna tegenover hem in het andere hoekje zitten.

'Maar vertel,' zegt hij en hij tokkelt dramatisch op zijn gitaar. 'Clementine Monroe en muziek. Het ware verhaal.'

'Zo boeiend is het niet, hoor.' Ik begin aarzelend. 'Ik luister niet graag naar muziek. Ik zet gewoon nooit de radio aan als ik thuiskom, en ik luister niet naar livemuziek of dat soort dingen.'

'Wat gebeurt er dan als je muziek hoort?' vraagt Theo.

Ik schiet in de lach. 'Het is geen *kryptonite*. Er gebeurt niets. Ik stort niet in elkaar als ik muziek hoor. Ik hoor natuurlijk altijd muziek. Muziek is overal, maar... ik zoek het gewoon niet op of besteed er geen aandacht aan. Ik ken Lils muziek en ik heb haar een paar keer zien optreden, maar verder...' Ik haal mijn schouders op.

'Mmmm.' Theo houdt zijn hoofd schuin. 'Ik ben blij dat mijn muziek je niet van al je superkrachten berooft. Maar er zit vast meer achter. Heb je dat altijd al gehad?'

Ik ga verzitten, voel me niet op mijn gemak. 'Nee. Toen ik klein was hadden we altijd muziek in huis. Mijn moeder was zangeres en speelt piano.' Ik kijk hem aan en hij knikt.

'Ik ken je moeder wel,' zegt hij. 'Nou ja, ik kén haar niet, maar ik weet wie ze is. Ik ben zelfs groot fan van haar. Zo zonde dat ze al zo jong is gestopt... Haar eerste album was fantastisch.'

Theo heeft geen idee dat zijn woorden pijn doen, maar mijn uitdrukking verraadt me waarschijnlijk, want hij trekt zijn wenkbrauwen samen. 'Heb ik iets verkeerds gezegd?' vraagt hij.

'Nee.' Ik schud mijn hoofd en pers een glimlach tevoorschijn. 'Ze was een geweldige muzikant; wat fijn dat je van haar muziek houdt.'

'Okéééé.' Theo rekt het woord uit en weet overduidelijk niet wat er aan de hand is.

Ik schraap mijn keel. 'Maar goed, dankzij mijn moeder was er altijd muziek. Ze was gek op Fleetwood Mac, Simon & Garfunkel, Bob Dylan, Joni Mitchell... Je kent het wel, beetje folk, een verhaal vertellen, die vibe. Ze schreef ook zelf.'

'Ze deed me echt aan Stevie Nicks denken,' mijmert Theo.

'Daarom was Stevie onze favoriete zangeres. Van Serena, Lil en mij, bedoel ik. We luisterden vroeger het liefst naar mijn moeders plaat – het album dat zij had gemaakt – maar die van Stevie Nicks en Fleetwood Mac stonden op de tweede plek.' Ik glimlach. 'Die vormden de soundtrack van al onze heksige uitspattingen.'

Theo beantwoordt mijn glimlach.

'Maar goed, mam luisterde naar allerlei soorten muziek en wij dus ook. Petty was eigenlijk nog een tiener en was helemaal into grunge, gek op Nirvana. Ava hield altijd al van klassieke muziek, en ze zorgden dat wij Ripps platen hadden, dat we wisten wat onze vader deed. Dat we... trots op hem waren.' Ik schraap mijn keel. 'Muziek en ik, lange tijd was het allemaal vrij simpel. Normaal.'

'Wat veranderde er dan?'

'Mijn vader,' zeg ik, frunnikend aan het kussen van de bank. 'Zo vreemd is dat niet. Mijn relatie met hem verslechterde in sneltreinvaart toen ik in de puberteit kwam en eindelijk zijn gelul doorzag.'

'Ik weet dat hij nogal ruig was. Ripp Harris was zeker geen modelvader?'

Ik lach zonder een greintje humor. 'Niet echt, nee. Ik zag hem vaker in de krant dan in het echt. Ik weet nog dat ik een keer op school een rol in een toneelstuk had, een klein rolletje, ik was een jaar of negen, maar ik vond het zo leuk en was zo zenuwachtig. Ripp had beloofd dat hij zou komen kijken, maar kwam natuurlijk niet opdagen. Na afloop was ik in paniek, huilde en was ervan overtuigd dat er iets ergs was gebeurd, want hij had belóófd dat hij er zou zijn. Mijn moeder probeerde me tot bedaren te brengen, maar ik was hysterisch, ervan overtuigd dat hij een vreselijk auto-ongeluk had gehad en dat niemand naar hem op zoek was.' Ik weet nog hoe bang ik die avond was. Hoe ik daar op het podium stond, hem in het publiek zocht, verbouwereerd omdat niemand naar me luisterde.

'De volgende dag stonden er foto's van hem in de krant met zijn tong in de keel van een of andere actrice. Hij zat in Milaan, geloof ik. Ergens waar het in elk geval zonnig en chic was, ergens ver weg van een schoolvoorstelling in een tochtige aula.'

Ik knipper met mijn ogen. Hier heb ik al heel lang niet meer aan gedacht.

'Wat naar voor je,' zegt Theo zachtjes.

Ik wapper met mijn hand. 'Valt wel mee. Het was gewoon een van de vele, vele teleurstellingen. Mijn relatie met Ripp is beetje bij beetje afgebrokkeld. In mijn ogen had de muziek Ripp van ons afgepakt, wat nogal... belachelijk is, maar zo probeerde ik het destijds voor mezelf te verklaren. Voor mijn gevoel had de muziekindustrie mijn moeder uitgekotst en mijn vader in het verderf gestort, en ik wilde er gewoon niets mee te maken hebben. Het was een soort omgekeerde puberale opstandigheid: ik keerde het wereldje van mijn ouders de rug toe. Rock-'n-roll eruit en Chaucer erin.'

'Dat snap ik.' Theo wrijft over zijn kaak. 'Het verbaast me alleen dat het zo lang heeft geduurd.'

'Niet echt,' zeg ik onverschillig. 'Ongeveer een jaar. Toen werd ik zeventien en hopeloos verliefd op een muzikant.'

Theo's ontspannen houding verandert niet, maar zijn blik is nu allesbehalve slaperig.

'We hadden bijna een jaar verkering. Dat is best lang op die leeftijd, toch? Een week voor mijn achttiende verjaardag ging het uit. Het was... akelig.' Dat is een understatement. Ik weet bijna wel zeker dat de landelijke pers meestal geen aandacht schenkt aan zeventienjarigen die uit elkaar gaan, maar ik ga Theo niet alle ins en outs vertellen.

'Laten we het er maar op houden dat hij uiteindelijk al mijn verschrikkelijke vooroordelen over muzikanten en de industrie eromheen bevestigde. Het was daarna geen bewuste keuze om muziek uit mijn leven te bannen; het gebeurde gewoon. In het begin deed alles me aan Sam denken, daarna werd het volgens mij een gewoonte, en ja, ik doe het ook om Ripp te sarren, om te laten zien dat ik totaal geen belangstelling heb voor wat hij te bieden heeft. Muziek en een gebroken hart... voor mij zijn die dingen innig verstrengeld.'

'Is dat die ex die je op Carls uitvaart tegen het lijf liep?' vraagt Theo, maar dan trekt hij zijn wenkbrauwen op. 'Wacht even. Zeventien? Is dit de relatie waar je het gisteren over had? De relatie die strandde, waarna je hierheen kwam?'

'Het antwoord op beide vragen is ja,' zeg ik, en na een korte stilte ga ik verder. 'Dat was Sam. Sam Turner.'

'Sam Turner?' Theo fronst. 'Sam Turner, de drummer?'

'De enige echte.'

'Maar hij is toch...?' Nu sterft zijn stem weg.

'De drummer van Ripp?' Ik houd het luchtig. 'Yep. En voor het geval je aan het rekenen bent, hij kreeg de klus vlak voordat we uit elkaar gingen.' Ik heb geen zin om te vertellen dat het dezelfde dag was, maar de woede die ik vijftien jaar en tig therapiesessies later nog steeds voel, straalt zeker van me af.

'Shit,' fluistert Theo, die blijkbaar conclusies trekt die hout snijden. 'Wat een eikel!'

'Ripp of Sam?'

Theo zakt weer onderuit. 'Allebei, denk ik.'

'Dat ben ik met je eens.'

'Dus daarom zei Serena dat over jou en rocksterren? Dat jij nooit een relatie zou aangaan met een muzikant?'

'Wat?' Ik schrik op. Die vraag overvalt me, maar als ik hem aankijk, verraadt zijn blik niets; hij neemt me gewoon opnieuw aandachtig in zich op. 'Eh... ja, klopt. Mijn hart is al door twee van die gasten aan gruzelementen geslagen. Je kent het wel, iets met een ezel en een steen en zo.'

Theo zwijgt en ik heb geen flauw idee wat er in hem omgaat. Aan zijn gezichtsuitdrukking te zien, niet veel goeds.

De stilte geeft me een ongemakkelijk gevoel. Ik wist niet dat hij Serena's opmerking onthouden had. Ik heb Serena's opmerking zelf niet eens onthouden, niet helemaal. Nu ik eraan terugdenk, schiet me iets te binnen over liever ledematen kwijtraken dan een relatie met een rockster beginnen. Misschien voelt Theo zich rot over het feit dat ik met hem naar bed ben geweest zonder dat ik wist wat voor werk hij deed.

'Maar maak je gaan zorgen,' zeg ik uiteindelijk en Theo kijkt me verbaasd aan, alsof hij niet meer wist dat ik er ook nog was. 'Wat er tussen ons is gebeurd. Tussen jou en mij. Misschien had ik er al eerder iets over moeten zeggen. Ik neem je niks kwalijk.'

'Niks kwalijk?' herhaalt Theo.

'Nou ja, ik wist niet... wíé jij was toen we met elkaar naar bed gingen, maar ondanks het feit dat ik het nu wel weet, ben je nog steeds niet...' hakkel ik, 'op die lijst terechtgekomen.'

'De lijst met rocksterren die jouw hart aan gruzelementen hebben geslagen?' vraagt hij langzaam.

'Volgens mij kwam dat er een beetje verkeerd uit.' Ik draai mijn vingers in elkaar. 'Ik wil alleen maar zeggen dat we er nooit over gepraat hebben en dat het in het begin nogal ongemakkelijk was, maar nu ben ik blij dat we bevriend zijn. Ik was er destijds niet van uitgegaan dat die nacht tot meer zou uitgroeien, dus kan ik achteraf moeilijk teleurgesteld zijn omdat je een rockster blijkt te zijn met een... opwindend seksleven.' Ik krimp ineen. *Zei ik serieus 'opwindend seksleven'? O mijn god, ik ben echt zó niet cool.*

'Ik snap dat je de boel vrijblijvend wil houden,' ga ik wanhopig door, 'en ik was degene die als eerste zei dat ik een onenightstand wilde proberen en toen zei jij dat jij dat ook wilde. Wederzijdse instemming. Grenzen. Glashelder. Ik wil niet dat jij denkt dat ik je iets kwalijk neem. Nou ja, het was niet zo netjes dat je niet hebt verteld wie je echt was, maar ik snap het wel; ik snap dat het fijn moet zijn geweest dat ik je niet als Theo Eliott zag.' Ik ratel maar door.

Theo kijk me alleen maar kil aan. 'Ik heb nooit gezegd dat ik een onenightstand wilde.'

Dat is letterlijk het allerlaatste wat ik had verwacht te horen. 'Wat?'

'Dat heb ik nooit gezegd. Ik vroeg of jíj een onenightstand wilde, jij zei misschien, en toen zei ik: "Zullen we dat gaan uitzoeken?"' Hij vinkt de punten een voor een op zijn vingers af.

Verbaasd kijk ik hem aan. Waarom weet hij dit allemaal nog? En wat is het verschil tussen wat hij zei en wat ik zei?

Theo komt overeind met de hals van zijn gitaar losjes in zijn hand geklemd. Hij gaat voor me staan en met zijn andere hand kantelt hij voorzichtig mijn kin zodat ik naar hem opkijk, recht in zijn ogen. Er is geen fonkeling meer te zien.

'Clemmie.' Zijn stem klinkt ruw, dieper dan gebruikelijk. Zo diep dat de rillingen over mijn huid kruipen. 'Ik wil even een misverstand rechtzetten dat hier volgens mij bestaat. Ik geef toe dat dit niet mijn eerste onenightstand was, maar het was wel de eerste in meer dan tien jaar. En ík was niet degene die er de volgende ochtend vandoor ging.' Die woorden laat hij een paar tellen tussen ons in hangen. 'Dus zeg nou niet dat ik degene ben die de boel vrijblijvend wil houden, oké? Je mag ervan vinden wat je wilt, maar leg me geen woorden in de mond.'

Hij kijkt me nog een ogenblik aan. Dan laat hij mijn kin los, strijkt met zijn vingers vederlicht langs mijn kaak en laat zijn hand zakken.

'Ik ga nu aan het werk,' zegt hij rustig. Alsof er absoluut niet iets gewichtigs is gebeurd.

'Oké,' breng ik verstikt uit. 'Ik zie je straks?' Het klinkt als een vraag.

'Ja, je ziet me straks,' antwoordt hij, en ik begrijp niet waarom zijn woorden zo serieus klinken, zo zwaar. Pas later besef ik dat ze als een belofte klinken.

20

'Hij is dus aan het werk?' vraagt Serena met samengeknepen ogen.

Ik knik. 'Ja, de hele week al. Ik moest tegen je zeggen dat hij op tien tot dertien nummers denkt uit te komen, als hij kijkt naar wat hij tot nu toe heeft.'

Op het scherm ontspant Serena's gezicht en haar schouders zakken omlaag. 'Godzijdank. En? Is het wat?' Voordat ik ook maar iets kan zeggen, gaat ze verder. 'Laat ook maar. Waarschijnlijk heb je geen flauw idee.'

'Oké, ik zal de stress maar de schuld geven van dat bijzonder fijn humeurtje van je,' zeg ik. 'En wat ik heb gehoord, klinkt echt goed, denk ik.'

Ik zeg maar niet dat ik hier en daar alleen flarden muziek heb opgevangen, dat Theo erg gesloten is en zich de hele tijd op zijn kamer terugtrekt. Dat we niet hebben gepraat over wat hij laatst heeft gezegd. Of wat dat betekende.

Nee, die marteling onderga ik gewoon helemaal alleen: wakker liggen en het gesprek keer op keer in mijn hoofd afspelen, in een poging te begrijpen wat er in hemelsnaam is gebeurd.

Ik richt mijn aandacht op mijn zus. 'Hij zei dat het lekker gaat, dat hij er een goed gevoel over heeft. Het is natuurlijk nog vroeg, maar hij komt oprecht over.'

En dat is ook zo, want ook al zie ik Theo niet zoveel nu hij aan het schrijven is, hij is niet meer die chagrijnige, afstandelijke man die hier aan de deur klopte.

Nee, hij is ontzettend vrolijk en nog altijd even grappig en flirterig. We zijn nog steeds bevriend. En zelfs daarvan raak ik in de war. Wat hij gezegd heeft… als het iemand anders was geweest, dan zou ik denken dat hij geïnteresseerd is… en dan niet alleen in een onenightstand. Maar hij is niet iemand anders; hij is Theo Eliott, letterlijk 's Werelds Meest Sexy Man, volgens het tijdschrift *People*, en 's Werelds Grootste Rokkenjager volgens alle anderen.

Maar, fluisteren mijn hersenen, *hij zei dat hij al tien jaar geen onenightstand heeft gehad. Tien jaar.*

En ik geloof hem. Misschien ben ik daarom een sukkel, maar ik weet dat Theo niet tegen me zou liegen. Niet daarover. Dus dat betekent… ja, wat eigenlijk?

'Wat goed om te horen,' zegt Serena hees, en elk spoortje kwetsbaarheid in haar blik en haar stem is verdwenen als ze kraait: 'Ik wist dat dit zou lukken! Twee jaar! Niemand heeft hem aan de gang gekregen, maar dan kom ik met een plan en BAM! Mijn god, ik ben geweldig.'

'En bescheiden, niet te vergeten,' zeg ik.

'Vrouwen hoeven niet bescheiden te zijn.' Serena glimlacht vlijmscherp naar me. 'Dat komt het plan van het patriarchaat alleen maar ten goede. Wacht…' Ze leunt naar voren, is opeens achterdochtig. 'Deze plotselinge uitbarsting van creativiteit…' Haar ogen dwalen over het scherm en nemen me in zich op. 'Je gaat me toch niet vertellen dat je met hem naar bed gaat?'

'Wat?' stotter ik. 'Natuurlijk ga ik niet met hem naar bed! Dat zou ik nooit doen.'

'Je hebt het al gedaan.' Serena slaat haar armen over elkaar.

'Ja. Féitelijk wel. Maar ik kan het me amper herinneren.' *Leugenaar.*

'Je kunt je de nacht amper herinneren waarin volgens jou "alle fysieke grenzen werden verheven omdat je God aanschouwde en Zij prachtig was"? Die nacht?'

Ik schraap mijn keel. 'Volgens mij heb ik dat niet gezegd.'

'Dat heb je echt wel gezegd.'

'Oké, ongeacht wie wat zei en wanneer, momenteel hebben Theo en ik niets met elkaar. Hij zit waarschijnlijk in een creatieve flow vanwege alle… zeelucht.'

'Zeelucht?' Serena trekt een wenkbrauw op. 'Wie weet. Califórnia staat daar niet bepaald om bekend.'

Ik blijf ijzig stil.

Ze zucht. 'Oké, ik geloof je. Maar hou het zo. Je weet dat ik je alle heftige seks ter wereld gun, maar Theo Eliott is niet de man voor jou, Clemmie. Hij verslindt je.'

'Hadden we maar nooit die wensen gedaan,' mopper ik. 'Jij en Lil blijven er maar over doorgaan.'

'Schatjeeeeee!' roept een stem buiten beeld ergens van achter Serena vandaan. Een vrouwenstem. Een vrouw in Serena's appartement. Die haar 'schatje' noemt.

We verstrakken, kijken elkaar een ogenblik aan. Serena's ogen zijn enorm. Er trilt een spiertje in haar kaak.

'Schatje?' Weer die stem. 'Heb je mijn gouden armband ergens gezien? Ik dacht dat ik hem naast het bed had laten liggen.'

'Serena!' sis ik. 'Wie is...' Maar ik kan de vraag niet eens stellen, want mijn zus breekt het gesprek af.

Ik blijf verbaasd naar het zwarte scherm staren.

'Wat was dat?' vraag ik hardop. Ik wil Serena meteen terugbellen, maar ik weet dat ze toch niet opneemt, dus ga ik voor optie twee en bel Lil.

'Lieve Clementine!' kirt ze, als ze stralend opneemt met haar gezicht vlak bij de camera.

'Lil!' Ademloos kom ik meteen ter zake. 'Ik was net met Serena aan het bellen en er was een vrouw bij haar thuis en ik hoorde haar op de achtergrond en...' Mijn stem sterft weg.

'En wat?' vraagt Lil, met een bezorgde blik.

'Ze noemde Serena "schatje",' fluister ik.

Lil kijkt me uitdrukkingsloos aan. 'Ze...' begint ze. 'Wat?'

'Ze noemde Serena "schatje". Twéé keer.'

'Fuck,' zegt Lil kort en bondig, en het beeld wordt wazig. 'Ik regel nu een Uber. Ik ga erheen. Denk je dat ze misschien gegijzeld wordt? Was dit een hulpkreet? Knipperde ze veel met haar ogen? Alsof ze in morsecode met je probeerde te communiceren? Ik heb een keer een film gezien waarin iemand dat deed.'

'Nee, ze knipperde normaal,' zeg ik. 'Het had iets... Ik denk... ik denk dat Serena misschien... een vriendin heeft.'

Lil is weer in beeld. Ze is onderweg, loopt de trap in haar appartementencomplex af en hijgt tegen het scherm. 'Serena?' zegt ze, alsof dat een belachelijk idee is. 'De vrouw die vindt dat relaties uitsluitend voor mensen met een benedengemiddelde intelligentie zijn?'

'Weet je nog dat Len me een keer "schatje" noemde waar ze bij was en ze zo overtuigend deed alsof ze moest kotsen dat hij in paniek raakte en de auto langs de A1 zette, en dat ze toen twintig minuten tekeerging over de infantilisering van vrouwen en hij gedwongen werd ter plekke geld te doneren aan een vrouwenopvangcentrum.'

'Om eerlijk te zijn was dat misschien meer omdat ze Len haat, dan dat ze koosnaampjes haat,' merkt Lil op, en ze kruipt op de achterbank van haar Uber en begroet de chauffeur met een verrukt: 'O, hallo, Marcus!'

'Maar vertel eens precies wat je gehoord hebt,' gaat ze verder.

Dat doe ik en Lil fronst. 'Dus die vrouw, wie ze ook is, heeft spúllen in Serena's appartement liggen? Dat geloof ik niet. Serena heeft niet eens een kapstok, omdat ze niet wil dat mensen "zich thuis voelen". Ze slaapt altijd dwars in bed. Ze heeft maar één koffiekopje.'

'Er hing een bepaalde sfeer!' verzeker ik haar. 'De stem van die vrouw was lief en relaxed, en Serena flipte toen ik haar hoorde en hing op.'

Lil maakt een neuriënd geluid. 'Verdacht. Ik ben er.'

'Hou me aan de lijn.' Ik wil wanhopig graag weten wat er aan de hand is.

'Tuurlijk.' Lil zegt Marcus gedag, pakt de lift naar Serena's appartement en bonkt dan op de deur van onze zus. 'Serena!' schreeuwt ze. 'Doe open. Nu!'

Het blijft lang stil.

'Ze doet niet open. Maar ik weet dat ze thuis is. Ik kan haar hóren mokken. Wacht even, ik heb twee handen nodig.' Lil propt de telefoon in haar topje, waardoor ik getrakteerd word op een close-up van haar decolleté.

'Draai die camera om!' roep ik.

'Oeps!' Ze draait de telefoon om en stopt hem weer in haar topje, zodat ik deze keer naar de deur kijk. Dan hoor ik haar in haar tas rommelen, totdat ze Serena's voordeursleutel heeft gevonden, die ze in het slot steekt.

'Hallooooo!' roept Lil en ze loopt door de gang naar de woonkamer. 'Serena?'

'Jezus, dit meen je niet!' Ik hoor Serena voordat ik haar nogal strijdlustig op het scherm zie. 'Heeft Clemmie je meteen gebeld nadat ik had opgehangen, die rat? Hoe ben je hier eigenlijk zo snel gekomen?'

'Ik heb een Uber gepakt.'

'Ik ben er trouwens ook,' roep ik, vermoedelijk bij Lils tieten vandaan.

Serena kijkt doordringend in de camera. 'Mooi, dan kan ik je recht in je gezicht zeggen dat je een rat bent.'

'Lil denkt dat je gegijzeld wordt,' zeg ik.

Heel even lijkt het alsof Serena dat wil beamen, alsof dat een betere optie zou zijn.

'Ik word niet gegijzeld,' geeft ze ten slotte met tegenzin toe.

'Dat is het meest romantische wat je ooit hebt gezegd,' zegt de stem die ik al eerder hoorde, en er loopt een vrouw de woonkamer in. Ze is bloedmooi. Lang en elegant, met een donkerbruine huid en vlechten die bijna tot haar middel komen. Ze is ongeveer even oud als wij en haar grote bruine ogen schieten nerveus naar mijn zus.

Serena zucht, maar zelfs via de camera zie ik haar blik verzachten. Ze steekt haar hand uit naar de vrouw, die hem verlegen vastpakt. 'Bee, dit is mijn zus Lil en mijn andere zus Clemmie, die om een of andere reden in Lils beha is gepropt. Lil, Clem, dit is Bee.' Er valt een stilte en Serena perst de woorden eruit. 'Mijn vriendin.'

'OMIJNGOOOOD!' Lil werpt zich op Bee, en ik dus ook, en de daaropvolgende minuten bestaan uit steeds bizardere camerastandpunten en opgewonden gekrijs van Lil.

Uiteindelijk plukt mijn zus de telefoon uit haar topje. Ze geeft hem aan Serena en sleept Bee mee naar de keuken om koffie te zetten en haar blijkbaar aan een verhoor te onderwerpen over haar intenties.

'Jullie zijn echt een stel nieuwsgierige ouwe wijven,' snuift Serena verontwaardigd.

'We houden gewoon van je!' verzeker ik haar. 'Hoe lang is dit al gaande?'

'Een paar weken,' geeft Serena toe en ze probeert een grijns te onderdrukken. Ik voel mijn hart samenknijpen en kan haar alleen maar stralend aankijken.

Serena rolt met haar ogen. 'Rustig nou maar. Daarom heb ik dus niks tegen jullie gezegd. Ik ben nog steeds mezelf. Ik word heus geen mierzoet, schattig halfmensje, oké? Ik ben een volwaardig mens.'

Ik hoor de zenuwachtige ondertoon in haar stem.

'Serena, jij bent de meest volwaardige persoon die ik ken. Dat je een relatie hebt, betekent niet dat je een stukje van jezelf kwijtraakt. Niet als je met de juiste persoon samen bent.' Terwijl ik die woorden hardop zeg, besef ik dat het waar is... en dat ik dus nooit met de juiste persoon een relatie heb gehad, want met Sam en met Len ben ik allerlei stukjes van mezelf kwijtgeraakt, alsof we een emotioneel spelletje Dokter Bibber speelden. Dit is een openbaring en eerlijk gezegd nogal overweldigend.

Serena komt blijkbaar tot dezelfde conclusie, want ze zwaait met haar vinger naar de telefoon. 'Waag het niet om verdrietig te worden,' zegt ze streng. 'Je moet gewoon geen eikels meer daten, oké?'

'Is goed,' zeg ik knikkend. 'Maar het zou een stuk makkelijker zijn als ze een bord om hun nek hadden hangen of zo, zodat ik er met een grote boog omheen kan lopen.'

'...en toen hebben we die toverspreuk voor Clemmie uitgesproken, maar die komt dus ook voor mij en Serena uit!' hoor ik Lil opgewekt uitleggen als zij en Bee de woonkamer weer binnenkomen.

'Ik doe haar wat,' moppert Serena.

Lil verschijnt in beeld, pal naast Serena. Met zijn tweeën tegen elkaar aan geperst kijken ze naar me, hun gezichten net zo vertrouwd als dat van mij, en plotseling mis ik ze zo erg dat het fysiek pijn doet.

'Let maar op, Clemmie,' zegt Lil vol vertrouwen. 'Die drie wensen komen voor jou ook uit! Zelfs Serena ontkwam niet aan de grootse, zielsv...'

'Zo kan-ie wel weer, Lilian,' kapt Serena haar af, en ze klinkt zo paniekerig dat ik mijn lach moet inhouden.

'Ik ga jullie met rust laten,' zeg ik aarzelend. 'Maar Lil, bel me straks.'

'O, jazeker.' Ze wiebelt met haar wenkbrauwen en laat me subtiel weten dat ze me zo snel mogelijk bijpraat.

'Jezus,' hoor ik Serena op de achtergrond vermoeid mompelen.

'Maar Bee, ik wil echt letterlijk alles van je weten...' kwettert Lil voordat ze de verbinding verbreekt.

Ik blijf even zitten en staar in de verte, terwijl ik deze brij van gevoelens op een rijtje probeer te krijgen.

Grootse liefde, onvoorwaardelijke, oprechte, zielsverwante liefde. Lils wens weerklinkt in mijn hoofd. Omdat ik vrijwel onmiddellijk aan Theo moet denken, wil ik het liefst stilletjes in het niets schreeuwen. Wat is er met me aan de hand? Waarom doe ik mezelf dit aan?

Volgens mij moet ik een afspraak met Ingrid plannen.

21

Op de middag dat ik mijn Zoom-sessie met Ingrid heb, gaat Theo een rondje wandelen, dus zet ik mijn laptop in de woonkamer op tafel en maak een glas muntijsthee voor mezelf klaar. Ik gebruik die chique theezakjes van Theo en ik vind ze zo lekker dat ik straks thuis binnen de kortste keren bankroet ben.

Het is opnieuw een zalige, zonnige dag en ik heb alle ramen opengezet, zodat er hopelijk een beetje lucht het drukkend warme huis binnenkomt. In de verte hoor ik de golven kapotslaan, een geluid dat zo verstrengeld is met de herinneringen aan deze plek, dat ik zin krijg om naar beneden te rennen en het water in te duiken. Ik moet me echt inhouden om niet meteen de deur uit te sprinten, maar rustig als een volwassene achter de computer te blijven zitten.

Ondanks het feit dat ik al drie weken in het huis van Granny Mac ben, heb ik Ingrid nog niet gesproken. Dat had eigenlijk wel gemoeten, maar ik heb het steeds uitgesteld. En ik wil niet te veel stilstaan bij de vraag waarom.

Als ze me begroet, zoals altijd onverstoorbaar van achter haar vlekkeloze glazen bureau, voel ik een golf van opluchting bij het zien van haar gezicht.

Ik vertel hoe gek het is om hier te zijn zonder mijn zussen of Granny Mac.

'Word je daar verdrietig van?' vraagt Ingrid.

'Soms wel.' Ik wrijf over mijn neus. 'Ik had niet door dat ik na haar dood... bewust niet aan haar probeerde te denken. Dat deed te veel pijn. Maar nu word ik dáár verdrietig van, want het voelt alsof ik haar vergeten ben. Nu ik na al die tijd weer hier ben...' Ik kijk om me heen, naar de kamer die nog steeds bij Granny Macs huis hoort, maar ook weer niet, de kamer die nu ook ergens anders bij hoort. 'Het lijkt soms alsof alle herinnering op me afstormen. Zo snel dat ik het niet bij kan houden, alsof ze allemaal tegelijk komen. Het is rumoerig. Niet zozeer slecht, maar rumoerig.'

Ingrid houdt haar hoofd schuin. 'Misschien kun je je herinneringen opschrijven,' oppert ze. 'Ik weet dat schrijven je in het verleden vaak heeft geholpen om dingen te verwerken. Geeft dat je de ruimte om alles op een rijtje te zetten? Om uitgebreider stil te staan bij elke herinnering?'

'Wie weet.' Ik bijt op mijn lip. 'Misschien wel. Ik weet alleen niet... of ik me wel alles wil herinneren.'

Ingrid maakt een hummend geluid achter in haar keel. 'En hoe komt dat, denk je?'

Ik wiebel onrustig heen en weer. 'Omdat ze doodging. En ik was er niet. Omdat ik er vlak daarvoor wél was en niet zo aardig tegen haar deed. Daar schaam ik me nu voor. Ik wist niet dat het de allerlaatste keer zou zijn, maar dat was het wel.'

'We weten vaak niet wanneer iets de allerlaatste keer zal zijn,' zegt Ingrid. 'Je was pas achttien, Clemmie, en je had het zwaar. Denk je dat je overgrootmoeder het je kwalijk nam?'

'Ze nam het me niet kwalijk, nee.' Langzaam schud ik mijn hoofd. 'Maar misschien was ze wel teleurgesteld?'

'Ik denk dat je je eigen gevoelens op dit hele gebeuren projecteert. Van wat je me hebt verteld, hadden jullie een hechte band. Als je verdriet had, dan zal ze dat ongetwijfeld hebben begrepen. Denk je dat je wat mededogen met jezelf kunt hebben? Met de jonge vrouw die niet volmaakt was, maar die wel haar best deed?'

Ik schiet vol. 'Mijn god, Ingrid,' snotter ik en ik pak de tissues, die ik alvast naast me had neergezet. Dit was tenslotte niet mijn eerste sessie. 'Waarom doe je me dit aan?'

'Fuck, zeg!' Ik schrik me rot van Theo's stem als hij door de voordeur stormt. 'Het is buiten bloedheet. Als ik buiten was gebleven zou ik uitgedroogd zijn geraakt. Ik heb wel een Magnum voor je mee, met nootjes omdat je die zo lekker vindt... O shit, sorry!'

Hij staat ondertussen in de woonkamer, zijn wangen zijn rood van de zon en zijn dunne T-shirt kleeft aan zijn borst en buik. Hij kijkt me over zijn zonnebril aan en ziet mijn natte wangen en Ingrid op het scherm voor me.

'Ik stoor,' zegt hij langzaam. 'Het spijt me... Gaat het met je?'

Ik glimlach flauwtjes naar hem en wapper een beetje ongemakkelijk met de tissue in mijn hand. 'Niks aan de hand, gewoon een sessie met mijn therapeut.' Ik schaam me absoluut niet omdat ik in therapie ben, maar eerlijk gezegd vind ik het best wel schokkend dat Theo halverwege binnen komt vallen. Ik heb geen idee of hier een protocol voor is. 'Eh, dit is Ingrid. Ingrid, dit is Theo.'

Theo steekt ter begroeting zijn hand op, maar fronst. 'O, volgens mij blijft het scherm hangen.'

Ik kijk omlaag en hij heeft gelijk: Ingrids gezicht is halverwege een woord blijven hangen, met haar mond een stukje open. 'Zul je altijd zien,' mopper ik geïrriteerd. 'David heeft speciaal voor jou een superhippe router met achtduizend groene lichtjes laten installeren. Dat ding ziet eruit alsof hij een kleine kerncentrale van energie kan voorzien, maar een eenvoudig Zoom-gesprek, ho maar.'

'Laat mij eens kijken,' zegt Theo. 'Misschien ligt het aan je laptop en niet aan de wifi.'

'Dat hoop ik dan maar, want anders kunnen we straks niet via de tv streamen.'

Hij kijkt me ontsteld aan. 'Maar... mijn vampiers dan?'

Hij buigt zich over de laptop en zijn prachtige gezicht neemt het hele scherm in beslag. Theo Eliott in hd.

Op dat moment hoor ik een hoog, schel gepiep. En het kost me slechts een halve seconde om te beseffen dat het geluid bij Ingrid vandaan komt, die niet in technische zin is blijven hangen, maar die een of andere door Theo Eliott opgewekte aanval heeft en ons vanaf de laptop aanstaart als een hert gevangen in belachelijk knappe koplampen.

'Wat is dat voor geluid?' vraagt Theo verward. 'Ik zweer het je, ik heb nergens aan gezeten! Ik klikte alleen "systeeminstellingen" aan.'

'Jaja,' zeg ik en ik duw hem snel bij het scherm vandaan, in een poging Ingrid haar waardigheid te laten behouden. 'Mijn laptop heeft af en toe kuren. Hij is al oud. Laat maar zitten. Ingrid,' zeg ik resoluut. 'Hoor je me nu?'

Ze knippert met haar ogen.

'Ja, Clemmie, ik ben er,' zegt ze haperend. 'Ik denk dat ik hier een technisch probleempje had.'

'Zie je nou wel,' zeg ik tegen Theo. 'Jouw tv-serie komt niet in gevaar.'

'Godzijdank.' Hij steekt zijn hand weer naar Ingrid op, die hetzelfde doet (trílt haar hand?). 'Aangenaam kennis te maken, Ingrid. Ik laat jullie je gang gaan.'

Theo loopt de woonkamer uit en Ingrid en ik kijken elkaar nog een paar tellen aan.

'Het spijt me, Clementine. Dat was bijzonder onprofessioneel van me.'

Ik glimlach meelevend. 'Maak je geen zorgen. Zo reageren mensen nou eenmaal op hem.'

'Dat kan ik me voorstellen.' Ingrid lijkt zich herpakt te hebben en neemt me aandachtig, gretig zelfs, in zich op. 'Vind je dat... lastig?'

'Waarom zou ik dat lastig vinden?' vraag ik niet echt overtuigend. 'Het heeft niets met mij te maken.'

Blijkbaar hoeft Ingrid zich niet in dezelfde ruimte te bevinden om haar stilzwijgende Jedi-technieken effectief op me los te laten.

'Oké.' Ik adem langzaam uit en span me in, zodat ik Theo's gitaar vanuit zijn kamer kan horen. Ik gris het ijsje dat hij voor me heeft meegenomen van de tafel en scheur de verpakking open. 'Maar ik hoop dat je tijd hebt voor een dubbele sessie.'

'Ik schrap wat in mijn agenda,' zegt Ingrid.

Ongeveer een uur nadat Ingrid en ik afscheid hebben genomen, klopt Theo op het deurkozijn en komt de woonkamer binnen. 'Zijn jullie klaar?' vraagt hij als hij in de smiezen heeft dat ik met mijn laptop op de bank zit.

'Ja, we zijn al een tijdje klaar. Ik ben gewoon iets aan het schrijven.'

'Je boek?'

'Nee, dat kan ik nog steeds niet opbrengen. Dit is iets wat Ingrid voorstelde.'

'Aha. Het spijt me echt dat ik je sessie zomaar binnenviel.'

'Geeft niet.' Ik glimlach naar hem. 'Ik had in mijn kamer moeten gaan zitten, maar daar is het zo heet.'

Theo ploft op de bank. 'Ga je al lang naar een therapeut?'

'Ik ga nu al zo'n twee jaar naar Ingrid, maar ik heb al heel lang therapie. Als je uit mijn familie komt, is dat zo'n beetje verplicht.'

'Ik wilde dat het in de mijne verplicht was geweest,' zegt Theo snuivend. 'Ik had er in het begin behoorlijk wat moeite mee.'

'Heb jij ook therapie gehad?'

Hij trekt een wenkbrauw op. 'Ik woon in LA, hè. Over verplicht gesproken.'

We schieten allebei in de lach. 'Ik heb er trouwens ontzettend veel aan,' vervolgt Theo. 'Ik heb al twintig jaar een gigantisch rare baan, die allerlei uitdagingen met zich meebrengt die nou niet bepaald alledaags zijn. Ik ben mijn hele volwassen leven al beroemd. Publiek bezit. Ik was nog een tiener toen ik bij de band kwam, dus eigenlijk weet ik onderhand niet beter. Dit is mijn normaal, en dat doet je mentale gezondheid niet bepaald goed. Volgens mij kan het geen kwaad om daar hulp bij te zoeken.'

'Wauw. Dat is... ongelooflijk.'

Theo kijkt me verbaasd aan. 'Meen je dat? In mijn ogen is dat echt het minimale wat je aan zelfbewustzijn kunt hebben. Iets waar ik trouwens aan werk, eerlijk gezegd.'

'Laat ik het er maar op houden dat "het minimale" lichtjaren verwijderd is van waar Ripp Harris op de zelfbewustzijnsschaal staat. En hij doet dit werk al langer dan veertig jaar. Volgens mij is hij vanbinnen niet eens ménselijk meer. Je wilt niet weten hoe anders mijn leven eruit zou hebben gezien als hij had gedaan wat jij nu doet.'

'Jezus, wat deprimerend.' Theo zakt onderuit op de bank, maar houdt zijn hoofd naar mij toe gedraaid, zijn blik op de mijne.

'Tja. Weet je, toen ik elf was, was er een hele periode... Toen heb ik hem acht maanden niet gezien.'

'Waarom niet?'

Ik leun achterover en spiegel Theo's houding. 'Hij had me meegenomen naar een van zijn optredens.' Zuchtend haal ik de herinnering op.

'Destijds was dat zo'n beetje het hoogtepunt van mijn bestaan. Toen werd hij dronken, high, vergat dat ik er was en liet me in de *greenroom* achter met een handjevol mensen die net zo ver heen waren als hij, terwijl hij naar een of andere afterparty ging.'

'Wat? Dat meen je niet?' Theo kijkt geschokt.

'Mmm,' zeg ik knikkend. 'Waarschijnlijk ben ik op een gegeven moment op de bank in slaap gevallen. Tegen de tijd dat ik wakker werd, was het donker en was er niemand meer, dat weet ik nog. Uiteindelijk vond Carl me en bracht me naar huis. Mijn moeder was razend.'

'Dat verbaast me niks.' Theo klinkt zelf ook aardig woest.

'Ze zette Ripps bezoekregeling een tijdje stop en ik was er kapot van. Ik haatte haar omdat ze me bij hem vandaan hield.' Ik voel me acuut schuldig. 'Pas na mijn twaalfde verjaardag zag ik hem weer. Ik bereidde me voor op een geweldige hereniging, maar hij deed alsof er niks was gebeurd. Helemaal niks. Ik twijfelde zelfs of hij wel doorhad dat hij me zo lang niet had gezien. Dat vrat aan me.' Ik adem langzaam uit. 'Mijn god, sorry hoor. Ik heb last van therapeutische naweeën, waardoor alle gevoelens momenteel pijnlijk zijn.'

'Heel herkenbaar.' Zijn stem verzacht. 'Maar dat is nogal wat. Toen ik binnenkwam leek je ook van slag. Wil je erover praten? Hoeft niet, hoor.'

Ik klap mijn laptop dicht en leg hem naast me op de bank. 'Ik vertelde over Granny Mac en hoe het voelt om hier te zijn. Over alle herinneringen met haar en mijn zussen en hoe gek het is om terug te zijn. Dat ik dit huis heb vermeden en heel lang niet meer aan haar heb gedacht. Ik voel me zo schuldig over die laatste zomer.'

'Van wat je me verteld hebt, denk ik niet dat ze zou willen dat jij je schuldig voelt.'

Bij het horen van die woorden krijg ik een brok in mijn keel. 'Zoiets zei Ingrid ook al. Ze stelde voor dat ik een paar herinneringen aan deze plek op papier zou zetten. Daar was ik mee bezig toen je binnenkwam. Het is eigenlijk best fijn; er zitten mooie verhalen tussen. De keren dat ik hier was, was het meestal… magisch.'

'Ik vind het leuk om die verhalen te horen.' Theo kijkt om zich heen.

'Ik heb het gevoel dat ik toen voor het laatst echt mezélf was. Pas toen ik terugkwam besefte ik hoezeer ik me van allerlei dingen had afgesloten. Hoe klein ik mezelf had gemaakt.' Ik gluur naar hem, maar hij kijkt gewoon aandachtig naar me, geeft me de ruimte om te praten. 'Net zoals toen het met Len was uitgegaan en hij de verhuizers al zijn spullen liet ophalen. Dat was bijna alles wat er in het appartement stond en ik had dat niet eens door. Ik leefde gewoon in het leven van iemand anders. Ik heb het gevoel dat ik al ontzettend lang, weet ik veel, een schaduw ben.'

'Huh.' Theo fronst.

'Wat is er?'

'Nou...' Hij aarzelt. 'Dat verbaast me. De allereerste keer dat ik je zag, vond ik dat je... licht uitstraalde. Letterlijk, alsof je de kamer verlichtte. Ik zou jou nooit als een schaduw hebben omschreven. Eerder een kaars in het donker.'

Wat ontzettend lief, ik heb geen idee hoe ik hierop moet reageren.

'Sorry.' Theo schraapt zijn keel en kijkt alsof hij veel te veel heeft gezegd. 'Dat kwam er een beetje raar uit. Ik denk gewoon... Ik vind het echt vervelend voor je. Zo te horen heb je een rottijd gehad.'

'Nee, nee.' Ik schaam me, alsof ik een of ander zielig verhaal heb opgehangen, terwijl ik er gewoon van baal dat mijn leven zo eentonig is geweest. 'Het was heus niet allemaal geweldig, maar zo erg was het nou ook weer niet. En ik heb het samen met Lil en Serena doorstaan.'

'Man, jij en je zussen...' Hij grijnst, klemt zijn handen achter zijn hoofd in elkaar en ontspant weer. 'Jullie relatie is echt fantastisch.'

'Ja, dat klopt.' Ik ben blij dat we van onderwerp zijn veranderd. 'De meeste mensen begrijpen het niet, maar we zijn niet alleen zusjes. We zijn een drieling. Niet echt natuurlijk, maar we weten niet beter dan dat we altijd met z'n drietjes geweest zijn. En zoals we zijn opgegroeid, met al die aandacht en het gedoe rond Ripp – zij hebben natuurlijk ook de nodige treurige verhalen over hun vader – zijn zij de enigen ter wereld die het ooit volledig zullen begrijpen.'

'Je bent een geluksvogel,' zegt Theo en er klinkt iets van jaloezie in zijn stem door.

'Ben ik ook. Door mijn werk voor verschillende universiteiten ben ik vaak verhuisd. Ik heb niet veel vrienden om me heen en de paar die ik wel heb wonen overal en nergens, maar ik heb nooit echt veel vrienden nodig gehad, omdat ik Serena en Lil heb. Of ik het nu leuk vind of niet, zij zijn de stemmen in mijn hoofd.'

'Wie is de oudste?'

'Serena. Zij is twee maanden ouder dan ik en Lil is bijna twee maanden jonger.'

'Mmm.' Theo houdt peinzend zijn hoofd schuin. 'Dat had ik kunnen weten. Jij doet me echt aan een middelste denken.'

'Waar slaat dat nou weer op?'

'Jij bewaart de vrede, probeert iedereen tevreden te houden,' zegt hij zelfvoldaan alsof hij alles heeft uitgevogeld.

'Met dat laatste ben ik hard aan het werk,' zeg ik verbolgen. 'Waar denk je dat al die therapie voor is? Maar goed, jij hebt toch ook een zus? Zijn jullie met z'n tweetjes?'

'Yep, alleen Lisa en ik.'

'Ik durf te wedden dat jij de jongste bent.'

'Waarom denk je dat?' Hij fronst.

'Omdat je me echt aan het jongste moppie van het gezin doet denken,' zeg ik grijnzend.

Hij gooit een kussen naar mijn hoofd. 'Noemde je me nou verwend?' bromt hij.

'Hé, wie de handgemaakte Italiaanse loafer past...'

'Jij bent echt gemeen,' zegt hij, maar hij kan zijn glimlach niet onderdrukken.

'Daar kick je op,' kaats ik terug, net zoals ik bij Serena of Lil zou doen. Ik kom overeind, zodat ik het avondeten kan klaarmaken.

'Ja,' hoor ik hem verzuchten terwijl ik wegloop. 'Ja, dat klopt.'

22

Het idee van Ingrid om mijn herinneringen aan het huis op papier te zetten gaat al snel een eigen leven leiden. Aanvankelijk begin ik wel met die herinneringen. Giechelend denk ik terug aan die keer dat Lil er volkomen van overtuigd was dat ze een zeemeermin had gezien en we met z'n drieën op pad gingen om haar met broodjes pindakaas te lokken, zodat we haar konden vangen met de visnetten die we in getijdenpoeltjes gebruikten. De broodjes pindakaas waren mijn idee, want ik vond het zo zielig dat er onder water geen pinda's groeiden.

Dit leidde tot een nogal heftig gesprek over wat zeemeerminnen wél aten. Toen Serena vis voorstelde, was Lil wit weggetrokken. 'Zoals Bótje?!'

Elke keer dat we daarna *De kleine zeemeermin* keken, werd het een duistere bedoening omdat Serena steeds 'DENK JE DAT ZEEMEERMINNEN SUSHI HEBBEN UITGEVONDEN?' naar het scherm riep.

Maar wanneer ik dat opschrijf, verandert het verhaal in iets anders. In iets over drie magische zussen. Zussen die daadwerkelijk een zeemeermin vinden en haar mee naar huis nemen om aan hun oma te laten zien. Ik weet amper waar ik mee bezig ben, maar wel dat het leuk is en grappig en het doet me denken aan mijn zussen en alle keren dat we hier waren.

De volgende ochtend word ik wakker en tot mijn verbazing heb ik zin om er weer mee aan de slag te gaan. Ik heb een vaag vermoeden dat ik het af ga maken – wat het ook mag zijn – en dat ik het aan Serena en Lil laat lezen, zodat zij een kick kunnen krijgen van deze verdraaide versie van ons verleden. Ik geniet van het gevoel dat ik iets aan het máken ben. Het lijkt in de verste verte niet op de opzet van het boek dat al jarenlang voor mijn neus ligt en waar ik een beetje mee aanmodder. Dit is natuurlijk gewoon uitstelgedrag, maar het voelt fijn, het voelt lúchtig.

Ik speur nog steeds alle vacaturesites af, dus ik doe heus wel wat. Maar dit lijkt meer op een sabbatical voor mijn hersenen. Voor het eerst in vijf jaar neemt de druk van het zoeken naar wetenschappelijk werk af en daardoor besef ik nu pas hoe zwaar het is geweest, hoe ik beetje bij beetje verpletterd werd.

Als we volop met de tweede helft van onze zes weken in Northumberland bezig zijn, heb ik nog altijd niet bedacht wat ik hierna ga doen, en hoewel ik het nog steeds doodeng vind als ik er te veel over nadenk, raak ik niet meer volledig in paniek zoals eerst. Ik heb geld op mijn spaarrekening, dankzij de baan die ik nu heb en het gebrek aan onkosten. Zolang ik nog aan het solliciteren ben, kan ik bij mam terecht, wat een fijne plek is om op adem te komen en weer op te laden – hoewel het niet ideaal is.

Na een paar dagen vraagt Theo, die blijkbaar heeft gezien dat ik helemaal in mijn werk opga, hoe het gaat.

'Het gaat… wel goed,' zeg ik en ik ga verzitten.

'Waarom kijk je alsof je betrapt bent?' vraagt Theo geamuseerd.

Ik aarzel. 'Omdat ik niet echt met mijn onderzoek bezig ben.'

'Waar werk je dan aan?' Ik schuif ongemakkelijk heen en weer. De lachrimpels om zijn mond worden nog zichtbaarder. 'Aaaah, ik weet het. Je bent spicy fanfiction aan het schrijven, of niet?' Hij zwijgt even en vraagt dan hoopvol: 'Gaat het over mij?'

'Nee!'

Hij slaakt een diepe zucht. 'Nou, volgens mij heb ik liever niet dat je spicy fanfiction over iemand anders schrijft, Clemmie.' Hij steekt zijn onderlip pruilend uit. 'Het gaat zeker over die vampiers? Dat snap ik wel, echt waar. Die verdomde vampiers met hun strakke kaaklijnen.'

'Het is geen fanfiction,' zeg ik lachend. 'Het is… Ik weet eigenlijk niet eens wat het is. Het begon als oefening omdat ik van Ingrid mijn herinneringen aan dit huis moest opschrijven, en nu is het…' Mijn stem sterft weg en ik aarzel opnieuw. 'Lees het anders maar gewoon.' Ik draai mijn scherm naar hem toe.

'Meen je dat?' Zijn ogen lichten op.

'Waarom niet?' zeg ik ongemakkelijk, omdat het opeens tot me doordringt dat ik dit met hem wíl delen, en hoe bijzonder is dat?

Theo trekt een stoel naast me naar achteren. Voordat hij aan tafel zit en zich over de laptop buigt, dwalen zijn ogen al over het scherm. Ik probeer niet naar hem te kijken terwijl hij leest, maar wat moet ik anders? Soms denk ik dat hij glimlacht en op een bepaald moment weet ik zeker dat hij binnensmonds grinnikt, een vol, borrelend geluid.

Ik heb niet eens door dat ik zenuwachtig met mijn been wip, totdat hij zijn hand op mijn knie legt. 'Hou eens op,' murmelt hij en hij laat zijn warme hand daar liggen, op de blote huid die onder mijn korte broek uitsteekt.

Dat leidt me in ieder geval zo af dat ik niet ga flippen omdat hij mijn verhaal aan het lezen is.

'Clemmie,' zegt hij uiteindelijk. Zijn stem klinkt serieus, zijn donkere blik is ernstig. 'Dit is onwijs goed.'

'Wat?'

Hij glimlacht traag en lief. 'Het is onwíjs goed. Het is oprecht grappig, het is innemend. Het is waanzinnig. Het is écht Clemmie.'

'Eh... dank je?' Mijn wangen worden rood. 'Volgens mij is dat positief.'

'Het is ontzettend positief.'

'Ik weet niet zo goed wat het is.' Ik word zenuwachtig van zijn complimenten, van de manier waarop hij ze geeft, zo gemeend. Ik had niet verwacht dat hij dit, míj, zo serieus zou nemen. 'Ik ben gewoon mijn echte werk aan het uitstellen, maar eigenlijk wil ik dit afmaken en dan aan Lil en Serena cadeau geven.'

'Dat moet je zeker doen.' Theo wrijft over zijn kaak. 'Ze zullen het fantastisch vinden. Maar ik weet honderd procent zeker wat dit is.'

'O ja?'

'Het is een boek, Clemmie. Een kinderboek.'

'O ja?' zeg ik opnieuw.

'Het is het begin van een kinderboek. Ik vind het geweldig.'

'Meen je dat?' Ik kom niet erg welbespraakt over, dat weet ik heus wel, maar ik heb het gevoel dat mijn hersenen als een plaat blijven hangen en zijn woorden keer op keer worden afgespeeld.

'Ja,' zegt hij vastberaden. 'Ik meen het. En anderen zullen het ook geweldig vinden. Hier moet je iets mee doen, écht iets mee doen.'

Ik deins terug. 'Doe niet zo stom.'

Theo haalt zijn schouders op. 'Ik hou op met stom doen als jij jezelf en je talent niet meer omlaaghaalt. Ik zie heus wel dat je jezelf in bescherming probeert te nemen, ik begin zelfs te begrijpen waarom je geen risico's wilt nemen, maar je mag jezelf zo af en toe best op de voorgrond zetten, je ergens op storten.' Hij leunt naar voren en ik leun ook naar voren, gehypnotiseerd. Hij steekt zijn hand uit en stopt met een tedere aanraking voorzichtig een plukje haar achter mijn oor. We zijn zo dicht bij elkaar dat ik elk gouden spikkeltje in zijn irissen kan zien. We zijn zo dicht bij elkaar dat ik zijn adem op mijn lippen voel. Heel even denk ik dat hij me gaat kussen en mijn lichaam gonst met iets wat pijnlijk veel op wanhoop lijkt. Zijn blik dwaalt over mijn gezicht. 'Je mag af en toe best risico's nemen, Clemmie,' zegt hij zachtjes. 'Creatief gezien of hoe dan ook. Vergeet dat niet.'

En dan staat hij op en loopt weg, alsof hij me zojuist niet totaal heeft weggevaagd.

Mijn handen trillen en ik bal ze tot zweterige kleine vuisten. Ik dwing mezelf me weer op mijn beeldscherm te concentreren, op de woorden die daar staan.

Een boek.

Ik weet nog niet wat ik daarvan vind, maar ik laat het idee op me inwerken, en na nog een paar minuten schrijf ik rustig verder.

23

De dagen vliegen ongemerkt steeds sneller voorbij nu Theo en ik een fijn en aangenaam ritme hebben gevonden. Ik zit aan tafel en typ op mijn laptop – ik geef nog niet toe dat ik aan een boek werk, maar eigenlijk ontken ik het ook niet – en hij zit op de bank en schrijft. Soms heeft hij zijn gitaar niet bij zich, alleen het notitieboekje en een potlood. En soms speelt hij zachtjes, neuriet hij iets. Het zijn nog steeds alleen maar fragmenten. Losse stukjes. Maar ik weet nu al dat het goed gaat worden. Je hoeft totaal geen verstand van muziek te hebben om te weten dat Theo Eliott hét heeft.

Deze momentjes zijn bijzonder. We zijn beiden creatief bezig, maken iets – niet samen, maar wel in dezelfde ruimte. Als we even stoppen en met een drankje erbij kletsen over hoe het met ons werk gaat, heb ik het gevoel dat ik mezelf serieus neem, dat ik me ergens op stort. Precies zoals Theo zei.

Ongeveer een week nadat ik met schrijven ben begonnen, zit Theo aan het keukeneiland *The Canterbury Tales* te lezen, terwijl ik het eten klaarmaak. Naast Theo liggen schelpen en stukjes zeeglas uitgespreid die we tijdens onze wandeling hebben gevonden. Ik stop ze straks in de pot op mijn nachtkastje, die al halfvol is. Elke schelp is een aandenken aan de tijd die we samen hebben doorgebracht.

'Hé, Clemmie.' Theo kijkt op vanuit zijn boek. 'Wat betekent "queynte"?' Hij spreekt het Middelengels uit als 'kunte' en proest het uit. 'Wacht, laat maar, nu ik het hardop heb gezegd, weet ik het al, denk ik.'

'Hoe gaat het tegenwoordig met jou en Chaucer?' vraag ik, terwijl ik in een schaaltje kaas rasp. Theo leunt naar voren, pikt met zijn vingers wat kaas en stopt die in zijn mond. Het valt me op dat de hoopjes rauwe groente die ik al gesneden heb, hem niet boeien.

'Geweldig.' Hij grijnst. 'Hadden ze vroeger nou maar verteld hoe schunnig het is, dan had ik het al veel eerder opgepakt.'

'Cultuurbarbaar.' Ik schud mijn hoofd.

We worden onderbroken door het geluid van Theo's telefoon en als hij hem uit zijn zak haalt, zie ik de naam van de beller op het scherm: Cynthie.

'Sorry. Dit moet ik aannemen.'

Ik probeer niets te laten blijken als hij opneemt, maar geen aanstalten maakt om de keuken uit te lopen. Cynthie. Dankzij mijn terloopse onlinezoektocht naar Theo ben ik volledig op de hoogte van zijn knipperlichtrelatie met de voor een Oscar genomineerde Cynthie Taylor, een actrice met verfijnde gelaatstrekken, een stralende, porseleinen huid en het tengere figuur van een elfenprinses (ze heeft zelfs twee keer zo'n rol gespeeld). Ik weet dat Theo en Cynthie jarenlang een relatie hebben gehad, en er zijn genoeg fans die graag willen dat ze weer bij elkaar komen.

'Oké, problemen?' Glimlachend praat Theo tegen de telefoon. 'Ik dacht dat je helemaal losging in Zuid-Frankrijk.'

Het antwoord van Cynthie doet hem bulderen van het lachen. 'Tuurlijk, ik geloof je.' Zijn ogen schieten naar mij en ik weeg gauw de bloem voor de bechamelsaus af. Het gaat me niks aan. *Gaat. Me. Niks. Aan.*

Moet ik de keuken uit? Maar ik ben aan het koken. Waarom gaat híj de keuken niet uit? Waarom luister ik naar hem terwijl hij een gesprek met zijn ex-vriendin voert? Hij mag heus wel een gesprek met haar voeren, hoor, of met wie hij maar wil. Mijn god, waarom zit het me zo dwars?

'Niet veel, beetje Chaucer lezen terwijl een mooie vrouw koolhydraten voor me klaarmaakt. Beter kan niet,' zegt Theo en hij pikt nog wat geraspte kaas. Hij zwijgt als zij iets zegt. 'Ja, Clemmie natuurlijk. Ze is hier.'

Mijn hand verstijft. Klonk het nou alsof Theo het met Cynthie Taylor over mij heeft gehad, alsof ze mijn naam kende en naar me vroeg? Op dat moment dringt het tot me door dat zij degene was tegen wie hij weken geleden aan de telefoon liep te mopperen – ik wist dat ik die stem herkende.

Theo haalt de telefoon van zijn oor. 'Je krijgt de groetjes van mijn vriendin Cyn.'

'Groetjes terug,' antwoord ik zonder erbij na te denken.

Hij gehoorzaamt en zo te zien ben ik de enige die dit hele gedoe surrealistisch vindt. 'Maar goed, hoe gaan de opnames?' vraagt Theo.

Ze kletsen nog een tijdje en uiteindelijk kan ik ze negeren door al mijn aandacht op de lasagne te richten.

'Wacht even, hoezo hebben ze jou gebeld?' Bij het horen van de harde ondertoon in Theo's stem kijk ik op. Zijn blik kruist de mijne en ik zie de irritatie in zijn ogen fonkelen terwijl hij luistert naar wat Cyn vertelt.

Hij blaast langzaam uit. 'Wat een onzin. Volgens mij zijn ze wanhopig. Maar bedankt voor de waarschuwing. David geeft het wel door aan de platenmaatschappij en die pakt het wel op.'

Ik roer in de saus.

'Nee, we hebben geen beveiliging nodig, Cyn. Niemand weet waar ik ben. Het is hier heel rustig. Niemand herkent me. Heerlijk.'

Mijn hart knijpt samen als ik hoor hoe hij dat zegt. Een minuut later hangt hij op. Ik blijf bij het fornuis en de stilte strekt zich tussen ons uit.

Ik voel dat hij achter me komt staan. Een tel later legt hij zijn handen op mijn schouders. 'Wil je niet weten waar dat over ging?'

'Je moet niet denken dat ik je telefoongesprek aan het afluisteren was,' zeg ik stijfjes.

Hij schiet in de lach. 'Als ik daar bang voor was, dan had ik dat gesprek niet bij jou in de keuken gevoerd, of wel soms?'

Hij rukt zachtjes aan mijn schouders en draait me naar zich toe.

'Goed dan.' Ik rol met mijn ogen. 'Waar hadden jij en tweevoudig Golden Globe-winnaar Cynthie Taylor het over, Theo?'

'Heb je dat zelf uitgevogeld, Poirot?' Hij kijkt me vragend aan.

'Laten we het erop houden dat het niet een al te groot raadsel was. En ik vind Miss Marple leuker.'

'Dan weet je waarschijnlijk dat Cyn en ik ooit een stel waren?'

'Dat gaat me niks aan.'

'Jezus, wat ben jij eigenwijs.' Theo laat zijn hand vanaf mijn schouder omlaagglijden. Hij klemt zijn vingers om de mijne, pakt de pollepel uit mijn hand en duwt me rustig opzij zodat hij zelf de saus kan roeren. 'Zullen we afspreken dat vrienden dingen van elkaar weten? En wij zijn toch vrienden?'

Ik zou niet weten hoe ik me nu voel. 'Natuurlijk zijn we vrienden.'

'Oké.' Theo knikt. 'Cyn en ik hebben vijf jaar lang gedatet. Dat is ondertussen lang geleden. We zijn nog steeds goed bevriend. Gewoon bevriend. Volgens mij zouden jullie heel goed met elkaar op kunnen schieten.'

'Dat is fijn,' zeg ik en ik probeer niet van slag te raken door dat bizarre beeld. 'Ik ben nog nooit bevriend gebleven met een ex.'

'Dan heb je steeds de verkeerde soort mannen gedatet.'

'Ik weet momenteel niet of er wel een juiste soort is,' brom ik.

Theo werpt me een zinderende blik toe.

'Let nou maar op het eten,' zeg ik. Er kan weinig fout gaan met roeren, maar met Theo weet je nooit welke culinaire ramp er nu weer dreigt.

'Maar goed. Cynthie belde om te zeggen dat ze door een van de roddelbladen is gebeld, op zoek naar commentaar op het verhaal dat ik in een afkickkliniek zit.'

'Een afkickkliniek?' Mijn ogen worden groot van verbazing.

'Blijkbaar is iedereen volop aan het speculeren omdat ik al vier weken van de aardbodem ben verdwenen. Ze weten niet waar ik uithang, dus hebben ze bedacht dat ik ergens opgenomen ben voor behandeling. Waarschijnlijk hebben ze een "bron" die een goede vriend beweert te zijn en vertelt hoe tragisch dit allemaal is.'

'Dat is belachelijk!' roep ik uit. 'Ze kunnen toch niet zomaar van alles schrijven...' Mijn stem sterft weg en mijn maag maakt een duikvlucht, want ik weet uit eigen ervaring dat ze dat wel degelijk kunnen. Ze schrijven voortdurend van alles over iedereen. Dat hebben ze bij mij ook gedaan.

'Het maakt niet uit,' zegt Theo onverschillig. 'Als ze dat willen schrijven, vind ik het best... Laat ze maar denken dat ik in een afkickkliniek zit, als ze me daardoor met rust laten, maar het lastige is dat de paparazzi een raadsel op het spoor zijn en ik vrees dat ze hun best gaan doen om het op te lossen.'

'Ben je bang dat ze je hier opsporen?'

Hij stopt met roeren. 'Laten we het zo zeggen: liever niet.'

'Mee eens.' Ik huiver.

'We moeten dus gewoon iets voorzichtiger zijn, goed?' zegt Theo en ik hoor de gespannen ondertoon in zijn stem.

'Dus niet zonder valse snor het huis verlaten,' zeg ik zwakjes.

Gelukkig glimlacht hij. 'En mijn latex neus.'

'Goed. En nu opzij, want op een of andere manier laat je de saus toch aanbranden.'

En zo zijn we weer met onze avond bezig. Hoewel we het niet meer over de paparazzi hebben, houd ik een nare bijsmaak aan het gesprek over. Als ik er alleen al aan denk dat ze ons op dit plekje lastigvallen, in dit magische coconnetje dat Theo en ik voor onszelf hebben gesponnen, doet het pijn.

We hebben nog minder dan twee weken en ik vind het vervelend hoe verdrietig ik van die gedachte word. Als ik heel eerlijk ben, vind ik het vervelend dat ik ontzettend graag nog heel, heel lang in deze bubbel wil blijven. Ik vind het vervelend omdat dat vooral met Theo te maken heeft. Dus zet ik die gevoelens resoluut van me af en doe ik datgene waar ik het allerbeste in ben: doen alsof er niets aan de hand is.

24

De volgende dag zitten we allebei in de woonkamer te werken en over de hitte te klagen als de deurbel gaat. 'Waarschijnlijk een bezorger,' zeg ik terwijl ik opsta.

Theo kijkt op. 'O, ik hoop dat het die Pop Tarts zijn die we besteld hebben.'

'Die jíj hebt besteld,' zeg ik. 'Mocht David er ooit achter komen, dan weet je het: ik ga niet voor jouw misdaden opdraaien.'

'Je zou een kogel voor me opvangen, Clemmie. Geef maar toe.'

'Een kogel? Misschien. De toorn van David?' Ik trek mijn wenkbrauwen op. 'Dacht het niet, sukkel.'

In alle eerlijkheid denk ik dat ik hem nooit op de site van de Amerikaanse winkel had moeten wijzen. Ik moest mijn uiterste best doen om niet te flippen toen hij voor meer dan driehonderd pond aan extreem kunstmatige smaakstoffen in zijn mandje gooide en ervoor betaalde met een zwarte creditcard die eruitzag alsof hij gemaakt was van een materiaal dat gewonnen was uit de mijnen op een buitenaardse planeet.

Maar als ik behoedzaam naar de deurbelcamera kijk, zijn het niet de Pop Tarts, het is Lil.

'Verrassiiiiiiing!' gilt ze en ze duikt boven op me.

'Lil!' roep ik uit. Omhuld door haar parfum, de vertrouwde geur van sandelhout, sla ik mijn armen stevig om haar heen. 'Wat doe jij hier?'

'Ik moest gisteravond in Newcastle optreden,' zegt Lil, die langs me heen loopt en belangstellend om zich heen kijkt. 'Ik dacht, ik kom even langs om persoonlijk gedag te zeggen. Ik heb je gemist.'

'Ik jou ook.'

'Wauw, kijk toch eens, wat is het hier veranderd.' Mijn zus slentert door de woonkamer, oeh-end en ah-end omdat het zo mooi is opgeknapt, en ziet dan Theo op de bank zitten. 'Theo! Hé, wat fijn je te zien.'

'Lil!' Als Theo al verbaasd is om mijn zus te zien, laat hij het niet blijken. Hij komt daarentegen overeind en slaat zijn arm om haar schouders. Ze geeft hem een kus op beide wangen.

'O ja,' zeg ik, en ik voel me plotseling niet op mijn gemak. 'Jullie kennen elkaar al.'

'We hebben wel eens tegelijk op een paar festivals gestaan,' zegt Theo, die nog steeds vlak naast mijn zus staat. 'Welk was het laatste? Reading, denk? Een paar jaar geleden.'

'Klopt.' Lil kijkt hem stralend aan. 'Hoe gaat het met Sidney?'

'O, je weet toch hoe Sid is?' Theo kreunt en Lil schiet in de lach.

'Helemaal hersteld dus?' vraagt ze.

'Tuurlijk.'

'Ik zet de waterkoker aan,' zeg ik veel te opgewekt. Ik weet niet waarom ik me ongemakkelijk voel; ik wist dat Lil en Theo zich soms in dezelfde kringen bewogen.

'Nee, nee.' Theo komt bij me staan, zo dichtbij dat mijn schouder tegen zijn borst wordt gedrukt. Hij legt zijn hand op mijn rug en kijkt met rimpeltjes om zijn ogen glimlachend op me neer. 'Dat doe ik wel terwijl jullie bijkletsen. Maar het is zo warm, wil je wat van die gore muntijsthee die je de hele tijd zuipt? Ik heb vanochtend nog een kan gemaakt en in de koelkast gezet.'

'Ja, lekker,' zeg ik, 'en het is niet goor; het is gewoon niet aan jou besteed.'

'Het smaakt naar koud tandpastawater en dat weet je,' roept Theo over zijn schouder, omdat hij al op weg naar de keuken is. 'O!' Hij blijft plotseling staan, alsof hij zich weer herinnert dat ze bestaat. 'Sorry, Lil, wat kan ik voor jou inschenken?'

'Koud tandpastawater klinkt goed,' zegt mijn zus en haar blik schiet heen en weer tussen mij en Theo.

'Komt eraan.'

Lil blijft zwijgen totdat ik haar naar Serena en Bee vraag, en dan glimlacht ze hoofdschuddend. 'Niet te geloven. Ik had nooit gedacht dat ik Serena zo hoteldebotel zou meemaken. Ze doet alsof ze persoonlijk gefaald heeft. Ik kom er maar niet achter of ze nou gelukkig is of er kapot van is.'

'Je weet hoe onafhankelijk ze is. Het is lastig voor haar om zo kwetsbaar te zijn,' zeg ik.

Lil humt instemmend als Theo met twee glazen ijsthee terugkomt.

Lil en ik gaan aan de tafel zitten en na een korte aarzeling loopt Theo naar de bank en pakt zijn gitaar. 'Ik ga wel naar mijn kamer.'

'Van mij hoeft dat niet, hoor,' zegt Lil snel. 'Niet als je normaal hier aan het schrijven bent. Ik heb Serena beloofd dat ik niet zou storen.'

Theo kijkt mij aan. 'Weet je het zeker?'

'Tuurlijk. Daarvoor zijn we hier.' Ik weet niet waarom die woorden tussen ons in blijven hangen.

'Wauw,' roept Lil uit. Haar blik blijft op Theo's gitaar hangen. 'Is dat een Martin D-45?'

'Ja, uit 1940.' Theo steekt hem naar haar uit. 'Deze heb ik al een tijdje. Ik heb een hele lading gitaren mee hiernaartoe genomen, maar met deze schrijf ik het liefst.'

Lil knikt. 'Serena zei al dat je met je nieuwe album bezig bent.' Ze tokkelt zachtjes op de gitaar. 'Prachtig,' fluistert ze hees, vol ontzag voor wat waarschijnlijk een ongelooflijk duur instrument is.

'Ik doe mijn best,' zegt Theo met een grimas. 'Het schrijven ging heel traag. Maar het begint nu wat te worden.'

'Het klinkt heel goed,' zeg ik snel, en dan begin ik te blozen als ze me allebei aankijken. 'De stukjes die ik heb gehoord in elk geval wel, bedoel ik. Niet dat mijn mening nou zoveel voorstelt.'

'Ik vind wel dat jouw mening veel voorstelt,' fluistert Theo bijna.

Lil heeft weer die heimelijke, heen en weer schietende blik in haar ogen.

'Maar vertel, hoe gaat het met Henry?' vraag ik en ze zakt zwijmelend achterover op haar stoel.

'Ik ben echt helemaal smoor, Clemmie. Hij is álles. Hij is als... de zon en de maan tegelijk.'

'Aha, de zmaan.' Ik knik wijselijk.

Theo grinnikt terwijl Lil doet alsof ze beledigd is. 'Spot er maar mee, maar let op, die drie wensen die we gedaan hebben...'

Ik kreun. 'Lil, jij met je wensen!'

‘Help me even herinneren, Lil,’ roept Theo vanaf de bank, waar hij op zijn gitaar tokkelt en allerlei ingewikkelde, grillige noten op en neer laat gaan. (Ik ken de termen niet, oké, dit hebben we al besproken.) ‘Wat was jouw wens ook alweer?’

‘Grootse, onvoorwaardelijke, zielsverwante liefde,’ antwoordt Lil meteen. Ze propt haar ineengeklemde handen tussen haar knieën en wiebelt als een klein kind heen en weer. ‘En ik zweer het je, we hebben een diepe, sluimerende magie in ons bloed aangeboord. Die wensen waren alleen voor Clemmie bedoeld, maar onze krachten zijn klaarblijkelijk te sterk geweest. Het is alsof we Henry uit het niets hebben opgeroepen, en dan heb je nu Serena en Bee…’

‘Zo te horen ben jij nu aan de beurt, Clemmie,’ zegt Theo luchtig. ‘Kijk maar uit, je zielsverwant komt je halen.’

Ik schraap mijn keel. ‘Volgens mij bewijs ik juist dat we geen magische krachten hebben. Maar ik ben blij voor jou en Serena,’ zeg ik tegen mijn zus.

‘We gaan het meemaken,’ antwoordt Lil geheimzinnig, ‘maar als dit toeval is, moet je horen… Gisteravond na mijn optreden kwam ik een oude vriendin tegen. Zij gaat in Londen een nieuw poppodium openen en wil mij erbij hebben. Het wordt klein en kunstzinnig, een plek waar aankomend talent terechtkan.’

‘Daar heb je het al zo lang over,’ roep ik uit.

‘Weet ik!’ piept Lil. ‘Over een baan waar je van houdt gesproken!’ Ze wendt zich tot Theo. ‘Dat was Clemmies wens.’

Diep vanbinnen overvallen die woorden me. Toen we die wensen deden, was ik ervan overtuigd dat ik de baan waarvan ik hield was kwijtgeraakt, maar de afgelopen paar weken heb ik mijn werk helemaal niet gemist. Nou ja, het lesgeven misschien, maar de rest? Eerlijk gezegd is het een opluchting. Bij die gedachte word ik door paniek overvallen, maar die zet ik snel van me af.

‘O, ik weet álles van Clemmies wensen af,’ zegt Theo. ‘En ik weet zeker dat al haar wensen vervuld zullen worden.’

Lil grijnst ondeugend. ‘Ja, want het is alsof we op de trillingen van het universum zijn afgestemd of zo. Ik ben echt nog nooit zo gelukkig geweest en voel me ontzettend creatief. En wat Serena’s wens betreft…

Laten we het er maar op houden dat ik nog nooit zulke lekkere seks heb gehad. Henry doet iets met zijn...'

'Oké dan,' kap ik haar af. 'Dat hoeven we niet te horen.'

'Doe niet zo preuts, Clem. Ik wilde alleen mijn toptips aan jullie doorgeven.'

'We hebben geen tips nodig!' zeg ik en dan verstijf ik, me volop bewust van hoe dat klonk. 'Ik bedoel, ik heb geen tips nodig en Theo al helemáál niet.'

Lil giechelt, maar Theo knipoogt alleen maar naar me. 'Dank je, lieverd.' Zijn stem klinkt weer schor. 'Dat is fijn om te horen.'

'Ik bedoelde,' zeg ik en ik voel een vuurrode blos in mijn nek omhoogkruipen, 'dat je niet blootgesteld hoeft te worden aan alle ins en outs van Lils seksleven.'

'Tuurlijk bedoelde je dat,' antwoordt Theo sussend en ik kijk hem nijdig aan, terwijl naast me Lil snuivend lacht.

'Maar goed,' zeg ik resoluut en ik verander van onderwerp, 'weer even over het werk. Ik heb de academische vacaturesites in de gaten gehouden en er kwam deze week een functie voorbij waar ik misschien op ga solliciteren.'

'Je klinkt niet erg enthousiast,' merkt Lil op.

'Dat ben ik wel, hoor!' zeg ik vlug. 'Hier werk ik al jaren naartoe. Natuurlijk ben ik enthousiast. Maar het is... Je weet wel, solliciteren. Dat is zo intimiderend en dan heb je nog geen garantie dat je voor een gesprek wordt uitgenodigd.'

'Ze zijn knettergek als ze je niet aannemen,' zegt Lil loyaal, maar ongefundeerd.

Terwijl ze me meer vertelt over het poppodium dat haar vriendin wil openen, schieten haar ogen telkens weg en ik merk dat ik haar volledige aandacht niet heb.

Ten slotte houdt ze het niet meer, want ze barst uit: 'O mijn god, Theo, die riff is geweldig.'

Ik ben ondertussen zo gewend aan Theo's gitaarspel op de achtergrond dat ik het niet echt in de gaten had, maar Lil dus wel. Het enthousiasme straalt van haar af en ze zit half op haar stoel, alsof ze zich uit alle macht inhoudt om niet dichter bij de muziek te gaan zitten.

Ze laat de noten met haar prachtige, glasheldere stem horen; dezelfde noten die ik zo mooi vond toen hij ze voor het eerst speelde.

'Echt?' Theo kijkt zo blij dat ik vanbinnen helemaal warm word.

Lil knikt. 'Ben je hierop aan het voortborduren?'

'Ja, dat probeer ik wel.'

'Ik zou graag iets willen horen,' zegt ze. 'Alleen als je dat wilt, hoor.'

Heel even vraag ik me af of Serena hier achter zit. Als ik Theo's blik opvang, weet ik dat hij hetzelfde denkt.

'Tuurlijk.' Theo trekt zijn schouder op en het verbaast me hoe nonchalant hij is, hoewel hij nog nooit heeft aangeboden iets voor mij te spelen. Misschien is het anders omdat Lil ook muzikant is. Ik probeer er niet over in te zitten.

Dan begint Theo te spelen en al mijn gedachten vervliegen. 'Ik heb nog geen songtekst,' zegt hij, maar hij neuriet een melodie terwijl hij speelt. Zijn lange vingers dansen over de snaren en de muziek neemt een vlucht, vult de ruimte. En het is zo mooi. Theo en zijn gitaar, meer niet, maar toch klinkt het veel grootser. Ik voel het overal vanbinnen. Ik voel het in mijn tanden.

'Meer heb ik niet,' zegt hij als hij er abrupt mee ophoudt.

'O mijn god, Theo,' breng ik verstikt uit. Mijn ademhaling klinkt alsof ik een marathon heb gelopen.

Hij kijkt me aan en iets in mijn uitdrukking doet hem blozen. 'Het is nog niet af,' zegt hij nors.

'Niet te geloven dat je dat allemaal... ín je hebt,' zeg ik onsamenhangend. Ik zit zwaar in de problemen. Wat ongelooflijk cliché: een knappe man speelt gitaar en ik heb acuut slappe knieën.

'Het klinkt waanzinnig,' zegt Lil enthousiast, waarmee ze me van een verdere vernedering redt. 'Ik vind het geweldig. Wat heb je nog meer?' En nu weet ik dat ze het niet van Serena moet vragen; ze vraagt het omdat ze er helemaal in opging.

Theo grijnst. 'Ik ben met een paar dingetjes bezig.'

En ineens zit Lil naast hem op de bank en steken ze de hoofden bij elkaar, terwijl Theo iets anders speelt. Na een poosje zingt Lil uiteindelijk een stukje mee en hij knikt en speelt nog wat en dan neemt ze de gitaar van hem over – zonder het te vragen, alsof ze gewoon vrienden zijn, en al het ontzag voor het prachtige instrument is verdwenen – en Lil begint te spelen, brengt een paar veranderingen aan in waar Theo mee bezig was, op een manier die ik niet begrijp. Nu is Theo degene die enthousiast is en voor we het doorhebben… zijn ze een nummer aan het schrijven. Sámen.

Ik kijk zwijgend toe. Kijk naar deze twee mensen die me dierbaar zijn, die volledig gebiologeerd zijn door datgene waar ze van houden, en ik voel een verwarrende mengeling van jaloezie, genegenheid, eenzaamheid en vreugde.

Ik denk aan wat Theo heeft gezegd, dat hij altijd alleen schrijft, maar nu zit hij hier met ons en schrijft hij met Lil, en hij ziet er zo gelukkig en zorgeloos uit. De spanning die hij uitwasemde vanwege het schrijven van dit album is verdwenen.

Als hij opkijkt en ziet dat ik naar hem gluur, glimlacht hij naar me, met een lieve glimlach die als een mes in mijn hart steekt en iets uitstraalt waarvan ik niet weet hoe ik het moet interpreteren. Of misschien wil ik dat gewoon niet. En dus wend ik mijn blik af en laat me overspoelen door de muziek.

25

Op mijn drieëndertigste verjaardag word ik wakker gemaakt door de verrukkelijkste fantasie van een flink percentage van de bevolking. Theo Eliott, die in mijn bed met ontbloot bovenlijf 'Happy Birthday' zingt.

Om precies te zijn: hij ligt niet ín mijn bed, maar zit op het beddengoed en speelt gitaar naast mijn oor. Heel hard.

'Jezus, Theo.' Kreunend draai ik me om en druk mijn gezicht in het kussen. 'Hoe laat is het?'

'Het is halfaaaaaacht,' zingt hij, tokkelend op zijn gitaar.

'Waarom... is... Wat dan ook?' mompel ik.

'Je bent jarig!' Hij geeft mijn arm een por. 'Ik had er zo veel zin in dat ik niet kon slapen.'

Ik kom overeind, wrijf in mijn slaperige ogen en kijk hem nijdig aan. 'Wat gek, ik had nergens last van.' Mijn blik dwaalt over zijn blote borst en ik onderdruk al mijn gevoelens bij het zien van die golvende spieren, bij het zien van die twee kleine groeven die bij zijn heupen zijn pyjamabroek in duiken. *Ik voel niets. Ik ben van ijs.* 'En waarom ben jij halfnaakt?' vraag ik, terwijl ik vaag met mijn hand naar dat heerlijke lijf wapper.

'Ik heb op mijn shirt gemorst toen ik ontbijt aan het maken was,' legt hij geduldig uit.

Ik kreun. 'We hadden toch afgesproken dat jij niet zonder toezicht in de keuken aan de gang mocht? Herinner je je de roereieren nog? We moesten een compleet nieuwe pannenset voor Petty kopen. Ik wist niet eens dat eieren kónden smelten. Volgens mij ging dat tegen alle natuurwetten in.'

'Zoals ik destijds al zei, als jij wat geduldiger en begripvoller was geweest, dan was dat nooit gebeurd...'

'Ik wás geduldig en begripvol!'

'Je gooide een spatel naar mijn hoofd.'

'Van siliconen,' grom ik. 'Dat was een paniekreactie, toen jij een brandende pan naar me smeet.'

'Nu overdrijf je. Ik ken tig chef-koks en die steken altijd van alles in de fik.'

'O mijn god.' Ik plof achterover en doe mijn ogen dicht. 'Waarom zit je 's ochtends om halfacht op mijn bed met me te bekvechten?' vraag ik zwakjes.

'Gezellig, hè?'

Ik open één oog en hij kijkt met zo veel genegenheid op me neer dat mijn mondhoeken vanzelf opkrullen.

'Het is niet gezellig,' zeg ik volhardend. 'Op dit tijdstip is niets gezellig.'

'Niets?' Theo trekt een wenkbrauw op en heel even zie ik voor me hoe hij voorover bukt en die warme lippen op de mijne drukt, voel ik het gewicht van dat hete, harde lichaam boven op me, mijn handen in zijn haar, zijn handen onder mijn pyjamatop.

Ik knipper met mijn ogen en het beeld is weg, maar als ik zie hoe Theo naar me kijkt, dan denk ik dat die complete fantasie van mijn gezicht te lezen viel.

'Ik had het over cadeaus, viezerik die je bent,' zegt hij met een ruwe stem. 'En een lekker ontbijt. Hoewel ik opensta voor jouw suggesties.'

Ik voel de blos van mijn tenen naar mijn haarwortels omhoogkruipen. 'Ik hou wel van cadeaus,' breng ik moeizaam uit.

'Kom op, eruit en naar beneden.' Hij springt van het bed.

'Alleen als jij een shirt aantrekt,' roep ik hem achterna, want heel eerlijk gezegd, veel meer kan ik niet aan.

Als ik naar beneden slof, nog steeds in mijn pyjama, en gapend mijn vingers door mijn slordige bos haar haal, tref ik een gedekte tafel aan. Theo heeft een potje met madeliefjes, glazen versgeperste jus d'orange en een bord met warme pasteitjes neergezet. Ook ligt er een stapeltje ingepakte cadeaus.

'Ik ben even koffie aan het zetten,' roept hij vanuit de keuken.

Als hij het eetgedeelte in loopt, staar ik nog steeds naar de tafel. Ik knipper fanatiek met mijn ogen, maar ze blijven volschieten.

'Hé!' Theo beent op me af en slaat zijn armen om me heen voor een knuffel. 'Wat is er aan de hand?'

Ik druk mijn gezicht tegen zijn borst en snotter in het T-shirt dat hij godzijdank heeft aangetrokken. Hij houdt me steviger beet en legt zijn wang boven op mijn hoofd. Het is de allerfijnste knuffel die ik ooit heb gehad, duizend keer fijner dan alle andere knuffels, en ik geef me eraan over en klamp me aan hem vast. Ik ben tenslotte jarig.

'Dit is gewoon zo lief.' Ik maak me met behoorlijk wat tegenzin van hem los. 'Hoe wist je überhaupt dat ik jarig was?' Dat heeft hij zeker niet van mij.

'Ik wist dat je verjaardag eraan kwam, want je zei dat je een paar maanden jonger was dan Serena, dus vroeg ik het vorige week aan Lil.' Hij trekt een stoel voor me naar achteren. 'We hebben plannetjes gesmeed.' Hij ziet er zo jongensachtig en zelfvoldaan uit, dat ik oprecht denk dat hij het erom doet. Het zou de gewoonste zaak ter wereld zijn om naar voren te leunen en hem te zoenen, maar zelfs dat onder ogen zien, voelt levensgevaarlijk. We hebben het allebei niet over het feit gehad dat we over vier dagen elk weer een kant op gaan. Het lijkt alsof we onze kop in het zand steken en dat maakt alles nog veel verwarrender.

En daarom zoen ik hem niet, maar ga ik zitten en richt ik mijn aandacht op de tafel. 'Je hebt echt ontbijt klaargemaakt,' zeg ik. 'Zonder het huis af te branden en zo.'

'Mevrouw D. heeft me een beetje geholpen,' geeft hij toe en hij gaat tegenover me zitten.

Mevrouw D. is ongeveer honderdvijftig jaar oud en is eigenaresse van de levensmiddelenzaak in het dichtstbijzijnde dorp. Ze heeft absoluut geen flauw idee wie Theo is, maar ze kent mij al sinds ik kan lopen en blijft Theo hardnekkig 'Clemmies aardige jongeman' noemen. Theo laat haar in die waan, en samen hebben ze een onwaarschijnlijke vriendschap opgebouwd, gebaseerd op hun gezamenlijke liefde voor raketjes en *muscle cars*.

'Zij heeft de pasteitjes gemaakt en ik hoefde ze alleen in de oven op te warmen.' Theo fronst zijn voorhoofd. 'Wat een stuk lastiger was dan zij deed voorkomen, want een aantal werden al zwart langs de randjes voordat de rest warm was, maar volgens mij heb ik het wel aardig gedaan.'

'Ze zijn perfect.' Ik neem een hap, en ze zijn inderdaad perfect, maar ik ben ondertussen zover dat ik een stuk houtskool zou eten als hij vroeg zou zijn opgestaan om dat voor mijn verjaardag klaar te maken. Behalve mijn familieleden heeft nog nooit iemand zo veel moeite voor me gedaan. Len niet, die altijd zei dat mensen ouder dan dertien geen verjaardagen hoorden te vieren, en Sam zeker niet, die als cadeau me vlak voor mijn achttiende verjaardag aan de kant zette, en volgens mij weet Ripp niet eens wanneer ik geboren ben, niet precies in elk geval. Hij heeft misschien af en toe een kaartje gestuurd, maar waarschijnlijk kwam dat bij oom Carl vandaan.

'Oké, oké,' zegt Theo vol ongeduld. 'Maak nu je cadeaus maar open.'

Dat hoeft hij geen twee keer te zeggen en ik scheur het papier eraf.

Ik krijg een eerste editie met een vrolijke, gele harde kaft van *Are You There God? It's Me, Margaret* van Judy Blume, een flesje van mijn lievelingsparfum, een bon voor twee personen voor een yogales met geiten, een poster van het Chaucer-portret dat ik thuis heb hangen, maar met Theo's hoofd. ('David heeft dit gefotoshopt en nu denkt hij dat jij een heel rare kink hebt.') En het cadeau dat het meeste indruk maakt: een ingelijste, gesigneerde foto van de cast van *Blood/Lust*.

'Ik heb er zelf ook een gevraagd,' zegt Theo vol bewondering. 'Die hang ik op naast alle platina platen.'

Ik moet zo hard lachen dat er jus d'orange uit mijn neus komt, maar dat kan me niks schelen.

'En er is nog meer,' zegt hij als we ons ontbijt ophebben. 'Spring onder de douche en kleed je aan. Je verjaardag is nog lang niet voorbij.'

'Waarom doe je dit allemaal?' vraag ik verbijsterd.

Theo kreunt. 'Serieus, Clemmie. Voor iemand die zo slim is, kun je af en toe ongelooflijk dom zijn. Als je dat moet vragen, heb je totáál niet opgelet.' Hij duwt me de kamer uit.

Terwijl ik onder de douche sta en me aankleed, sta ik maar niet te veel stil bij wat dát betekent. Theo zegt dat ik geen nette kleren aan hoef, dus trek ik een korte spijkerbroek aan en een wijd, zwart navelshirtje, dat een iets andere versie is van alles wat ik heb aangehad sinds we hier zijn, aangezien het aldoor zo warm is, maar voor mijn haar neem ik alle tijd. Ik kneed er verzorgingsproducten in zodat de krullen beter uitkomen, en ik maak me op. Het lukt me redelijk om met eyeliner de *cat eyes* na te doen waar Lil zo goed in is, en ik stift mijn lippen felrood omdat ik me toch een beetje feestelijk voel.

Het luchtje dat Theo voor me heeft gekocht zit in zo'n ouderwets flesje en meestal ben ik er heel zuinig mee, maar vandaag dep ik het op letterlijk elk plekje waar mijn bloedvaten dicht onder mijn huid liggen en geniet ik van de heerlijke, bedwelmende geur.

'Wat zie je er geweldig uit,' zegt Theo wanneer ik eindelijk weer naar beneden kom. Zijn blik blijft iets langer op mijn mond hangen. Hij glimlacht langzaam en ondeugend, en alle lucht verdwijnt voorlopig uit mijn longen. Hij zet een stap dichterbij, veegt het haar uit mijn hals en leunt tegen me aan. 'Je ruikt ook geweldig.' De woorden tintelen over mijn huid.

'Vertel,' zeg ik nerveus, en uit zelfbehoud zet ik een stap naar achteren. 'Waar gaan we heen?'

Hij kijkt me even geslepen aan. 'Eh, de plannen zijn een heel klein beetje veranderd, dus we gaan eerst koffiedrinken.'

'O.' Fronsend vraag ik me af over welke plannen hij het heeft. 'Dat geeft niet. We kunnen ook gewoon hier blijven als je wilt, we hoeven niet per se iets bijzonders te doen.'

'Nee!' roept Theo uit. 'Ik bedoel...' Hij herpakt zich. 'Nee, ik heb echt zin om ergens koffie te drinken. Ik heb naar het tij gekeken en we kunnen over de verhoogde weg naar Holy Island en daar gaan wandelen, als je dat leuk lijkt?'

'Is dat wel verstandig?' vraag ik. Sinds Cynthies telefoontje hebben we ons flink gedeisd gehouden.

'Het is nog te vroeg voor alle toeristen. We hebben niks gehoord waaruit blijkt dat iemand weet waar ik ben. We zijn hier nog maar een paar dagen, dat kan toch geen kwaad?' Hij kijkt me aan met gevoelvolle ogen en een innemende glimlach. 'Alsjeblieft? Ik wil er echt geweest zijn voordat ik wegga.'

'Dat snap ik.' Ik laat me vermurwen omdat ik Holy Island helemaal geweldig vind en het hem graag wil laten zien.

We stappen in Theo's auto en rijden met de ramen open. Het is eind juni en de wereld is fris helderblauw: pastelblauwe luchten vloeien liefdevol over in het turkooizen water. De zon schijnt en mijn vingers zijn jaloers op het briesje dat via het raam naar binnen komt en door Theo's haren woelt.

We rijden over de lange, verhoogde weg, langs borden waarop bezoekers dringend wordt verzocht het tij in de gaten te houden en de oversteek niet te wagen als de weg onveilig is. Holy Island is een getijdeneiland en dus onbereikbaar bij vloed. Op dit moment staat het water zo laag mogelijk en liggen er overal plasjes water naast het asfalt. Je zou nooit vermoeden dat de weg zo snel door het water wordt opgeslokt.

Theo wil overal stoppen en kijken, en ik vind het prima. Ik weet hoe bijzonder dit piepkleine eilandje aanvoelt, dat de helft van de tijd van de rest van de wereld is afgesloten. Het is nog ochtend, dus is het er rustig; de hordes toeristen hebben het eiland nog niet overspoeld. Hij had inderdaad gelijk dat de kans klein is dat hij herkend wordt, maar hij trekt toch zijn petje omlaag en houdt zijn zonnebril op.

We slenteren door de geplaveide straten, drinken een kopje koffie bij het plaatselijke café. Volgens mij kijkt de vrouw die ons bedient nog een keer om, maar ze zegt niets en ik hoop maar dat ik het me heb verbeeld, dat ik overbezorgd ben.

'De jarige job mag twee keer ontbijten,' zegt Theo en hij blijft bij de ijsvitrine staan.

'Wil jij geen ijsje?'

'Ik ben niet jarig.'

Ik neem een hoorntje met een bolletje aardbei, dat volgens een mopperende Theo de minst lekkere smaak is, ondanks het feit dat hij het van mij niet hoeft te eten en zelf een ijsje kan kopen met welke smaak hij maar wil.

We wandelen over het strand naar het kasteel, dat als een donkere, massieve vorm spectaculair afsteekt tegen de hemel.

'Wat is dat voor geluid?' vraag Theo en hij houdt zijn hoofd schuin. 'Eerst dacht ik dat het de wind was, maar zo hard waait het niet. Het lijkt meer op...'

'Spoken?' vraag ik onschuldig. 'De klagende zielen van ondoden?'

'Eigenlijk wel, ja.'

'Dat zijn de zeehonden,' zeg ik glimlachend. 'Ze zingen.'

'Wat?'

'Het is zeehondengezang. Als we die heuvel daar opklimmen, zie je ze.'

'Zeehonden kunnen niet zingen,' zegt Theo vastberaden, maar langzaam breekt er een verrukte glimlach door.

'Dus wel.' Ik pak zijn hand en trek hem rustig mee terug naar het dorp. Zwaluwen vliegen in bochten boven onze hoofden als we over een uitgesleten pad door een veld wilde bloemen lopen, terwijl de ruïne van een abdij aan de ene kant boven ons uittorent. Theo kan alleen maar zijn hoofd schudden.

'Dit is een droom,' murmelt hij. Ik doe alsof ik niet doorheb dat onze handen elkaar nog vasthouden, zijn vingers onbezorgd verstrengeld met de mijne.

Als we boven op de heuvel komen, gebaar ik met mijn hoorntje naar de duinen, waar een lange rij bij elkaar gekropen zeehonden ligt te relaxen en spookachtige, fluitende geluiden maakt.

'Hier wil ik wonen,' fluistert Theo schor.

'Ik denk niet dat ze hier Pop Tarts bezorgen,' antwoord ik.

'Alsjeblieft, Clemmie?' Hij spert zijn ogen open. 'Zullen we naar Holy Island verhuizen, dan kan ik met de zeehonden zingen.'

'Dat klinkt als een eufemisme, zoals "iemand aan de vissen voeren",' zeg ik en ik probeer het gegons te negeren dat wordt veroorzaakt door zijn nonchalante opmerking over samenwonen. Echt, hij is meedogenloos zichzelf. Ik verdien een onderscheiding omdat ik hem zo lang heb weerstaan. Als er de afgelopen vijf weken nog anderen in de buurt waren geweest, dan zou hij ongetwijfeld allang geen aandacht meer aan me besteed hebben, maar zoals de zaken er nu voor staan, wordt het met de dag lastiger om alle redenen voor ogen te houden waarom ik níét verliefd op hem moet worden.

Theo schiet in de lach en begint als een doorgewinterde piraat te praten. 'Clementine Monroe, als je niet heel snel dat ijsje overhandigt, dan ga je met de zeehonden zingen.'

'Ik wist het wel. Ik zéí toch dat je ook een ijsje moest nemen.'

'Ik wil geen eigen ijsje. De jouwe smaakt veel lekkerder.' Het kuiltje komt tevoorschijn en ik rol met mijn ogen, maar geef mijn hoorntje aan hem, dat hij met een paar happen soldaat maakt.

'Ik ben blij dat we hierheen zijn gegaan voordat we weg moeten,' zeg ik zachtjes.

Theo fronst, maar voordat hij kan reageren, gaat zijn telefoon. Hij haalt hem uit zijn zak en kijkt er met een zogenaamd steelse blik naar. 'Oké,' zegt hij opgewekt. 'We moesten maar weer eens op huis aan gaan. Zomaar, hoor.'

'Je weet dat je raar doet, hè?'

'Jij bent raar,' antwoordt Theo en hij trekt me al mee naar de auto.

We komen zonder kleurscheuren thuis aan, maar hij blijft naar me gluren, met een geheimzinnig glimlachje om zijn lippen.

'Wat?' vraag ik na de vierde keer met een halve lach.

'Niks.' Dan pakt hij mijn hand, brengt hem naar zijn mond en drukt een tedere kus op mijn knokkels. 'Ik ben gewoon blij dat jij geboren bent,' zegt hij, waarna hij mijn hand terug op mijn schoot legt en de zijne weer op het stuur, alsof er niks is gebeurd.

'O,' is het enige wat ik kan uitbrengen.

'O?' Het kuiltje trilt.

'Ik bedoel, ik ben ook blij dat jij geboren bent.'

'Dat mag je me op míjn verjaardag vertellen.'

'Ik weet niet wanneer je jarig bent.' Ik strek mijn vingers, zodat ze hopelijk ophouden met tintelen.

'7 oktober.' Theo parkeert de auto op de oprit.

Tegen die tijd zit hij weer in LA, denk ik terwijl ik de auto uitstap. Dan weet hij niet eens meer dat hij me heeft verteld wanneer zijn verjaardag is. Dan geeft hij een groot feest, met allemaal modellen en miljonairs, en zit hij waarschijnlijk op een jacht. Misschien heeft hij zelf een jacht? Hij heeft een eigen jacht en ik heb niet eens een kamer. Serena's woorden weerklinken door mijn hoofd, zoals ze de laatste tijd aldoor doen: *Theo Eliott is niet de man voor jou, Clemmie.*

Terwijl ik lichtelijk in paniek raak, is Theo voor me uit naar binnen gesprint.

'Zullen we naar het strand?' oppert hij.

'O, Theo, ik weet het niet,' zeg ik besluiteloos. 'Ik ben best wel moe.'

'Alsjeblieft? Om mij een plezier te doen?'

Ik loop achter hem aan en vraag me af of hij enig idee heeft hoe ik me voel, hoe hopeloos ik over hem in de knoop zit. Zou hij zich dan verschrikkelijk opgelaten voelen? Of is dat iets waaraan hij gewend is? Al die zwijmelende meiden met hun Theo Eliott-posters.

We hebben hier nog een kleine week; ik moet het nog een paar dagen volhouden en dan gaan we elk een kant op. En ik doe alsof ik bij die gedachte niet een heel klein beetje kapotga.

We lopen over het pad en door de duinen, en als we bijna de top bereiken, voordat het strand in zicht komt, pakt Theo opnieuw mijn hand.

'Van harte gefeliciteerd, lieverd,' zegt hij en dan draait hij zich om en ik loop achter hem aan, en daar, op het zand, staat mijn familie.

26

'Aaah!' krijs ik, terwijl ik langs de zanderige helling omlaagglijd naar Serena en Lil die op me afrennen. We duiken boven op elkaar in een slordige hoop op de grond, lachend en gillend, vooral als Serena Lils mond vol met zand probeert te proppen.

'Uggggh, Serena! Ga van me AF!!!!' jammert Lil, die daarmee een fundamentele fout maakt, want nu kan Serena nog meer zand bij haar naar binnen duwen.

Achter me hoor ik Theo lachen, een gelukkig, opzwellend geluid, en ik maak me los uit het kluwen, en loop naar mam, Petty en Ava, van wie ik een heel wat waardiger groepsknuffel krijg.

'Van harte gefeliciteerd, lieve Clementine,' fluistert Petty in mijn oor.

'Ons meisje,' kirt Ava, die een kus op mijn wang geeft.

'Wat doen jullie hier?!' roep ik uit.

'Theo heeft alles geregeld,' zegt mam en dan loopt ze op hem af, haar armen uitgestoken, en geeft ze hem een smakkerd op zijn wang. 'Lieve, lieve jongen,' zegt ze. 'Onze meiden hebben het al zo vaak over je gehad. Ik ben zo blij dat ik je eindelijk kan ontmoeten.'

Theo's wangen zijn rood en hij is volledig door haar betoverd, terwijl ze hem net boven zijn ellebogen vasthoudt en hem stralend aankijkt. 'D-dank u, mevrouw Monroe,' brengt hij schor uit. 'Het is ook fijn u te ontmoeten. Ik ben groot fan…'

Mam wappert met haar hand. 'O, laat dat "mevrouw Monroe" maar uit je hoofd. Ik ben Dee. En je kent Petty en Ava ook nog niet, of wel soms?' Begroetingen vliegen over en weer en dan zie ik twee andere mensen die zich een beetje afzijdig houden: Henry en Bee.

'Hé, Henry!' Ik zwaai naar hem en hij zwaait terug.

'Gefeliciteerd, Clemmie.' Hij glimlacht verlegen en stopt zijn handen in zijn zakken.

'Dank je. Ik kan er niet over uit dat jullie hier allemaal zijn.' Ik richt me tot de vrouw naast hem. Ze is in het echt nog mooier. 'Jij bent zeker Bee?'

Ze knikt. 'Wat fijn om je nu echt te ontmoeten.'

'In plaats van als lichaamloze stem vanuit Lils beha, bedoel je?' zeg ik. Henry is daar niet van onder de indruk, maar glimlacht nog breder bij het horen van de naam van mijn zus.

Bee schiet in de lach. 'Ja, in het echt ben je veel langer.' Ik grijns naar haar en zij grijnst terug. Dan komt Serena naast haar staan, verfrommeld en zanderig, maar lang niet zo zanderig als Lil, dus ik denk dat ze gewonnen heeft.

Serena laat haar arm ongedwongen om Bee's middel glijden, alsof hij daar thuishoort. Henry en Lil houden elkaars hand vast. Ik probeer de steek van jaloezie te negeren; wat is er de afgelopen paar maanden veel veranderd.

'En, wat vind je ervan?' vraagt Serena en ze gebaart om zich heen. Ik neem alles in me op. Midden op het strand staat een enorm houten prieel, versierd met vlaggetjes van allerlei verschillende stoffen. Reusachtige ballonnen, gevuld met confetti, worden door gewichten op hun plek gehouden en deinen aan lange linten op en neer, en in het prieel bevindt zich een vuurschaal met stapels vrolijke, felgekleurde picknickkleden en reusachtige, zachte kussens eromheen. Aan de ene kant is een complete tikibar neergezet en gevuld met drankjes, en daarnaast staat een barbecue, met houtskool die al oranje gloeit.

'Wat gaaf,' zeg ik verbijsterd. 'Hoe hebben jullie dit voor elkaar gekregen?'

'Mam en Theo hebben alles geregeld,' zegt Lil.

'Met wat hulp van David, natuurlijk.' Theo komt naast me staan. 'Ik moest je trouwens feliciteren van hem. Hij heeft bloemen gestuurd. Ze staan binnen.'

'Heeft David dat gedaan?' vraag ik verbouwereerd.

'Volgens mij begint hij je aardig te vinden. Ik probeer mijn jaloezie te onderdrukken. Hij heeft voor mij nog nooit bloemen gekocht.' Theo kijkt me aan. 'En? Vind je het leuk? Is het een verrassing?'

'Dit is een gigantische verrassing,' zeg ik oprecht. 'En leuker dan dit kan bijna niet.'

We staan daar maar en staren elkaar een paar ogenblikken aan. Hoe lang weet ik niet precies, maar lang genoeg zodat Lil haar keel schraapt en Serena begint te mopperen. 'Shit. Had Lil dus toch gelijk.'

'Waarover?' vraag ik.

'Over jou en...'

'Zullen we wat drankjes halen?' komt Bee vlug tussenbeide, terwijl ze in Serena's hand knijpt en haar meetrekt. Mijn zus gaat met haar mee, maar draait zich om en kijkt me over haar schouder nijdig aan. Dan wijst ze met twee vingers naar haar ogen en daarna naar Theo, met het universele teken voor *Ik houd je in de gaten.*

'Ik vergeet steeds hoe angstaanjagend je zus is,' zegt Theo.

'Zeer angstaanjagend,' fluistert Henry, en hij en Theo wisselen een solidaire blik uit.

De rest van de middag gaat in een waas voorbij. Mam en Ava duiken achter de barbecue en Petty loopt naar het huis en haalt uit de koelkast grote kommen frisse salades, rijst vermengd met romige pistachenoten en glimmende granaatappelzaden, en borden verrukkelijke gegrilde groentes.

Theo steekt het vuur aan met veel te veel aanmaakvloeistof en is bijna zijn wenkbrauwen kwijt.

'O mijn god, Theo!' Ik snak naar adem en volgens mij staat mijn hart even stil. 'Hoe zou ik dat ooit aan David moeten uitleggen? Die laat met spoed zo'n Californische plastisch chirurg invliegen voor een wenkbrauwtransplantatie.'

'*Meneer Eliotts wenkbrauwen zijn een fortuin waard, Clemmie, en u hebt ze niet kunnen redden.*' Theo imiteert David feilloos.

'Spot er maar mee. Jij blijft bij de barbecue uit de buurt,' zeg ik streng.

Theo lacht alleen maar en trekt me naar de grond, zodat ik op een van de dekens kan zitten.

'Hoe heb je dit allemaal geheim kunnen houden?' vraag ik.

'Eerlijk gezegd hebben Petty en David het meeste werk gedaan. Ik moest jou alleen uit de buurt houden. Maar toen belandden je familieleden in de file, vandaar ons spontane koffietripje.'

'Nou, ik vind het geweldig,' zeg ik vrolijk. Ik vis een stukje aardbei uit mijn drankje, stop het in mijn mond en geniet van de zoete smaak. 'Dit is mijn op één na gaafste verjaardag aller tijden.'

'Op één na?'

'Toen ik zeven was, gaf ik een Power Rangers-feestje en de roze Power Ranger kwam speciaal langs.'

'O, nou, daar kan niemand tegenop.' Theo trekt me tegen zich aan en zijn arm glijdt om mijn middel. 'Als het nou de blauwe of de rode Power Ranger was geweest, dan...'

'Precies. Maar ik weet het niet, hoor. Dit komt aardig in de buurt.'

'Is dat zo?' Zijn lippen krullen op.

'Ja.' Het woord klinkt zacht, als een uitademing. Zijn vingers verstrakken, schampen het dunne reepje blote huid tussen de bovenkant van mijn korte broek en de zoom van mijn shirt, en ik moet me uit alle macht inhouden om mijn gezicht niet in de holte van zijn hals te drukken.

Datgene wat al wekenlang tussen ons broeit, bereikt een kookpunt, wat mij betreft tenminste. Mijn hele lichaam voelt gespannen, alsof ik ergens naar smacht – niet alleen naar zijn aanraking (hoewel dat absoluut wel zo is), maar naar iets wat veel meer is, iets waar ik absoluut niet naar zou moeten verlangen.

Maar zoals Theo nu naar me kijkt, krijg ik het gevoel dat hij daar ook naar verlangt. En dat vind ik nog veel verwarrender.

'Eten!' roept Ava, en de betovering is verbroken. Ik wend me af, Theo laat zijn arm zakken en ik adem diep in om me te vermannen. *Nog een paar dagen*, zeg ik keer op keer tegen mezelf. *Nog maar een paar dagen.*

Terwijl iedereen zich verdringt om zijn bord vol te scheppen en kibbelt over wie er als eerste mag kiezen uit wat er op de barbecue ligt (dat is dus Lil, ondanks het feit dat ík jarig ben), laat ik tot me doordringen dat mijn familieleden hier zijn, met z'n allen bij Granny Mac. Het gegons van hun stemmen, de vertrouwde warmte van hun gelach, zelfs het geluid van Lil en Serena die bekvechten, aan alles voel ik dat dit de juiste plek is. Ik kijk op naar het huis en het is alsof de overgebleven demonen uit het verleden verbannen zijn. Ik heb alleen maar een goed gevoel over deze plek, vermengd met een zweempje verdriet als ik aan het afscheid denk. En volgens mij is dat het allergrootste geschenk.

Na het eten slepen mijn zussen me mee voor een wandeling. Ik heb dit niet expres geprobeerd te voorkomen, maar volgens mij weet ik wat er gaat gebeuren en ik lig al genoeg met mezelf in de clinch zonder dat hun meningen er nog een schepje bovenop doen.

'Kom maar op,' zegt Serena met haar handen in haar zij als we eenmaal ver genoeg bij de anderen vandaan zijn. 'Wat. De. Fuck. Maak. Je. Me. Nou?'

'Pardon?'

Lil en Serena wisselen een blik uit en Lil zegt: 'Ik zei het toch?'

'Jij en Theo, Clemmie,' zegt Serena met overdreven veel geduld. 'Toen Lil vertelde wat er aan de hand was, geloofde ik het niet, maar jezus, zeg.'

'Ik weet niet waar je het over hebt,' zeg ik zonder overtuiging.

'Het lijkt wel alsof jullie... een stel zijn.' Lil legt een hand op mijn arm. 'Zo van, een écht stel. Is dat zo? Waarom heb je niks tegen ons gezegd?'

'Ik...' begin ik, maar dan houd ik mijn mond, vermijd hun blikken en probeer mijn gedachten op een rijtje te zetten. 'We zijn geen stel. We voelen ons gewoon bij elkaar op ons gemak. Ik denk dat we een hechte band hebben gekregen, omdat we hier met z'n tweeën opgescheept zaten. We zijn... vrienden geworden.'

'Ik kijk niet naar mijn vrienden zoals jíj naar hem kijkt,' zegt Serena.

'Laat staan hoe hij naar jou kijkt,' doet Lil een duit in het zakje.

'Ja.' Serena ademt langzaam uit. 'Dat dus. Ik ken Theo al heel lang en ik heb nog nooit...' Haar stem sterft weg. Ze bijt op haar lip en maakt zich overduidelijk zorgen.

'Ik weet niet waar jullie het over hebben,' zeg ik nogmaals, een beetje vastberadener deze keer.

'Hij kijkt de héle tijd naar je, Clemmie,' roept Lil uit. 'Ontzettend vertederd en twinkelig, alsof die stomme emoji met hartjesogen tot leven is gekomen. Volgens mij probéért hij het niet eens te verhullen, voor ons niet, maar voor jou ook niet, het ligt er duimendik bovenop. Hij is echt sm...'

‘Hou op.’ Wapperend met mijn hand kap ik haar af. Mijn stem klinkt schel. ‘Ik weet waarom jullie dat denken, maar jullie begrijpen het niet. Theo is gewoon Theo. Zo is hij nu eenmaal. Hij is charmant, ruim één meter tachtig en een en al spieren en charisma. Hij voelt me aan en is een flirt. Zo is hij bij íédereen.’

Mijn zussen kijken me aan. Lil kijkt bedroefd. Serena fronst.

‘Denk je dat echt?’ vraagt Serena.

‘Natuurlijk denk ik dat! Jij bent degene die me vertelde dat hij erop los flirt, dat hij mensen betovert, dat hij met iedereen het bed in duikt, wat hij trouwens zelf moet weten, maar dat is niet wat ik zoek. Als ik al op zoek was. Wat dus niet zo is.’

Serena schuift ongemakkelijk heen en weer. ‘Ik weet wat ik gezegd heb en ik ben niet bepaald van gedachten veranderd, maar je moet echt weten dat wie dát ook is’ – ze gebaart over haar schouder naar het strand, waar Petty blijkbaar een wedstrijdje eierlopen probeert te organiseren, terwijl Henry en Theo uitgebreid aan het rekken en strekken zijn, alsof ze zich op de Olympische Spelen voorbereiden – ‘dat niet de Theo Eliott is over wie ik het had.’

‘Ook goed,’ zeg ik. ‘Dus eigenlijk zeg je dat dit niet de echte Theo is, dat dit gewoon de… weet ik veel, vakántie-Theo is, en dat we met z’n tweeën in ons eigen bubbeltje hebben geleefd. En straks in de echte wereld is hij weer de man die jij kent, de man die je al jaren kent.’

‘Maar misschien is dit wel de echte Theo, Clemmie,’ zegt Lil, die zoals gewoonlijk het beste in anderen ziet. ‘Hij lijkt oprecht. Ik heb niet het idee dat hij toneelspeelt. Jij wel?’

Ik staar naar de grond. ‘Nee. Maar daarom is hij zo gevaarlijk.’

Ze zwijgen allebei, maar uiteindelijk zegt Lil: ‘Clemmie’ – haar stem klinkt teder – ‘je bent niet de enige die het moeilijk zou vinden om iemand in Theo’s positie te vertrouwen. Serena en ik staan ook niet vooraan in de rij om met mensen uit de muziekindustrie te daten, en wij werken er zélf in. Wij weten als geen ander dat er genoeg mannen zoals Ripp Harris zijn.’

Serena snuift instemmend.

‘Maar Theo?’ Lil pakt mijn hand en knijpt erin. ‘Zo is hij niet. Dat voel ik gewoon.’

Serena kijkt minder overtuigd, maar blijft om een of andere reden zwijgen.

'En Sam dan?' vraag ik en ze krimpen allebei ineen bij het horen van die naam. 'Ik dacht ook dat hij anders was dan Ripp, en we weten allemaal hoe dat is afgelopen. Zoiets kan ik echt niet nog een keer aan. Niet alleen de breuk, maar alles eromheen, het hele circus.'

'Sam was een gemeen, lullig mannetje,' spuwt Serena uit. 'Ik heb zo mijn twijfels over Theo, maar die vallen in het niet vergeleken bij Sam.'

'Het maakt ook niet uit,' zeg ik vastberaden. 'Ik weet wat jullie bedoelen en waarom jullie zo denken, maar Theo is een rockster die in LA woont. We zitten nog maar een paar dagen hier met elkaar opgescheept. De lijst met argumenten waarom het tussen ons niks wordt, is ellenlang. Er gaat niets tussen ons gebeuren, ongeacht hoe ik daarover denk of wat er wel of niet in het verleden is gebeurd. Hij is niet de man voor mij. Dat heb je zelf gezegd, Serena, en je had helemaal gelijk.'

Voor de verandering kijkt mijn zus niet zelfgenoegzaam wanneer iemand haar gelijk geeft. 'Dit zijn gewoon smoesjes,' zegt ze langzaam.

'Het zijn geen smoesjes. Het zijn feiten.' Jammer genoeg klinkt het alsof ik mezelf net zo goed moet overtuigen.

'Ja maar... je bent veranderd, Clemmie,' zegt Lil langzaam. 'Ik weet niet of het door deze plek komt, of omdat het uit is met Len, of door Theo, of al die dingen bij elkaar, maar er is iets veranderd. Ten goede. Je bent... zórgelozer. Ik wil niet dat je jezelf iets ontzegt wat fantastisch zou kunnen zijn omdat je bang bent.'

'Ik ben niet bang,' houd ik vol. 'Ik ben gewoon realistisch. Verstandig.' Voordat ze er verder tegenin kunnen gaan, zeg ik: 'Kunnen we nu alsjeblieft terug om mijn verjaardag verder te vieren? Want voordat jullie weggaan maak ik jullie volledig in tijdens een wedstrijdje eierlopen.'

En daarmee komt er een eind aan het verhoor, want zelfs al maken mijn zussen zich zorgen over mijn liefdesleven, ik weet donders goed dat ze een uitdaging onmogelijk kunnen weerstaan.

Wanneer Theo en ik later iedereen uitzwaaien, heb ik het gesprek met mijn zussen grotendeels uit mijn hoofd kunnen zetten.

Ik heb de doordringende, glunderende blikken kunnen negeren, niet alleen van mijn moeder, maar ook van Petty en Ava, als ze dachten dat ik niet keek.

Ik heb me ervan kunnen weerhouden om als een labrador vol adoratie tegen Theo aan te kruipen. Grotendeels.

'Zullen we naar het strand gaan en naar de zonsondergang kijken?' vraagt Theo. 'We kunnen net zo goed nog even gebruikmaken van de vuurschaal voordat Davids mannetjes hem morgen op komen halen.'

Ik kijk eens goed naar hem. 'Jij hebt nog wat marshmallows, of niet? Ik dacht dat je tegen Serena zei dat ze op waren.'

'Ik heb er een paar achtergehouden, alleen voor ons, jarige job.'

'Wat onzelfzuchtig van je om mijn geluk voorop te stellen.'

'Je kent me.'

We lopen terug naar het strand en bij de bar haalt Theo een zak marshmallows achter het frisse, fruitige alcoholvrije bier vandaan.

'Ik wist dat je zus daar nooit zou komen,' zegt hij vrolijk.

'Klopt, ze houdt meer van sterkedrank.'

'Tenzij ze het bloed drinkt van tegenstanders die ze heeft verslagen.' Theo glimlacht lichtelijk gekweld.

We gooien nog een paar stukken hout in de vuurschaal, rijgen allebei een marshmallow aan een metalen spies en gaan dan naast elkaar op een van de dekens zitten. Het is al tien uur geweest en een roségouden gloed kleurt de lucht. In het zand voor de vuurschaal staat mijn naam slordig geschreven, naast die van Lil en Serena, met een gigantisch hart eromheen dat Lil met haar vingertoppen heeft getekend.

'Die laatste race was ongelooflijk.' Theo schudt grimassend zijn hoofd. 'Volgens mij heeft Lil een paar van mijn ribben gebroken. Hoe kan iemand die zo klein is tegen je aan beuken alsof ze een verdediger is van het nationale rugbyteam?'

'Ik heb je geprobeerd te waarschuwen,' zeg ik lachend, terwijl ik mijn marshmallow zorgvuldig ronddraai. 'Je had kunnen zien dat iedereen met een gigantisch grote boog om haar heen liep.'

'Ik dacht eerlijk gezegd dat Serena de gevaarlijkste zou zijn.'

'Nope, Lil is altijd al akelig fanatiek geweest. Ze is ooit een keer van school gestuurd omdat ze tijdens een hockeywedstrijd de neus van een meisje had gebroken. Ze zei dat ze het niet expres deed, maar ik weet het niet... ze krijgt een rode waas voor ogen.'

'Maar Henry vond het geweldig, toch?' zegt Theo gniffelend. 'Ze haalde iedereen onderuit – hem ook – en hij keek naar haar alsof ze een engel was die uit de hemel was gevallen.'

'Ware liefde,' zeg ik glimlachend.

'Waarom is jouw marshmallow volmaakt en ziet die van mij er altijd zo uit?' Mopperend blaast Theo de vlammen uit die zijn marshmallow verslinden en een zwart klompje achterlaten.

Ik bestudeer mijn egaal gouden, smeuïge lekkernij. 'Dat komt omdat ik voorzichtig en geduldig ben, iets wat jou niets zegt.'

'Clemmie, als het moet ben ik ook héél voorzichtig en geduldig,' antwoord Theo en iets in de ondertoon van zijn stem maakt dat ik naar hem opkijk. Zijn blik is onverstoorbaar, open, en ik krijg het er warm van.

Glimlachend probeer ik de zenuwen die door mijn lijf gieren te verbergen. 'Zeg dat maar tegen alle eieren die je vandaag hebt laten vallen.'

Er flitst iets van teleurstelling in Theo's ogen als hij mijn antwoord hoort, maar hij laat het gaan en doet alsof hij woedend is. 'Ik zeg niet dat er vals is gespeeld, maar hebben we gecontroleerd of Serena's ei wel rauw was? Ze liet het een keer vallen en ik zweer het je, dat ding stuiterde.'

'Alsjeblieft,' zeg ik, terwijl ik hem de marshmallow geef. 'Deze heb ik trouwens toch voor jou geroosterd.'

'Echt waar?'

'Ja, want ik weet wat een waardeloze kok je bent en dat jij de jouwe zou laten verbranden, maar ik weet ook hoe lekker je ze vindt, suikerjunk die je bent.'

'Je hebt een marshmallow voor me geroosterd.' Theo pakt de spies van me aan en blijft er gewoon even naar kijken.

Ik schiet in de lach, ineens onverklaarbaar nerveus. 'Het is maar een marshmallow, Theo.'

'Mmm.' Het klinkt alsof hij het er niet mee eens is, maar dat niet wil laten blijken.

'En als dankjewel.' Ik trek mijn vinger door het zand, wil hem om een of andere reden niet aankijken. 'Voor de gaafste verjaardag aller tijden.'

Er valt een stilte. 'Je bedoelt gaver dan een roze Power Ranger?' Zijn lichaam ontspant, de ongedwongen glimlach keert terug.

'Ik bedoel, toekijken terwijl Lil jou tackelt en daarna je gevloerde lichaam vertrapt om bij de finishlijn te komen was nog gaver dan een roze Power Ranger ontmoeten.'

'Echt meedogenloos! En haar moeder als scheids was een duidelijke overtreding van het eierlopenreglement.'

Volgens mij hebben we met succes iets omzeild wat veel te serieus is en bevinden we ons weer op vertrouwd terrein. We kibbelen en plagen elkaar nog wat, en Theo eet langzaam zijn marshmallow op, alsof hij nog nooit zoiets verrukkelijks heeft gegeten.

Als Theo hem opheeft, pakt hij zijn gitaar, en als je me van tevoren had gevraagd of er iets gênanter was dan een volwassen man die bij een kampvuur een akoestische gitaar tevoorschijn haalt, dan was ik je een antwoord schuldig gebleven. Maar met Theo is het geen aanstellerij. Of gênant. Het is perfect. Waarschijnlijk omdat hij zo getalenteerd is, maar ook omdat het tot me doordringt dat Theo van nature een gitaar in zijn handen hoort te hebben.

Terwijl we praten begint hij zachtjes op de achtergrond te spelen, zonder erbij na te denken. Eerst die prachtige melodie die hij aan mij en Lil had laten horen en daarna andere dingen, stukjes van nummers die ik herken en stukjes die ik niet herken, die allemaal in elkaar overvloeien. Ten slotte speelt hij een liedje dat ik zo goed ken, dat ik onmiddellijk in elkaar krimp.

'O nee, niet doen!' roep ik uit.

Theo grijnst kwaadaardig terwijl zijn gitaar jengelend de noten voortbrengt die tijdens mijn jeugd aanleiding waren voor vele afgezaagde uitvoeringen met een zogenaamd cowboyaccent. Het lied waaraan ik nooit kon ontsnappen, dat overal in de schoolgangen klonk. Het lied waar mijn moeder me mee vervloekte toen ze mijn naam uitkoos.

Oh my darlin', oh my darlin', oh my darrrrrrrrlin' Clementine...

'Dit lied is mijn *villain origin story.*' Ik kijk Theo nijdig aan. 'De reden dat ik zo'n neurotisch wrak ben geworden. Het achtervolgde me.'

Theo barst in lachen uit. 'Zo slecht is het nou ook weer niet. Het had erger gekund... Mijn vriendjes zongen aldoor de tune van *The Chipmunks*.'

'De tune van *The Chipmunks* is vrolijk,' houd ik vol. 'Iedereen vindt dat nummer geweldig. En iedereen vond Theodore het leukste eekhoorntje, dus dat is niet echt plagen. Mijn lied is erger. Veel erger.'

Theo houdt mijn blik vast en begint opnieuw te spelen. En deze keer speelt hij het lied zachter, langzamer, en als hij zingt, krijg ik overal kippenvel.

Het lied is nu helemaal niet afgezaagd; het is rauw en teder. Hij kijkt me niet aan, maar de woorden die hij zingt omhullen me als een liefkozing. Dit is toch zeker het minst sexy liedje ter wereld? Maar toch, op een of andere manier heeft Theo het veranderd, er iets aantrekkelijks en aanlokkelijks van gemaakt, en zoals hij mijn naam keer op keer zingt, beneemt me de adem.

Als hij klaar is, knettert de stilte tussen ons van de spanning. Vóór ons is de hemel een gesmolten vlam boven een zilverkleurige zee.

'Misschien vind ik het lied toch wel leuk als jij degene bent die het zingt,' breng ik moeizaam uit, en ik klink zo wezenloos en buiten adem dat ik ineenkrimp.

'Ik vind alles met jou leuk,' zegt Theo gewoonweg.

Ik huiver.

'Koud?' vraagt Theo. Ik knik.

Theo legt zijn gitaar naast zich neer, slaat zijn vingers om mijn pols en gaat achter me zitten, met zijn benen aan weerszijden van de mijne, mijn rug tegen zijn borst gedrukt.

Hij pakt nog een deken van het zand, slaat hem om zijn schouders en klemt hem voor me vast, zodat we samen in een coconnetje gewikkeld zitten. Zijn lichaam straalt warmte uit; ik voel het regelmatige klop, klop, kloppen van zijn hart, en terwijl ik zo met zijn armen om me heen zit, zwijgen we, zeggen we helemaal niets, maar kijken we gewoon toe en zien de zon eindelijk onder de horizon zakken.

27

Het is donker als we terug naar het huis gaan en Theo schijnt ons bij met de zaklamp van zijn telefoon. We lopen vlak naast elkaar, maar raken elkaar niet, en toch is mijn hele lichaam zich van hem bewust. Ik weet dat er iets tussen ons is veranderd en dat als we weer binnen zijn, we erover moeten praten.

Als ik daar alleen al aan denk, ben ik zowel doodsbang als volledig in de wolken. Want ik ben er kláár mee. Ik ben klaar met het negeren, en onderdrukken, en verstandig zijn. Geen idee of ik er spijt van krijg als er iets tussen mij en Theo gebeurt, maar het lijkt me zinloos om daarvan wakker te liggen, terwijl het glashelder is dat er al iets is gebeurd. Nu is het zaak om dat onder ogen te zien en te bedenken wat we er in hemelsnaam aan gaan doen.

Theo doet de achterdeur open en knipt een lampje aan. Ik schrik van het plotselinge licht, knipper met mijn ogen en ben een paar tellen verblind. Als ik mijn ogen opendoe, staat Theo voor me.

'Clementine,' zegt hij met hese stem. Meer niet, alleen mijn naam, en die blijft tussen ons in hangen.

Ik weet echt niet wie de eerste stap zet.

Misschien allebei tegelijkertijd, want we rammen met genoeg vaart tegen elkaar aan dat ik bijna achterover struikel, en wat er dan gebeurt is niet lief of langzaam of weloverwogen. Het is waanzin – zijn lippen hard op de mijne, mijn tong in zijn mond, zijn hand die mijn achterhoofd vastklemt. Hij maakt een geluid, een wanhopig geluid waar mijn knieën week van worden terwijl ik mezelf tegen hem aan druk, vurig verlangend naar meer. En ergens ver weg, voorbij de begeerte, de hunkering en het smachten, ben ik me bewust van wat er door mijn lichaam stroomt, van wat er door mijn aderen raast. Opluchting.

Godzijdank, lijkt die te zeggen. *Eindelijk.*

Ik kruip tegen hem aan, alsof ik met zijn botten wil versmelten.

Ik heb geen idee hoe lang we hiermee doorgaan – minuten, uren, of mensenlevens – totdat een geluid plotseling het moment schril en meedogenloos doorbreekt.

Mijn telefoon, dringt het tot me door. Mijn telefoon gaat. Ik trek me langzaam en verbouwereerd terug. Theo kijkt verward, hij ademt zwaar. Zijn hand zit onder mijn shirt en de mijne zit in zijn spijkerbroek.

'Theo,' zeg ik verstikt. 'We... Ik...' Verder komt er niets uit, want mijn hersenen lopen nog een beetje achter. Die doen alsof ze 's werelds meest enthousiaste cheerleaders zijn – salto's maken die in spagaten eindigen en *Zoenen! Zoenen! Zoenen!* scanderen – en hebben het dus te druk om ook maar iets nuttigs te doen zoals woorden aan elkaar rijgen.

Theo komt als eerste bij zinnen. Hij drukt zijn voorhoofd tegen het mijne, heel even maar, en ademt met gesloten ogen diep en rustig in. Dan maakt hij zich los en stapt bij me vandaan.

'Te snel,' zegt hij met een stem als schuurpapier. 'We moeten eerst praten.'

'Ja,' beaam ik vaag. 'Eerst praten.'

'Neem maar op,' zegt hij, maar ik word gigantisch afgeleid door zijn handen die zijn broek weer vastmaken. Ik wil die handen overal voelen. Ik wil die spijkerbroek op de grond of in de fik, kan me niet schelen, zolang hij hem maar niet aanheeft.

'Wat zeg je?'

'Je telefoon, Clemmie,' zegt hij lachend. 'Neem je telefoon op.'

'O, ja.' Ik doe nog beter mijn best om weer grip op de werkelijkheid te krijgen, en haal dan mijn telefoon uit mijn zak en neem op zonder dat ik naar het scherm kijk.

'Hallo?' Mijn stem klinkt ademloos en hees. Theo kamt met zijn vingers door zijn verfomfaaide haren. Ik zie hem zijn arm buigen. Zijn mond is roze, zijn lippen gezwollen.

'Clemmie?' zegt een mannenstem.

'Ja?' Ik herken de stem niet meteen en houd de telefoon voor me, zodat ik naar het nummer kan kijken, maar dat staat niet in mijn contacten.

'Ik had niet verwacht dat je op zou nemen,' zegt de man met lage stem, bijna spinnend. 'Ben blij dat je het wel hebt gedaan. Ik wilde je feliciteren met je verjaardag.'

En dan valt het kwartje, dan besef ik wie het is, wiens stem ik in mijn oor hoor.

'Sam?' vraag ik schor, en Theo verstijft tegenover me.

'Ja, klopt. Ik heb je nummer van Ripp gekregen. Ik probeerde aldoor moed te verzamelen om je te bellen, en toen zag ik een Instagram-post van je zus over je verjaardag en dat leek me een teken, weet je wel?'

Ik slik. Theo legt zijn hand om mijn elleboog.

'Waarom bel je?' vraag ik.

Sam grinnikt en ik baal dat ik dat geluid nog ken, dat ik er vroeger gek op was, het sexy en charmant vond. Nu keert mijn maag ervan om.

'Ik vond het geweldig om je weer tegen te komen,' zegt Sam, met een intieme, vleiende ondertoon. 'En sindsdien moet ik de hele tijd aan je denken. Je zag er goed uit, Clemmie, heel goed, en daardoor moest ik denken aan hoe het tussen ons is gelopen. Ik weet dat het lang geleden is, maar ik voelde meteen die vonk, weet je wel? Voelde me weer een jaar of twintig en ik vroeg me af of je met me uit wilt... Kijken of we nog steeds zo goed bij elkaar passen als ik me herinner. Volgens mij kunnen we samen een hoop lol hebben.'

'Heb je... heb je me gebeld om me mee uit te vragen?' Theo's vingers klemmen mijn elleboog steviger beet, maar ik merk het amper, want ik word verteerd door withete razernij. Er valt een korte stilte voordat ik losbarst. 'Ben je verdomme helemaal gek geworden,' spuug ik uit.

Het is opnieuw stil. 'Ho eens even... Wat?' zegt Sam, en ik weet niet of hij zich van de domme houdt of dat hij echt zo stom en oprecht verbijsterd is.

'Wil je wat gaan drinken? Kijken of seks met mij nog net zo lekker is als toen ik zeventien was? Rot toch een eind op, misselijk mannetje dat je bent. Ik hoop dat je eenzaam en alleen dood neervalt en opgevreten wordt door katten. Laat trouwens maar, katten zijn veel te goed voor je, ik hoop dat je opgevreten wordt door… door… naaktslakken!' Ik ram op het scherm om het gesprek af te kappen, smijt mijn mobiel door de kamer en brul het vanuit mijn tenen uit van woede.

Volgens mij heb ik een paar minuten lang niet eens door dat Theo er nog is. Alles prikt, alsof mijn hele lichaam slaapt, alsof ik niet genoeg lucht krijg.

Dan voel ik Theo's armen om me heen, die me mee naar de bank nemen en me omlaag drukken, zodat ik zit. Hij verdwijnt, maar komt een paar tellen later terug. Hij knielt voor me, veegt voorzichtig een paar plukken haar uit mijn gezicht en houdt een glas water omhoog.

'Diep inademen,' zegt hij. 'En drink wat.'

Ik neem een slok water, besef dat ik tril en voel dat ik weer mezelf word.

'Niet te geloven dat hij me belde,' zeg ik uiteindelijk. 'Hij belde me toch?'

Theo zit nog op zijn knieën, zijn bezorgdheid is van zijn gezicht af te lezen. 'Ja, hij belde.'

'Hij… hij…' Ik kan die zin niet eens afmaken, kan niet geloven dat Sam hier is binnengedrongen, opníéuw dit huis is binnengedrongen.

'Clemmie,' zegt Theo zachtjes en hij zet het glas water weg, houdt mijn koude handen in de zijne en wrijft ze voorzichtig warm. 'Er is niks aan de hand. Er is niks met je aan de hand.'

'Ja,' zeg ik. 'Er is niks met me aan de hand. Ik heb nu in elk geval kunnen zeggen wat ik ervan vond.' Ik grinnik zwakjes.

Ik zie de opluchting in Theo's ogen en zijn mondhoeken krullen op. 'Ja, dat kon je maar op één manier opvatten.'

'Zei ik nou dat ik hoopte dat hij opgevreten wordt door … naaktslakken?'

'Ja.' Theo's glimlach wordt breder. 'Dat dreigement was nogal intimiderend.'

'Dat is wel heel langzaam,' beaam ik.

'Heel erg langzaam,' zegt Theo plechtig. 'En heel slijmerig.'

'Ja,' fluister ik. 'Al dat slijm heeft hij dubbel en dwars verdiend.'

Er gaat een hartslag voorbij, en nog een, en dan vraagt Theo zachtjes: 'Wil je erover praten?'

Knikkend gebaar ik naar de bank. Theo komt naast me zitten. Ik trek mijn knieën op en sla mijn armen eromheen. 'Ik had het eigenlijk al veel eerder moeten vertellen,' zeg ik. 'Ik had moeten uitleggen...'

Theo houdt me tegen. 'Je bent me geen uitleg verschuldigd. Je bent me helemaal niets verschuldigd. Als je het wilt vertellen, wil ik het begrijpen, maar als je dat niet wilt is dat ook goed. Het hoeft absoluut niet.'

Dat ontlokt me een bibberige glimlach. 'Zo'n groot geheim is het trouwens niet,' verzucht ik. 'Het is alleen geen fijn verhaal en ik vertel het niet graag.' Ik denk er even over na. 'En eerlijk gezegd, ergens voel ik me, ik weet het niet... zo stóm dat ik hier nog steeds mee rondloop. Ik begrijp niet waarom ik het niet kan loslaten, iets wat zo lang geleden is gebeurd. Zelfs Sam weet het niet meer.'

'Ik weet niet wat er gebeurd is,' zegt Theo, 'maar ik weet wel dat wat je denkt of hoe je je voelt absoluut niet stom is.'

'Ik kan je maar beter eerst het hele verhaal vertellen voordat je zulke aannames doet.'

Theo schudt zijn hoofd. 'Ik hoef het niet te horen om te weten aan welke kant ik sta, Clemmie. Ik sta altijd aan jouw kant, altijd.'

Ik slik de brok in mijn keel weg en bedenk dat ik maar beter de koe bij de hoorns kan vatten, zodat ik niet de kans krijg om terug te krabbelen. 'Ik leerde Sam op mijn zeventiende kennen,' begin ik, zenuwachtig over mijn lippen likkend. 'Ik was een avondje stappen met Serena en Lil en hij begon met ons te ouwehoeren, maar op een of andere manier bleven we tot twee uur 's nachts met z'n tweeën in een hoekje kletsen.'

Ik denk terug aan die avond, aan hoe ik me toen voelde, dat Sam mij eruit had gepikt. Dat hij me zijn volledige aandacht schonk was overweldigend, gaf me het gevoel dat ik belangrijk was.

'Hij was knap, charmant en – hoewel ik dat toen nog niet wist – de drummer van een veelbelovende indieband, die net een beetje bekendheid begon te krijgen. Hij had iets fascinerends, mensen werden naar hem toe getrokken en hij was in míj geïnteresseerd. In die saaie, alledaagse boekenwurm.'

Theo maakt een protesterend geluid en ik glimlach. 'Zo zag ik mezelf in die tijd in elk geval. En jij hebt geen idee wat voor meisje de zeventienjarige Clemmie was.'

'Ze hield van schunnige middeleeuwse literatuur en had een ongezonde belangstelling voor Ryan Gosling, ondanks het feit dat hij er extreem gewoon uitzag, wat veel zegt over haar vriendelijke aard. En de zeventienjarige Theo zou haar beste vriend zijn geweest,' zegt Theo vastberaden.

Daar moet ik om lachen, echt lachen, en de zwaarmoedigheid die op me drukt neemt af, waardoor het makkelijker wordt om verder te gaan.

Ik adem diep in. 'Die avond gaf ik hem mijn nummer en hij belde me de volgende ochtend en de ochtend daarop en die daarop. Hij gaf me het gevoel dat ik het geweldigste, begeerlijkste meisje ter wereld was.

Zelfs toen ik erachter kwam dat hij muzikant was, kon me dat niks schelen. In mijn ogen leek hij totaal niet op Ripp. Hij was zo attent; hij luisterde naar me, praatte met me over boeken, muziek en kunst. Hij was een paar jaar ouder en alles voelde zo volwassen aan. Tja, die eerste liefde.' Ik vertrek mijn gezicht. Theo zegt niets, zijn uitdrukking is moeilijk te peilen.

'Daarna nam hij me mee uit, gingen we vaker feesten. Ik was minderjarig, maar niemand die ernaar vroeg als ik met de band mee was. Zij traden op en ik keek toe, en na afloop sloeg Sam dan zijn arm om me heen, noemde me zijn meisje en vertelde iedereen wat een bofkont hij was. Mijn god, ik trapte er met open ogen in,' zeg ik spottend, terwijl ik ondertussen voor de tigste keer bedenk wat een sukkel ik was.

'Waarom ook niet?' zegt Theo. 'Van wat ik zo hoor, zou iedereen erin getrapt zijn. We zijn op ons zeventiende allemaal een ramp als het om romantiek gaat.'

Ik kijk hem bedenkelijk aan en Theo begrijpt mijn blik meteen.

'Hé, wacht maar tot ik je over mijn eerste vriendinnetje vertel, dat het zo ontzettend lief uitmaakte dat ik drie weken later, toen ze haar tong in Darryl Simmons' keel had zitten, nog steeds dacht dat het aan was. Maar straks hebben we tijd genoeg voor mijn romantische miskleunen. We hadden het over jou.'

'O ja.' Knikkend bedenk ik dat ik dat verhaal later wil horen, en diep vanbinnen voel ik een irrationele steek van jaloezie en woede richting een naamloze tiener.

'We gingen dus veel uit. Sam stond er altijd op dat ik meeging. Hij zei dat hij niet zonder me kon, zei dat hij er niks aan vond als ik er niet bij was.' Ik frunnik aan de zoom van mijn korte broek en weet nog hoe verbijsterd ik was geweest bij de gedachte dat er iemand was die mij altijd in de buurt wilde hebben. En ik weet dat je geen jarenlange therapie nodig hebt om de misthoorns te horen die 'VERSTOORDE VADER-DOCHTERRELATIE!!!!!' blèren, maar achteraf is het verdomd makkelijk praten, hè?

'En in het begin was het ook leuk,' ga ik verder. 'Maar op een dag doken de paparazzi op, die Sam op de foto zette als we aankwamen of weggingen. Gewoon een of twee fotografen, viel allemaal wel mee. Zoals ik al zei, zijn band begon succes te krijgen. Ze hadden fans. Leuk was anders, maar ik begreep het wel. Ik probeerde niet in beeld te komen, dook achter Sam als de camera's flitsten.' Mijn handen worden zweterig, nu ik weet dat we bij het lastiger stuk komen.

'Op een avond stonden er opeens meer paparazzi dan gebruikelijk en een van de fotografen riep mijn naam... "Clementine Harris", en de volgende dag stond ík in de krant. Ik kan me de kop nog herinneren: "Zo Ripp, zo dochter".'

Theo maakt een geluid dat het midden houdt tussen een lach en een woedend gesputter.

'Echt, hè!' Ik krimp ineen. 'Buiten al het andere ook nog eens aanstootgévend slecht geschreven. Maar het stond er wel: een heel verhaal over Ripps dochter, die een feestbeest was en met een muzikant in bed lag. Daarna kwamen er nog meer foto's, nog meer camera's, waar we ook waren. En eerlijk waar, dit was zó ontzettend fout. Op allerlei manieren die ik als zeventienjarige niet helemaal begreep, maar nú...' Ik adem luidruchtig uit. 'De paparazzi probeerden onder mijn rok te fotograferen, floten verlekkerd naar me en vroegen me naar mijn seksleven, alles om mij uit de tent te lokken. Destijds zag ik mezelf niet als een kind, maar dat was ik wel, ik was pas zeventien. Je bent dan zo kwetsbaar, toch? Je bevindt je op het randje van volwassenheid en weet niet precies wat je ermee aan moet. Wat ze allemaal tegen me zeiden...'

Theo's stoïcijnse blik is gespannen geworden.

'Het was afschuwelijk. Ik was zo ongelukkig. Ik kreeg er een flinke opdonder van. Ik begon paniekaanvallen te krijgen, wilde het huis niet uit, en Sam bleef maar zeggen wat een klootzakken het waren, maar dat zij ons leven niet voor ons mochten bepalen, dat wíj wisten dat het gelul was, dus wat kon het ons schelen? Ik wilde hem absoluut niet kwijt, dus stemde ik ermee in en bleef het maar doorgaan en werd het alsmaar erger.' Ik praat steeds sneller, de woorden stromen naar buiten.

'De paparazzi bleven maar fotograferen, kozen foto's uit waarop het leek alsof Sam me ondersteunde, of waarop ik er woest uitzag of boos op hen. Ik at niet meer, werd daardoor ziek. Uiteindelijk schreven ze een artikel over een zogenaamd drugsprobleem en dat mijn vader me uit radeloosheid in een afkickkliniek wilde hebben.' Op dit punt knipper ik verbolgen met mijn ogen naar Theo. 'Ik heb zelfs nog nooit drugs áángeraakt. Nou ja, ik heb ooit een keer met Lil en Serena wietkoekjes gegeten en lag toen de hele nacht opgekruld als een balletje en dacht dat er allerlei woorden me probeerden te verpletteren, en elke keer als Lil of Serena iets zei dacht ik dat ze me weloverwogen probeerden te vermoorden. Daarna was ik aardig van de drugs genezen.'

Theo schraapt zijn keel. 'Wat gebeurde er toen dat verhaal werd gepubliceerd?'

'Godzijdank gebeurde dit toen social media nog niet echt groot waren, maar ik was evengoed bang dat de universiteit waar ik aangenomen was erachter zou komen en dat mijn leven compleet verpest zou worden, dus ging ik naar Ripp.' Ik trek een gezicht. 'Had ik nooit moeten doen. Ik heb hem gesméékt of hij met de kranten wilde praten, wilde zeggen dat die verhalen niet klopten, zodat ze me met rust zouden laten. Hij haalde gewoon zijn schouders op en zei dat het binnenkort over zou waaien en dat ik me er niks van aan moest trekken. Hij liep zelfs te geinen dat ik eindelijk liet zien dat ik een dochter van mijn vader was, alsof ik eindelijk iets had gedaan waar hij trots op was. Ik had het gevoel dat ik gek werd.'

'Wat een klootzak,' mompelt Theo, waardoor hij me nog meer voor zich inneemt.

'Zeg dat wel. Ik was zo kwaad op hem, maar Sam zei dat ik het Ripp niet kwalijk mocht nemen, dat ik mijn relatie met hem niet moest laten verpesten door kinderachtige, gekwetste gevoelens.' Ik wrijf met mijn vingers over mijn voorhoofd.

'Achteraf gezien drong hij er nogal op aan. Hij zei dat hij samen met mij met mijn vader zou praten, dat hij met me mee zou gaan, dat hij me dit niet alleen zou laten doen, dus ik dacht dat hij achter me stond. We zijn met z'n drieën gaan lunchen en Sam was in topvorm, pakte Ripp helemaal in, lachte en riep voortdurend hoe geweldig Ripps muziek was, hoe ontzettend hij hem bewonderde – en je weet hoe graag Ripp dat soort dingen hoort. En ik zat daar maar, een hoopje ellénde. Het lukte me niet, het lukte me maar niet om het gedoe met mijn vader achter me te laten. Ik vroeg bijna nooit ergens om, dus was het gewoon wreed dat hij geen hulp bood terwijl het hem bijna niets zou kosten; ik had het gevoel dat hij me opnieuw in de steek liet.'

Ik knipper mijn plotselinge tranen weg. Theo mompelt binnensmonds nog een paar krachttermen en schuift een stukje dichter naar me toe, hoewel hij dat volgens mij zelf niet eens in de gaten heeft.

Ik adem diep in. 'Op de dag dat Sam en ik uit elkaar gingen, vertelde hij me dat Ripp hem als drummer in zijn band wilde hebben. Ik was compleet van slag en ik vroeg of hij nee wilde zeggen. Ik kon er met mijn pet niet bij dat hij het aanbod ook maar overwoog, terwijl hij wist hoe ingewikkeld de relatie met mijn vader was, hoe moeilijk het voor mij zou zijn.' Hier aarzel ik, want dit stukje van het verhaal heb ik behalve Ingrid nog nooit iemand verteld – zelfs Lil en Serena niet.

'Hij... hij zei dat ik egoïstisch was. Dat dit zijn grote kans was. Hij zei dat hij niet de eerste zou zijn wiens dromen door mij uiteenspatten. Ik snapte niet waar hij het over had, totdat hij het haarfijn uitlegde. Hij had het over mijn moeder, dat zij haar carrière voor mij had opgegeven, om me te beschermen. Dat zij háár droom had opgegeven en dat het allemaal mijn schuld was.'

Theo komt abrupt overeind. 'Fuck.' Hij is woest. 'Wat een gigantische klootzak! Heeft hij dat echt gezegd? Dat slaat nergens op, dat weet je toch?'

Ik glimlach zwakjes naar hem. 'Ik weet heus wel dat het mijn schuld niet is dat ik ben geboren,' zeg ik. 'Maar Sam zei alleen datgene wat ik al zelf dacht. En ik heb zo veel therapie gehad, dus ik denk heus niet dat het mijn schúld is. Maar dat betekent niet dat ik me niet evengoed schuldig voel.'

'Wat? Waarom dan?'

'Nou ja, je kent het wel, de pers werd helemaal gek toen mam en Ripp gingen scheiden, met die drie baby's en zo. Al die aandacht voor ons zou nog erger geworden zijn als ze in de muziekindustrie was gebleven. Ik kan me niet voorstellen dat ze dat zou hebben gewild. En zij en Ripp waren uit elkaar, dus was ze in wezen een alleenstaande moeder. Zo veel keus had ze eigenlijk niet. En ik vind het nog steeds moeilijk – wat muziek betreft – als mijn moeder zingt…'

Aan zijn blik zie ik dat hij het begrijpt. 'Heb je dit ooit met haar besproken?'

Ik schud mijn hoofd. 'Nee, misschien doe ik dat ooit wel, maar ik weet het niet…'

Theo laat zich weer op de bank onderuitzakken. 'Wat gebeurde er daarna?'

Ik grimas. 'Geloof het of niet, maar het werd nog erger. Het nieuws dat we uit elkaar waren werd gelekt. De paparazzi stonden op de stoep; ik had het gevoel dat ik iedereen erbij betrok. Mijn mentale gezondheid kreeg weer een klap. Het was allemaal nogal… traumatisch. Het feit dat Sam nu met Ripp samenwerkte maakte het verhaal nog groter. Uiteindelijk greep mijn moeder in. Ik biechtte op wat er aan de hand was. Ik had mijn stinkende best gedaan om aan… nou ja, niemand te laten blijken hoe slecht ik de boel had aangepakt. Ze liet oom Carl met de kranten praten en toen bemoeide Ava zich ermee, die iedereen die ook maar mijn kant op keek bedreigde met allerlei juridische maatregelen. Zo zijn we erachter gekomen…' Mijn maag trekt samen en doet me denken aan hoe ik me voelde op de dag dat alles uitkwam, de dag waarop Ava me aan de keukentafel zette en het nieuws vertelde.

'Sam was degene die overal achter zat. Hij had de pers over mij ingelicht en over wie mijn vader was, hij had gezegd waar we zouden zijn en wanneer, hij hielp mee om de ergste foto's in scène te zetten, verkocht verzonnen verhalen aan de roddelbladen door. Hij had dat allemaal gedaan om zijn naamsbekendheid een boost te geven, om zichzelf in de spotlight te zetten.'

'Hij… Wát heeft hij gedaan?' Theo is verbijsterd.

'Yep. Hij had al die tijd gelogen. Vanaf het begin wist hij al wie ik was, had hij zijn oog op het einddoel. Ik heb geprobeerd er met Ripp over te praten, maar Sam streek alles glad, deed het lijken alsof ik zo'n hysterische tiener was die boos was omdat ze werd gedumpt. Mam bood aan zich ermee te bemoeien, maar in alle eerlijkheid, toen Ripp míj niet op mijn woord wilde geloven, wilde ik gewoon helemaal niks meer met hem of met Sam te maken hebben. Die twee verdienden elkaar. Sam kreeg dus wat hij wilde, terwijl ik hierheen vluchtte, zodat ik me kon verstoppen en kon zwelgen in zelfmedelijden. Ik was er kapot van.'

Theo staart een paar lange ogenblikken naar zijn handen. Het spiertje in zijn kaak blijft trekken. 'Was je toen voor het laatst hier met Granny Mac?' vraagt hij uiteindelijk.

'Ja, en je weet hoe afschuwelijk dat was.' Ik zucht. 'Maar ook al was ik de allerslechtste logee aller tijden – of ik liep haar af te snauwen, of ik dwaalde als een zielig spook door het huis – ze zorgde voor me. Ze haalde Lil en Serena hierheen, zodat we het ritueel konden uitvoeren. Ze was volledig op de hoogte van onze heksenspelletjes en volgens mij was ze op dat moment wanhopig. Maar het hielp wel; het was... zuiverend voor de ziel. We spraken de spreuk uit en begroeven hem in de tuin bij alle andere spreuken die we ooit hebben uitgesproken. Het voelde onherroepelijk, gedenkwaardig. Lil en Serena hadden wensen voor me bedacht, en ook een vloek voor Sam, zodat ik iets kon doen wat me hoop gaf. Voor het eerst voelde ik me iets minder ellendig. Het heeft lang geduurd voordat ik er weer was – medicatie en tig therapiesessies, maar daar is het mee begonnen.' Mijn ogen zijn vochtig en deze keer laat ik de tranen gaan. 'Granny Mac had dat geregeld en ik heb haar nooit bedankt.'

Theo trekt me naar zich toe en ik kruip op zijn schoot, zodat hij me helemaal kan omhullen. 'Ik vind het zo erg voor je, Clemmie,' murmelt hij in mijn haar. 'Ik vind het zo erg dat dit is gebeurd.'

'Het is lang geleden,' zeg ik tegen zijn sleutelbeen.

Hij houdt me alleen maar nog steviger vast.

Zo blijven we een tijdje zitten, totdat de spanning uit mijn lijf begint te vloeien, totdat ik ontspannen tegen hem aan leun, met mijn hoofd in de holte van zijn hals en mijn handen om zijn middel geklemd, tussen zijn rug en het kussen van de bank. Hij streelt mijn haar en ik ga langzamer ademhalen, mijn ogen vallen dicht. Ik heb me nog nooit zo veilig, zo getroost gevoeld.

Het volgende ogenblik word ik opeens als een zak aardappelen opgetild.

'Argh.' Wild zwaaiend met mijn armen sla ik Theo in zijn gezicht.

'Fuck!' roept hij uit, terwijl hij me uit alle macht vasthoudt en zijn vingers stevig in mijn heup boort.

'Au!' piep ik. 'Zet me neer!'

'Waarom probeer je ons allebei te vermoorden?' Theo hijgt en zet mijn rondmaaiende voeten op de trede boven de trede waar hij op staat.

Na een paar tellen heb ik me georiënteerd en pak ik de trapleuning vast, waarna ik hem nijdig aankijk. 'Waarom droeg je me de trap op?'

'Omdat je in slaap was gevallen. Het was lief bedoeld, maar volgens mij heb je mijn neus gebroken.' Theo moppert en voelt of er schade aan zijn neus is. Ik neem Theo's gezicht in me op, waar niks mee aan de hand is, behalve dat het een beetje rood ziet (ik ben geen lichtgewicht, hoe vaak je je biceps ook traint).

'Maak me de volgende keer gewoon wakker.'

'O, dat ik daar niet aan heb gedacht!' Theo slaat zijn hand tegen zijn voorhoofd. 'Nee, wacht, dat heb ik geprobeerd – heel voorzichtig – en je grómde naar me.'

'Niet waar!'

Hij schiet in de lach. 'Jawel. Je kwijlde op mijn T-shirt en toen begon je te grommen, en eerlijk gezegd was ik bang dat je me daarna weer zou bijten, dus wilde ik je heel gálant naar je bed tillen.'

'Is het zo galant om tegen een dame te zeggen dat ze je heeft ondergekwijld?' vraag ik, terwijl ik me omdraai en verder de trap op loop, met Theo achter me aan.

'Stel je voor dat je mijn neus had gebroken, Clemmie,' zegt hij van achter me vandaan. 'Dan stuurt David je geen bloemen meer, hoor.'

'O! De bloemen.' Ik draai me weer vliegensvlug om. 'Die moeten in het water.'

Ik sta nu bovenaan de trap, maar Theo staat nog steeds een trede lager. Onze gezichten zijn bijna op dezelfde hoogte, en ik mag van heel dichtbij genieten van zijn geamuseerde uitdrukking. Onze lippen zijn ook bijna op dezelfde hoogte, wat me nog meer afleidt.

'Ik heb de bloemen al in het water gezet,' zegt hij; ik kijk toe terwijl zijn mond elk woord vormt.

'O, mooi.' Ik lik mijn lippen en zie iets in Theo's blik ontvlammen.

Dit ogenblik duurt alsmaar langer en vult zich met beloftes.

Ik stap opzij, zodat Theo de laatste trede kan nemen, en als hij dat doet, strijkt zijn lichaam langs het mijne.

'Dus,' zeg ik en dan komen er geen andere woorden meer. Mijn hartslag versnelt opnieuw en bonst. We hebben het nog niet over de kus gehad. Al dat gedoe over Sam heeft de sfeer natuurlijk verknald, maar waar staan we nu? Moet ik hem meenemen naar mijn kamer?

Theo zet een stap dichterbij en duwt me achteruit tegen mijn slaapkamerdeur. *O mijn god*, gilt mijn lijf. *Nu gaat het gebeuren!!!!*

'Welterusten, Clemmie,' zegt hij zachtjes. Hij leunt voorover en drukt een vederlicht kusje op mijn wang, een aanraking die veel te snel voorbij is. 'En gefeliciteerd.'

Dan draait hij zich om en loopt naar zijn slaapkamer.

'O, ja. Jij ook,' piep ik, helemaal in de war. 'Ik bedoel niet gefeliciteerd, want dat slaat nergens op. Je bent niet jarig. Maar jij ook... welterusten.' Ik hoor Theo grinniken als hij de deur achter zich dichtdoet en blijkbaar niet langer van plan is me de kleren van het lijf te scheuren.

Ik laat mijn hoofd achterover tegen de deur knallen, sluit mijn ogen en schaam me kapot.

Supercool, Clemmie. Zo te zien is mijn vierendertigste levensjaar veelbelovend begonnen.

28

Twee dagen lang doet Theo alsof er niéts is gebeurd. Hij doet niet raar of afstandelijk; hij is zo mogelijk nog liever dan ooit. Wanneer ik die eerste ochtend naar beneden kom, staan niet alleen Davids bloemen in een vaas, maar naast mijn computer tref ik ook een jampotje met nog meer madeliefjes aan. Hij staat erop om in zijn eentje het avondeten klaar te maken en het is zowaar niet eens helemaal een ramp. Hij mailt een boekwinkel in Alnwick en bestelt een stapeltje kinderboeken voor me die zij aanraden.

Maar hij zegt geen woord over Sam of de zoen.

En dat is natuurlijk príma. Ik ga er niet over inzitten. We hebben elkaar dus op de meest wereldschokkende wijze in de geschiedenis van menselijke monden gezoend en ik heb mijn hart bij hem uitgestort. Nou en? Wat maakt het uit? Ik raak door zoiets kleins de kluts niet kwijt. Dat is tenminste wat ik tegen mezelf zeg als ik per ongeluk mijn haar met badschuim was, met twee verschillende schoenen aan boodschappen doe en tegen de koelkast bots wanneer Theo onverwachts de keuken binnenloopt.

Totaal de kluts niet kwijt.

Ik moet eerlijk zeggen dat Theo druk aan het schrijven is geweest... Ik heb het gedempte bewijs door zijn slaapkamerdeur gehoord en hoewel hij er liever niet over praat, heb ik het idee dat hij straks in elk geval naar huis gaat met in hoofdlijnen een compleet album. Ik weet dat Serena over een paar weken een studio in LA voor hem heeft geboekt en dat hij er zin in heeft. En dat is goed nieuws voor mij, want ondanks het feit dat ik bitter weinig heb gedaan, is iedereen in zijn nopjes met me. (Behalve David. Volgens David kan mijn werk 'ermee door'.)

Deze laatste paar dagen heb ik ook genoeg te doen, want hoewel Theo niet praat over wat er tussen ons is gebeurd, praat hij óók niet over het feit dat we nog maar twee dagen in Northumberland hebben. Maar David doet dat wel. David heeft er heel veel over te zeggen.

Volgens mij kijkt hij ernaar uit om Theo weer helemaal voor zichzelf te hebben, en er is een lange lijst met van alles wat ingepakt moet worden, en een tweede lange lijst met van alles wat geregeld moet worden zodat meubels, apparatuur en Theo zelf verhuisd kunnen worden. Ik ben de halve dag bezig met het afhandelen van telefoontjes van David, verhuisbedrijven en de luchtvaartmaatschappij, want Theo's gitaren moeten belachelijk goed verzekerd worden voordat ze terug naar LA kunnen worden gevlogen.

Dus nadat we het onderwerp dagenlang doodgezwegen hebben, is het niet zo gek dat er een oncharmant gepiep uit mijn keel ontsnapt als Theo zeer nonchalant tijdens het eten zegt: 'Zullen we maar bespreken wat we met jou en mij aan moeten als we hier weggaan?'

'Wat we met jou en mij aan moeten?' breng ik uit wanneer ik eindelijk niet meer piep.

'Ja, Clemmie.' Theo klinkt ongeduldig. 'We vertrekken over twee dagen, weet je nog? We moeten dit gesprek toch een keer gaan voeren.'

'Wát?' roep ik uit, en ik klink zowel verbijsterd als pisnijdig en zo voel ik me ook.

'Met ons.' Hij gebaart tussen ons heen en weer met zijn vork. 'Jou en mij. Ons.'

'Wat is er met óns?'

'Wat denk je zelf?' zegt hij luchtig. 'Dat ik zomaar in een privéjet naar LA stap zonder dat we hebben afgesproken wanneer we elkaar weer zien?'

Aangezien dat precies is wat ik dacht, houd ik mijn mond.

Theo kijkt me zijdelings aan en legt zijn vork neer. 'Ik wil je eigenlijk iets vragen.' Hij ziet er zenuwachtig uit, met een blos op zijn wangen. 'Ik heb er onder andere mee ingestemd om voor deze schrijfsessie naar Engeland te komen omdat ik deze week sowieso hier moest zijn. Lisa gaat trouwen.'

'Gaat je zus trouwen?' Ik frons. 'Wanneer?'

'Zaterdag.'

'Zaterdag, zo van over vijf dagen?' David heeft zijn mond gehouden over wanneer Theo zelf terug naar de VS zou vliegen en dit is waarschijnlijk de reden. Ik kan me vaag herinneren dat Theo het lang geleden op Serena's feest over een familieaangelegenheid had.

Hij knikt. 'Ja, het is zo'n heel vierdaags gebeuren van donderdag tot en met zondag. Ik vlieg zondagmiddag terug naar LA. Ik vroeg me af, nou ja, ik dacht misschien... Ik hoopte dat je...'

'Je hotel voor je wil regelen?' vul ik voor hem aan. 'Het verbaast me dat David dat nog niet heeft gedaan. Je bent nu een beetje aan de late kant. Wacht...' Ik kijk hem argwanend aan. 'David weet toch wel dat je niet meteen teruggaat naar LA? Want als je denkt dat ik je ga helpen verstoppen zodat je stiekem Maltesers naar binnen kunt blijven schrokken, dan...'

'Clemmie!' onderbreekt Theo me, half lachend en met een zeer geërgerde blik in zijn ogen. 'Ja, David weet dat ik ga, en nee, ik wil niet dat je een hotel voor me regelt. Jezus!' Hij wrijft een hand over zijn gezicht.

'O, sorry,' zeg ik. 'Ik heb dit weekend gewoon van alles geregeld en...'

'Ik probeer te vragen of je mee wilt,' flapt hij eruit.

Ik knipper met mijn ogen.

Hij schraapt zijn keel, zijn wangen worden nog roder. 'Ik vroeg me af of je mijn date wilt zijn. Naar het huwelijk van mijn zus.'

Mijn mond hangt zeker open, want na een paar tellen zegt Theo, bijna nukkig: 'Je hoeft me niet op die manier aan te kijken, zo raar is het nou ook weer niet.'

'Je wilt dat ik als jouw date meega naar de bruiloft van je zus?' herhaal ik. 'Eigenlijk is dat best wel raar, aangezien je me twee dagen geleden hebt gezoend en er sindsdien met geen woord over hebt gerept!'

'Jij anders ook niet!'

Huh?

'Ik heb het afgewacht, een en al geduld, zonder je op te jagen of druk uit te oefenen, je proberen te laten zíén wat ik voor je voel. Zo hoort het toch wat romantiek betreft? Echt waar, af en toe heb ik het gevoel dat je me exprés probeert te dwarsbomen.'

Ik verslik me in een slokje water. 'Dwarsbomen? Hoe moest ik dat

nou weten? Misschien kun je volgende keer beter je mond opendoen.'
Ik haal hijgend adem, het woord 'romantiek' weerklinkt in mijn oren.

'Dat doe ik nu toch?' Hij glimlacht en geeft me een servet, waardoor de rust weerkeert. 'Maar... wil je met me mee naar de bruiloft? Alsjeblieft?'

'Ik...' Ik aarzel. 'Ik kan toch niet zomaar op het huwelijk van je zus komen opdagen? Weet ze wel dat je een date meeneemt?'

'Ik heb haar weken geleden al gevraagd of ik je mee mocht nemen,' zegt Theo, die weer wat kleur op zijn wangen heeft. 'Alleen durfde ik jou niet te vragen.'

Ik frons. 'Hoeveel weken geleden?'

Zijn blik kruist de mijne. 'Ongeveer vijf weken geleden. Nadat je me had verteld dat je het kuiltje in mijn wang wilde likken. Ik hoopte dat het een teken was dat ik je niet helemaal koud liet.'

Met een blos op mijn wangen word ik verscheurd tussen me doodschamen en wat dat warme gevoel ook is dat in mijn buik oplaait. 'Je wilt dat ik meega als date?' vraag ik langzaam. 'Een romantische date? Of een vriendschappelijke date?'

'Allebei, eigenlijk.' Theo haalt zijn schouders op. 'Ik ben blij dat we vrienden zijn, maar ik wil je meenemen als meer dan dat.' Hij glimlacht opnieuw. 'Zo duidelijk genoeg? Ik wil niet dat mijn intenties dubbelzinnig opgevat worden.'

'Jouw intenties?' herhaal ik, terwijl ik nog steeds probeer te bevatten wat er gebeurt en waarom Theo ineens als Mr. Darcy praat.

Hij strekt zijn arm over tafel naar me uit en slaat zijn vingers om de mijne. Zijn hand is groot en warm en alleen al door zijn aanraking schiet mijn hartslag omhoog. 'Ik ben blij dat je me over jou en...' hier aarzelt hij, met een blik vol walging, 'je ex hebt verteld,' kan hij nog net uitbrengen. 'Want daardoor begrijp ik beter waarom dit ingewikkeld voor je is, waarom we langzaamaan moeten doen, waarom jij me moet kunnen vertrouwen, en daar hoort bij dat ik volkomen eerlijk en duidelijk tegen je moet zijn. Dus ja, dat is mijn intentie: je op een romantische date meenemen naar de bruiloft van mijn zus. Ik wil een relatie met je. Als jij dat wilt.'

Ik kijk naar onze handen. 'Dat wil ik ook,' zeg ik zachtjes, 'maar...'

'Vraag maar, Clemmie,' spoort Theo me aan en hij geeft mijn vingers een kneepje. 'Wat het ook is, je mag me alles vragen. Ik hou niks voor je geheim.'

'Ja, maar...' ik zoek wanhopig naar woorden, '...in het verleden was je volgens mij meer... Niet dat er iets... Ik wil alleen...'

Theo zakt op zijn stoel achterover. 'Dit gaat zeker over mijn "opwindende seksleven"?' Tot mijn opluchting hoor ik een plagende ondertoon in zijn stem.

'Ja,' geef ik toe.

'Oké.' Theo schraapt met zijn hand over zijn kin. 'Zullen we dan maar open kaart spelen?'

'Is goed.' Ik probeer een onpasselijke blik te onderdrukken en zet me vanbinnen schrap voor wat er komen gaat.

'Nou,' zegt hij peinzend, 'mijn eerste relaties waren zoals gebruikelijk rampzalig, maar dat wist je al. Ik was verlegen en onhandig, maar ik had toen niet door dat ik daarmee precies hetzelfde was als elke andere tiener die zich door zijn middelbareschooltijd bluft. Toen ik achttien was deed ik auditie voor the Daze en werd ik aangenomen.'

'Volgens mij sla je nogal wat over,' zeg ik.

'Niet echt.' Theo schudt zijn hoofd. 'Ik was echt een muziekfreak. Schoolorkest, kerkkoor, de hele rambam. Ik zat bijna de hele lunchpauze in het muziekklokaal verstopt en maakte mezelf wijs dat ik een sombere en creatieve vibe uitstraalde, terwijl ik in werkelijkheid de tekst van "Tubthumping" uit mijn hoofd aan het leren was. Mijn docent hoorde van de auditie en haalde een aantal van ons over om mee te doen. Het hele gebeuren ging als een waas voorbij. Eerlijk waar, ik was zo zenuwachtig dat ik me amper wat herinner.'

Hij zucht. 'Alles ging ontzettend snel voor ons, niet zozeer door enige vaardigheden of talent. Het was echt een gevalletje "op de juiste plek op het juiste moment" en de gasten die de band bij elkaar hadden gezocht waren ongelooflijk gewiekst. Maar goed, toen we net begonnen heb ik me inderdaad niet al te best gedragen. Opeens stelde ik heel wat voor, en mannen en vrouwen drongen zich letterlijk aan me op en ik ging mee in de hype. De krantenkoppen over mij klopten grotendeels en het kon me niks schelen. Ik was niet op zoek naar een serieuze relatie – waarom zou ik niet elke avond met een ander het bed in duiken? Waarom zou ik ergens nee tegen zeggen? Ik deed niemand kwaad; ik verbrak geen beloftes, want die deed ik niet.'

Theo grimast. 'Ik ben niet trots op wie ik toen was, maar ik was achttien en een gigantische sukkel, die in een compleet waanzinnige situatie terechtkwam. Ik betwijfel of er veel volwassenen zijn die beoordeeld willen worden op hoe ze op hun achttiende waren, maar voor mij is dat nog lastiger omdat ik me totaal niet met die gast verbonden voel. Tien jaar later was ik eind twintig, maar voelde ik me een oude vent. Ik was het spuugzat, was mezélf spuugzat. Ik ben in therapie gegaan, wat me ontzettend heeft geholpen, en een paar jaar later leerde ik een meisje kennen, Cyn, en we begonnen te daten.'

Ik probeer alle emotie bij het horen van die woorden te onderdrukken.

'Zoals je weet zijn we bijna vijf jaar samen geweest,' vervolgt Theo, 'en al die tijd had ik een compleet monogame relatie, maar toen kreeg ik mijn trekken thuis. De pers had me als playboy gebrandmerkt, als rokkenjager. Een eikel, eigenlijk… en ze hadden die jaren daarvoor ook wel gelijk, maar tóén viel er niets meer te veranderen. Elke keer als ik bij een andere vrouw in de buurt kwam, doken er foto's van ons op en schreeuwden de koppen dat ik vreemdging en dat het uit was tussen Cyn en mij en weer aan. Ze bleven maar doorgaan. Uiteindelijk ging het inderdaad uit, maar niet daardoor.' Met een peinzende blik tikt Theo met zijn vingers op het tafelblad. 'Of niet alleen daardoor. Cyn was geweldig, ze vertrouwde me. We waren gewoon uit elkaar gegroeid. We hadden het allebei druk met ons werk, waren altijd onderweg en probeerden dan tijd voor elkaar vrij te maken. We wisten dat het niet klopte, dat we allebei niet voor de lange termijn gingen, dat we beter vrienden konden zijn.'

'En toen?' vroeg ik.

'Daarna bleef alles bij het oude, dezelfde geruchten, dezelfde verhalen die me aan elke zangeres of filmster koppelden die je maar kunt bedenken. Ik datete gewoon helemaal niet meer… Hoe had ik überhaupt iemand in zo'n situatie kunnen daten? Ik was geen monnik, maar het scheelde niet veel, niet dat je dat zou zeggen op basis van mijn reputatie of hoe er over me werd geschreven.' Hij haalt zijn schouders op, maar ik zie dat zijn onverschilligheid gekunsteld is. 'Ik ging er niet meer tegenin, verantwoordde me niet meer. Het is gewoon makkelijker om mensen te laten denken wat ze willen. Ik heb het tenslotte over mezelf afgeroepen. Nu moet ik ermee leren leven.'

Dan denk ik aan Theo's gezichtsuitdrukking op Serena's feest, toen ze aan hem vroeg of hij echt naar bed ging met iedereen die hij leerde kennen. Ik weet dat hij Serena mag, dat hij haar respecteert, en ik weet dat die opmerking hem heeft gekwetst. Dat weet ik omdat ik het zag. Ik kende Theo toen gewoon nog niet, niet zoals ik hem nu ken.

'Dus toen je zei dat je al tien jaar geen onenightstand meer hebt gehad...' Mijn stem sterft weg, waardoor de woorden een vraag vormen.

'Was dat waar.' Theo's kuiltje komt tevoorschijn en vrolijkt me meteen op. 'Totdat een bloedmooie, tequila zuipende roodharige me tijdens een uitvaart overviel op mijn verstopplek, me vertelde dat ze een eeuwenoude vloek over haar ex-vriend had afgeroepen en me toen een voorstel deed. Vanaf de eerste seconde was ik verloren.'

En ik weet dat elk woord dat uit zijn mond komt waar is. Ik hoef er niet eens *misschien ben ik wel een grote sukkel omdat ik hem geloof, maar...* aan vooraf te denken. Ik geloof hem gewoon.

'Maar dan' – Theo klemt zogenaamd wanhopig zijn haren vast – 'stel je het eens voor... gaat deze droomvrouw er stiekem vandoor! Laat een briefje met drie regels voor me achter met de verkeerde naam erboven en verdwijnt. Sommigen zouden dat karma noemen.'

'Inderdaad,' beaam ik en ik voel een enorme, domme grijns doorbreken.

Op Theo's lippen verschijnt een bijpassende grijns. 'Maar... het lot komt tussenbeide. Ik kom haar opnieuw tegen en het plan is dat we samen zes weken lang in een of andere uithoek worden gedropt. Ik ben in de wolken.' Theo steekt een vinger op. 'Maar raad eens? Door alles wat ze vroeger heeft meegemaakt, zal ze me altijd blijven zien als een ranzige muzikant die haar het bed in heeft gelokt en alles wat ik doe om het tegendeel te bewijzen, versterkt haar beeld van mij: ik ben een flirt, een charmeur, alles wat ik zeg heeft een bijbedoeling.'

'Klinkt als een lastig parket.'

'Ja, dat is het ook!' roept Theo grimmig uit. 'Want ik ben smoorverliefd op haar, ik heb me verdomme nog nooit zo tot iemand aangetrokken gevoeld als tot deze vrouw – als een of andere geile tiener – maar als ik daar ook maar íéts van laat blijken, dan denkt ze dat ik mijn seksdrive absoluut niet onder controle heb. Dus die eerste week kan ik niet eens bij haar in de buurt zijn. Het is vernederend. Als ze me aanraakt, denk ik dat ik doodga. Er komt niets uit mijn handen. Ik ben ervan overtuigd dat dit hele gedoe een enorme vergissing is. Ik ben als de dood dat ze me als een diva ziet, die zich druk maakt over welk merk mineraalwater ik drink.'

'Je bént ook een diva!' Ik schiet verrukt in de lach.

'Oké, misschien ben ik me nu iets meer bewust geworden van de dingen die ik lange tijd als vanzelfsprekend heb beschouwd,' geeft hij toe, 'maar jij gaf me het gevoel dat je dacht dat ik met meubels zou gaan smijten als ik ook maar één rode M&M tegenkwam.'

Ik moet nog harder lachen en Theo grijnst ondeugend. 'Hoe dan ook,' vervolgt hij, 'het gaat erom dat ik dacht dat deze vrouw geen belangstelling had, en dat was prima. Ik probeerde dat te respecteren, probeerde mijn gevoelens te beteugelen, maar toen werd ze high van de pijnstillers en vertelde me keer op keer en zeer levendig dat ze zich tot me aangetrokken voelde...'

'Niet waar!' Ik snak naar adem.

'Wel waar!' Theo lacht nog harder. 'Toen we bij de apotheek vandaan kwamen. Ik maakte je wakker en al brabbelend kwam de schunnigste stream of consciousness die ik ooit had gehoord uit jouw mond. Je zei iets wat ik niet snapte over fileparkeren en noemde toen een paar zéér expliciete details over wat je met me zou willen doen en wat je zou willen dat ik met jou doe, en toen was je weer van de wereld.'

'O mijn god.' Ik sla mijn handen voor mijn gloeiende gezicht.

'Je hoeft je niet te schamen, Clemmie. Ik zei toch dat je geweldige fanfiction zou kunnen schrijven?' Hij geeft mijn elleboog een por. 'Het was bloedgeil, behalve toen je in mijn hand niesde voordat ik je een tissue kon geven.'

'Ik geloof je denk ik niet.' Tussen mijn vingers door gluur ik naar hem en hij grijnst gemeen.

'Het is waar, ik zweer het je,' zegt hij. 'Maar daardoor bedacht ik dat je me misschien wel leuk vond, of dat je me leuk zou kúnnen vinden.' Hij haalt opnieuw zijn schouders op. 'Ik weet niet wat het was – ik was er behoorlijk van in de war – maar daarna kon ik niet bij je vandaan blijven. Want ik heb nog nooit zo veel lol gehad als wanneer ik bij jou ben, en zelfs al zou er nooit meer iets gebeuren, alleen al met jou op de bank tv-kijken is het hoogtepunt van mijn dag.'

Er valt een stilte. Ik kijk naar het bord voor me, met mijn eten dat koud is geworden. Diep vanbinnen weet ik dat er nog tientallen dingen zijn die we moeten bespreken, dat er een kilometerslange lijst is van obstakels die tussen ons en een ook maar enigszins serieuze relatie staan, maar daar wil ik nu niet aan denken. Ik wil niet eens toegeven dat die dingen bestaan. Dus doe ik het niet.

'Dat was een indrukwekkende speech,' zeg ik, een beetje buiten adem. 'Na dat hele verhaal kan ik maar beter wel met je naar de bruiloft gaan.'

'Echt waar?' Met een brede glimlach komt hij overeind. Als hij naast me komt staan, pakt hij mijn hand.

Ik hef mijn hoofd en kijk hem aan. Hij is zo mooi dat het pijn doet. 'Ja, echt waar. Je weet hoe dol ik ben op feestelijke hapjes.'

Theo trekt me aan mijn hand omhoog, zodat we op gelijke hoogte tegen elkaar aan staan. Hij klemt zijn arm om mijn middel. Mijn hartslag gaat tekeer, mijn ademhaling is onregelmatig, mijn lichaam voelt zo koortsachtig aan dat ik bang ben dat ik daadwerkelijk ga flauwvallen, waardoor ik Theo's vermoedens dat ik hem dwarsboom alleen maar versterk.

'Dus we gaan op date?' vraagt Theo, met zijn lippen millimeters van de mijne. 'Een echte date?'

Slikkend knik ik.

'Eindelijk,' hijgt hij. En dan ligt zijn mond op de mijne, zacht en teder. Als hij zich al na een paar tellen terugtrekt, slaak ik een kreetje van protest. Theo trekt een wenkbrauw op. 'Heb je al bedacht hoe we onze twee laatste dagen hier zullen doorbrengen?'

Ik strijk met mijn lippen over zijn hals en hij gromt diep en goedkeurend. 'Mmm.' Ik houd mijn hoofd schuin. 'Ik heb wel een paar ideetjes. Vertel, hoeveel weet je nog van die zéér expliciete details?'

'Alles, Clemmie.' Theo glimlacht. 'Ik weet alles nog.'

29

De eerste keer halen we de slaapkamer niet eens. We halen de trap niet eens. De eerste keer doen we het tegen de muur van de woonkamer en is het snel en wanhopig, zonder enige finesse. Tegen de tijd dat Theo in me stoot, heeft ons pijnlijk langzame voorspel voor mijn gevoel zes weken geduurd en hebben onze lichamen geen zin om nog tijd te verspillen.

Theo's spijkerbroek is losgeknoopt, mijn rok zit rond mijn middel. Ik wil zijn shirt uit hebben, maar het lukt me niet om lang genoeg te stoppen met zoenen om dat voor elkaar te krijgen, dus bal ik de stof maar in mijn vuist samen, terwijl mijn andere hand over zijn warme huid dwaalt.

Hij steekt zijn hand in zijn zak en haalt een condoom tevoorschijn.

'Jij hebt toevallig condooms in je broekzak zitten?' vraag ik met opgetrokken wenkbrauwen.

Hij lacht snuivend en kust me opnieuw. 'Voordat Lil laatst wegging gaf ze ze aan me met een veelbetekenende blik.'

Ik trek me terug. 'Gaf mijn zús je stiekem condooms? Dat is... dat is...'

'Echt, hè? Denk er maar niet te veel over na, wees gewoon dankbaar.' Hij drukt zich tegen me aan en ik kreun.

'Ja,' breng ik moeizaam uit, 'dankbaar. Heel dankbaar.'

Zijn eerste stoot doet me tegen zijn mond naar adem snakken. Hij brengt zijn hand naar mijn dij en houdt mijn been hoger en steviger om zijn heup vast, terwijl hij steeds weer in me beukt. Hij rekt me uit, vult me op. Alles wat ik voel is overweldigend; mijn huid is hypergevoelig, met elke streling zie ik flitsen. Als hij zijn vingers tussen onze lichamen in brengt, is een vederlichte aanraking al genoeg om me uiteen te laten vallen, lachend en brabbelend terwijl het orgasme door me heen raast.

Hij drukt zijn gezicht in mijn hals, zijn eigen ritme hapert als hij zijn hoogtepunt bereikt.

'Fuck, Clemmie!' verzucht hij tegen mijn oververhitte huid. 'Fuck.'

We blijven een ogenblik zwaar ademend staan. Ik besef dat ik mijn ogen dicht heb en wanneer ik ze opendoe, duurt het even voordat ik Theo's gezicht scherp zie. Zijn wangen hebben een dieproze zweem over zich, zijn ogen zijn groot. Zijn handen liggen tegen de muur aan weerszijden van mijn hoofd en hij leunt naar voren, drukt tedere kusjes op mijn slaap en op mijn kaak.

'Dat ging... iets sneller dan de bedoeling was,' mompelt hij.

Ik lach, een hoog en ademloos geluid. 'Volgens mij konden we het geen van beiden nog langer uithouden.'

Kreunend duwt hij zijn heupen naar voren, hij is nog steeds stijf. Ik reageer met een instemmend geluidje.

'Oké,' zegt hij, terwijl hij overduidelijk een beetje zelfbeheersing probeert op te brengen. 'Zullen we in elk geval zorgen dat we boven komen? Ik ben van plan de tijd te nemen en ik heb zes lange weken gedroomd dat je in mijn bed lag. Of in jouw bed. Wat voor bed dan ook, eigenlijk.'

'Het bed klinkt goed,' beaam ik met schorre stem, hoewel ik mijn armen steviger om hem heen klem en zijn hoofd naar me toe trek voor een tedere, trage kus die al snel uitmondt in botsende handen, tanden en tongen.

'Bed,' gromt Theo uiteindelijk en hij maakt zich van me los, waardoor koude lucht tussen ons in stroomt. 'Het liefst gooi ik je over mijn schouder en til ik je de trap op, maar ik heb mijn lesje geleerd.'

Hij pakt mijn hand, kust me nog een keer, en nog een keer, en nog een keer. Langzaam bewegen we ons voort, elke stap wordt afgewisseld met intense, bedwelmende zoenen, en ik schuur schaamteloos tegen hem aan, op zoek naar de frictie waar mijn lichaam naar smacht. Deze keer bereiken we de trap voordat ik hem omlaag duw, schrijlings op hem ga zitten en met zijn tong in mijn mond mijn gretige vingers door zijn haar haal.

'Stop, stop,' zegt hij en ik verstijf.

'Clemmie. Geen seks op de trap,' zegt hij streng. 'We zijn volwassenen, slechts een paar stappen verwijderd van een heerlijk bed. Als we niet verder lopen, schiet het straks gigantisch in mijn rug en heb ik op plekken die ik niet nader ga noemen allemaal schaafwonden van de vloerbedekking.'

O god, ik raak onwijs opgewonden van een strenge Theo; mijn grijpgrage handen strekken zich eigener beweging naar hem uit.

Zijn blik verduistert en we zoenen opnieuw, en volgens mij gaan we daadwerkelijk seks op de trap hebben – hoewel Theo gelijk heeft en het ontzettend ongemakkelijk ligt – want zelfs een millimetertje ruimte tussen mijn huid en de zijne toelaten, is gewoonweg geen optie.

Ineens schuift hij zijn arm onder mijn benen en tilt me op en ik sla mijn handen om zijn biceps terwijl die spieren zich aanspannen, en *o, zijn armen, zijn armen!* En op een of andere manier krijgt hij ons overeind. Voordat ik ook maar kan tegenstribbelen, pakt hij mijn hand, sleurt me de laatste treden op en smijt me bijna mijn slaapkamer in – die is het dichtstbij – en op het bed.

'Kleren uit. Nu,' klinkt het verstikt terwijl hij zijn eigen shirt al uittrekt.

Ik wurm me uit mijn topje en beha – mijn rok en onderbroek heb ik onderweg al ergens neergegooid – en ga achteroverliggen, te opgewonden om me van mijn naaktheid bewust te zijn. Ik neem alles gretig in me op, elke blote centimeter van Theo's waanzinnige lijf en hoe hij naar me kijkt met die goddeloze vonk in zijn ogen.

'Deze keer,' gromt hij, 'gaan we het lángzaamaan doen.' Mijn tenen krullen bij het horen van die diepe klank in zijn stem, en dan kruipt hij op bed, over me heen, en nu er niets meer tussen ons in zit, nu we huid op huid liggen, denk ik dat ik ga sterven van genot.

En dan voel ik zijn mond overal.

'Ik ben geobsedeerd door jouw huid,' mompelt Theo, maar dan heft hij zijn hoofd en fronst. 'Dat klonk heel fout. Niet griezelig bedoeld, zoals een seriemoordenaar of zo. Ik wil geen klédingstukken van je huid maken...'

'Hou je mond, gekkie,' zeg ik giechelend en kronkelend.

Theo grijnst en drukt zijn geopende mond weer op mijn borst, op mijn ribben. 'Je bent zo zacht,' verzucht hij. Zijn adem strijkt over mijn huid en doet me huiveren. 'Zo ontzettend zacht. Je smaakt verrukkelijk. Ik wil je bijten.'

'Daar heb je de seriemoordenaar weer,' zeg ik snakkend naar adem. Grinnikend brengt hij zijn lippen naar mijn dijen en hij bijt me zachtjes, schraapt met zijn tanden.

'O mijn god, Theo,' hijg ik een minuut later. 'Alsjeblieft. Alsjeblieft. Alsjeblieft. Alsjeblieft.'

'Zo. Fucking. Beleefd.' Theo benadrukt elk woord met een kus. 'Wat wil je, Clemmie? Wat wil je allemaal?'

Dit is de perfecte kwelling, en Theo houdt zich aan zijn belofte, doet langzaamaan, neemt de tijd, totdat ik het gevoel heb dat ik gek word, totdat ik geen woorden meer kan vormen en vaag besef dat ik geluiden maak die ik nog nooit heb gemaakt. De wereld bestaat alleen nog uit zijn vingers, zijn tong, en als hij me eindelijk laat klaarkomen, spannen al mijn spieren zich en komt mijn rug van het bed los.

'O mijn god,' fluister ik. Mijn hart bonkt in mijn oren. 'O mijn god, o mijn god.'

Met een tevreden glimlach trekt Theo me naar zich toe, onze zweterige armen en benen in elkaar verstrengeld. 'Dat was nog beter dan ik me herinner, en ik heb er de laatste tijd váák aan gedacht.'

'O ja?' zeg ik grijnzend.

Zijn arm dwaalt naar mijn taille en hij keert me van zich af, drukt zijn borst tegen mijn rug. 'Ja,' zegt hij zachtjes, met zijn lippen tegen mijn oorschelp. 'Maar weet je waar ik al wekenlang van wakker lig? Daar, aan de andere kant van deze muur?'

'Nou?' vraag ik ademloos en ik schuur tegen zijn erectie aan, wat hem een waarderend gekreun ontlokt.

'Die vibrator die je van Serena hebt gekregen. Heb je die gebruikt?'

'Ja,' zeg ik, waarna ik fluisterend de hele waarheid eraan toevoeg. 'Met jou in gedachten.'

Theo draait me op mijn rug, torent boven me uit, met een halfwilde blik in zijn ogen. Als een roofdier glimlacht hij zijn tanden bloot. 'Laat zien.'

Dus doe ik dat.

Uren later strompelen we eindelijk naar beneden en we zien eruit alsof we (nauwelijks) een of andere sexy wervelstorm hebben overleefd.

Het is midden in de nacht en we zijn in de keuken. Ik heb Theo's T-shirt aan en maak roereieren met geroosterd brood.

Theo leunt tegen het aanrecht, poedelnaakt, want 'dit hadden we wekenlang kunnen doen, Clemmie. We hadden wékenlang samen naakt kunnen rondlopen. Ik trek nooit meer kleren aan en dat zou jij ook niet moeten doen. Jíj zou trouwens vanaf nu áltijd naakt moeten rondlopen.'

'Ik ga geen eieren bakken in mijn blootje,' zeg ik vastberaden. 'Volgens mij is dat... onhygiënisch en misschien wel gevaarlijk.'

'Wie wil er nou eten?' roept Theo euforisch uit. Hij laat een arm om mijn middel glijden en steekt zijn neus in mijn haar vol klitten.

'Wij!' snuif ik. 'We hebben zojuist zo'n tienduizend calorieën verbrand. Als we niet iets eten en drinken, dan vergaat mijn lichaam misschien wel tot stof.'

'Hmmm, dat moeten we niet hebben,' zegt Theo en hij pakt zijn bord aan. 'En ik vind het zo leuk dat je mijn kleren aanhebt, bíjna net zo leuk als wanneer je naakt bent.'

Mijn wangen worden warm, wat belachelijk is als je bedenkt wat er zojuist allemaal tussen ons is gebeurd, maar ik kan er niks aan doen. Volgens mij moet alles nog bezinken.

We eten onze eieren aan het keukeneiland, grotendeels in aangenaam stilzwijgen. Theo beseft blijkbaar dat hij toch uitgehongerd is, want als hij eenmaal alles opheeft, probeert hij het eten van mijn bord te scheppen en houd ik dreigend een spatel omhoog.

'Kijk je uit waar je met dat ding wappert!' gilt Theo.

'Nog een reden waarom je kleren moet aantrekken,' zeg ik, lieftallig glimlachend.

'Niet te geloven dat je loopt te zeuren dat ik te weinig aanheb.' Theo zucht en staat op. 'De aardigheid is er al vanaf. Je hebt van mijn lichaam genoten en nu ben je me zat.'

Hoewel hij het schertsend zegt, ken ik hem goed genoeg om het piepkleine beetje oprechte angst te horen dat zijn woorden bevatten.

Ik sta ook op, sla mijn armen om zijn middel, houd hem stevig vast en druk een kus op de volmaakte borstspier voor mijn neus. 'Ik denk in alle eerlijkheid dat ik je nooit zat word, Theo.' Ik glimlach tegen zijn huid aan. 'Ik vind je inderdaad een ongelooflijk lekker ding en waarschijnlijk heb je seks voor altijd voor me verpest, maar ik vind je óók lief en slim en grappig en zo ontzettend maf, wat ik misschien nog wel het allerleukst aan je vind.'

'Is dat zo?' Hij kijkt op me neer en in zijn blik zit een kwetsbaarheid waardoor mijn hart samenknijpt.

'Of ik je echt ontzettend maf vind?' Ik ga op mijn tenen staan en druk een kus op zijn mondhoek. 'Ja.' Ik schraap al mijn moed bij elkaar. 'Ik ben knettergek op je. Loop over van allerlei gevoelens.'

Met zijn handen in mijn taille tilt hij me op en draait me in het rond. Als mijn voeten de grond weer raken, lig ik dubbel van het lachen, en hij verovert mijn mond met de zijne. 'Overlopen van gevoelens is fijn,' fluistert hij. 'Zullen we nu weer naar bed gaan?'

De volgende ochtend word ik in Theo's armen wakker. Deze keer douchen we samen. Deze keer gaat er niemand weg.

Deel drie

30

Twee dagen en een onfatsoenlijke hoeveelheid orgasmes later laden Theo en ik zijn laatste spullen in zijn chique auto. Als Theo erop staat dat ik met hem meerijd en ik vraag wat ik dan met mijn auto moet, kan ik zijn bedroefde zucht en zijn antwoord niet waarderen. 'Haal gewoon de handrem eraf en laat de zee hem verzwelgen; hij heeft alles gegeven.'

Gelukkig heeft Petty Lil en Serena weten te strikken om het huis op orde te krijgen als wij eenmaal weg zijn en ervoor te zorgen dat al haar spullen weer op hun plek komen, voordat er vakantiegasten arriveren. Ik ben ervan overtuigd dat mijn zussen hiermee ingestemd hebben zodat ze met een smoes kunnen kijken hoe het met mij en Theo gaat, maar Lil heeft wel aangeboden mijn auto terug naar Londen te brengen, dus ga ik dit gegeven paard niet in de bek kijken.

'Mooie zuigzoen.' Serena groet me droogjes bij de deur, walgelijk vroeg op deze donderdagochtend. 'Vertel nog eens over die zuiver vriendschappelijke gevoelens die je voor Theo hebt.'

Blozend trek ik aan mijn T-shirt om de plek naast mijn sleutelbeen te verhullen. Ik had Theo ervan beschuldigd zijn *Blood/Lust*-fanficfantasieën op me uit te leven en dat ontkende hij in elk geval niet. En om eerlijk te zijn vond ik het niet echt erg.

'Mijn hemel, Clemmie,' fluistert Lil, diep onder de indruk. 'Je... gloeit helemaal. Je huid straalt. Volgens mij word je omgeven door een soort seksnevel.'

'Eh, gadver.' Ik trek mijn neus op. 'Zeg alsjeblieft nooit meer "seksnevel", viezerik die je bent. Maar goed, ik heb inderdaad iets te vertellen...'

Serena stapt langs me heen. 'Hou toch op. Die sexy koeienletters stonden vorige week al op jullie gezichten geschreven.'

'Ben je boos?' vraag ik nerveus, terwijl ik achter haar aan loop naar de woonkamer, die nu leeg is. Ik heb als een berg tegen Serena's reactie opgezien, vooral omdat ze me terecht kan verwijten dat ik onprofessioneel ben.

Serena kijkt me onderzoekend aan. 'Vanwege die klus? Nee. Wat er hier ook is gebeurd, Theo heeft een of andere creatieve doorbraak gehad, dus is alles goed gekomen. Maar ik moest van David horen dat jij naar de bruiloft van Theo's zus gaat, nog voordat je ons een berichtje stuurde waarin je ons om hulp vroeg. En nu vallen we ook nog eens blijkbaar jullie liefdesnestje binnen. Niet netjes, Clem.'

'Inderdaad,' valt Lil haar bij. 'Je hoort ons dit soort dingen altijd als eerste te vertellen. Je weet dat we achter je staan. Wij horen bij je.'

'Weet ik,' verzucht ik. 'Ik...'

Uitgerekend nu komt Theo de woonkamer binnen en mijn zussen draaien zich vliegensvlug naar hem toe als één furieus, intimiderend wezen, als iets uit de Griekse mythologie met twee hoofden en duistere bijbedoelingen.

'Theodore,' snauwt Serena, ijs- en ijskoud.

'Hé, S. Hé, Lil,' begroet Theo hen op zijn gemak.

'Hou maar op met dat gehé.' Lil knijpt haar ogen samen. 'We zeggen dit maar één keer.'

'Zeggen wat maar één keer?' Theo werpt een duidelijk verwarde blik op mij.

Zo voel ik me ook, maar daar komt snel een eind aan als Serena regelrecht zijn *personal space* in stapt en met een bloedrood gelakte nagel in zijn borst port. 'Als jij onze zus pijn doet, op wat voor manier dan ook, als ze ook maar enigszins van slag raakt, zich ook maar een seconde onbehaaglijk voelt, dan hou je aan je mannelijkheid alleen nog maar mooie herinneringen over.'

'Serena!' piep ik geschokt.

'Nee, Clemmie,' zegt Lil zachtjes, met dreigende stem. 'Je bent al te vaak gekwetst. Dit hadden we meteen al moeten doen.' Ze kijkt Theo recht in de ogen en haalt langzaam haar vinger over haar keel, met een angstaanjagend, emotieloos masker op haar gezicht.

'Jezus, Lil!' roep ik uit. 'Zoiets griezeligs heb ik nog nooit gezien. Hoe háál je het in je hoofd? Doe allebei even rustig.' Ik wend me tot Theo. 'Hier heb ik niet om gevraagd. Ik weet niet eens wat dit moet voorstellen, behalve een poging om mij gigantisch voor schut te zetten.'

'Stel je vóór dat je zussen je voor schut zetten voor je nieuwe... wat Theo verdomme ook is.' Serena's glimlach is vlijmscherp. 'Niet zo leuk, hè, als de rollen omgedraaid worden.'

'Dat was totaal iets anders,' mopper ik. 'En voor zover ik me kan herinneren, hebben we niet gedreigd jouw nieuwe vriendin te verminken.'

Lil laat ogenblikkelijk haar afschrikwekkende gezichtsuitdrukking varen en is weer een en al glimlach. 'Zo keek ik ook naar Sophie Ritter voor onze tennisfinale voor meisjes onder de zestien en reken maar dat ze een beetje in haar broek pieste.'

Theo maakt zich geen zorgen, die is alleen maar geamuseerd en zegt rustig: 'Ik zou Clemmie nooit pijn doen. Nooit. Zij is voor mij het allerbelangrijkst.'

'Ahhhhhh.' Lil slaat haar handen ineen en is onmiddellijk overstag.

'We gaan het zien,' is Serena's reactie, die ze met nog een vernietigende blik onderstreept. 'Maar goed' – ze draait zich naar me toe – 'we hebben alles meegenomen waar je om vroeg.'

'Dank je.' Ik laat opgelucht mijn schouders zakken en pak de chique Louis Vuitton-koffer aan, die zeer zeker niet van mij is.

'Je kunt niet aan komen zetten met je spullen in een draagtasje,' verzucht Serena, die mijn blik begrijpt. 'Dit hele gebeuren vindt in een zéér deftig hotel plaats, Clemmie.'

'Een leuke stoffen tas van een boekwinkel is geen draagtas,' werp ik tegen. 'Maar nog veel belangrijker, hebben jullie genoeg verschillende outfits ingepakt?'

'Dat heb ik gedaan,' merkt Lil op.

'Dank je. Theo kan echt niks zinnigs vertellen over de sfeer van de bruiloft.'

Theo haalt zijn schouders op. 'Ik weet niet wat ik daarover moet zeggen. Ik ga in pak. Lisa draagt een witte prinsessenjurk. Wat zou ik nog meer moeten weten? Ik heb al gezegd wat ik vind dat je moet aantrekken.'

'Ik ga niet op het huwelijk van je zus met jouw familieleden kennismaken in een jurk met gouden pailletten die amper mijn kruis bedekt.'

Theo's fonkelende ogen glijden over mijn gezicht omlaag naar mijn lichaam. 'Je zag er superlekker uit in die jurk en toen mocht ik er niet van genieten.'

Onze blikken botsen en ik voel mijn hartslag versnellen, terwijl ik diep vanbinnen helemaal warm word.

'Ik moet kotsen,' zegt Serena uitdrukkingsloos.

'Séksnevel,' fluistert Lil. Haar ogen zijn weer groot.

'Doe maar rustig,' zegt Theo en hij wrijft sussend over mijn rug. 'Wat je ook aantrekt is goed. Je zult er prachtig uitzien.'

Serena snuift. 'Tegen Clemmie zeggen dat ze rustig moet doen, da's een goeie.' Ze gniffelt naar me. 'Weet je nog toen je van Lil moest mediteren?'

Ik kreun.

'Wat gebeurde er?' vraagt Theo, met schitterende ogen.

'Ze werd nog gestrester.' Lil gooit haar handen omhoog. 'Wie wordt er nou gestrester van meditatie?'

'Dat zeg je wel steeds, maar het wás ook stressvol,' houd ik vol. 'Hij zei dat we een voor een alle verschillende lichaamsdelen zouden ontspannen, maar hij begon bij de krúín. Hoe ontspan je je kruin? Dat kan niet eens! Hebben jullie soms allemaal geheime spieren waar ik niks van afweet? Ik bleef het maar proberen, maar het leek wel alsof mijn hersenen kortsluiting kregen, en tegen de tijd dat ik de boel opgaf, was hij al bij de knieën en was ik al heel veel cruciale ontspanning misgelopen en wist ik niet of ik gewoon door moest gaan of opnieuw moest beginnen.'

Theo is net als mijn zussen in de lach geschoten en drukt zijn gezicht in mijn hals. Zijn zachte adem voelt warm op mijn huid. 'Ik vind jou het allerleukst,' zegt hij.

'Ik ben blij dat jullie het allemaal zo grappig vinden, maar het is absoluut niet raar dat je het spannend vindt om de familie van je...' ik ga het lijstje van mogelijke woorden langs en raak mijn zelfvertrouwen kwijt, 'Theo voor het eerst te ontmoeten.' Zij vinden het misschien niet zo belangrijk wat ik aan moet, maar ik wil het per se goed doen. Alles is nog zo kwetsbaar tussen Theo en mij, dat het kleinste vergissinkje genoeg is om een regelrechte ramp te ontketenen. Wat ik aantrek is in elk geval iets waar ik invloed op heb, en die gedachte geeft me houvast.

'Luister, als je je er zo veel zorgen om maakt, dan regelen we iets, maar ik beloof je dat je in een vuilniszak kunt komen opdagen en dan vindt de familie van je Theo nog steeds dat jij het beste bent wat hem ooit is overkomen,' zegt hij resoluut. 'En ik heb al jóúw familieleden ontmoet en die vinden me geweldig!'

'Dat is waar,' zegt Lil stralend.

'Dat valt nog te bezien,' mompelt Serena, maar het lijkt alsof ze zich een beetje laat vermurwen. Wanneer Theo haar liefhebbend toegrijnst, kijkt ze hem niet eens nijdig aan.

'Maar goed.' Hij slaat een arm om mijn schouder. 'We moeten gaan, anders komen we te laat.'

'Oké, ja.' Nu begin ik echt zenuwachtig te worden. Ik vind het niet alleen doodeng om Theo's familie te ontmoeten, maar ook om ons dierbare bubbeltje te moeten verlaten. Samen. Ik heb geen idee hoe dat eruitziet.

Als we ons weer in de echte wereld begeven, betekent het dat we een aantal van de vele, vele dingen onder ogen moeten zien die ik uit alle macht heb geprobeerd te negeren. Zoals het feit dat Theo op een ander continent woont. Het feit dat hij beroemd is. Het feit dat miljoenen mensen willen weten wat hij als ontbijt heeft gegeten (twee Pop Tarts, een halve zak Haribo en drie chocolade-Digestives, want de afgelopen zes weken is er een monster gecreëerd en hij wilde nog 'een laatste keer losgaan voordat ik weer aan het tarwegras moet'). Het feit dat we níéts hiervan hebben besproken.

'Ik hóór je veel te diep nadenken,' zegt Theo. Hij pakt de koffer van me over en loopt naar buiten om hem in de auto te gooien.

Ik wil vragen of hij er wel genoeg over heeft nagedacht, maar ik bijt op mijn tong. Ik weet eigenlijk niet welk antwoord ik wil horen.

'Het wordt ontzettend leuk,' zegt Lil en ze omhelst me. 'Je zult het geweldig vinden.'

'En als dat niet zo is, dan schakel je het Bat-signaal in en dan komen we,' voegt Serena eraan toe, terwijl ze haar armen om ons heen slaat.

Ik voel mijn lijf een beetje ontspannen. Ze hebben gelijk: het komt goed. En als dat niet zo is, dan zijn mijn zussen er voor me.

Lil zwaait als ik naast Theo in de auto stap. 'Geef maar een seintje als jullie er zijn.'

'Oké,' zegt Theo, die zijn zonnebril opdoet en de auto in zijn achteruit zet. 'Ik heb de eerste aflevering van die true crime-podcast waar je het over had, óf het volgende hoofdstuk van het luisterboek dat ik van je moest aanhoren. Ik wist niet dat historische romans zo meeslepend waren, maar zo zie je maar. Die zooi is zo stijf dat het sexy is.'

Glimlachend kruip ik lekker op de stoel. 'Dat dacht ik al. Maar zullen we muziek aanzetten? Iets wat jij leuk vindt?'

'Echt waar?' Hij kijkt me verbaasd aan, maar hij klinkt verheugd.

'Ja.' Ik knik terwijl we bij het huis wegrijden dat de afgelopen zes weken een cocon en een veilige haven voor ons was. Mijn maag maakt een duikvlucht maar ik houd mijn woorden neutraal. 'Misschien is het tijd voor iets nieuws.'

31

Halverwege het hotel belt Serena.

'Ik wilde jullie even laten weten dat er buiten iemand rondloopt met een fototoestel,' zegt ze, nadat ik haar op de speaker heb gezet zodat Theo kan meeluisteren.

'Paparazzi?' vraagt Theo en zijn blik dwaalt even naar de mijne. Mijn maag knijpt samen.

'Ik denk het,' snuift Serena. 'Hij had de vereiste stiekeme knaagdierachtige kenmerken en een lange lens bij zich waar zowel de rioolpers als viezeriken gek op zijn.'

'Misschien was het een vogelaar,' zeg ik hoopvol. 'Er vliegen in Northumberland veel zeldzame vogels rond.'

'Ach, mijn lieve zomerkind,' zingt Serena. 'Al dat optimisme. Zorg dat je dat nooit kwijtraakt.'

'Jaja, hou maar op. Geen vogelaar, ik snap het,' mopper ik.

'Het maakt toch niets uit, want jullie zijn hier niet, of wel soms? Hij moest het doen met foto's van mij waarop ik een onbekwame pakketbezorger de waarheid vertel, voor wie Lil vervolgens een kopje thee moest zetten, zodat hij praktisch op haar schouder kon uithuilen. Jezus, waarom moeten mensen zo gepamperd worden? Ik word omringd door onbenullen.'

'Dat is een last die jij moet dragen,' zegt Theo. 'Bedankt voor je telefoontje. Volgens mij zijn we er precies op tijd vandoor gegaan.'

'Dat kun je wel zeggen. Ik vraag me af of hij er nog is,' zegt Serena peinzend. 'Dan richt ik de tuinslang op hem.'

Theo gniffelt. 'Zo te horen heb je alles onder controle. Wil je het ook aan David doorgeven?'

'Doe ik,' belooft Serena en ze beëindigt het gesprek.

'Gaat het?' vraagt Theo.

Ik verschuif op mijn stoel. 'Jawel hoor. Dat was wel op het nippertje, maar zoals Serena al zei, we zijn er niet meer.' Ik kijk hem aandachtig aan. 'En jij? Gaat het met jou?'

'Met mij?' Hij tikt met zijn vingers op het stuur. 'Tuurlijk.' Wanneer ik mijn mond houd, kijkt hij me vluchtig aan en lacht kort als onze blikken kruisen. 'Nou goed dan, ik ben boos. Ik vind het vervelend dat er door mij fotografen bij Granny Macs huis rondlopen, maar gelukkig is het goed afgelopen.'

'En nu dan? Ben je bang dat ze bij de bruiloft opduiken?' Ik voel mijn maag opnieuw een buiteling maken als ik daaraan denk.

'Ik ben altijd bang als het om mijn familie gaat,' zegt Theo met een luchtigheid die hij vast en zeker niet voelt. 'Maar niets wijst erop dat het een probleem wordt. En het hotel is beveiligd. Het is niet zo kwetsbaar als het huis was. Ze hebben zo vaak met beroemdheden te maken. Het komt wel goed.'

Ik weet niet of hij mij daarvan probeert te overtuigen of zichzelf, maar als hij mijn hand pakt en er een kus op drukt, zoals hij ook op mijn verjaardag deed, probeer ik het benauwde gevoel in mijn borst te negeren.

Ondanks Serena's waarschuwing heb ik onderschat wat Lisa's trouwlocatie in werkelijkheid is. Een kleine vier uur later rijden we de lange grindoprit op, waar aan weerskanten hoge populieren de wacht lijken te houden en een helder lichtgroen bladerdak vormen. Vogels zingen. Het licht is zowaar gespíkkeld.

Aan het eind van de oprit slaan we de hoek om en zien we het hotel voor ons liggen.

'Wat is dit in Jane Austens-naam voor plek?' vraag ik verbijsterd.

'Zeg dat wel.' Theo kijkt naar het hotel op. 'Volgens mij hebben ze *Pride and Prejudice* hier opgenomen of zo. Lisa is daar gek op.'

Het pand is een droom, overal hoge georgiaanse ramen, groene klimop en gevelstenen met de zachte kleur van honing. Aan de zijkant van het hotel bevinden zich een gietijzeren orangerie, bloembedden bomvol frivole pastelkleurige rozen en een enorm gazon, gemaaid in zulke volmaakte banen afwisselend licht en donkergroen, dat ik me afvraag of er iemand met een liniaal en spuitbussen in de weer is geweest.

Theo parkeert de auto en als we uitstappen komt er een vrouw in een net zwart pak en onmogelijk hoge hakken klikkend de trap af.

'Meneer Eliott,' zegt ze hartelijk en het lukt haar bijna een perfect professionele houding aan te nemen, maar wanneer Theo glimlachend zijn hand naar haar uitsteekt, hapt ze heel, heel eventjes naar adem.

'Ik ben Cassandra, de hotelmanager, en dit weekend zie ik overal op toe. We gaan ervoor zorgen dat de bruiloft van uw zus en haar verloofde perfect is.'

'Daar gaat het om, en alsjeblieft, noem me Theo.' Hij kijkt mij aan, pakt mijn hand en trekt me naar zich toe. 'En dit is mijn introducee, dr. Clementine Monroe.'

'Hallo,' zeg ik verlegen, en ik kan Cassandra's nieuwsgierigheid voelen, ook al begroet ze me probleemloos. Dat komt door de manier waarop haar blik op me blijft hangen, de manier waarop ze snel mijn voorkomen in zich opneemt. Dat onbehaaglijke gevoel wordt versterkt wanneer er nog enkele hotelmedewerkers naar ons toe komen: een jongere vrouw die de auto wegzet en een paar mannen van in de twintig die onze bagage meenemen. Deze drie zijn minder bedreven in het verhullen van hun nieuwsgierigheid en Cassandra glimlacht ietwat geforceerd terwijl ze blozen en stamelen en Theo met grote ogen bekijken, en mij af en toe ook.

Theo doet er niet moeilijk over, die is het blijkbaar gewend, en ik dwing mezelf te ontspannen. Ze zijn tenslotte niet onbeleefd of lastig. Het is heus niet érg… het is gewoon ongemakkelijk. Theoretisch gezien weet ik dat Theo heel beroemd is, maar ik ben zo gewend om hem als míjn Theo te zien, dat het schokkend is om te beseffen dat hij ook van al deze mensen is.

De moed zakt me in de schoenen als ik bedenk hoe bekend me dit allemaal voorkomt, hoe de blikken en het verstikte geroezemoes van opwinding ons overal achtervolgden als ik met Ripp ergens naartoe ging. Een ogenblik lang weet ik weer hoe het voelde om zíjn hand vast te houden terwijl mensen fluisterden en ons aanstaarden en voetje voor voetje dichterbij kwamen, hoe ik mijn huid van me af wilde werpen en me wilde verstoppen.

Gelukkig kan ik er niet te lang bij stilstaan, want een klein meisje stormt met honderd kilometer per uur de deur door en gilt: 'OOM THEOOOOOOOOOO!!!!!!'

De vreemde sfeer slaat om als Theo's vierjarige nichtje zich in zijn armen stort en hij haar lachend in het rond draait.

'Hannah-de-pannah!' kreunt Theo. 'Hoe kan het dat jij zo groot bent geworden?'

'Toen je weg was,' antwoordt het meisje serieus, 'heb je me alleen op de computer gezien, dus lijk ik nu zo groot omdat je dacht dat ik heel klein was.' Ze houdt haar vingers uit elkaar om aan te geven hoe klein de Hannah op het scherm was.

'Daar heb je gelijk in,' beaamt Theo. 'En dan ga ik je nu voorstellen aan een heel bijzonder iemand. Dit is Clemmie.'

'Hé, Hannah,' zeg ik en ik zwaai snel met mijn hand.

Hannah neemt me peinzend in zich op. 'Waarom is ze bijzonder?' vraagt ze aan Theo. Haar toon suggereert dat ze deze vaststelling in twijfel trekt.

'Omdat ze de allerbeste verhalenverteller is,' zegt Theo. 'En omdat ze kan toveren.'

'Kan jij dat echt?' Hannah zet grote ogen op.

Ik knik. 'Met mijn zussen. Al sinds we klein waren.'

Haar ogen worden nog groter als ze bedenkt dat de afgeleefde oude toverkol die voor haar staat ooit een kind was. 'Oké,' zegt ze knikkend. 'Ik ga wel met haar mee dan.' Haar toon is vorstelijk en ze steekt haar handen naar me uit en gooit haar bovenlichaam naar voren, met een sereen vertrouwen dat er altijd iemand is die haar opvangt. Theo wordt gedwongen haar razendsnel aan mij over te geven.

Ik sla mijn armen stevig om haar heen en ze klemt zich als een koala aan me vast, met haar warme wang tegen de mijne gedrukt, en fluistert hard in mijn oor: 'Wil je mij een toverspreuk leren?'

'Wat voor spreuk wil je doen?' vraag ik.

Hannah heeft haar antwoord al klaar. 'Eentje die Oliver in een konijntje veranderd. Ik denk dat een konijntje leuker is dan een broertje.'

'Hannah, ben je... Aaaaaaah! Theo! Je bent er!' Een kleine brunette, die vast Lisa is, met een baby op haar borst gebonden – vermoedelijk de verfoeide Oliver – verschijnt in de deuropening en gilt over haar schouder: 'Mam! Mam! Theo is er!'

'Teddy!' Binnen klinkt een kreet en dan stormt er nog een vrouw – grijs haar en elegant – naar buiten. Theo's vader en Lisa's toekomstige man volgen in haar kielzog.

En opeens is Theo omringd door mensen die hem omhelzen en zoenen.

Oliver jammert.

'Zie je wel,' moppert Hannah en ze werpt een duistere blik naar de baby. 'Ze zeiden dat een babybroertje leuk was, maar hij doet helemaal niks.'

'Mmm,' hum ik instemmend. 'Je hebt niet zoveel aan baby's, maar ze worden wel groot, hoor.'

''t Zal wel,' zegt Hannah met een diepe zucht.

'Mam, mam, hou op!' Theo lacht terwijl zijn moeder hem platzoent.

'Mijn teddybeertje!' kirt ze. 'Zo lang, zo knap.'

Ik proest het uit en Theo's blik dwaalt mijn kant op.

'Ma-ham!' zeurt hij en hij schaamt zich.

'Wat is er?' Verschrikt neemt ze zijn gezicht in zich op. 'Theodore! Je moet je scheren! Zo verschijn je toch niet op de bruiloft van je zus? Als een sjofele onverlaat?'

Ik proest nog harder.

Zijn moeder kijkt mijn kant op en glimlacht, hoewel die glimlach beleefder, ingetogener is. 'Jij bent zeker Clementine,' zegt ze terwijl ze een stap naar me toe zet. 'Ik ben Alice en dit is mijn man, Hugh.' Ze trekt Theo's vader naar voren en als hij glimlacht, zie ik dat hij hetzelfde hartveroverende kuiltje in zijn wang heeft als zijn zoon.

'Aangenaam kennis te maken.' Ik kan hun geen hand geven want ik heb Hannah nog vast, maar ik maak een buiginkje met mijn hele lichaam en het dringt meteen tot me door dat zoiets best wel raar overkomt.

Theo slaat zijn arm om mijn middel en kietelt onder Hannahs voeten. 'Maakte je nou een buiging?' fluistert hij vrolijk in mijn oor.

'Hou je kop, teddybeertje,' sis ik.

'Oké, oké.' Lisa klapt in haar handen. 'Theo, als jij even regelt dat alle spullen naar jullie kamer worden gebracht, dan heeft pap daarna ongetwijfeld iets nuttigs voor je te doen. Mam en ik nemen Clemmie mee naar de wellness.'

'En ik dan, mama?' vraagt Hannah.

'Jij gaat met oom Theo mee,' zegt Lisa bedaard terwijl ze ondertussen Oliver aan haar verloofde Rob overhandigt.

'Zal ik je mijn bruidsmeisjesjurk laten zien?' zegt Hannah opgewekt als ik haar op de grond zet. Ze laat haar hand in die van Theo glijden en trekt ongeduldig aan hem. 'Wist je dat bruidsmeisjes het allerbelangrijkste zijn als mensen gaan trouwen?'

Met een spijtige grijns haalt hij zijn schouders naar me op en ik voel de paniek toeslaan omdat Theo, mijn reddingsboei, nu al van me afgepakt wordt. Ik spreek mezelf toe dat ik een goed functionerende volwassene ben, die prima in staat is om met andere mensen in allerlei soorten situaties te praten.

Terwijl ik hem naar binnen zie gaan, legt Lisa haar arm om mijn schouder en knijpt zachtjes. 'Het allermooiste aan het feit dat mijn bruiloft het hele weekend duurt, is dat ik voortdurend alcohol aangeboden krijg. We gaan een drankje halen, ga je mee?'

'Klinkt goed,' zeg ik, zwakjes glimlachend.

Niet veel later liggen Lisa, Alice, Lisa's beste vriendin Cara en ik languit in zachte witleren massagestoelen in een langwerpig stenen gebouw dat omgetoverd is tot een wellness. Voor de hoge openslaande deuren zweven bijen doezelig door de ommuurde victoriaanse tuin. Gouden zonnestralen weven een wazig web door het vertrek. De zachte wit- en roomkleurige tinten, van de vloer tot het meubilair, geven je het gevoel dat je sereen tussen de wolken dobbert. Het ruikt er naar lavendel, de stoel boort aangenaam in mijn rugspieren, ik heb een glas van iets sprankelends en alcoholisch in mijn hand, en mijn voeten liggen te weken in een bekken warm, geurend water bezaaid met rozenblaadjes.

Het is ontzettend knap om je in zo'n situatie gespannen te voelen, maar ik krijg het voor elkaar. Vooral omdat er drie paar ogen gretig op mij zijn gericht.

'Dus, jij en Theo...' Lisa kijkt me over het randje van haar glas aan.

'Ja,' zeg ik zwakjes. 'Het is... pril.'

'Hij is behoorlijk in zijn schik met je.' Alice klinkt nonchalant, maar ik hoor het ijs in haar ondertoon. 'Het moet wel serieus zijn wil hij je meenemen naar de bruiloft. Hij heeft al heel lang niemand meer aan ons voorgesteld.'

Ik weet niet zo goed hoe ik daarop moet reageren. 'Ik geef heel veel om hem,' is waar ik voor ga.

'Dat mag ik hopen,' zegt Alice, en de vinnigheid is nu uitgesprokener. 'Hij is niet zo stoer als men denkt. Ik wil niet dat zijn hart wordt gebroken.'

'We zijn gewoon allemaal een beetje voorzichtig, weet je wel,' zegt Lisa bijna verontschuldigend, 'vanwege hoe Theo's... leven eruitziet. Er zijn genoeg mensen geweest die van hem wilden profiteren.'

Ik heb ineens veel meer medelijden met Theo, vanwege alle keren dat hij mijn zussen tegenover zich had. 'Mmm,' zeg ik, wiebelend met mijn tenen. Ik vraag me af wat Theo over mijn verleden heeft verteld. 'Daar kan ik over meepraten. Mijn vader is muzikant.'

'Is dat zo?' Alice trekt haar wenkbrauwen op.

'Iemand die we kennen?' vraagt Cara loom en ze vult haar glas bij met de gekoelde wijn die naast haar in een emmer ijs staat.

Ik grimas. 'Eh... waarschijnlijk wel. Hij heet Ripp.' Ik weet nooit hoe ik mijn vader precies moet voorstellen, maar alleen die naam is meestal al genoeg en vandaag is geen uitzondering.

Alice verslikt zich in haar prosecco. 'Is Ripp Harris jouw vader?' krast ze ten slotte.

'Mijn hemel!' roept Cara uit, terwijl ze overal geparfumeerd voetwater morst. 'Hij is nog best fit voor een oudere vent,' voegt ze er zwaarwichtig aan toe.

'Cara!' snibt Lisa.

'Wat is er?' Cara klinkt alsof ze lichtelijk aangeschoten is. 'Dat is een compliment. Het zit in haar DNA. Ze heeft knappe genen. De genen van een knappe oude vent.'

Ik ben iets minder enthousiast, maar ik blijf stoïcijns zwijgen en probeer de beleefde glimlach op mijn verstrakte lippen vol te houden.

Lisa wendt zich tot mij. 'Het spijt me zo. Mimosa's aangereikt krijgen vanaf het moment dat je wakker bent, heeft zo zijn nadelen.'

'Het geeft niet,' zeg ik.

'Jawel,' zegt Lisa vastberaden. 'Ik maak dat ook de hele tijd mee met Theo en dan denk ik: die man is mijn broertje. Wil je alsjeblieft je tong weer in je mond stoppen?'

'Ripp Harris,' zegt Alice een beetje dromerig. 'Ik had als tiener al zijn platen. Ik heb hem een keer live gezien.'

Lisa's hoofd ploft op haar stoel en ze kreunt gekweld. Het gebaar doet me zo erg aan Theo denken dat ik oprecht glimlach.

'Alice?' Van achter een zacht zwaaiende hordeur komt een vrouw met een stralende huid en perfect gemanicuurde handen tevoorschijn. Haar stem klinkt gedempt en heel even ben ik bang dat ze me gaat vragen om weer te mediteren. 'Gaat u met me mee naar de behandelruimte?'

Theo's moeder schrijdt weg en laat mij en Lisa alleen. Cara ligt achterover op haar stoel, met haar ogen dicht, en zo nu en dan komt er een geronk uit haar mond dat aangeeft dat ze er niet helemaal bij is.

'Ripp Harris is jouw vader,' zegt Lisa hoofdschuddend. 'Wat moet ik me daarbij voorstellen?'

'We hebben eigenlijk niet zoveel met elkaar te maken,' leg ik uit. 'Maar ik... je weet wel, ik snáp het wel. Hoe bizar het kan zijn om familie van een beroemdheid te zijn.'

We wisselen een begripvolle blik uit, een glimp van herkenning.

'Zeg dat wel,' zegt Lisa en ze slaakt een diepe zucht. 'Het is heel bizar. Wanneer je zelf niet de beroemdheid bent, maar een soort van... medeberoemd. Niet dat we niet trots zijn op zijn succes,' voegt ze er snel aan toe. 'Maar het is waarschijnlijk wel fijn dat je weet waar je aan begint. Ik moet toegeven dat ik me een beetje zorgen maakte toen Theo vertelde dat je niet in de muziekindustrie werkte.'

'Dat begrijp ik. Het is nogal heftig.' De woorden rollen er gemakkelijk uit, maar worden vergezeld van een vleugje angst, van bezorgdheid die ik als een levend wezen onder mijn huid voel kriebelen. Ik neem een flinke slok van mijn drankje.

'Het ís ook heftig,' zegt Lisa. 'Toen Theo lid van de band werd, vermaakte ik me uitstekend op de uni, en toen boem!' Met haar handen doet ze een explosie na. 'Opeens had iédereen het over hem. Overal kwam ik zijn foto tegen. Als we uitgingen werden zijn nummers gedraaid. Mensen kwamen erachter dat hij mijn broer was en wilden vrienden met me worden, wilden weten of ik kaartjes kon regelen of hen kon voorstellen. Het ging zo snel, ik kon het niet bevatten.' Er verschijnt een verdrietige blik in haar ogen. 'Ik begon net te ontdekken wie ik was, weet je wel. En toen was ik iemand anders; ik was alleen nog Theo's zus. Ik vond het vreselijk.'

'Dat was vast heel lastig,' zeg ik zachtjes.

'Eerlijk gezegd ben ik er niet al te goed mee omgegaan.' Lisa zucht. 'Theo moest het ontgelden. Ik stond er niet bij stil hoe het voor hem was – in mijn ogen vermaakte hij zich opperbest. Ik had het gevoel dat hij een bizarre handgranaat in mijn leven tot ontploffing had gebracht en toen lekker de rockster ging uithangen tijdens een wereldtournee.' Ze spert haar ogen open. 'O jeetje, sorry! Je krijgt wel heel veel over je heen, terwijl we elkaar nog maar net kennen.'

'Nee, dat geeft niet.' Ik glimlach. 'Ik begrijp het, echt waar. Volgens mij zijn we niet op aarde gezet om dat soort dingen aan te kunnen.' Ik leun naar achteren en sluit een paar tellen mijn ogen. 'Misschien was het voor jou nog wel zwaarder. Ik wist niet beter. Alleen al het feit dat ik geboren ben, hoort bij het hele Ripp Harris-circus. Jij had een normaal leven… totdat het niet meer normaal was.' Als ik mijn ogen opendoe, kijkt Lisa me meelevend aan en ik schraap ongemakkelijk mijn keel. 'Maar zoals ik al zei, Ripp speelt eigenlijk geen rol in mijn leven.'

'Mag ik je iets vragen…?' Lisa aarzelt. 'Is dat vanwege al dat gedoe met de pers? Ik weet uit ervaring hoe moeilijk dat kan zijn. Theo heeft zijn best gedaan ons ertegen te beschermen, maar de paparazzi zijn meedogenloos. Vooral in het begin was het verschrikkelijk.'

'Deels, denk ik. Het komt vooral door Ripp. Laat ik het zo zeggen: hij is niet bepaald voor het vaderschap in de wieg gelegd.'

'Niet zoals Theo dus. Die zou een geweldige vader zijn,' zegt Lisa en dan wordt ze rood. 'O mijn god, sorry. Ik bedoel natuurlijk niet dat jij en Theo meteen kinderen moeten krijgen.' Ze krimpt ineen. 'Jezus, zo ben ik net mijn moeder. Ik bedoel gewoon dat Theo een goeie vent is.'

Ik schiet in de lach. Vooral omdat ik me op mijn gemak voel bij iemand die blijkbaar net zulke domme dingen zegt als ik. 'Theo is inderdaad een goeie vent,' beaam ik. 'Een hele goeie. Het verbaasde me eigenlijk, hoe aardig hij is.'

Lisa is in haar nopjes. 'Ja, dat gebeurt wel vaker. Begrijp me niet verkeerd, hoor, hij is zijn halve leven al een megaberoemde ster, dus af en toe vergeet hij hoe het er in de echte wereld aan toegaat. Maar hij is ook heel attent. Dat komt omdat hij vroeger een verlegen muzieknerd was, denk ik.'

'Heb je hem wel eens met een wasmachine in de weer gezien?'

Lisa giechelt. 'Natuurlijk niet, want als ik hem zie, veegt David zijn billen voor hem af, en anders neemt mijn moeder haar allerliefste jongetje alles uit handen. Laat me raden, al het wasgoed werd roze?'

'Nog erger: hij had een prachtige kasjmieren trui, die waarschijnlijk duurder was dan mijn auto, op vijfennegentig graden gewassen. Die trui kan nu bij de barbiespullen, voor Ken.'

'Het verbaast me dat hij die trui niet alsnog aan wilde trekken.' Lisa lacht spottend. 'Hij is dol op die waanzinnig strakke shirts waarin al zijn spieren goed uitkomen.' Ze huivert.

'Mmmm.' Ik kan mijn goedkeuring niet verhullen.

'Ieuwwww!' Lisa geeft me een mep op mijn arm. 'Clemmie!'

'Hé.' Ik haal mijn schouders op. 'Wat zal ik ervan zeggen. Hij heeft een heerlijk... stel armen.'

'En ik maar denken dat we vriendinnen konden worden,' plaagt Lisa me en ik krijg een warm gevoel bij het horen van die woorden.

We genieten van de aangename stilte, die alleen zo nu en dan verbroken wordt door het gesnurk van Cara.

'Volgens mij is Theo de laatste tijd heel eenzaam geweest,' zegt Lisa ten slotte. 'Ik ben blij dat hij iemand tegen het lijf is gelopen die hem gelukkig maakt.'

'Zien jullie hem niet vaak?'

Ze schudt haar hoofd. 'Bijna nooit. Hij is heel trouw met facetimen en zo, dus Hannah weet wie hij is, maar hij heeft het gewoon zo druk...'

Haar stem sterft weg. 'De vorige keer dat ik hem zag was ik amper zwanger van Oliver. We wisten niet eens of hij op de bruiloft zou komen, met zijn schema en zo, dus het feit dat hij hier het hele weekend is en dat hij jou heeft meegenomen... dat betekent zo ontzettend veel voor ons.'

Ik frons verward mijn voorhoofd. 'Theo zou de bruiloft nooit zijn misgelopen. Voor zover ik weet heeft hij deze hele albumschrijfretraite eromheen gepland.'

Lisa kijkt me verbaasd aan. 'Is dat zo? Volgens mij niet, hoor. Op een bepaald moment bleef hij heel vaag over de vraag of hij wel of niet in het land zou zijn.' Ze gluurt naar haar tenen. 'Ik wil heus niet ondankbaar overkomen of zo, hoor. Moet je dit hotel eens zien. Niet te geloven dat we hier gaan trouwen, en weet je, dit is allemaal dankzij Theo. Als ik had gezegd dat ik op de maan wilde trouwen, dan had hij een manier gevonden om dat voor elkaar te krijgen, maar ik zou er kapot van zijn als hij niet had kunnen komen.'

Hoewel ik vanbinnen aardig week word bij het idee dat Theo (of, laten we eerlijk zijn, David) van alles voor de bruiloft van zijn zus heeft geregeld, zit wat ze zegt me toch niet lekker.

'Maar hij is er,' zegt Lisa vrolijk. 'En hij heeft jou ook nog eens meegenomen. We hebben dus genoeg te vieren.'

'Helemaal mee eens.' Ik hef mijn glas. 'Op jou en Rob en een leven vol geluk.' Lisa klinkt haar glas tegen het mijne.

Cara laat een sputterend gesnurk horen en vliegt overeind in haar stoel. 'Woehoe! Kom maar op met die bruiloft, meiden!' lalt ze en ze houdt haar glas omhoog en ploft vervolgens weer achterover.

Lisa en ik kijken elkaar aan. Dan barsten we in lachen uit.

Daarna kost het me veel minder moeite om te ontspannen.

32

Een tijdje later, als ik na de complete lichaamsmassage die ik van Lisa moest nemen in een golfkarretje gepropt zit en weer bij het hoofdgebouw word afgezet, ben ik lichtelijk aangeschoten door de mousserende wijn en alle verwennerij. Ik heb het heerlijk warm en ben lekker soepel, als goed gekneed deeg dat op een zonnige vensterbank is gelegd.

'Theo heeft een belachelijk bedrag neergelegd zodat wij onbeperkt verwend worden,' had Lisa gezegd, die behoorlijk wat ophad, nadat we elkaar helemaal hadden gevonden over onder andere Ryan Gosling (zucht) en onze liefde voor lesgeven (Lisa is basisschoolleerkracht) en over het feit dat een high tea schromelijk wordt overschat. ('Ik bedoel maar, ben ik soms een kínd? Een póp? Ik wil gewoon een normaal formaat broodje,' had Lisa verkondigd, maaiend met haar armen terwijl ik haar bijviel: 'Ja, ja, echt hè.')

'We kunnen alles krijgen wat we maar willen.' Met een bezeten blik in haar ogen gebaarde ze door de wellness. 'Dat is veel te gek en ik vind dat hij waar voor zijn geld moet krijgen. Ik heb mijn wenkbrauwen laten threaden, mijn wimpers laten verven, mijn gezicht laten peelen. Mam en ik hebben vanochtend een klankschalensessie bijgewoond van een vrouw die Acorn heet.' Ze keek schichtig van links naar rechts en fluisterde: 'Daarna heeft een zeer gespierde Zweedse vrouw mijn schaamhaar in de vorm van een hartje gewaxt. Het was een surrealistische dag.'

Eenmaal bij het hoofdgebouw besef ik dat ik geen flauw idee heb waar ik heen ga en dat ik een badjas aanheb, met daaronder alleen een broek. In het wellnesscentrum was dat geen probleem, maar nu ik geconfronteerd word met Cassandra in haar powerpak en haar klikklakkende, tien centimeter hoge Manolo Blahniks, moet ik toegeven dat ik me ietwat underdressed voel. Bij nader inzien weet ik niet eens waar mijn kleren zijn beland.

'Dr. Monroe...' Cassandra glimlacht alsof mijn kledingkeuze onberispelijk is. 'U en meneer Eliott verblijven in de Bluebell Suite. Zal ik Caleb vragen u de weg te wijzen?'

'Ja, graag.' Ik doe alsof ik hier thuishoor, terwijl ik de prachtige, gepolijste vloer, die op een glimmend schaakbord lijkt, de smaakvolle houten lambrisering, de fluwelen stoffering, de bladerrijke palmen en de enorme gegraveerde houten trap in me opneem. Het hotel is schitterend en Lisa vertelde me dat we het tot zondag voor onszelf hebben. Vanavond hebben we een familiediner, waarna de gasten morgen arriveren, vervolgens is er in de kerk een oefenceremonie voor de familie en daarna het uitgebreide *rehearsal dinner*, en afsluitend op zaterdag het huwelijk zelf.

Caleb neemt me mee de weelderig gestoffeerde trap op (het gevoel van de stof tussen mijn tenen roept een volgende ontnuchterende relevante vraag op... Waar zijn mijn schoenen?) en dan een gang in behangen met gouden barokmotieven, waarna hij me naar een enorme deur brengt waar een discrete gouden plaque aan hangt met de woorden BLUEBELL SUITE erin gegraveerd.

Als ik de deur opendoe zie ik niet alleen de meest luxueuze hotelkamer die ik ooit heb gezien, maar ook Theo Eliott, die languit in het hemelbed een dutje doet. Mijn hart wordt samengeknepen omdat ik zo blij ben hem te zien na slechts een paar uur zonder elkaar, en zelfs ik moet toegeven dat dat een beetje overdreven is.

'Hé,' murmelt hij slaperig en opgewekt, terwijl ik naast hem op het bed ga liggen. 'Wat ben je lang weg geweest.'

'Ik heb je zus beter leren kennen. En ik ben mijn kleren kwijtgeraakt. Ik had me de kennismaking met jouw familie iets anders voorgesteld.'

Hij lacht snuivend. 'Je kleren en je schoenen zijn een tijdje geleden al langsgebracht.' Hij trekt me dicht tegen zich aan en kruipt bijna in me, met zijn gezicht in mijn haar. 'Wat ruik je lekker.' Zijn handen zijn al onderweg naar de riem van mijn badjas.

'Een vrouw die Acorn heet heeft me met olie ingesmeerd.' Ik strek me uit als een kat onder zijn aanraking.

Ik voel hem glimlachen tegen mijn keel. 'Wat een bofkont, die Acorn.' Hij slaat de badjas open en zijn vingers trekken een spoor over mijn borst, dat zijn lippen met veel plezier volgen.

Na een paar zwoele en goddelijke minuten hoor ik zijn stem, opgewonden en geamuseerd: 'Is dat… een hartje?'

'We moeten ons klaarmaken voor het diner,' zeg ik later, als ik met mijn hoofd op zijn borstkas lig. Zijn vingers strelen losjes de blote huid van mijn arm en ik geniet van het gevoel – het ruwe eelt van al die uren gitaarspelen, dat over me heen strijkt alsof ik iets kostbaars ben.

'Kunnen we niet gewoon roomservice bellen?' kreunt hij.

Ik kom op mijn elleboog overeind en kijk hem doordringend aan. 'Nee, dat kan niet. Er wordt een chic achtgangenmenu voor ons bereid en jouw familie heeft zin om jou weer eens te zien.'

'Daar heb ik ook zin in,' zegt Theo, die een lange haarlok van mij om zijn vinger windt, 'maar ik kan er met mijn verstand niet bij dat iemand vrijwillig het bed waar jij in ligt zou verlaten.'

'Het is ook een heel fijn bed,' beaam ik en ik ga rechtop zitten. 'Maar volgens mij wordt het ontzettend leuk voor jullie om weer bij elkaar te zijn.' Ik schraap een beetje ongemakkelijk mijn keel. 'Lisa zei iets wat ik niet begreep. Over jou en de bruiloft.'

'Is dat zo?' Theo blijft met mijn haar spelen, maar ik merk meteen dat er iets is.

'Ja, ze zei dat je het op een bepaald moment misschien toch niet ging redden om op de bruiloft te komen. Maar jij had me verteld dat je alles zo had gepland dat je aanwezig kon zijn.'

'O, dat.' Hij laat zich op het kussen ploffen.

'Ja, dat,' zeg ik en ik por hem in zijn zij. 'Vertel op.'

'Zo belangrijk is het niet,' mompelt Theo. 'Ik wilde haar gewoon… een uitweg geven.'

'Een uitweg?'

Theo zucht. 'Luister. Ik doe momenteel mijn stinkende best om je niet af te schrikken, want alles is nog pril en kwetsbaar, maar het is niet altijd makkelijk om deel uit te maken van mijn leven.'

'Ik begrijp het niet,' zeg ik langzaam.

'Jawel, je begrijpt het heus wel.' Theo wrijft over zijn gezicht. 'Natuurlijk begrijp je het. Jij begrijpt het beter dan wie dan ook. Als ik ergens ben, dan breekt de hel los. Lisa moet het middelpunt van haar bruiloft zijn. Ik denk dat ik haar de kans wilde geven... Ik bedoel eigenlijk... haar de ruimte wilde geven om mij niet uit te nodigen zonder dat het ongemakkelijk zou worden.'

Ik zwijg terwijl ik er even over nadenk. Ik kan niet doen alsof mijn neus bloedt; het is wat onze relatie betreft een van de grote dingen waar ik me zorgen over maak en die ik niet onder ogen wil zien. Maar toch, wat hij zegt klopt niet. 'Ik denk niet dat ze er ooit voor gekozen zou hebben om zonder jou te trouwen, Theo,' zeg ik uiteindelijk.

'Misschien niet, maar ze heeft niet veel te zeggen over wanneer al mijn shit in haar leven opduikt en ik wilde dat zij het deze keer voor het zeggen kreeg.' De woorden komen er zuchtend uit, en ik denk aan wat Lisa heeft gezegd, over hoe het voor haar was toen Theo lid van de band werd. Hoe haar leven veranderde.

'Soms is afstand houden gewoon makkelijker, zodat mijn familie niet met alle ellende geconfronteerd wordt. Neem vanavond bijvoorbeeld,' gaat Theo verder en hij klinkt bedroefd. 'Ze had al haar vriendinnen kunnen uitnodigen... We hebben het hele hotel tot zondag gereserveerd, maar het diner is alleen voor ons, omdat ze niet op al het' – hij wappert met zijn hand in het rond – 'gedóé zit te wachten dat ik veroorzaak, en dat kan ik haar niet kwalijk nemen.'

Ik pak mijn kussen en mep het in zijn gezicht.

'Au!' klinkt het gedempt uit Theo's mond. 'Waar slaat dat op?'

'Omdat je een sukkel bent. Is het misschien in je opgekomen dat jouw familieleden je een avondje voor zichzelf wilden, omdat ze je bijna nooit zien? Ze zijn zo blij dat je er bent, Theo. Zowel je moeder als Lisa heeft dat gezegd. Meerdere keren. Tussen de zeer subtiele, beleefde, aan mij gerichte dreigementen door, voor als ik je pijn zou doen.'

Het kussen ligt nog steeds op zijn gezicht. 'Huh,' zegt hij ten slotte.

Ik onderdruk een glimlach. 'Ja, húh. Sukkel.'

Hij gooit het kussen terug. 'Wil je je vriend geen sukkel noemen?'

Ik blijf roerloos zitten. 'Noemde jij jezelf zojuist mijn vriend?'

Theo rolt met zijn ogen. 'Natuurlijk deed ik dat, Clemmie. Je gaat me toch niet vertellen dat we er als een stel tieners eerst over moeten praten?'

'Eh, ik denk wel dat het iets is waar we het over moeten hebben. Zoiets kun je niet zómaar beslissen.'

'Zoiets als wat?' Theo trekt zijn wenkbrauwen op. 'Dat we een relatie hebben? Ik dacht dat we dat al hadden besloten. We gaan toch met elkaar naar bed?'

'Ja, maar dat betekent niet per definitie...'

'Jawel,' zegt hij vastberaden, en zijn stem klinkt weer verrukkelijk streng. 'Ik wil niet eens doen alsof dit tussen ons vrijblijvend is. We hebben het er van tevoren over gehad: we hebben het over onze gevoelens gehad. We zijn volwassenen. Ik gá ervoor. Ik ga met jou ervoor. Dus als je van gedachten bent veranderd, moet je dat nu zeggen.'

Hij pakt mijn hand en kijkt me serieus aan. Het lijkt alsof al mijn organen van plek veranderen. Angst en blijdschap worden door elkaar gehusseld, maar ik weet dat hij gelijk heeft... Wat we ook samen hebben, het is niet vrijblijvend. Wat ik voor hem voel is veel te heftig daarvoor.

'Het is niet eerlijk om dit gesprek met je te moeten voeren terwijl je geen kleren aanhebt,' mopper ik.

Zijn kuiltje komt tevoorschijn. 'Ik moet alles in de strijd gooien.'

'Ik ben niet van gedachten veranderd,' zeg ik met een klein stemmetje. Het is niet de meest welbespraakte manier om mijn gevoelens onder woorden te brengen, maar meer is er niet voor nodig, want Theo trekt me boven op zich en dan is het veel en veel makkelijker om hem te laten zíén hoe ik erover denk.

Ik buig naar hem toe, druk mijn mond voorzichtig op die van hem, zoen hem traag, alsof we zeeën van tijd hebben. Hij legt zijn handen op mijn wangen, trekt me dichter tegen zich aan en streelt met zijn tong de mijne. Iemand humt van genot en ik weet niet bij wie het vandaan komt; alsof het geluid in beide lichamen resoneert. We kussen elkaar langzaam, liefjes en fanatiek tegelijk. Deze kus is teder, bezitterig, en diep vanbinnen voel ik een vertrouwd geworden verlangen, dat verlangen waar geen eind aan lijkt te komen, ongeacht hoe dicht bij elkaar we zijn, ongeacht hoe vaak we dit doen, alsof ik pas verzadigd zal zijn als ik hem helemaal heb verslonden.

'En je vond dat ik als een seriemoordenaar klonk,' zegt hij lachend als ik die gedachte onsamenhangend probeer te verwoorden.

'Ik vond het eigenlijk wel romantisch.' Ik druk nog een tedere kus op zijn lippen.

'Als je bedoelt dat we de hele tijd naakt tegen elkaar aan moeten liggen, dan sta ik vierkant achter je,' zegt Theo.

'Wat onzelfzuchtig van je.' Als ik me terugtrek, begint hij te protesteren en nu schiet ik in de lach. 'We moeten eruit!' zeg ik resoluut en ik maak me los uit zijn armen en benen. 'We moeten ons klaarmaken voor het diner. Hier hebben we het al over gehad. Leid me niet zo af!'

Het enige wat Theo doet is zijn kussen voor zijn gezicht houden en een rits gedempte krachttermen laten horen.

Terwijl ik uit bed klauter kan ik eindelijk de rest van de kamer goed bekijken. Het enorme bed heeft een hemel van het allerlichtste blauw en aan het voeteneind (ongeveer een kilometer van 's werelds donzigste kussens) staat een lange bank van een iets donkerder blauw fluweel. Die kijkt uit op twee hoge ramen met weidse uitzichten op het platteland. Er staat een grote marmeren schouw, voorzien van een keurige stapel haardhout ondanks het feit dat het zomer is, met een paar gezellige fauteuils ervoor. Daarnaast bevindt zich een deur, en ik wikkel mijn badjas weer om me heen zodat ik verder op ontdekkingsreis kan.

'O mijn god, die badkamer.' Kreunend bekijk ik de glanzend witte tegels, het diepe bad op pootjes, de twee wasbakken, de regendouche waar met gemak zes mensen onder passen. De vloer onder mijn blote voeten voelt behaaglijk aan. 'Als ik dood ben, wil ik in deze badkamer begraven worden.'

'Ik weet niet of een badkamer slash begraafplaats wel bij de luxueuze uitstraling van het hotel past,' hoor ik Theo zeggen.

Wanneer ik de slaapkamer weer in kom, zit Theo rechtop, met zijn haar overeind. Het pas gestreken witte laken zit om zijn middel samengebald. Een aanblik om te zoenen.

'Wat is dat?' Ik wijs naar een andere deur en laat me niet afleiden.

Theo gaapt. 'O, dat is de kleedkamer.'

'Ach, natuurlijk. De kléédkamer.' Ik duw de deur open. 'Welk hotel heeft dat nou niet?'

De kleedkamer lijkt op een grote inloopkast met een spiegelwand, inbouwkasten en een kledingroede. Er staat een glazen kaptafel die eruitziet alsof hij uit de jaren twintig van de vorige eeuw komt. De Louis Vuitton-koffer van Serena staat in de hoek, maar al mijn spullen zijn uitgepakt en netjes opgeborgen. Rijke mensen zijn raar... Schamen ze zich echt niet als een vreemde in hun koffer rommelt en hun degelijke Marks and Spencer-onderbroeken opvouwt? Aan de roede hangen een paar donkere kledingzakken.

'Zijn dit de donkere pakken die David heeft opgestuurd?' roep ik. 'Ik wist niet dat je zo veel keus wilde hebben, prinsesje.'

'Nee dus,' zegt Theo, die in volle glorie naakt achter me komt staan. 'Dat is de kleding die David voor jou heeft laten bezorgen.'

'Voor mij?'

'Mmm.' Theo slentert alweer naar de slaapkamer en ik loop achter hem aan. 'Je zei dat je bang was dat je geen geschikte kleding zou hebben, dus heb ik David gevraagd wat dingen op te sturen toen hij bezig was mijn pak te regelen. Mocht Lil niks leuks in je koffer gestopt hebben, dan zijn er nog andere opties.'

'Heb jij dat geregeld?' vraag ik.

Theo haalt zijn schouders op. 'Zoveel heb ik niet gedaan; ik heb alleen David ingeseind.' Hij kijkt me aan. Fronst. 'Je zei dat je er gestrest van werd. Ik wil niet dat je je daar druk om maakt. Maar je hoeft die kleren niet te dragen als je ze niet mooi vindt.'

'O,' zeg ik. Ik denk terug aan zijn eerdere woorden. *Als je je er zo veel zorgen om maakt, dan regelen we iets.* Hij heeft er misschien niet al te veel voor hoeven doen, maar ik voel mijn keel dichtknijpen als ik besef dat hij dat niet alleen zei om me gerust te stellen, maar dat hij er daadwerkelijk iets aan heeft gedaan. 'Dank je.'

'Je moet mij niet bedanken,' zegt Theo gniffelend. 'Als het aan mij lag, had je het hele weekend helemaal niets aan.'

'Ik weet niet of dat wel zo charmant staat op de familiefoto's.'

Hij slaat een donzige witte handdoek om zijn middel.

'Wat ga je doen?' vraag ik.

'Je hebt mijn moeder gehoord.' Theo wrijft over zijn kin. 'Ik moet me scheren.'

'J-je gaat je scheren?' papegaai ik. 'Met alleen een handdoek om?' Mijn blik duikt naar zijn blote, gespierde borstkas, naar zijn buik en de v-vormige lijnen die onder de handdoek verdwijnen.

'Jaaa...' zegt Theo langzaam en verward. 'Clemmie, waarom zie je eruit alsof je drugs hebt gebruikt?' Hij zet een stap naar me toe, pakt mijn kin met zijn vingers. 'Je pupillen zijn gigantisch.'

'Het is zover,' fluister ik.

'Wat is zover?' zegt hij half lachend.

'Mag ik toekijken?' vraag ik ademloos.

'Je wilt kijken terwijl ik me scheer?'

Huiverend houd ik mijn mond en knik.

Zijn ogen fonkelen van plezier. 'Tuurlijk, mafkees. Je mag kijken terwijl ik me scheer.'

'Je mag je vriendin geen mafkees noemen,' zeg ik en ik loop achter hem aan naar de badkamer. En dan kan ik lange tijd geen woord meer uitbrengen.

33

We zijn zowaar op tijd voor het diner, en daar ben ik blij om, want Theo's familieleden zijn opgetogen om hem te zien. Hij zit tegenover me, tussen zijn moeder en zijn zus, en Alice legt steeds haar hand op zijn arm, alsof ze zich ervan moet verzekeren dat hij er echt is.

We eten in de orangerie van het hotel, waar morgenavond het rehearsal dinner wordt gehouden en vervolgens op zaterdag de receptie. Nu zitten we met zijn vijftienen aan een lange tafel in het midden van de ruimte: Rob en Lisa, Alice en Hugh, de moeder, vader en stiefmoeder van Rob, zijn twee oudere broers en hun partners, evenals Cara, Lisa's andere bruidsmeisje Sophie en Robs getuige en zijn vrouw.

Hannah en Oliver, Robs nichtjes en Sophies dochtertje zijn aan de oppas van het hotel toevertrouwd, zodat de volwassenen van de piepkleine gerechten kunnen genieten die geserveerd worden met grote glazen wijn.

Buiten is het donker en overal staan kaarsen. We kletsen, lachen en eten in het flikkerende licht van de vlammen, en ik krijg allerlei verhalen te horen over Theo's kinderjaren. Lisa en Rob zijn al een stel sinds de middelbare, dus gelukkig is iedereen zo gewend aan Theo dat ze niet overdonderd worden door zijn aanwezigheid. Daar was ik op voorbereid, maar tot nu toe verloopt alles – behalve Sophies enigszins verstarde uitdrukking – heel relaxed en normaal.

'O mijn god,' gilt Lisa nadat ik het verhaal ter sprake bracht dat Theo me had verteld toen we elkaar leerden kennen. 'Colin de klopgeest! Die was ik helemaal vergeten!'

'Nou, ik niet,' moppert Theo. 'Ik was echt doodsbang.'

'Vroeger husselde ik al zijn FIFA-voetbalplaatjes door elkaar terwijl hij sliep, en dan zei ik dat Colin het gedaan had.'

'Lisa!' berispt Alice haar. 'Dit hoor ik voor het eerst.'

'Ze vertelde dat er een vroegtijdig eind aan Colins voetbalcarrière was gekomen, dat hij overleed voor zijn eerste wedstrijd voor Manchester United,' zegt Theo.

Rob verslikt zich in zijn wijn. 'Gemeen,' zegt hij met een waarderende grijns en hij legt zijn arm op de rugleuning van zijn toekomstige echtgenote.

'En tóén liet ze overal voetballen slingeren,' mokt Theo. 'Het waren er honderden.'

'Was dat het?' Hugh kijkt woest. 'Wij dachten dat de buurkinderen die ballen steeds over de schutting schopten. Ik heb Dominic er zelfs over aangesproken. Hij dacht vast dat ik knettergek was geworden.'

Lisa lacht zo hard dat de tranen over haar wangen biggelen. 'Dat was Cara.'

Cara gniffelt. 'Ik had ze uit de gymzaal op school geléénd.'

'Ik dacht echt dat ik in mijn slaap door al die ballen verstikt zou worden.' Theo zucht theatraal. 'Als ik Manchester zie spelen, heb ik nog steeds last van traumatische flashbacks. Ik werd door mijn bloedeigen zus gemanipuleerd; *Gaslight* van Alfred Hitchcock was er niks bij.' Hij huivert.

Iedereen is in de lach geschoten, en onder tafel geef ik zijn voet een tikje met de mijne. Hij grijnst naar me, knipoogt en heel even voelt het alsof we onze bubbel nooit hebben verlaten. Misschien zijn wij de bubbel wel.

De volgende dag ga ik op ontdekkingstocht over het hotelterrein, terwijl Theo met zijn familie heeft afgesproken. Ze hadden gevraagd of ik er ook bij kwam, maar ik bedacht een smoesje dat ik moest werken, zodat zij een paar uur met hem alleen konden doorbrengen. Hoe aardig ze ook voor me zijn, ik weet hoe dierbaar deze tijd met Theo voor hen is.

Hij komt me opzoeken als zijn ouders en Lisa op weg zijn naar de oefenceremonie in de kerk, en we lopen hand in hand door de tuin. Het is vandaag iets frisser en ik leun met veel plezier tegen Theo aan.

'O kijk, daar kun je croquet spelen,' zeg ik terwijl we over het grasveld wandelen.

'Sla je niet een beetje door met dit hele historische-romancegedoe?'

'Je klinkt als een man die bang is om ingemaakt te worden.'

'Eh, ik ben toevallig heel goed in croquet,' zegt hij verbolgen. 'Kom maar op.'

Dan blijkt dat we, ondanks ons zelfvertrouwen, totaal geen idee hebben hoe je croquet speelt. Theo verzint zijn eigen regels, die ik volgens hem voortdurend overtreed, maar ook een uitgebreid strafpuntensysteem dat het spel in een steeds ranziger wordende vrijpartij veranderd. Ik kan niet eens zogenaamd boos zijn.

'Ik vind,' zegt Theo terwijl we terug naar het hotel lopen, waar verschillende gasten al aankomen, 'dat we volgende keer strípcroquet moeten spelen. Stel je eens voor.'

Ik maak me klaar voor het diner terwijl Theo doucht. Ik ben David zo ontzettend dankbaar voor zijn bemoeienis, want Cara vertelde dat de dresscode voor vanavond en morgen 'rode-loperchic' is en dat de gebloemde jurk met mouwtjes en wijde rok die ik wilde aantrekken, niet geschikt was.

'Kijk eens om je heen!' Ze gebaarde vol ongeloof in het rond. 'Hier trouwen filmsterren. Niemand van ons komt ooit nog op zo'n chique locatie, dus alle gasten gaan helemaal los. Ik heb voor vanavond een zeer nauwsluitende designerjurk op eBay gekocht en godzijdank mocht ik van Lisa zelf mijn bruidsmeisjesjurk uitzoeken. Die is zo elegant als de pest.'

De kleren die David heeft geregeld voldoen zeker aan de eisen. Ik rits de kledingzakken open en tref een stuk of zes prachtige designerjurken aan, die zo duur zijn dat de tranen je in de ogen springen, stuk voor stuk in mijn maat (toen ik de labels zag twijfelde ik daar namelijk aan). Met mijn vingers streel ik de kralen, de tule en de pailletten, en ik kies met een gelukzalige zucht voor een donkere, smaragdgroene japon.

Op het eerste gezicht is de jurk bedrieglijk degelijk: hoge hals, lange mouwen en strak in de taille, met een subtiel uitwaaierende rok die als een waterval van inkt tot aan de grond komt, maar met een split dat mijn rechterbeen tot aan mijn dij ontbloot wanneer ik me beweeg. Hij is stiekem zo sexy dat ik me Angelina Jolie waan.

Mijn haar hangt in meerminkrullen op mijn rug, met dank aan de YouTube-tutorial die Lil me doorstuurde en die ze stap voor stap via FaceTime veertig minuten lang met me heeft doorgenomen. Mijn lippenstift heeft precies de sappige kleur van de rode appel die Sneeuwwitje velde.

Als ik mezelf in de spiegel zie weet ik dat ik er nog nooit zo mooi heb uitgezien. Het komt niet alleen door de jurk, die waarschijnlijk evenveel kost als de borgsom voor een klein appartement (al draagt de jurk er zeker aan bij), maar mijn huid straalt (dank je wel, Acorn), mijn ogen schitteren, ik blijf maar glimlachen en mijn houding is ontspannen. Misschien is dit wel de seksnevel, zoals Lil al zei, maar ik denk dat ik gewoon gelukkig ben. Gelukkig tot in het diepst van mijn ziel.

Als ik klaar ben, loop ik naar de slaapkamer en blijf zo plotseling staan dat het eigenlijk vergezeld zou moeten gaan van het geluid van een krassende elpee.

Theo heeft een smoking aan.

Ik heb geen lucht meer in mijn lijf.

En ik ben niet de enige die staart. Hij is roerloos blijven staan, terwijl hij met zijn zilveren manchetknopen klungelde. Zijn mond is open, zijn ogen zijn groot.

Mijn blik dwaalt over zijn lichaam: zijn donkere haar dat naar achteren is geborsteld, zijn fris geschoren gezicht, het onberispelijk op maat gemaakte jasje over een prachtig wit overhemd dat strakgespannen om brede schouders zit. Zijn perfect geknoopte vlinderdas lijkt op de strik om een cadeau, en mijn handen jeuken om hem uit te pakken, om aan dat reepje zwarte zijde te rukken totdat het in mijn handen loskomt. Ik kan het schrapende geluid bijna horen als ik het om zijn hals vandaan zou halen, bijna voelen hoe die knopen onder mijn vingers open zouden vliegen. De immuniteit die ik dacht te hebben opgebouwd tegen zijn knappe verschijning is officieel vernietigd. Hij is zo mooi dat ik er kiespijn van krijg.

Ik adem zwaar en voel mijn wangen warm worden.

Theo zet een stap dichterbij. Blijft staan.

'Je ziet er...' Zijn hese stem sterft weg.

'Ja, jij ook,' breng ik verstikt uit.

'Ik kan je niet aanraken,' zegt hij behoedzaam. 'Want als ik dat doe, dan kan ik me niet meer inhouden en ik kan het niet maken om te laat op het rehearsal dinner van mijn zus te komen.' Hij zwijgt even. 'Toch?'

Er klinkt iets hoopvols in zijn stem door, waar ik om moet lachen. 'Klopt. Er worden buiten canapés en cocktails geserveerd en we zijn al laat. Straks staan ze op ons te wachten en iedereen zal merken dat jij er niet bent. We kunnen beter gaan.'

'Oké. Maar straks. Straks ga ik een hartig woordje met je wisselen over die jurk.'

'Ik ga nergens heen.' Ik glimlach en voel me plotseling verlegen.

Theo slikt. Hij zegt niets, knikt alleen maar, en steekt dan zijn hand uit.

Ik laat mijn hand in de zijne glijden en samen lopen we de deur uit en naar beneden in een beladen stilte die pas haar greep op ons verliest naarmate we verder bij een bed vandaan en dichter bij de beschaving komen. Tegen de tijd dat we bij de receptie belanden voel ik me weer een beetje mens en geen wandelende zak losgeslagen hormonen, maar ik durf niet naar Theo te kijken, voor het geval ik hem voor de neus van zijn familie en vrienden per ongeluk als een boom beklim.

Het is veel drukker dan eerst, aangezien er enkele gasten zijn die blijkbaar na hun werk hierheen zijn gereden om in te checken voor het diner begint. Achter de balie vang ik een glimp van Cassandra op, die verschillende personeelsleden aanstuurt met een elegante zwaai van haar hand, als een virtuoze dirigent, helemaal op haar gemak.

Het is een klein stukje lopen om het hotel heen naar het terras, waar voorafgaand aan het diner drankjes worden geserveerd. Lisa zei dat er zo'n vijftig gasten met ons mee-eten en blijven overnachten, en dat zo'n zelfde aantal morgen nog eens voor de bruiloft komt. We mengen ons tussen de mensen en lopen over grindpaden die een uitdaging vormen voor degenen die spitse hoge hakken aanhebben. Lopen op pumps heb ik nooit onder de knie gekregen, dus voel ik me vandaag voor de verandering eens aardig zelfvoldaan in mijn platte gouden sandalen, die ik afgelopen zomer in de supermarkt heb gekocht. Ze kosten misschien maar twaalf pond en zijn van plastic, maar ik ben niet degene die in de oprit wegzakt alsof ik tevergeefs de oversteek waag door het Vuurmoeras in *The Princess Bride*.

Langzamerhand worden er blikken op ons gericht, geven mensen elkaar een por, wordt er gefluisterd. Theo heeft zijn zonnebril op, maar daarmee heb je nog geen wonderbaarlijke Clark Kent slash Superman-vermomming, die hem voor de ogen van vreemden transformeert. Het zal niemand verbazen dat ik Clark altijd leuker vond dan Superman. Als ik dat aan Theo vertel, glimlacht hij.

'Echt iets voor jou om op de knappe nerd te vallen.'

Ik knik en probeer de belangstellende blikken te negeren. 'Helemaal mijn type.'

'Heb jij even mazzel dat ik een knappe nerd ben die er fantastisch uitziet in een latex broek. Je hoeft dus niet te kiezen... Het is gewoon én én.'

'Je vindt jezelf heel wat, Eliott.' Ik stoot met mijn heup tegen hem aan.

Natuurlijk kennen veel mensen hem en blijven we vaak staan, zodat hij me kan voorstellen aan vrienden of wat verdere familieleden. Hij is beleefd, innemend, heeft altijd een glimlach klaar, maar ik ken hem onderhand en weet dat hij niet zo ontspannen is als hij overkomt. Ik zie dat hij glimlachend zijn tanden laat zien, maar dat zijn kuiltje verborgen blijft. Ik voel zijn hand in de mijne verstrakken, hoor hoe hij praat – zijn woorden zo glad als een kiezelsteen die over het water scheert – en besef dat ondanks alle charme en hartelijkheid die hij uitstraalt, hij zich niet aan iedereen overgeeft. Niet zoals hij doet bij de mensen om wie hij daadwerkelijk geeft.

'Pardon.' Een van de gasten komt nerveus dichterbij; ze is waarschijnlijk halverwege de dertig, draagt een met paarse lovertjes bezaaide japon die eruitziet als een volwassen versie van een galajurk voor het schoolbal. Cara had gelijk toen ze zei dat iedereen helemaal los zou gaan; het lijkt hier wel de rode loper bij de Oscars.

'Het spijt me dat ik jullie stoor,' vervolgt ze ademloos. 'Dit is misschien ontzettend onbeleefd, maar ik ben zo'n enorme fan. Ik vroeg me af of je met me op de foto zou willen.'

Theo lacht opnieuw zijn tanden bloot. 'Natuurlijk,' zegt hij luchtig, 'wat fijn om te horen. Ben je een vriendin van Lisa?'

'Ik werk samen met Rob,' zegt de vrouw. 'Het is zo'n leuk stel.'

‘Dat klopt,’ beaamt Theo.

‘Wat een prachtige jurk,’ zeg ik. ‘Zal ik de foto voor je nemen?’

‘O ja, graag.’ Ze geeft me haar mobiel en ik maak de foto. Theo ziet eruit alsof hij letterlijk uit het mannenmodeblad GQ is gestapt. De vrouw glimlacht breed en vol ongeloof als hij zijn arm om haar schouder slaat.

Wanneer ze me opnieuw bedankt en met een verbouwereerde blik wegloopt, dringt het tot me door dat de sluizen zijn geopend. Er verzamelt zich een kleine, opgelaten menigte om Theo heen, terwijl iedereen om beurten de moed verzamelt om hem aan te spreken.

Elke keer reageert Theo verrast, verrukt en blij hen te ontmoeten, maar ik zie zijn gespannen kaak, zie hoe zijn ogen naar de plek schieten waar de professionele fotograaf Lisa en Rob op de foto zet, die gelukkig niets in de gaten hebben. De opluchting die hij voelt als hij beseft dat hij de aandacht niet bij haar vandaan trekt, is van hem af te lezen.

‘Wil je ook op de foto?’ vraagt een jongere man op een gegeven ogenblik en het dringt tot me door dat hij erachter probeert te komen of ik óók iemand ben met wie je op de foto moet. Ik ben hier tenslotte met Theo.

‘O, nee,’ zeg ik opgelaten. ‘Ik ben vanavond alleen de fotograaf.’

‘Volgens mij speelt zij in *Game of Thrones*,’ hoor ik hem tegen zijn vriend zeggen als ze weglopen, en ik onderdruk een gegiechel dat op het randje van hysterie balanceert.

‘Gaat het?’ vraagt Theo zachtjes, met zijn hand op mijn onderrug. ‘Ik weet dat dit heftig is…’

Ik kijk naar hem op, naar de bezorgde rimpel tussen zijn wenkbrauwen. ‘Ja hoor,’ zeg ik en dat is grotendeels ook zo.

Ik zie hoeveel het voor al deze mensen betekent dat ze hem mogen ontmoeten. Ik zie hoe zorgvuldig hij ze tevreden probeert te stellen. Hoe ze naar huis zullen gaan en tegen hun vrienden zullen zeggen: ‘Je raadt het nooit. Ik heb Theo Eliott in het echt ontmoet en hij was zo aardig.’

Het roept herinneringen op aan Ripp, en aan Sam, die niet al te prettig zijn, maar ik ben me er nog steeds van bewust dat dit anders is. Theo kickt er niet op zoals zij deden, en zijn ogen schieten voortdurend naar mij, taxeren me, kijken hoe het met me gaat. Met pijn in het hart besef ik dat wanneer ik me in zo'n situatie met mijn vader bevond, ik altijd het gevoel kreeg dat hij wilde dat ik in de achtergrond opging, dat ik voor hem niet mocht bestaan, want elke fan die hij ontmoette, was de allerbelangrijkste persoon die er was – behalve hijzelf natuurlijk. Dat gevoel heb ik niet met Theo.

Voor Theo ben ík de allerbelangrijkste die er is.

'Ik wil vooral een paar van die canapés te pakken krijgen voor ze op zijn,' zeg ik en ik leg een hand op mijn buik. 'Ik ben uitgehongerd.'

Theo grijnst en staat erop dat we al het bedienend personeel opsporen, zodat we elk hapje kunnen proeven en vergelijken. Als ik zeg dat ik de paddenstoelenpasteitjes lekkerder vind dan de minicitroencheesecake, zegt hij resoluut dat ik stapelgek ben en propt hij nog een cheesecakeje in mijn mond. Half lachend, half stikkend zie ik de fotograaf dat moment vastleggen.

'Jullie zijn zo leuk samen.' Met een glimlach gaat ze verder.

'Dat klopt,' zegt Theo stralend. Hij haakt zijn arm om me heen en drukt een kus op mijn slaap. Ik knijp mijn ogen dicht, bang dat hij mijn hele hart erin zal zien.

34

Niet lang daarna gaan we naar binnen voor het diner. We zitten bij Theo's familie en ik voel de spanning wegvloeien als het gevoel dat we in de spotlight staan verdwijnt. Nadat we gegeten hebben, wisselt Lisa met Theo van plek, zodat ze naast me kan zitten. Ze ziet er waanzinnig uit in een lange roze jurk, bezaaid met pailletten.

De tafels zijn afgeruimd, hoewel mensen nog met koffie en drankjes nazitten. Tijdens het diner speelde een band rustige, jazzachtige covers, maar nu wordt het tempo omhoog gegooid. Cara sleept de eerste mensen mee naar de dansvloer.

'Als dit het rehearsal dinner is, dan wil ik niet weten hoe het er morgen aan toegaat,' zeg ik tegen Lisa.

'Ja, belachelijk hè,' zegt ze grijnzend, 'maar we zijn gek als we onze vrienden niet volop van het hotel laten genieten.'

'Zo belachelijk is het niet, hoor. Al deze mensen houden van jullie en hebben zin om samen jullie huwelijk te vieren. Het hangt gewoon in de lucht; het is prachtig.'

'Ik ben blij dat je er bent,' zegt Lisa en ze knijpt in mijn hand.

Ik knijp terug. 'Ik ook,' zeg ik oprecht.

Later loop ik naar buiten om af te koelen, met mijn handen op mijn rode, verhitte wangen. Het is donker en de fluweelzwarte hemel is bezaaid met sterren: het versplinterde licht van de discobal die binnen hangt vermenigvuldigd met oneindigheid.

Een handjevol mensen staat buiten te roken en te vapen. Ik groet ze met een zwaai en loop verder het terrein op, weg van het lawaai en de lichten, heel even maar, om op adem te komen.

Een van de grindpaden loopt onder een boog in de hoge heg door, naar een kleine, besloten tuin met een stenen bank. Met een zucht van dankbaarheid ga ik zitten. De tuin is door struikgewas omsloten en ik voel mijn schouders ontspannen. Ik heb het hier naar mijn zin, maar het zijn wel veel mensen, vooral na de afzondering van de afgelopen zes weken.

Er klinkt een knerpend geluid als er over het pad nog iemand komt aanlopen, en ik hoef me niet eens af te vragen wie het kan zijn, zo zeker ben ik ervan dat het Theo is, de enige die ik op dit moment wil zien. Hij zat bij zijn moeder toen ik wegliep, met een slapende Oliver op zijn schoot, wiens gezichtje er blozend en gelukkig uitzag.

'Daar ben je,' zegt hij en hij stapt mijn schuilplaats in.

'Hier ben ik,' beaam ik. 'Je hoefde niet op mij te letten, hoor, je zat zo gezellig met je moeder.'

Hij slentert naar me toe met zijn handen in zijn zakken en komt naast me zitten. 'Ze brengt Oliver en Hannah nu naar bed. Ik wens haar veel succes. Oliver viel uiteindelijk in slaap. Hannah is nog op dreef.' Hij laat zijn hoofd in zijn nek vallen en doet zijn ogen even dicht.

'Dat komt omdat jij haar al die snoepjes hebt toegestopt die voor morgen als bedankjes waren bedoeld.'

Zijn mondhoeken krullen op. 'Hé, daar ben je toch oom voor?'

'Kinderen opjutten en het dan aan iemand anders overlaten om ze in hun pyjama te wurmen?'

'Precies,' zegt hij knikkend. 'Alle lusten, totaal geen lasten. Als ik vader ben, gaat het heel anders. Dus kan ik er nu maar beter van genieten.'

Het beeld van Theo met een baby in zijn armen die ook zo'n kuiltje heeft, snijdt tijdelijk de bloedtoevoer naar mijn hersenen af. Misschien moet ik mijn hoofd tussen mijn benen stoppen.

'Wil je graag kinderen?' vraag ik terloops. Dat is tenminste de bedoeling, maar het komt er iets te pieperig uit om ermee weg te komen.

'Ja, ik denk het wel,' zegt hij, met zijn gezicht nog steeds geheven.

'Lisa denkt dat je een geweldige vader zult zijn.'

Hij verslikt zich van het lachen en krimpt ineen. 'O mijn god, sorry. Ik had verwacht dat mijn moeder degene zou zijn die zich nogal onsubtiel sterk zou maken voor nog meer kleinkinderen.'

'Het kwam eigenlijk ter sprake in een gesprek over Ripp.'

'Oef. Of dat nou een verbetering is?' Hij pakt mijn hand en drukt een kus op de binnenkant. Ik vouw mijn hand dicht, alsof ik die kus voor eeuwig ga vasthouden.

'Ik vind het gezellig,' zeg ik. 'Jouw familie is ontzettend leuk.'

'Ze vinden jou geweldig.' Theo kijkt me nu wel aan en in zijn glinsterende ogen zie ik ook sterren. 'Lisa heeft me al verteld dat ze jouw kant kiest als we ooit uit elkaar gaan. Mijn ouders willen weten of je met de kerst langskomt.'

Mijn hart knijpt samen. 'Kerstmis is pas over zes maanden.'

'Weet ik.' Hij zucht en klinkt bijna bedroefd.

We zwijgen een poos.

'Ik heb nog nooit eerder samen met iemand plannen gemaakt,' zegt Theo zachtjes, 'maar door jou wil ik een vijfjarenagenda kopen zodat ik op elke pagina jouw naam kan schrijven.'

Ik schiet in de lach. Het geluid klinkt helder en verspreidt zich in de duisternis. 'Ik hou van je,' flap ik eruit, want op dit moment is het veel lastiger om het níét te zeggen, dan wel. Ik heb het gevoel dat ik de zon heb opgeslokt en dat voor iedereen, ook voor mezelf, geheim probeer te houden.

Maar nu niet meer.

Theo ademt zachtjes uit, een geluid van opluchting. Hij trekt me op zijn schoot, slaat zijn armen om me heen en kust me naast mijn oor. 'Clemmie, ik ben zo ongelooflijk verliefd op jou,' fluistert hij.

Dan kust hij me in mijn hals, op mijn mondhoek, mijn wenkbrauw, mijn keel. Tedere, liefdevolle strelingen van zijn lippen op mijn huid, waardoor ik me geliefd voel en mijn hart op hol slaat. Tegen de tijd dat onze monden elkaar vinden, ademen we allebei zwaar. Mijn lippen openen onder de zijne en zijn hand pakt mijn kuit, glijdt over mijn knie omhoog, helemaal naar de bovenkant van het split in mijn rok. Zijn aanraking is warm en zwaar. Ik pak zijn vlinderdas en trek hem los, precies zoals ik me had voorgesteld.

'Denk je dat Lisa boos wordt als we de rest van het diner overslaan?' vraag ik met hese stem.

'Zij en Rob zijn twintig minuten geleden al weggeglipt,' murmelt hij, terwijl hij met zijn duim de binnenkant van mijn dij streelt, zodat ik naar adem hap. 'En eerlijk gezegd, gezien hoe jij eruitziet in die jurk, vind ik dat ik een medaille verdien omdat ik überhaupt ben komen opdagen.'

'Het is ook wel een heel mooie jurk,' hijg ik en zijn vingers komen in de buurt van mijn ondergoed.

'Helemaal mee eens,' zeg Theo beminnelijk. 'Dan gaan we nu naar boven en trekken we hem uit.'

35

'Kom naar LA toe,' zegt Theo als we later in bed in elkaar verstrengeld liggen. Mijn groene jurk ligt in een hoopje op de grond, zijn smoking ligt her en der door de kamer, op allerlei interessante plekken waar we gestopt zijn.

Mijn hart hapert. 'Dat gaat niet.' Ik wurm me bij hem vandaan. 'Ik kan niet zomaar achter je aan hobbelen. Ik moet mijn eigen leven op de rit krijgen. Ik moet serieus gaan solliciteren, contact zoeken met mensen die me zouden kunnen helpen. Misschien als gastdocent aan de slag.'

'Je hoeft niet meteen zondag al te komen,' zegt Theo en hij trekt me weer tegen zich aan. 'Kom dan over een week of twee. Op bezoek.'

'Dan zit je in de studio,' zeg ik, met mijn lippen tegen zijn borst.

'Ik wil je erbij hebben.'

'Dit wordt niks, hè?' Ik fluister, want deze woorden wil ik niet bepaald hardop zeggen.

Het is een van de vragen die ik niet durfde te stellen, maar de tijd is om. We kunnen het niet meer uitstellen. Theo vertrekt binnen achtenveertig uur met een privévliegtuig. Alleen al de vraag stellen voelt alsof ik een emotionele handgranaat op scherp heb gezet, maar hij geeft geen kik.

'Dit wordt niet niks, want wij gaan ervoor zorgen dat het wel wat wordt,' zegt hij rustig. 'We proberen elkaar zoveel mogelijk te zien en als jij eenmaal weet wat je gaat doen en waar je gaat wonen, dan kom ik daar ook wonen.'

Verschrikt kom ik op mijn elleboog overeind. 'Wat zeg je nou?'

'Sorry, is het nog te vroeg om het over samenwonen te hebben?' Theo rolt op zijn rug en slaat zijn hand op zijn voorhoofd. 'Mijn god, ik kan me bij jou gewoon nooit inhouden, maar we kunnen het rustiger aan doen. We hoeven het er nog niet over te hebben, of helemaal niet zelfs, als jij nog niet zover bent.' Hij ratelt een beetje en is nerveus.

'Daar gaat het niet om.' Ik schud peinzend mijn hoofd. 'Goed dan, daar gaat het niet alléén om, want ja, het is wel snel, maar we wonen al weken samen en ik vind het vreselijk dat er een eind aan komt…'

Hij gaat met een hoopvolle blik rechtop zitten. 'Echt waar? Dus we kunnen het er wel over hebben?'

'Ja, we kunnen het er wel over hebben.' Ik frons. 'Maar wat bedoelde je met bij mij komen wonen? Wil je niet liever dat ik naar LA kom?'

'Nou ja, tuurlijk, als jij dat wilt.' Theo haalt zijn schouders op. 'Maar als jij voor een baan als docent kiest of zo, dan heb je daar niet veel over te zeggen, of wel soms? Als ik maar bij een vliegveld kan komen, dan maakt het niet uit waar ik woon.'

'Maar… dat kost toch…' Ik aarzel, voel me onzeker. 'Dat kost toch veel te veel moeite? Je hebt een leven in LA. Dat kun je niet zomaar achterlaten.'

Nu is Theo degene die fronst. 'Je doet precies zoals mijn familieleden,' zegt hij ten slotte en hij klinkt geïrriteerd. 'Je hebt geen hoge verwachtingen van me. Ten eerste is moeite een relatief begrip, en ik wil niet als een gigantische eikel overkomen, maar ik zit goed in de slappe was en heb tijd en geld genoeg om te reizen. Maar ten tweede, en nog veel belangrijker, waarom denk je dat ik geen moeite voor je wil doen? Waarom zou ik geen water bij de wijn doen? Waarom zou ik niet de lastiger optie kiezen? Je bent de moeite waard, Clemmie.'

'O,' is het enige wat ik kan uitbrengen.

'Ja,' zegt hij. 'En je hebt mazzel dat die opmerking je geen klap met míjn kussen oplevert.'

Lachend laat ik me tegen zijn borst vallen, een golf van opluchting stroomt door mijn aderen. 'Je komt inderdaad over als een gigantische eikel.' Ik proest het uit. '"Goed in de slappe was", nou ja.'

Voor straf krijg ik de kieteldood totdat ik om genade smeek.

'En nu?' vraag ik als ik ben bijgekomen.

'Misschien kun je over een paar weken naar LA komen, en als het album af is, vlieg ik naar Londen en pakken we het daarvandaan op?'

oppert Theo, alsof het de gewoonste zaak van de wereld is om overal naartoe te vliegen.

Ik zucht. 'Helaas kunnen we niet gewoon in een huisje bij de zee wonen met niemand om ons heen. We wisten dat we ooit weer terug naar de echte wereld moesten.'

Hij kijkt me bedroefd aan. 'Ik vond het geweldig om daar met jou te wonen.'

'Als ik het goed begrepen heb, ben jij een bemiddeld man. Ik weet zeker dat Petty een vriendenprijsje voor je rekent als je zin hebt om herinneringen op te halen.'

'Elke zomer zes weken, zeg maar dat ze het in haar agenda moet zetten.'

'Voor iemand die normaal gesproken geen plannen maakt, begin je het aardig onder de knie te krijgen.'

'Ik zie de toekomst momenteel zonnig tegemoet,' zegt hij.

'Ik ook.'

'En zolang we niet bij elkaar zijn, moeten we maar heel vaak aan telefoonseks doen,' mijmert Theo. 'Dat heb ik niet meer gedaan sinds de geboorte van de webcam.'

'Het is wel leuk om als stel samen nieuwe dingen te proberen.'

'Nu je het daarover hebt...' Theo's pupillen zijn enorm. 'Al die spiegels in de kleedkamer hebben me op een paar ideeën gebracht...'

'Vertel.'

De volgende ochtend open ik even na tienen moeizaam mijn ogen en sleep mijn pijnlijke lichaam onder de douche, terwijl Theo nog slaapt. Al die lange nachten vol waanzinnige seks beginnen hun tol te eisen, maar mij hoor je niet klagen, hoor... Nou ja, behalve over het feit dat ik weer een jurk met een hoge halslijn aan moet, dankzij Theo's nietaflatende belangstelling voor mijn sleutelbenen.

Het is een prachtige dag om te trouwen, strakblauwe luchten en suikerzoete wolken, en op blote voeten loop ik naar de kleedkamer, waar de handafdrukken op de spiegels me doen blozen. Die moet ik schoonmaken voordat de kamermeisjes komen, want anders kan ik Cassandra nooit meer recht aankijken.

Aan de kaptafel borstel ik mijn vochtige haar en ik sluip de slaapkamer weer in om Theo wakker te maken.

'Het is bijna elf uur,' zeg ik en ik maak me van hem los als hij me in bed probeert te trekken. 'We hebben nog maar anderhalf uur tot de bruiloft. We hebben uitgeslapen.'

'Hoe lang duurt het in hemelsnaam om ons aan te kleden?' murmelt Theo slaperig, maar hij houdt de riem van mijn badjas onverminderd stevig vast. 'Vijf, tien minuten? Dan houden we nog zo'n tachtig minuten over. Ik kan heel veel in tachtig minuten.'

'Dat weet ik,' zeg ik lachend. 'Jij hebt misschien maar tien minuten nodig, maar helaas doen wij mindere goden er iets langer over.'

'Je ziet er nu al waanzinnig mooi uit.'

'Nou, ik vind een badjas en natte haren op de black-tietrouwerij van je zus niet zo gepast, dus ga ik hier nu niet verder op in.' Ik loop naar mijn kant van het bed en haal de oplader uit mijn telefoon.

'O shit.' Ik sper mijn ogen open. 'Ik heb elf gemiste oproepen van Serena.'

Theo laat een bezorgd geluid horen, maar ik ben al aan het bellen.

'Clemmie?' Serena klinkt pissig.

'Eh, ja, gaat het?'

Ze laat een lange ademteug ontsnappen. 'Natuurlijk gaat het. Gaat het met jou?'

'Eh, ja, met mij gaat het prima,' zeg ik en ik kijk Theo verstrooid aan. Hij haalt zijn schouders op. 'Ik ben bij Theo. Vandaag is de bruiloft.'

'O mijn god,' zegt ze ontsteld. 'Weten jullie het niet? Hoe is dat mogelijk?'

'Wat weten we niet?' Mijn hartslag schiet omhoog. 'Wat is er gebeurd? Is iedereen in orde?'

Ik hoor hier en daar gebonk en het murmelende geluid van stemmen terwijl Serena wegloopt van waar ze ook mag zijn. Als ze weer aan de lijn komt, klinkt haar stem zacht en vriendelijk. Daarom weet ik dat er iets heel ergs aan de hand is.

'Oké, Clemmie, niet flippen,' zegt ze sussend.

'Zo begin je een gesprek toch niet!' roep ik uit. 'Nu ben ik sowieso aan het flippen.'

Serena zucht geërgerd, waardoor ik me iets beter voel. 'Luister,' zegt ze. 'Je hoeft niet in paniek te raken, maar er gaan een paar… foto's rond.'

'Foto's?' Ik begrijp er helemaal niks meer van. 'Wat voor foto's?'

'Foto's van jou en Theo. Die stonden vanochtend online en het begint een behoorlijk verhaal te worden. Als het goed is heeft Theo de pr-afdeling al gesproken.'

'Theo is net wakker,' zeg ik en ik zet mijn telefoon op de speaker zodat hij kan meeluisteren.

'Dat hoef ik allemaal niet te weten.' Serena ademt nogmaals diep in; volgens mij is dat een kalmeringsoefening, maar daardoor krijg ik de neiging om te gaan gillen. 'Het is maar goed dat ik jullie te pakken heb gekregen. We vermoeden dat er paparazzi voor het hotel staan en we zijn bang dat er een paar naar binnen proberen te glippen met de gasten.'

'Paparazzi?' herhaal ik verbijsterd. 'Hier? Bij de bruiloft?'

Ik gluur naar Theo, die de lakens in zijn gebalde vuisten heeft geklemd.

'Ja,' zegt Serena, 'vanwege jou en Theo. Die foto's.'

'Oké,' zeg ik langzaam. Speciaal voor Theo probeer ik rustig te klinken. 'Ze zouden er vroeg of laat toch achter zijn gekomen, maar ik had niet verwacht dat ze hier zouden opduiken…' Mijn stem sterft weg.

'Ze zijn hier niet zomaar, er moet nog een reden zijn,' zegt Theo met ruwe stem. 'Als het om iets onschuldigs gaat, zouden ze geen moeite doen. Dit is geen sterrenhuwelijk. Wat hou je voor ons achter, Serena?'

'Het gaat er niet zozeer om dat jullie een stel zijn.' Serena's stem klinkt weer zacht en ik weet dat ze nu iets vreselijks gaat zeggen. 'Het zijn de foto's, ze zijn nogal… eeeh… pikant.'

'Pikant?' Ik snuif vol ongeloof. 'Volgens mij heb jij dat woord nog nooit gebruikt. Waar heb je het over?'

'De foto's zijn bloedgeil, Clemmie!' snauwt mijn zus en het geduld dat ze uit alle macht heeft geprobeerd te bewaren is eindelijk op.

Theo valt zowat van het bed.

'Hoe bedoel je?' vraag ik met schorre stem.

'Zorg gewoon… dat de hotelbeveiliging meteen ingelicht wordt. Ik heb allerlei vergaderingen, maar ik bel zo snel mogelijk terug. En zeg tegen Theo dat hij zijn fucking telefoon moet opnemen. Het komt allemaal goed. Beloofd.' Ze hangt op, maar ik ben vanbinnen ijskoud geworden door de spanning in haar stem.

Zodra de verbinding is verbroken, typ ik Theo's naam in de browser van mijn telefoon en onmiddellijk verschijnen de artikelen op mijn scherm.

THEO ELIOTT EN RIPPS DOCHTER BETRAPT TIJDENS VURIGE VRIJPARTIJ, schreeuwt de eerste kop. Ik klik en krijg de foto's te zien.

'O mijn god,' fluister ik en ik voel al het bloed uit mijn gezicht wegtrekken.

'Wat is er?' vraagt Theo met gespannen stem. Hij buigt zich naar mijn telefoon toe.

'Dit zijn foto's van gisteravond,' zeg ik toonloos en hol. 'Toen we op het bankje in de tuin zaten.'

De foto's zijn een beetje wazig, maar er valt genoeg te zien. Ik zit schrijlings op Theo's schoot en zijn handen zijn overal. Op een van de foto's laat ik mijn hoofd achterovervallen, met Theo's lippen in mijn hals en mijn gezicht een masker van genot. Op een andere foto zijn we aan het zoenen, duwt hij zijn hand onder mijn rok en heb ik mijn blote been om hem heen geslagen. Er zijn nog meer foto's, stuk voor stuk duidelijke beelden van intieme momenten. Hier en daar zijn op strategische plekken emoji's geplakt om bepaalde delen van de foto te censureren, waardoor ze zowaar nog explicieter lijken.

De pijnlijkste foto is niet eens een pikante foto: Theo, die zijn handen op mijn wangen heeft en me met schitterende ogen aankijkt omdat ik net heb gezegd dat ik van hem hou. Dat was óns moment en het voelt alsof het van ons is afgepakt.

Geen wonder dat de pers hier op de stoep staat. Mijn hart klopt snel en in mijn hoofd buitelen de herinneringen aan mijn vorige aanvaringen met deze lui over elkaar. De flitsende camera's, de wrede, spottende woorden, hoe ontzettend kwetsbaar ik me voelde, omdat er overal leugens te lezen waren zonder dat ik er ook maar iets tegen kon doen. De angst, de paniek, die zijn er nog, diep weggestopt, als een sluimerende vulkaan die al jarenlang op een uitbarsting wacht.

Maar het is meer dan dat. Het is Lisa's tróúwdag. En die wordt straks verpest. Vanwege mij. Ik kijk naar Theo en vermoed dat de bedroefde blik in zijn ogen die van mij weerspiegelt.

'Fuck.' Theo haalt sissend adem, sleurt zich uit bed en pakt zijn telefoon. Hij beent naar de kleedkamer en smijt de deur achter zich dicht. Dat dempt het geluid, maar ik hoor hem al tegen David praten.

'...zorg als de bliksem dat de beveiliging flink wordt opgeschroefd. Ik wil geen paparazzi op de bruiloft van mijn zus, David. Hoe heeft dit kunnen gebeuren?'

Ik blijf op de rand van het bed zitten en klik maar door. Degene die de foto's heeft genomen wordt ook geciteerd. 'Hij heeft haar meegenomen naar de bruiloft van zijn zus en het is echt serieus. Ze kunnen niet van elkaar afblijven.'

Er is één groot verschil met de vorige keer dat ik in het middelpunt van de publieke belangstelling stond: het nieuws draait tegenwoordig vierentwintig uur per dag door en overal ter wereld kan iedereen meegenieten.

WIE IS DIT LELIJKE WIJF? is het eerste commentaar dat eronder staat van iemand die TheosGirl42 heet.

Binnen een week is hij haar alweer zat, joh, staat er ook. Ze is niet eens knap.

Iedereen weet dat Theo en Cyn bij elkaar horen! *#thyn* heeft al meer dan tweeduizend likes en de teller loopt nog.

Er komt geen eind aan de ellenlange lijst opmerkingen van volslagen vreemden en ik heb het gevoel dat ik erdoor verstikt word. Ik moet dit eigenlijk niet lezen, maar ik doe het wel, pagina na pagina vol beledigingen.

Meldingen stromen binnen op mijn telefoon. Ze hebben mijn social media ontdekt en hoewel al mijn accounts afgeschermd zijn, heeft iemand de pers blijkbaar toegang gegeven en beginnen mijn Instagram-foto's ook op te duiken. Opnieuw ben ik verraden en vraag ik me af wie ik dus niet kan vertrouwen. Ik heb zo'n zevenduizend vriendschapsverzoeken en zo te zien wil iedereen die ik ooit heb ontmoet weten hoe het met me gaat, wat op zich best fijn zou zijn als ze zich niet als een bloedhond op me zouden storten.

De foto's duiken echt overal op, vergezeld van artikelen waarin ik voornamelijk 'Ripps dochter, Clementine Harris' word genoemd. Die oude verhalen zijn blijkbaar nooit helemaal verdwenen, want ik word keer op keer omschreven als een 'feestend probleemkind' dat zich 'uit de openbaarheid terugtrok om hulp te zoeken'. Er wordt zelfs gespeculeerd dat Theo en ik elkaar in een afkickkliniek hebben ontmoet. Ik word steeds misselijker.

Ik ontdek een nieuwe foto, waarop ik een zwarte jas aanheb, er onverzorgd en geschrokken uitzie, en mijn ogen met opgestoken hand afscherm tegen de cameraflits. Deze foto is de dag na Carls uitvaart genomen, toen ik Theo's hotel verliet en de paparazzi hem buiten opwachtten. THEO ELIOTT EN CLEMENTINE HARRIS, EEN OVERZICHT: ALLES OVER HUN RELATIE TOT NU TOE, staat in de sensatiebeluste krantenkop te lezen.

Er wordt op de deur geklopt en ik doe open. Lisa staat aan de andere kant, ze heeft haar haar in een chignon opgestoken en draagt een witzijden ochtendjas, met BRUID op de zak geborduurd. Ze ziet lijkbleek.

'O mijn god, Clemmie.' Haar ogen schieten vol tranen, die haar make-up dreigen te verpesten. 'Het spijt me zo!'

'Jij hoeft je niet te verontschuldigen,' zeg ik snel en ik trek haar naar binnen. 'Het spijt míj juist. Dit is mijn schuld.'

'Ik kan er niet over uit dat een van de bruiloftsgasten, iemand die ik kén, zoiets zou doen, foto's van jullie verkopen...'

'Het kan iedereen zijn, Lisa,' zeg ik verdoofd, in een poging haar gerust te stellen. 'Een hotelmedewerker, iemand die voor een leverancier werkt, iedereen kan die foto's hebben genomen. Theo en ik zaten niet bepaald achter gesloten deuren.'

'Denk je?' Lisa ziet er ellendig uit. 'Ik word kotsmisselijk van de gedachte dat ik niet weet wie ik kan vertrouwen. Niet te geloven dat dit ons overkomt, uitgerekend vandaag.'

Theo komt de kleedkamer uit in een spijkerbroek en een T-shirt. Met grote passen loopt hij naar zijn zus en omhelst haar. 'Alles wordt geregeld,' zegt hij gespannen. 'David is met de beveiliging van het hotel aan het overleggen, en we halen er een paar extra mannen bij, gewoon uit voorzorg.'

‘Extra beveiliging?’ Lisa staat perplex. ‘Waarom?’

Theo kijkt me over Lisa’s hoofd aan. ‘Gewoon voor de zekerheid,’ zeg hij en hij houdt zijn toon luchtig. ‘Ik wil niet dat jouw gasten worden lastiggevallen door fotografen, niet op de mooiste dag van je leven. En nu we het daar toch over hebben, moet jij je niet klaarmaken? Of hoor je als bruid te laat te komen?’

‘Ik wilde weten hoe het met jullie ging,’ zegt Lisa en ze zet een stap naar achteren zodat ze Theo aandachtig kan aankijken. ‘Om er zeker van te zijn dat het gaat.’

‘Niks aan de hand,’ zegt hij. ‘Maar ik wip even naar beneden om met Cassandra te praten voordat ik me omkleed.’

‘Hij hoeft gelukkig alleen maar een pak aan te trekken en dan is hij klaar,’ zeg ik werktuiglijk. Theo en ik kijken elkaar veelbetekenend aan en ik zie dat hij opgelucht is omdat ik, net als hij, Lisa’s welzijn bovenaan mijn lijstje heb staan.

Lisa grinnikt flauwtjes. ‘Dat is waar,’ zegt ze. ‘Ik ben al drie uur in de weer.’

‘Oké.’ Theo legt zijn arm om haar schouders en dirigeert haar naar de deur. ‘Jij gaat terug naar de kaptafel, zodat Rob niet denkt dat je hem voor het altaar laat staan.’

Al kletsend neemt hij haar mee de kamer uit. Hij werpt me over zijn schouder een bezorgde blik toe en ik probeer iets wat vaag op een glimlach lijkt eruit te persen. Aan de frons op zijn voorhoofd te zien is dat mislukt.

Als de deur dichtgaat blijf ik verstijfd staan en in mijn hoofd raast maar één vraag rond: *wat moeten we nu?*

36

Mijn telefoon gaat opnieuw en deze keer is het een FaceTime-gesprek. De mama's zijn bij elkaar gekomen, alsof ze de Avengers zijn, hoewel hun basis zich aan onze keukentafel bevindt. Ze hebben allemaal dezelfde blik in hun ogen – een perfecte mengeling van bezorgdheid en razernij.

'Gaat het met je?' vraag Ava sympathiek. 'Serena heeft ons op de hoogte gebracht.'

'Ik...' Ik houd mijn hoofd schuin, alsof ik mijn gedachten en emoties probeer af te remmen. 'Ik denk dat ik nu vooral overweldigd ben. Dit lijkt wel een déjà vu. Al die foto's... Ik zit vol adrenaline. Ik... tril nog steeds.'

'Dat begrijp ik, maar dit is niet hetzelfde, oké?' Ava's stem klinkt resoluut.

'Ik wist dat als Theo en ik een relatie kregen, we uiteindelijk met de pers te maken zouden krijgen.' Ik ga op de blauwe bank zitten. 'Ik wilde er niet bij stilstaan, maar ik wist het wel. Ik had alleen niet verwacht dat het' – ik maak een weids gebaar – 'zó zou zijn.'

'Van Serena heb ik begrepen dat alles precies op het verkeerde moment samenvalt.' Ava blijft rustig. 'Komkommertijd, Theo al een tijdje niet in de bladen, de verhalen dat hij in een afkickkliniek zit, je vader, de foto's...'

Nu moet ik grimassen en mijn moeder pakt de telefoon, waardoor haar gezicht ineens dicht bij de camera komt. 'Maak je daar maar geen zorgen om, lieverd. We hebben ons allemaal wel eens laten meeslepen, en jullie zagen er trouwens prachtig uit, als een prerafaëlitisch schilderij.'

'Mám,' kreun ik. 'Zoiets zeg je niet over foto's van mij en mijn vriend die van bil gaan.'

'Het is maar seks, Clementine,' zegt ze onbewogen. 'Iedereen doet het.'

'Maar niet in de roddelrubriek van de *Daily Mail*.'

'Je moeder heeft gelijk,' zegt Petty, die weer in beeld schuift. 'Het was helemaal Dante Gabriel Rossetti, maar dan minder, hoe zeg je dat, triest. Die groene jurk.' Ze zucht dromerig. 'Volgens mij is die nu trending op Twitter.'

'Groene jurken zijn zo krachtig,' beaamt Ava.

'En met dat rode haar?' Petty doet alsof ze in katzwijm valt. 'Hou op, zeg.'

'Volgens mij beseffen jullie niet hoe ernstig dit is,' snauw ik. 'Ik ben op zoek naar een baan, om maar iets te noemen.' Ik voel dat ik hysterisch begin te worden. 'En nu zijn die foto's de wereld in gegaan. Van mij halfnaakt met de hand van een rockster onder mijn jurk. Wie gaat mij ooit nog aannemen?'

'Het is geen OnlyFans-account of zo,' zegt mam opgewekt. 'Jouw privacy is geschonden! Niet dat je je tegenwoordig hoeft te schamen voor een OnlyFans-account...'

Ik doe mijn ogen dicht, ik wil niet dat de huidige crisis naar de achtergrond verdwijnt vanwege de vraag hoeveel mijn moeder van OnlyFans afweet. 'Daar gaat het niet om.'

'Dan zorgen we dat de foto's verwijderd worden,' zegt Ava.

'Hoe dan?'

Ze perst haar lippen op elkaar. 'Ik ben er nog niet helemaal uit, maar het komt voor elkaar.'

'Niet te geloven dat dit weer gebeurt,' zeg ik uiteindelijk. 'Die foto's van mij, voor iedereen te zien... Ik ben heus geen zeventien meer, maar ik voel me weer net zo. Zo machteloos. Zo misbruikt. Ik haat dit.' Er rolt een traan over mijn wang.

Er komt geluid uit de deuropening en als ik opkijk, zie ik Theo daar staan. Ik neem aan dat hij heeft gehoord wat ik zei, want hij ziet eruit alsof hij een roestig scheermesje heeft ingeslikt.

'Hé,' zeg ik zachtjes.

'Hé.' Hij probeert te glimlachen, maar het lukt niet helemaal. Zijn houding is zo gespannen als een boogpees.

'De mama's hangen aan de lijn,' zeg ik en ik houd het scherm omhoog zodat ze elkaar gedag kunnen zeggen.

Theo speurt nerveus mijn gezicht af en de bezorgdheid in zijn blik is niet te missen. 'Ik heb de pr-mensen gesproken en ze denken dat we op dit moment niet moeten reageren,' zegt hij en dan aarzelt hij. 'Maar er zijn een paar nieuwe ontwikkelingen.'

Dat klinkt niet goed. 'Wat voor ontwikkelingen?'

Hij schraapt zijn keel. 'Eh, nou, kijk maar…' Hij loopt om de bank heen en geeft me zijn telefoon. Onze vingers raken elkaar en zijn vingers, die normaal gesproken warm zijn, zijn ijskoud.

Ik kijk naar het scherm. '"Het geheime huwelijk van Theo Eliott". Wat is dit?'

'Lees maar verder.' Theo ziet er gekweld uit.

'O mijn god.' Ik scrol naar beneden. 'Dit slaat nergens op!' Het onlineartikel bevat twee foto's, die op het strand in Northumberland zijn genomen. Op de eerste foto zijn Theo en ik diep in gesprek langs de waterlijn, op de andere foto lopen we hand in hand bij de camera vandaan. Ik weet nog precies wanneer dit was, weer zo'n privémomentje, overal rondgestrooid zodat iedereen kan meegenieten.

'"Ik zag hem een paar weken geleden met haar,"' lees ik voor. '"Hij stelde Clementine voor als zijn vrouw. Ze zagen er smoorverliefd uit."'

Theo schuifelt ongemakkelijk heen en weer.

'Dat is die vrouw die ons aanhield op het strand!' roep ik uit. 'Ze vertelt er niet bij dat jij eerst zei dat je Theo Eliott helemaal niet was. Jezus.'

'Klopt, en helaas is dit door een paar websites opgepakt.' Theo wrijft met zijn handen over zijn gezicht. 'Ik denk niet dat dit veel uitmaakt; dit is volgens mij al de derde keer dat ze denken dat ik stiekem ben getrouwd.'

'Een stiekeme polygamist? Waar laat je al die geheime echtgenotes?' vraag ik.

'Op zolder.' Theo glimlacht lusteloos en als ik zijn glimlach beantwoord voel ik voor het eerst een rustmoment tijdens deze storm.

'Maar ik begrijp niet hoe ze zo snel wisten dat Ripp je vader is,' zegt Theo fronsend. 'Je hebt jezelf nooit als Clementine Harris voorgesteld of zo. Er is online niks te vinden wat jullie aan elkaar koppelt.'

'Ik heb het aan je moeder en je zus verteld,' zeg ik langzaam, 'in de wellness, maar die zouden nooit...'

Theo schudt zijn hoofd. 'Nee, van z'n leven niet.' Hij denkt er even over na. 'Was Cara daar ook niet bij?'

'Ja, die was er ook.' Ik voel me misselijk. 'Denk je echt dat ze zoiets zou doen? Ze is Lisa's beste vriendin.'

'Nee.' Theo zucht en haalt een hand door zijn haar. 'Dat denk ik tenminste niet, maar ik geloof meteen dat ze over Ripp haar mond voorbijpraat.'

Klopt, denk ik. Dat zie ik zo voor me.

'En wat nog meer?' vraag ik.

'Hoe bedoel je?'

'Je zei dat er een paar ontwikkelingen waren. We zijn ten eerste dus al getrouwd...'

'Mazzeltof,' roept Petty door de telefoon. Ik was ons publiek al bijna vergeten.

'Wat is het andere?' vraag ik nogmaals, terwijl ik Petty negeer.

Dat trillende spiertje in zijn kaak zegt genoeg, dus ik weet dat hij van slag is. 'Het is...' Zijn stem sterft weg en Theo ademt diep in. Hij balt zijn vuist. Zijn toon wordt kortaf, zakelijk. 'Blijkbaar heeft een nijvere journalist in jouw verleden... met Sam zitten spitten.'

'Sam?' Dit is het laatste zetje dat ik nodig had om volledig gevloerd te worden.

Theo knikt en zelfs dat knikje is nijdig – een woeste ruk van zijn kin. 'Er zijn weer een paar foto's opgedoken van toen je zeventien was.' Ik schrik en de pijn die ik op Theo's gezicht zie is verschrikkelijk. 'Het ziet ernaar uit dat Sam geïnterviewd is... of in elk geval officieel commentaar heeft gegeven.'

'Geïnterviewd?' zeg ik wezenloos. 'Over mij?'

'Ik weet nog niet precies hoe of wat,' zegt Theo, met ijskoude stem. 'Maar mijn mensen zijn ermee bezig.'

'Wat een klootzak,' hoor ik Ava door de telefoon zeggen.

'Helemaal mee eens.' Theo kijkt haar op het scherm aan. 'Ik heb zo een conferencecall met mijn advocaten en ik vroeg me af of je erbij wilt zijn, Ava.'

Ik word zo afgeleid door de golf van angst, verdriet en boosheid die me overspoelt, dat Ava's antwoord langs me heen gaat. Zo voelde ik me ook in Granny Macs huis, maar dan erger. Dit is niet alleen een herinnering aan wat er toen is gebeurd; het lijkt alsof het nú opnieuw gebeurt... alsof de pijn en onzekerheid in alle hevigheid terug zijn. Ik word erdoor verpletterd.

'Hij is pissig over dat telefoontje,' zeg ik hol. 'Hij zal me proberen terug te pakken. Hij zal dingen zeggen...'

'Hé.' Theo hurkt naast me neer en legt zijn handen op mijn wangen zodat ik hem aankijk. Ik richt mijn aandacht op zijn goudgespikkelde ogen. 'Jij hebt niets verkeerds gedaan. En hij gaat helemaal niets zeggen, oké? Daar zorg ik voor.'

Hij klinkt zo overtuigd dat het scherpe randje van de paniek die me dreigt te verzwelgen verdwijnt. 'Oké,' breng ik moeizaam uit.

'Wij gaan, dan kunnen jullie je klaarmaken voor de bruiloft,' zegt Ava. 'Theo, stuur je de gegevens voor die conferencecall door?'

'Doe ik.' Theo knikt en we nemen afscheid.

Een zware stilte vult de kamer.

'Wat moeten we doen?' vraag ik ten slotte. 'Moeten we vertrekken? Ik kan maar beter naar huis gaan.'

Theo schudt zijn hoofd. 'Dan wordt het alleen maar erger. Er bivakkeren mensen buiten en als we vroegtijdig weggaan, of zelfs als jij in je eentje vertrekt, dan is er misschien een groter verhaal. Bovendien denk ik dat Lisa me vermoordt.' Er klinkt een diep gegrom uit zijn keel. 'Niet te geloven. Niet te geloven dat ik dit klotecircus op de allerbelangrijkste dag in haar leven hierheen heb gelokt.'

'Het lag niet alleen aan jou,' zeg ik somber. 'Als ik er niet was geweest, als ik Ripps dochter...'

'Nee, Clemmie.' Theo grijpt mijn hand vast. 'Dit komt door mij. Ik kan niet...' Wat hij ook wilde zeggen wordt onderbroken door het schelle geluid van zijn telefoon. 'Dit zijn de advocaten,' zegt hij, met een blik op het scherm. 'Ik handel dit af terwijl jij je klaarmaakt. We gaan naar de plechtigheid en blijven niet te lang op de receptie, dan breng ik je naar huis, goed?'

Zwakjes stem ik in. 'Oké.'

Ik loop terug naar de kleedkamer en trek met een werktuiglijke onverschilligheid mijn jurk aan – een rijkelijk geborduurde lichtpaarse halterjurk van tule, waar ik een uur geleden nog ontzettend naar uitkeek. Ik borstel mijn haar, maar heb enkel tijd om het in te vlechten.

Mijn gezicht in de spiegel ziet wit en oogt vermoeid. De stralende vrouw van gisteren is nergens te bekennen en er is geen blusher of highlighter die daar wat aan kan doen. Er wordt op de deur geklopt en Theo komt binnen. Sinds wanneer kloppen we? Hij is voorzichtig met me, en ik durf hem amper aan te kijken, uit angst voor wat ik in zijn blik zal zien.

'Ben je klaar om te gaan?' vraagt hij. Deze keer heeft hij een ander pak aan, een blauw, met zwarte revers. Hij ziet er zoals gewoonlijk weer prachtig uit, maar de spanning is in elke groef op zijn gezicht af te lezen.

Ik kom overeind. 'Ja.'

'Je ziet er mooi uit.' Zijn stem is teder.

'Jij ook.' Ik pers een glimlachje tevoorschijn. Er valt een stilte. 'Dit gaat heftig worden, hè?'

Zijn gezicht verstrakt. 'Het komt goed.' Hij pakt mijn hand en knijpt er even in, waarna hij me loslaat en we op weg gaan naar de trouwerij.

Lisa en Rob trouwen in het kerkje op het terrein van het hotel – ooit hoorde het bij een groot landgoed dat eigendom was van een echt Mr. Darcy-type. De vogels zingen, de kerkklokken beieren, en het geluid galmt door de met jasmijngeur bezwangerde lucht. Het is zo mooi, dat het als een grap aanvoelt. Hoe kan de wereld gewoon doordraaien alsof er niks is gebeurd?

Als we de kerk naderen, begint mijn huid te tintelen. Hoofden draaien om. Het gefluister begint. Het is anders dan gisteren. Niemand wil me aankijken, maar ik voel hun nieuwsgierigheid op me drukken. Ze hebben allemaal de foto's gezien. Natuurlijk hebben ze die gezien. Echt iedereen heeft gezien wat Theo en ik gisteravond hebben uitgespookt.

Ik weet nog hoe het de vorige keer was, toen de kranten beweerden dat ik drugs gebruikte, en dat ik mensen die ik kende onder ogen moest komen, schoolvriendinnen die me met jubelende fascinatie aankeken, vreemden op straat die twee keer hun hoofd omdraaiden, waarbij hun nieuwsgierigheid over me heen gleed als een ongevraagde aanraking.

Ik tover een nepglimlach tevoorschijn, maar eigenlijk wil ik liever over mijn nek gaan in een van de perfect onderhouden bloemenborders. Dat gevoel wordt versterkt als we in de kerk bij Theo's moeder gaan zitten.

Als Alice ons begroet verraadt haar blik haar bezorgdheid. Ik knipper fanatiek met mijn ogen als ze vraagt of het gaat. Ik vind het vreselijk dat ze op Lisa's trouwdag hiermee te maken krijgt, dat ik dit drama voor hun familie heb veroorzaakt. Ik vind het ook niet zo fijn dat zij waarschijnlijk de foto's van mij en Theo heeft gezien… niet iedereen is zo laisser-faire over dit soort dingen als Dee Monroe.

'Het draait vandaag niet om ons,' zegt Theo, en ik knik instemmend. 'Zullen we ons op Lisa en Rob focussen?'

'Ik mag me heus wel tegelijkertijd zorgen maken om allebei mijn kinderen, Teddy,' zegt Alice. 'Ik ben jullie moeder.'

'Het spijt me dat dit is gebeurd, Alice,' breng ik moeizaam uit.

Ze fronst. 'Dit is jouw schuld niet. Het zijn die verdomde aasgieren weer. Staan ze daadwerkelijk voor het hotel? Ik zou het liefst daarheen lopen en ze eens flink de waarheid vertellen.'

'Daar kicken ze op,' zegt Theo met een glimlachje. '"Moeder van Theo Eliott op oorlogspad". Ik zie de krantenkoppen al voor me.'

'Ik doe aan taekwondo in het buurthuis,' mompelt Alice dreigend. 'Ik kan behoorlijk wat schade aanrichten, hoor.'

'Zullen we de advocatenkosten in onze zakken houden en erboven proberen te staan?' vraagt Theo. 'Dat jij de paparazzi een karatetrap geeft wordt plan B.'

'Prima,' moppert Alice. 'Maar laat je niet op stang jagen, goed? Niemand geeft jou hiervan de schuld.'

Theo zegt niets, maar knikt gespannen. Hij is het er niet mee eens, en aan Alice' verslagen blik te zien, heeft ze dat door.

De plechtigheid zelf is kort maar krachtig. Hannah stampt naar het altaar in regenboogkleurige tule en met feeënvleugels om. Halverwege blijft ze staan en zegt hallo tegen haar buren en vraagt waarom ze hun hond niet hebben meegenomen. Daarna komen Cara en Sophie in chique donkerblauwe jurken met spaghettibandjes en een laag uitgesneden rug, en zoals voorspeld zijn ze zo elegant als de pest. Tot slot zweeft Lisa aan Hugh's arm langs in golvende witte zijde.

De gebeurtenissen van vanochtend verdwijnen even naar de achtergrond. Alice, Theo en ik moeten alle drie huilen, maar niet zo erg als Rob, die snikt als een klein kind. Oliver, die echt een klein kind is, zit in een draagzak op de borst van de getuige en heeft een minismoking aan. Het enige wat hij interessant vindt is Robs corsage, die hij wanhopig te pakken probeert te krijgen, zodat hij die in zijn mond kan stoppen.

'Zie je wel,' fluistert Hannah keihard in mijn oor vanaf de voorste kerkbank. 'Baby's zijn zo stom. Ik heb liever een hamster.'

Nadat de voorganger Rob en Lisa tot man en vrouw heeft verklaard, lopen we allemaal het zonnetje in en bestrooien we hen met heerlijk geurende confetti van gedroogde rozenblaadjes. Lisa omhelst me alsof we elkaar al jaren kennen, en ik knuffel haar terug met brandende ogen.

'Moet je alweer huilen?' vraagt Hannah me argwanend.

'Nee,' zeg ik.

'Jawel! Alle grote mensen huilen de hele tijd.'

'Ik huil niet, Hannah-de-pannah,' zegt Theo.

'Je had je zonnebril anders weer razendsnel op,' mompel ik en ik dep voorzichtig mijn oogmake-up. Een serveerster komt met een zilveren dienblad langs en ik pak dankbaar een glas ijskoude champagne. Niet te geloven dat ik vandaag zo ver ben gekomen zonder een stevige borrel.

'Mag ik nu een ijsje?' vraagt Hannah dwingend, die haar prioriteiten heeft verlegd: huilende volwassenen staan blijkbaar niet hoog op het lijstje.

'Als we op de foto zijn geweest,' zegt Rob en hij tilt haar op. 'Voordat je ijs op je mooie jurk hebt gemorst.'

'Papa! Ik ben geen baby!' krijst Hannah als hij haar tussen de rondlopende en drinkende gasten draagt.

'Op alle foto's staat straks een kwaaie fee,' zegt Alice liefdevol.

'Ik vraag me af of die dingen er ook in mijn maat zijn,' zeg ik. 'Die look heeft wel wat.'

Theo is gespannen en houdt de gasten in de gaten, maar naarmate de middag vordert, wordt het duidelijk dat de beveiligers hun werk goed hebben gedaan. Er is niemand op het feest die hier niet hoort te zijn. Er komt geen eind aan de zijdelingse blikken en het gefluister, maar aangezien Theo en ik elkaar de rest van de dag nauwelijks aanraken, wordt er geen olie op het vuur gegooid. Elke keer dat er geflitst wordt krimp ik ineen, en ik weet niet of je dit wel eens is opgevallen op bruiloften, maar er zijn echt óveral camera's.

We overleven de lunch en de speeches, die in een waas voorbijgaan, en mijn wangen doen pijn door voortdurend te moeten glimlachen alsof er niets aan de hand is.

Het is tijd voor de openingsdans en Lisa en Rob zwieren over de dansvloer, met een blik waaruit blijkt dat ze blij zijn met de keuzes die ze in hun leven hebben gemaakt. Als Alice en Hugh de dansvloer op stappen, verstrengelt Theo onze vingers in elkaar en gaan wij ook dansen. Hij houdt mijn middel stevig vast en ik voel de warmte van zijn hand door mijn jurk, en ik knijp zo hard in de revers van zijn pak dat mijn knokkels wit zien. We zeggen niets, maar wiegen rustig op de muziek heen en weer. Ik wil mijn gezicht tegen zijn borst aan drukken en huilen.

Er wordt nog meer gedanst – een rauwe, wervelende 'Come on Eileen', een pijnlijk serieuze 'All the Single Ladies', ietwat uit de maat, en de band speelt zelfs een oud nummer van the Daze, dat Theo blijmoedig over zich heen laat komen, terwijl Lisa kakelend lacht en naar hem wijst.

Eindelijk komt Theo naast me staan en zegt wat ik al de hele tijd wil horen.

'We kunnen gaan.'

37

Huilend zegt Alice Theo gedag en ik begrijp precies hoe ze zich voelt.

Theo is stil als we bij het hotel vandaan rijden. De fotografen zijn eindelijk vertrokken, vermoedelijk afgeschrikt door de beveiliging of omdat ze denken dat we voor nog een nacht in een ander hotel zijn neergestreken. Theo en ik hebben niet gepraat over waarom we eerder weggaan, of wat er gaat gebeuren als we bij mijn moeders huis aankomen.

In plaats van te praten zet Theo een luisterboek op, maar het alleraardigste liefdesverhaal, dat door een flitsende acteur wordt voorgelezen, kan me niet afleiden. Hoe meer kilometers we afleggen, hoe somberder de sfeer in de auto wordt, maar ik weet niet wat ik daaraan kan doen. Ik ben bekaf. Mijn gedachten schieten als granaatscherven alle kanten op. Ik kan er niet één lang genoeg vasthouden om er wijs uit te worden, kan eigenlijk niet bevatten wat er de afgelopen twaalf uur allemaal is gebeurd.

Ik had het moeten weten, maar ik ben totaal niet voorbereid op de fotografen die voor het hek van mijn moeder ons staan op te wachten.

'O, shit,' zegt Theo kortaf, met zijn handen stevig om het stuur geklemd.

Vier of vijf fotografen omsingelen de auto terwijl we aan het begin van de oprijlaan wachten tot het hek opengaat. Voor het raam wordt geflitst en ik scherm mijn ogen af en laat een ontsteld geluid uit mijn mond ontsnappen. Ze schreeuwen, maar ik kan het niet verstaan. Paniek. Handen tintelen, mijn adem stokt, en opnieuw ben ik zeventien.

'Het komt goed,' zegt Theo gespannen. 'Het komt goed. Het komt allemaal goed.' Hij zegt de woorden keer op keer, als een mantra, maar ik reageer niet, ik kan niets zeggen terwijl het hek eindelijk openzwaait.

We schieten de oprit op, weg van de fotografen, en ik sluit mijn ogen. De tranen druppelen over mijn wangen.

De auto komt tot stilstand. Theo zet de motor af. De plotselinge stilte hangt als een zwaard boven ons hoofd.

Theo laat zijn hoofd tegen de rugleuning achterovervallen. Hij doet zijn ogen even dicht.

'Ik moet gaan,' zegt hij uiteindelijk. 'Ik heb mijn vlucht naar vanavond laten verplaatsen.'

'Ga je weg?' vraag ik, en hoewel ik erop voorbereid was, doet het zo'n pijn dat ik in elkaar krimp. 'Nu?'

'Als ik wegga, dan houdt dit op,' zegt hij zachtjes. Hij laat de woorden een ogenblik tussen ons in hangen. Een verschrikkelijke waarheid.

'Ik heb een plan. Ik ga terug naar LA en laat me fotograferen. Ik denk dat iedereen je dan meteen met rust laat.'

'Fotograferen?' herhaal ik.

Theo slikt. 'Met Cyn. Dat hebben we al eens vaker gedaan. Als vriendendienst. We hoeven maar naast elkaar te staan en iedereen denkt dat we weer bij elkaar zijn. De verhalen schrijven zichzelf.'

'O.' Het woord klinkt hol. 'Wat aardig van haar.'

'Clemmie.' Hij zegt mijn naam met een zucht. 'Ik wil niet dat hier een misverstand over ontstaat, oké? Het hoort bij een praktisch plan. Ik zeg het alvast, zodat je weet dat het niet waar is, dat het een act is. Cyn is gewoon een vriendin. Ik wil niet dat je ook maar één seconde denkt dat ik met iemand anders samen zou willen zijn.'

'Waarom ga je dan weg?' De woorden klinken wiebelig als ze mijn mond verlaten.

Hij veegt een plukje haar uit mijn gezicht, een teder gebaar. 'Omdat ik egoïstisch ben geweest,' zegt hij. 'Ik wist dat je je bedenkingen had en ik verlangde zo hevig naar je dat het me niks kon schelen, dat ik er niet over praatte, dat ik niet genoeg deed om je te beschermen. Ik zei dat ik begreep dat je het langzaamaan wilde doen, maar ik walste over je heen… sleurde je deze relatie in, en dat was niet eerlijk.'

Hij kijkt naar zijn handen en zijn stem klinkt rauw. 'Ik ben over het algemeen vrij egoïstisch. Maar ik wil niet de reden zijn dat jij pijn lijdt, Clemmie. Ik wil niet de reden zijn dat jij jouw ergste trauma herbeleeft. Die foto's van jou op je zeventiende braken mijn hart. Je was zo jong, en aangezien ik weet wat je hebt meegemaakt, hoe je werd behandeld... Ik hoorde vanochtend wat je zei en zag je blik toen we tussen de camera's door reden.' Hij krimpt ineen en zijn adem stokt. 'Dat vergeet ik nooit meer. En dat kwam door míj. Diep in je hart is dit niet wat je wilt.'

'Natuurlijk is dít niet wat ik wil,' zeg ik en ik probeer uit alle macht mijn tranen te bedwingen. 'Maar dat betekent niet dat ik jóú niet wil.'

De glimlach die Theo me schenkt is de verdrietigste uit de geschiedenis van de mensheid. 'Dit bén ik. Dat is juist het hele probleem.'

Het kolkt vanbinnen, dus weet ik niet wat ik daarop moet zeggen. Alles gaat zo snel; een paar uur geleden waren we nog gelukkig. Ik weet dat ik van Theo hou, maar wat er nu gebeurt is alles waar ik zo bang voor was. Het ergste is nog dat hij gelijk heeft. Vanaf het begin wist ik dat ik me juist om deze reden niet met hem in moest laten. Hoe kan ik zo'n leven in godsnaam aan? Maar hoe kan ik hem in godsnaam loslaten?

'Het is te veel,' zeg ik wanhopig. 'Ik kan er niet eens over nadenken. Ik krijg dit niet op een rijtje. Het overweldigt me. Laat me heel even op adem komen.'

'Weet ik. Het is ook te veel. Maar ik ging toch al weg, dus laten we gewoon... elkaar wat ruimte gunnen.'

'Elkaar?' De gedachte alleen al doet pijn.

'Ik denk dat dat de juiste stap is. Voor ons allebei.'

Dan leunt hij naar me toe en drukt zijn lippen zachtjes op mijn wang. Er komt een geluid diep uit zijn keel en ik moet me uit alle macht inhouden om hem niet vast te pakken en naar me toe te trekken, hem te kussen totdat hij belooft dat hij niet weggaat.

In plaats daarvan open ik het portier, stap moeizaam uit en pak mijn koffer van de achterbank. Verdoofd kijk ik toe terwijl hij wegrijdt. Ik kijk totdat de auto voorbij het hek verdwijnt, waar de camera's weer flitsen. Ik kijk totdat Theo Eliott compleet is verdwenen, en pas dan, terwijl ik eenzaam in het donker sta, mag ik van mezelf huilen.

De voordeur vliegt open.

Ze stormen naar buiten, een wolk van Armani (Serena) en paarse extensions (Lil), en ik word met hun armen om me heen tussen hen in geplet en heb weer vaste grond onder mijn voeten.

'Jullie zijn er,' zeg ik met een zucht.

'Natuurlijk zijn we er.' Serena klinkt woedend.

'Wie moeten we als eerste vervloeken?' vraagt Lil.

Deel vier

38

Theo is vier weken geleden naar LA vertrokken. Dat zijn bijna zevenhonderd uren stilte en achtduizend kilometer tussen ons in. Niet dat ik het bijhoud of zo.

Elke emotie heeft de revue gepasseerd. Stuk voor stuk. Len en ik waren vier jaar bij elkaar en onze relatiebreuk was niets vergeleken met de pijn die het verlies van Theo met zich meebrengt. Vier weken later en ik heb nog steeds het gevoel dat iemand mijn hart met een lepel probeert weg te snijden.

Op een of andere manier heeft Theo de meeste foto's kunnen laten verwijderen. Het is en blijft het internet, dus niets verdwijnt voor altijd, maar alle grote nieuwssites hebben de foto's teruggetrokken. Wat Sam heeft gezegd, komt ook nooit bovendrijven, en ik heb geen idee hoe hij dat voor elkaar heeft gekregen, maar ik vermoed dat er heel veel geld mee was gemoeid.

Zoals Theo al voorspelde, was ik oud nieuws zodra de foto's van hem en Cyn in de bladen belandden. Ik had met mezelf afgesproken dat ik niet zou kijken, maar natuurlijk deed ik dat wel, en toen ik hem zag, met zijn arm om haar tengere schouders, terwijl zij hem met haar hand in zijn achterzak stralend aankeek, heb ik tien minuten onafgebroken in mijn kussen gegild.

Ze zagen er fantastisch uit samen. Perfect. En hoewel Theo me luid en duidelijk had verteld dat alles in scène was gezet, kostte het totaal geen moeite om me voor te stellen dat het echt was. Ik vond het nog erger omdat ik Cynthie onder andere omstandigheden waarschijnlijk zou mogen. Ze had iets in haar blik, in de droge toon van haar stem die ik aan de telefoon had gehoord, waardoor ik denk dat we vrienden hadden kunnen zijn. Helaas wilde ik haar diep vanbinnen aanrijden omdat ze haar hand op Theo's kont had gelegd, en dat leek me geen goede ondergrond voor een vriendschap.

Het nieuws dat ik over Theo heb gehoord, kwam van drie verschillende bronnen, en ik heb me aan die fragmenten vastgeklampt als een overijverige eekhoorn die noten voor de winter verzamelt. Als eerste kreeg ik de dag nadat we de bruiloft hadden verlaten een telefoontje van Lisa.

'Clemmie, ik vind het zo erg.' Ik hoor het verdriet in haar stem. 'Ik kan er niet over uit dat hij is vertrokken. Ik kan er sowieso niet over uit dat dit allemaal is gebeurd.'

'Jij kunt er niets aan doen,' zeg ik en mijn stem klinkt rustig en hol. Ik ben uitgehuild. 'Maar ik vind het zo erg dat het juist nu is gebeurd. Jullie trouwdag was zo bijzonder, en jij en Rob verdienden een topdag.' En dan, na een korte stilte. 'Heb je Theo gesproken?' Blijkbaar heb ik toch nog wat vocht in mijn lijf, want de tranen schieten me in de ogen als ik zijn naam noem.

'Hij is er kapot van, Clemmie,' zegt Lisa onmiddellijk. 'Zo heb ik hem nog nooit meegemaakt. Ik...' Ze aarzelt en voegt er dan zachtjes aan toe: 'Laat hem alsjeblieft niet vallen.'

'Volgens mij heeft hij mij laten vallen,' antwoord ik bedroefd. En dan valt er niet veel meer te zeggen.

Het tweede teken van leven krijg ik vier dagen later en is verbazingwekkend genoeg een e-mail van David.

Clementine,
Meneer Eliott heeft een verzoek ingediend voor 'een zingende hen', en er is geen informatie over te vinden, behalve een paar verontrustende filmpjes op YouTube. Kunt u misschien opheldering bieden?
David

Beste David,
Volgens mij bedoel je een *singing hinny*, een dik pannenkoekje uit Northumberland. Het lijkt op een platte scone met rozij-

nen. Mijn Granny Mac maakte ze vroeger altijd. Ik voeg het recept als bijlage toe.
Clemmie
PS Hoe gaat het met hem?

Clementine,
Dit recept bevat grote hoeveelheden boter en vet, dus ik begrijp niet wanneer meneer Eliott in de gelegenheid is geweest om dit te proeven, gezien het voedingsschema waar hij zich strikt aan dient te houden.
David
PS Ik verstrek geen informatie over het privéleven van mijn werkgever, tevens is het niet aan mij om een oordeel te vellen over zijn gemoedstoestand. Dat gezegd hebbende: de man eist momenteel allerlei bizarre baksels, weigert zijn huis te verlaten en heeft een zorgwekkende obsessie ontwikkeld voor een nogal melodramatische tienerserie over vampiers. Trekt u daar zelf uw conclusies maar uit.

Het stelt me op een vreemde manier gerust dat Theo zich net zo beroerd voelt als ik en dat hij blijkbaar aan me denkt. Daardoor zwakt het gevoel af dat ik me heb verbeeld wat er tussen ons is gebeurd.

Ik vraag me af of David iemand kan vinden die singing hinnies voor Theo bakt. En als hij ze eet, zal hij nog weten dat ik ze in Granny Macs keuken klaarmaakte, zodat ik me dichter bij haar waande als de zoete geur om me heen hing? Zal hij nog weten dat hij zijn mond verbrandde omdat hij geen geduld had en er meteen een in zijn mond propte toen ik ze van de bakplaat haalde en hij mij de schuld gaf dat ze te heet waren toen ik hem uitlachte? Het doet vanbinnen pijn als ik er alleen al aan denk.

Ik praat ook nog met Serena over Theo. Twee weken na de mailwisseling met David vertelt ze dat Theo zich in de opnamestudio heeft opgesloten en zich op zijn werk stort. De platenmaatschappij is in de wolken. Mijn zus heeft begrijpelijkerwijs gemengde gevoelens. Enerzijds heeft ze het onmogelijke mogelijk gemaakt met dit album, maar anderzijds is het hart van haar zus gebroken. Het feit dat ze daar überhaupt over nadenkt zegt wel hoeveel ze van me houdt, want ze spiegelt zich serieus aan ijskoude Disney-schurken en haar leidinggevenden willen het liefst een knalfeest voor haar organiseren.

Ik volg Theo's voorbeeld en ben ook aan het werk gegaan. Ik heb een eerste versie van mijn kinderboek af (ja, ik ben zover dat ik het een boek kan noemen) en het is eigenlijk heel gaaf geworden. Ik stuur het naar Serena en Lil, die me hun hele gedachtegang appen tijdens het lezen.

Serena: Altijd al geweten dat iemand ooit een boek over mij zou schrijven.
Lil: OMG! Ik vind het nu al te gek. Die oma is Granny Mac, toch? Wat een heerlijke oude mopperkont.
Lil: Ik moest heel erg lachen om dat stukje waar Maree de schuur in de fik steekt. Echt iets voor Serena.
Serena: Die brand was heel klein en een ongelukje en er is nooit bewijs gevonden. Voor overig commentaar verwijs ik jullie naar mijn advocaat.
Serena: Fantastisch. Kwaaie meiden zijn super.
Lil: Neeeee. Ik ben nu bij de zeemeermin. Ik was die broodjes pindakaas helemaal vergeten. Dit is zo zielig.
Serena: Hahahahahaha! Maree is echt een moordwijf. Geweldig.
Lil: Iedereen weet dat Sass het allerleukste personage is. Ik wilde dat wij een toverspreuk hadden gedaan waardoor het maanlicht mijn haar meer volume gaf. Zie je me voor je met MAANHAAR?? Dan was ik niet te stuiten.
Lil: Clemmie, wat heb je dit goed gedaan. Het is PRACHTIG. We zijn zulke krachtige heksenzussen.
Serena: Mee eens. Dit moet je zsm laten uitgeven zodat nog meer jongeren een voorbeeld aan mij/Maree kunnen nemen.
Serena: We kneden hier de knappe koppen van de toekomst!!!!!

Ik ga mijn manuscript naar drie of vier literair agenten sturen, van wie ik denk dat ze het leuk zullen vinden. Misschien. Ik moet er eerst nog wat aan schaven en een beetje moed verzamelen. Zelfs in mijn huidige, emotioneel verpletterde toestand was het schrijven van het boek een reddingsboei. Het is het eerste wat ik sinds lange tijd heb geschreven dat góéd voelt.

Ik heb niet naar mijn wetenschappelijke boek omgekeken, noch gesolliciteerd. Ik weet ook niet hoe ik met mijn weerzin om moet gaan. Ik heb het gehad met al die onzekerheid. Ik heb het gehad met zo lang zo hard werken en dan nog met lege handen staan. Ik kan er totaal geen enthousiasme voor opbrengen, word er absoluut niet blij van.

Dat gevoel wordt versterkt door het naderende eind van de zomer en dus moet ik hoognodig een plan bedenken. Ik kan dit probleem niet blijven negeren, want het lijkt me dat het hebben van een baan en woonruimte van die basale volwassen zaken zijn die ik op mijn drieëndertigste toch wel op orde moet hebben. Ik heb mijn hele volwassen leven aan de academische wereld gewijd en kijk waar dat me heeft gebracht: in pyjama op de bank bij mijn moeder thuis terwijl ik een existentiële crisis doormaak.

'Als je tijd hebt kan ik wel wat hulp met mijn werk gebruiken,' zegt mijn moeder, die de keuken in loopt om een kopje koffie te zetten. 'We zijn een groot liefdadigheidsevenement aan het organiseren en ik kom mensen tekort nu Sandy met zwangerschapsverlof is.'

'Voor welk goed doel?' vraag ik.

'We zamelen geld in voor een van onze projecten, waarin we muziektherapie aanbieden aan vluchtelingen en uit huis geplaatste kinderen,' zegt mijn moeder verstrooid terwijl ze in een lege koektrommel graait. (Wat zal ik zeggen, ik ben een emotie-eter.)

'O, dat klinkt interessant.' Ik hef mijn hoofd.

Mijn moeder humt. 'Ik heb vooral iemand nodig die me helpt met de logistieke kant. Ik krijg hoofdpijn van al die aanbieders met hun verschillende eisen.'

'Natuurlijk, ik help je graag. Maar vertel eens wat meer over dat project.'

Mam kijkt me verbaasd aan. 'Echt waar?'

'Ja, echt waar.' Ik schiet in de lach. 'Waarom is dat zo'n vreemde vraag?'

'Daar gaat het niet om.' Mam schudt haar hoofd. 'Je hebt gewoon... nog nooit echt interesse in mijn werk getoond.'

Ik word overspoeld door een gevoel van schaamte. 'Het komt niet omdat ik geen interesse heb. Het komt omdat... nou ja, het is ingewikkeld.'

Mam trekt de stoel tegenover me naar achteren. 'Wat is er dan ingewikkeld aan?' Ze fronst.

Ik zou me onder dit gesprek uit kunnen wurmen, maar eerlijk gezegd loop ik er al mee rond sinds ik Theo had verteld wat Sam had gezegd. 'Ik...' Ik adem diep in. 'Ik heb me altijd schuldig gevoeld over je werk, dus ik denk dat ik het onderwerp gewoon vermeed,' zeg ik ongemakkelijk. 'En dat is nogal lullig van me.'

'Schuldig? Waarom zou jij je in hemelsnaam schuldig moeten voelen?'

'Omdat jij je droom voor mij moest opgeven.' Ik pers de woorden eruit, in de wetenschap dat ik ze nu moet uiten. 'Je gaf je muziekcarrière op omdat je zwanger werd, en ik weet dat het niet mijn schuld is, maar ik heb er altijd een rotgevoel over gehad.'

Mams gezicht is een en al verbazing. Grote ogen, open mond. 'Wacht even... Wat?' Ze schudt haar hoofd. 'Denk je dat ik gestopt ben met zingen omdat ik zwanger werd?'

Nu ben ik degene die fronst. 'Eh, ja. Je hield ermee op toen je mij kreeg, omdat de pers ons genadeloos achternazat en jij me in je eentje moest opvoeden. Precies op het moment dat je een veelbelovende ster was.' Ik ben aan het uitleggen en dat voelt raar; ik bedoel, dit weet ze allemaal al.

Mam tikt op de tafel en is even in gedachten verzonken. Ik zie zoveel in haar gezicht gebeuren dat ik geen idee heb wat ze denkt. 'Clemmie,' zegt ze ten slotte met een zucht. 'Had je dit maar veel eerder met me besproken.'

'Je weet hoe goed ik ben in het vermijden van alles waar ik me ongemakkelijk bij voel.'

Ze glimlacht bedroefd. 'Dat weet ik inderdaad. Jij bent een kei in het opkroppen. Ik ben je moeder en ik had geen idee dat je hiermee zat.' Ze pakt mijn hand en houdt die over de tafel vast. 'Nu moet je goed naar me luisteren. Ik hou van je met alles wat ik in me heb, maar ik heb mijn muziekcarrière niet opgegeven voor jou. Ik heb mijn droom niet opgegeven. Ik besefte dat muziek níét mijn droom was, dus ben ik ermee gestopt.'

'Je... Hè?' breng ik uit.

Mam blaast een zucht uit. 'Zo leuk vond ik dat gedoe met de pers inderdaad niet, en het zou een stuk lastiger worden met een baby, maar muzikanten krijgen voortdurend baby's. Die dingen hadden me heus niet tegengehouden als ik echt muziek had willen maken, zolang jij ook veilig en gelukkig was. Maar nadat mijn eerste album uitkwam, voelde ik me ellendig. Ik had er jarenlang van gedroomd en naar uitgekeken, maar ik vond het vreselijk. Ik voelde me zo alleen en ik had een hekel aan al het politieke gekonkel dat erbij komt kijken als je voor een grote platenmaatschappij werkt. Je vader genoot van elk moment; hij was in de wieg gelegd voor dat wereldje, maar ik niet. Daar lag mijn hart niet.'

Ik ben verbijsterd.

'Het werk dat ik nu doe,' zegt mijn moeder glimlachend, 'dát is mijn droombaan. Dat is mijn levenswerk. Ik zou niets anders willen. Het duurde gewoon even voordat ik daarachter kwam. Soms moet je risico's nemen, een afslag van een tweesprong volgen die je niet zag aankomen om op de plek te belanden waar je thuishoort.'

Ik kijk haar verbaasd aan. O god, ik krijg de ene na de andere openbaring. Ik heb het gevoel dat mijn hersenen een software-update hebben gekregen.

'Wilde je echt geen zangeres worden?' Mijn woorden klinken schor.

'Nee,' zegt mijn moeder vastberaden. 'En ik zal je nog iets vertellen: die eikels met hun camera's zijn wel de allerlaatsten die ik de boel voor mij laat bepalen.' Ze zwijgt en weegt haar woorden af. 'Wat jou als tiener is overkomen was ontzettend pijnlijk, dat weet ik, lieverd, en als ik je daartegen had kunnen beschermen, dan had ik dat gedaan, maar je kunt anderen – anderen die niets over je leven te zeggen hebben – geen zeggenschap geven over jou en je geluk. Zij mogen niet voor jóú beslissen.'

'Je hebt het over Theo,' zeg ik toonloos. 'Maar je klinkt als Sam. Hij zou zoiets zeggen om me bij zich te houden, dat we de pers ons leven niet mocht laten bepalen.'

'Met het verschil dat Sam je probeerde te manipuleren en zijn zin wilde doordrijven,' zegt ze. 'Wat hij zegt klopt, maar hij zei dat om jou te beïnvloeden. Je mág de pers jouw leven niet laten bepalen, een leven dat vol geluk en liefde zou kunnen zijn. Ik weet hoe moeilijk het is om te negeren wat ze zeggen en doen' – ze zwijgt en kijkt me recht aan, zodat ze mijn volledige aandacht heeft, zodat ik echt luister – 'geloof me, ik weet het, maar wat anderen van je denken heb je niet in de hand en dat idee moet je loslaten als je daarmee je eigen geluk in de weg staat.'

Ik laat haar woorden bezinken en voel de knoop in mijn maag iets losser worden. Het zijn geen magische woorden die het probleem oplossen, maar ze helpen wel: ze geven me ruimte om adem te halen, om over een ander pad na te denken.

'En,' zegt mijn moeder, bijna terloops, maar mij houdt ze niet voor de gek, 'je kunt je beter op Theo's daden richten, dan op Sams woorden. Hij heeft de pers weggelokt, meteen zijn advocaten ingeschakeld en overal met juridische stappen gedreigd. Hij is als een bezetene tekeergegaan om alles binnen zijn macht te doen om die foto's te laten verwijderen. Hij is niet zoals Sam, die een stiekeme klootzak was. En ook niet zoals je vader, trouwens, die de diepgang van een tosti heeft. Ripp is een roekeloze man, Clemmie, geen slechte. Hij wil niemand expres teleurstellen; hij denkt gewoon niet na.'

Ze kijkt me opnieuw vermanend aan. 'De geschiedenis is zich niet aan het herhalen. Dat ze hetzelfde beroep hebben, betekent echt niet dat ze hetzelfde zíjn. Theo kun je met geen van beiden vergelijken, en voor wat het waard is, volgens mij heeft hij dat bewezen.'

Ik bijt op mijn lip. 'Ik weet niet of ik mezelf wel in een positie wil brengen om dat te ondervinden,' geef ik toe. 'Ik heb het gevoel dat ik me dan... wel heel kwetsbaar opstel.'

Mijn moeder schiet in de lach en knijpt in mijn hand. 'Lieverd, ik heb slecht nieuws voor je. Als je verliefd wordt, stel je je sowieso kwetsbaar op. Zelfs als je niet op een rockster verliefd wordt.'

'Uggggggggh.' Ik sla mijn handen voor mijn gezicht. 'Waarom is dit zo moeilijk?'

'Weet ik niet,' zegt mam. 'Maar volgens mij heeft God daarom therapeuten geschapen.'

39

Er gaat een week voorbij en het is tijd voor het feest van het jaar: Lil-Fest.

Opnieuw een week waarin Theo niets van zich laat horen. Na mijn gesprek met mam vraag ik me af of hij wacht tot ik contact met hém zoek. Hij heeft tenslotte gezegd dat hij niet egoïstisch wilde zijn en mij nergens toe wil dwingen. Kan het zijn dat hij wil dat ík degene ben die beslist?

Nu ik dat heb bedacht, klinkt het logisch. Wekenlang ben ik ervan uitgegaan dat Theo's gebrek aan communicatie een teken was dat hij geen relatie met me wilde, dat hij probeerde aan te geven dat het voorbij was, maar als ik die keiharde stem van mijn eigen onzekerheid negeer, als ik hem niet langer vergelijk met mensen die totaal niet op hem lijken, dan weet ik dat dat niet klopt.

Theo is vanaf dag één duidelijk tegen me geweest. Voordat we ook maar iets waren, zelfs toen ik hem nog bij de verkeerde naam noemde, had Theo zijn inténties duidelijk gemaakt. Theo heeft nooit geaarzeld. Hij zei dat hij mij wilde. Steeds weer opnieuw. Hij vertelde het me en liet het me op honderd verschillende manieren zien. Ik weet dat hij om me geeft, net zo goed als ik weet welke dag het vandaag is.

Ik moet gewoon beslissen wat ík wil.

Tijdens mijn sessie met Ingrid vertel ik wat mijn moeder heeft gezegd en daarna zitten we lange tijd in stilte te peinzen. Het is een soepeler stilte dan gewoonlijk. Geen snijdende stilte, maar een ruimte scheppende stilte.

'Volgens mij ben ik bang dat ik niet goed genoeg ben,' zeg ik ten slotte. 'Dat dingen mislukken, dat ik tekortschiet, mensen teleurstel.

Zelfs mensen die ik nog niet ken. Zelfs anonieme reaguurders. Maar vooral mensen van wie ik hou.'

'Wat denk je dat er zal gebeuren als je niet goed genoeg bent?' vraagt Ingrid.

'Dan gaan ze weg.' Het antwoord komt snel en vastberaden.

Ingrid kantelt haar hoofd en ik krijg weer die kick omdat ik goed bezig ben met therapie, ook al besef ik dat dat nou juist een onderdeel van het probleem is.

'Theo ging weg,' zeg ik en ik druk op de gevoelige beurse plek in mijn hart. 'Uit nobele overwegingen, dat weet ik. Verstandelijk begrijp ik het. Maar hij ging weg. En dat deed pijn.'

'Dat klinkt als iets wat jij hem moet vertellen,' zegt Ingrid. 'Dat klinkt als iets wat hij misschien wil horen.'

Die woorden spoken voortdurend door mijn hoofd. Zou Theo dat willen horen? Misschien wel. Theo wilde altijd weten wat er in mijn hoofd omging. (Eigenlijk is dat een understatement, want hij zei ooit dat hij 'in mijn hoofd wilde kruipen en me als een boek wilde lezen', en toen zei ik dat ik dat zowel lief als psychopathisch vond.)

Ik heb dus genoeg om me het hoofd over te breken, maar voor vandaag probeer ik alles van me af te zetten. Vandaag draait het om Lil.

Lil-Fest is ontstaan op Lils zestiende verjaardag en is sindsdien elk jaar alleen maar groter geworden, zowel in omvang als in namen die optreden. Het wordt gehouden op een weiland achter het huis van de mama's tijdens het laatste weekend van augustus en markeert daarmee altijd het bitterzoete einde van de zomer.

Tijdens het eerste Lil-Fest trad Lil op met een paar vrienden op een 'podium' dat met krijt was uitgezet in het gras, terwijl wij goedkope, lauwe cider dronken en ons insmeerden met bodyglitter.

Naarmate het persoonlijke en professionele kringetje van Lil en Serena groter werd, groeide Lil-Fest mee. Nu bestaat het uit een heus podium met enorme speakers, een line-up van bands die toevallig in de buurt zijn en zin hebben om te komen – sommige grote namen, sommige veelbelovende artiesten – verschillende foodtrucks en meestal een paar honderd gasten.

De bomen hangen vol feestverlichting en zelfgemaakte dromenvangers, en dit jaar biedt een van Lils vrienden yogasessies aan in een kleine joert die er vanochtend plotseling stond. We smeren ons nog steeds in met glitter, maar de goedkope cider is verruild voor biologische IPA's en cocktails in jampotten. Sommige jaren staan we in de regen en de modder (wat volgens Lil veel authentieker is), maar vandaag is het droog en warm, hoewel er aan de horizon een aantal onheilspellende wolken hangen.

Gezien mijn afkeer van livemuziek heb ik vroeger zoveel mogelijk van Lil-Fest in de keuken doorgebracht, of sloop ik zelfs stiekem naar mijn kamer, maar dit jaar ga ik misschien bij het podium kijken om naar een paar van de bands te luisteren. Het is een lange zomer geweest en er is veel veranderd.

Het is laat in de middag en ik zit in een prieeltje naast de vijver te kijken naar gasten die in een lange rij van het huis naar het weiland lopen, waar het podium staat, en bereid me voor om erbij aan te sluiten. Mijn zussen komen naar me toe. Serena zet een zonnebloemenkrans op mijn hoofd. Lil geeft me een paar feeënvleugels. Nadat ik over die van Hannah had verteld, heeft ze speciaal voor deze gelegenheid voor ons allemaal een volwassen maat vleugels besteld. Die van Serena zijn zwart met scherpe punten, zodat ze op de bruid van een vampier lijkt, en dat is dus de enige reden dat ze hiermee heeft ingestemd.

'Mooie opkomst dit jaar,' zeg ik en met samengeknepen ogen kijk ik naar de steeds groter wordende menigte terwijl een jong meisje met een gitaar melancholisch in de microfoon zingt. 'Treed je ook op?'

Lils wangen zijn rozig. Ze draagt zelf ook een zonnebloemenkrans en die zit een beetje scheef. 'Yep, en snel ook, want ik blijf die roze mixjes van Ava maar drinken, die naar sap smaken, maar alles wordt daardoor een beetje...' Ze knijpt bedachtzaam haar duim en wijsvinger op elkaar en ik heb geen idee wat dat gebaar moet voorstellen.

'Ze is al kachel,' vertaalt Serena.

'Waar zijn Bee en Henry?' vraag ik.

'Bee is aan het werk, maar misschien komt ze straks langs,' zegt Serena, met een zeer geoefende nonchalance, en Lil en ik wisselen een geamuseerde blik uit.

'Henry komt ook later,' zegt Lil. 'Ik weet bijna zeker dat hij me vanavond ten huwelijk gaat vragen.'

'Wat?!' krijsen Serena en ik in koor.

'Ja, leuk hè?' Lil straalt subtiel. Ze ziet er ineens engelachtig uit en schittert van verliefdheid. Ik knipper met mijn ogen, maar volgens mij komt dat gewoon door de zon die haar bodyglitter reflecteert. Samen met die vleugels natuurlijk.

'Ik kwam vorige week de ring tegen – hij kan echt geen geheim bewaren,' zegt ze liefdevol, 'en hij was de hele ochtend al één bonk zenuwen. Ik wil gewoon dat hij me vraagt zodat ik hem uit zijn lijden kan verlossen.'

'Ga je ja zeggen dan?' vraagt Serena verbluft.

'Natuurlijk.' Lil is sereen. 'Hij is de ware. Dat wist ik zodra ik hem leerde kennen. Precies wat ik gewenst heb.'

Serena maakt een protesterend geluid.

'Wat geweldig,' zeg ik en mijn woorden worden verstikt door mijn tranen. 'Ik ben zo blij voor je, Lil. Henry is zo'n lieverd en hij houdt ontzettend veel van je.'

'Weet ik,' zegt ze zelfverzekerd. Dan trekt er een frons over haar gezicht. 'Over grootse, allesoverheersende liefde gesproken...'

'Ja, daar moest ik ook aan denken,' onderbreek ik haar. '"Grootse, onvoorwaardelijke, oprechte, zielsverwante liefde." Dat is toch wat je gezegd hebt?'

'Ja.' Lil knikt terwijl Serena kotsgeluiden maakt.

'Ik had laatst een openbaring, tijdens een therapiesessie,' zeg ik en ik denk er glimlachend aan terug. 'Nou ja, tegenwoordig heb ik de ene na de andere, maar die keer besefte ik dat wat er ook gebeurt, er altijd één ding is waar ik op kan rekenen: die liefde heb ik al. Ik heb mijn zielsverwanten, die er voor me zijn, wat er ook gebeurt, die onvoorwaardelijk van me houden. Dat zijn jullie. Jullie zijn er altijd voor me geweest. Daar heb ik geen wens voor nodig.'

Er valt een geschokte stilte van een paar seconden terwijl mijn zussen me alleen maar aankijken, waarna Lil een soort loeiend geluid maakt en haar armen om mijn nek slaat. Haar warme tranen vallen op mijn huid. 'Lieve Clementine, ik hou van je,' fluistert ze.

'Kom op, zeg,' snuift Serena, die verwoed oogcontact probeert te vermijden, 'jullie zijn zo theatraal.' Maar ze kan haar gesnotter niet verbloemen, en Lil en ik trekken haar naar ons toe voor een lange en – dankzij drie paar feeënvleugels – ongemakkelijke knuffel.

Als we ons van elkaar losmaken, heeft Lil een vastberaden blik in haar ogen. 'Ik vind dat we het met elkaar over Theo moeten hebben.' Ik schrik op van haar woorden.

'Ik dacht dat we daarmee zouden wachten.' Serena kijkt haar nijdig aan.

Mijn ogen schieten van de een naar de ander. 'Wat zijn jullie van plan?' vraag ik.

Serena blijft Lil boos aankijken, die geen berouw lijkt te hebben.

'We moeten je iets vertellen,' zegt Serena langzaam. 'Maar ik weet niet of dit het juiste moment is.'

'Dat klinkt helemaal niet onheilspellend of zo,' mopper ik. 'Nu moeten jullie het wel zeggen.'

'Een andere keer,' zegt Serena standvastig.

'Nee, nu.'

'Ugh, oké...' Serena stampt nog net niet met haar voet, maar dan onderbreekt Lil haar.

'O, shit,' fluistert Lil, die over mijn schouder kijkt.

Serena knijpt haar ogen samen als ze ziet waar Lil naar kijkt. 'Wist jij hiervan?' vraagt ze.

'Nee, nee, natuurlijk niet,' roept Lil uit terwijl ik me vliegensvlug omdraai.

Over het gazon, een en al glimlach, loopt Ripp Harris ons tegemoet. Met in zijn kielzog Sam.

'Lilybillie!' roept Ripp. Hij pakt Lil bij haar schouders en kust haar op de wang. 'Van harte gefeliciteerd, mooi meisje van me.'

'Wat doe jij hier, pap?' brengt Lil uit en haar ogen schieten naar mij.

'We staan op Lil-Fest!' zegt Ripp grijnzend. 'Ze zeggen dat dit het coolste festival in de wijde omtrek is. Je moeder heeft me eeuwen geleden uitgenodigd en we waren in de buurt, dus wilde ik je verrassen. De rest van de band komt er zo aan.'

Volgens mij nodigt Petty Ripp elk jaar uit. Dit is voor het eerst dat hij ooit is komen opdagen. Uiteraard.

Ik kan mijn ogen niet van Sam losrukken, die overal heen kijkt, behalve naar mij.

'Wat de fuck, pap?' zegt Serena door opeengeklemde tanden.

Ripps glimlach hapert en de verwarring is in koeienletters van zijn voorhoofd af te lezen. 'Wat?' vraagt hij. 'Wat is er?'

'Waarom heb je hem in hemelsnaam hier mee naartoe genomen?' wil Lil weten, met haar handen op haar heupen.

'Wat doe je hier, Sam?' vraag ik.

Ripp fronst nog harder.

Sam kijkt me aan en ik kan daadwerkelijk de berekening in zijn ogen zien, voordat hij zijn charmante masker opzet. 'Clemmie, het is allemaal al zo lang geleden. We waren nog jong. Wordt het niet een keer tijd om het los te laten?' Hij kijkt naar Ripp, slaakt een diepe zucht en straalt daarmee een vage irritatie uit.

'O ja, dat is ook zo.' Ripp grinnikt en ontspant. 'Jullie hadden vroeger iets. Kom op, Clementine, als ik wakker zou liggen van alle exen die ik tegen het lijf kan lopen, dan kwam ik de deur nooit meer uit.' Hij begint harder te lachen en Sam lacht mee.

Al mijn intense woede wordt als een laser ineens op mijn vader gericht. 'Je hebt hier niets over te zeggen, Ripp. Jij bent degene die de man heeft aangenomen die mijn hart brak, en die blijkbaar nog steeds zijn best doet mij te kwetsen. Vraag maar wie er verdomme een paar weken geleden nog een interview over mij heeft gegeven.'

'Jullie moeten allebei gaan, pap,' zegt Lil resoluut.

'Nu,' voegt Serena eraan toe.

'Waar hebben jullie het over?' vraagt Ripp. Zijn glimlach is verdwenen; zijn blik schiet van mij naar Sam en weer terug. 'Wat voor interview?'

'Vraag maar aan hem,' snauw ik.

'Zo is het wel genoeg.' Sam kijkt pissig, komt op me af en steekt zijn hand naar mijn arm uit. Volgens mij wil hij dit gesprek voortzetten op een plek waar niet zo veel pottenkijkers zijn.

Maar hij krijgt de kans niet, want opeens schreeuwt een vertrouwde stem: 'BLIJF VERDOMME MET JE POTEN VAN HAAR AF.'

40

We draaien ons en masse om, en over het gazon, als een van Jane Austens helden met een gezicht dat op onweer staat, beent Theo, en ik krijg de kans niet om ook maar iets te laten bezinken, behalve die zalige, scherpe steek van blijdschap die ik voel als ik hem zie, want hij rukt Sams hand al van mijn arm en ramt zijn vuist in zijn gezicht. Sam vliegt naar achteren en belandt met een gigantische plons in de vijver.

Er valt een verbijsterde stilte.

'Au! FUCK!' gilt Theo en hij wipt ter plekke op en neer. 'Volgens mij is mijn hand gebroken. Jezus! Auauau!' Hij houdt de hand waarmee hij Sam heeft geslagen beschermend vast en sist van de pijn. 'Shít, wat doet dat zeer.'

Er zijn duizenden dingen die ik wil zeggen, maar als ik mijn mond opendoe, is het enige wat eruit komt: 'Heb je nog nooit iemand een vuistslag gegeven? Volgens mij moet je je duim aan de buitenkant houden.'

Theo kijkt me geërgerd aan. 'En bedankt, hè, Street Fighter. Ik wist niet dat jij een expert was. En wanneer zou ik ooit een vuistslag uitgedeeld moeten hebben?'

'Weet ik veel. Op school?'

'Op wat voor school zat jij in hemelsnaam?'

'Je had hem gewoon in zijn ballen moeten trappen.' Serena bestudeert haar nagels. 'Dan ontzie je je knokkels.' Sam, die nog steeds kreunend in het water ligt, krimpt ineen, en Ripp trekt hem eruit, maar snapt er zo te zien nog steeds niets van.

Theo en ik kijken elkaar een hartslag lang aan. 'Wat doe je hier?' vraag ik.

Hij neemt me in zich op alsof hij vergaat van de dorst en ik een groot glas water ben. 'Ik treed morgen in Londen op. Vandaag heb ik een persdag,' zegt hij, en ik voel mijn lichaam naar hem toe bewegen. 'Ik wilde wegblijven, maar dat lukte niet. Ik moet met je praten, ik...'

'Mijn advocaten nemen contact met je op, maat!' krijst Sam, waardoor ik eraan herinnerd word dat we niet alleen zijn.

Theo is net zo verbaasd als ik – zijn gezicht is zo dicht bij het mijne, hoe kan zijn gezicht al zo dicht bij het mijne zijn? – wanneer ik besef dat de rest van de wereld niet in rook is opgegaan, en dat we zeer belangstellend in de gaten worden gehouden door mijn zussen, mijn vader en mijn ex-vriend, die overal vijverwater druppelt, terwijl hij zijn neus vasthoudt en het bloed op zijn shirt gutst.

Theo's ogen fonkelen vol woede en hij draait zich om zodat zijn lange lijf tussen mij en Sam in staat. Ik vang een zweem op van zijn schone, ziltige en citrusachtige geur en mijn knieën verslappen jammerlijk. 'Ik ben je máát niet,' gromt hij. 'Ik zou je verrot moeten slaan voor hoe je Clemmie hebt behandeld.'

'Helemaal mee eens,' zegt Serena, met een moorddadige blik in haar ogen.

'Er wordt hier niemand verrot geslagen,' blaf ik en ik trek Theo aan zijn arm. Woede borrelt vanbinnen op en ik kijk hem met samengeknepen ogen aan. 'Jij hoeft hier niet na een maand afwezigheid binnen te komen vallen en mensen een klap te verkopen. Als er iemand is die Sam een knal mag geven, ben ik het wel.'

'Nou en of, verdomme,' jankt Sam. 'Wacht even... Wat?'

Ik richt me op hem. 'Volgens mij had ik gezegd dat ik klaar met je was, Sam. Was ik de vorige keer soms niet duidelijk genoeg?'

'Ik sleep jullie allemaal voor de rechter,' sputtert Sam en hij werpt Theo een duistere blik toe. 'Die vriend van je heeft mijn neus gebroken.'

'Hij is mijn vriend niet,' zeg ik en Theo krimpt ineen.

'Wil iemand alsjeblieft even uitleggen wat er aan de hand is?' Ripp ziet er vastberaden uit, met een hardheid in zijn blik die ik nog nooit heb gezien.

'Die lul heeft de pers een lading leugens over je zeventienjarige dochter toegespeeld, haar gemanipuleerd en haar gebruikt, zodat zijn naam in de kranten kwam en hij jouw drummer mocht worden,' zegt Theo ijzig, die zijn woede nu ook op Ripp richt. 'Dat is er aan de hand. En jij hebt geen fuck gedaan om haar te beschermen.'

'Hier wist ik niks van,' buldert Ripp.

'Onzin. Ik heb het verteld.' Ik sla mijn armen over elkaar. 'Je geloofde me niet. Je lachte het weg.'

Iets wat op schaamte lijkt trekt over Ripps gezicht. Hij wendt zich tot Sam. 'Is dit waar?'

'Natuurlijk niet,' zegt Sam verstikt en hij houdt nog steeds zijn neus vast. 'Ik snap niet waarom ze zich er niet bij neerlegt dat het vijftien jaar geleden uit is gegaan. Je kent me, Ripp. Zo ben ik niet.' Hij draait zich naar mij toe. 'Luister, Clementine, ik weet dat ik je pijn heb gedaan toen ik het uitmaakte en dat spijt me, maar je moet deze kinderachtige vete achter je laten.'

'Wát zeg je?' Ik schiet in de lach, een hardvochtig, ongelovig geluid.

'Ik doe 'm wat,' mompelt Theo en hij zet een stap naar voren.

'Achteraan aansluiten, vriend,' zegt Lil, met opeengeklemde kaken en haar angstaanjagende moordenaarsblik. Serena moet een arm om haar middel slaan en haar vasthouden om te voorkomen dat ze Sam de ogen uitkrabt. 'Ik vermoord je, psychopaat die je bent!' krijst Lil, met haar vingers als klauwen gekromd.

'Pardon.' Een nieuwe stem onderbreekt dit rasechte *Jerry Springer*-momentje. 'Stoor ik?'

Iedereen verstijft.

'Dit kan niet waar zijn.' Ik adem uit en doe mijn ogen dicht. Als ik ze opendoe, zie ik Len vlak bij ons staan, met een reismand in zijn hand.

'Wat moet jíj hier?' kreun ik en ik leg mijn hoofd in mijn handen. Misschien is dit een of andere stressgerelateerde nachtmerrie, en als ik maar mijn best doe, word ik wel wakker.

'Hallo, Leonard.' Serena's ogen fonkelen gevaarlijk. 'Hoe gaat het met je ballen? Last van… jéúk?'

'W-wat?' Lens blik raakt met afschuw vervuld als Lil begint te kakelen. 'Eh, je moeder zei dat je hier was,' zegt hij ongemakkelijk terwijl hij zich naar mij toe draait en mijn zussen negeert. Hij haalt een hand door zijn rossige haar. Zijn gezicht is smaller geworden en hij heeft een nieuwe bril. 'Ik wist niet dat er een feestje was.' Len had altijd een smoesje klaar om niet naar Lil-Fest te hoeven. Hij vindt mijn familie 'excentriek'. Dat zei hij vaak en op een toontje waaruit bleek dat dat iets heel ergs was.

'Ben jij Len?' vraagt Theo ongelovig, en hij torent hoog boven Len uit, lang en razend, zijn bloed nog kolkend van zijn aanvaring met Sam.

Len zet een stap naar achteren en kijkt dan nog eens goed. 'Ben jij… Theo Eliott?'

'Ik ben je ergste nachtmerrie,' gromt Theo.

Objectief gezien klinkt het belachelijk wat Theo zegt, dus kan ik het niet laten en barst in lachen uit. Len kijkt me behoedzaam aan, alsof ik niet goed bij mijn hoofd ben. Theo's blik schiet mijn kant op. Hij is nog steeds boos, maar begint dan ook schoorvoetend te lachen.

'Niet te geloven dat je dat in het echt hebt gezegd,' zeg ik giechelend. '"Ik ben je ergste nachtmerrie." Oké, Christian Bale. Wat een stoere kerel.'

'Ik ben ook stoer,' zegt hij overtuigd. 'Ik heb net een vuistslag uitgedeeld!'

'Ja, en er waren meer dan genoeg getuigen.' Het lijkt erop dat Sam het bloeden heeft gestelpt, maar zijn neus ziet er lelijk uit. Blijkbaar heeft niemand haast om hem ook maar iets van eerste hulp te bieden. Of een handdoek.

'Ik weet het niet, hoor,' peinst Serena hardop. 'Ik heb alleen gezien dat je in de vijver op je gezicht terechtkwam.'

'Yep, ik ook,' zegt Lil, met een innemende glimlach. 'Zo klungelig.'

'Clemmie, ik moet met je praten,' zegt Len nerveus.

'Nee, ík moet met je praten,' zegt Theo vastberaden.

'Ik moet ook met je praten,' zegt Ripp, en ergens vraag ik me af of hij het niet kan uitstaan dat hij er niet bij betrokken wordt.

'Eh, hállo?!' roept Sam uit. 'Is er niemand die me wil helpen? Ik denk dat we een ziekenwagen moeten bellen.'

'Of liever een zielenpietenwagen,' mompelt Lil in haar sas.

Ik knijp mijn ogen opnieuw dicht. Adem diep in. Ik weet niet wat voor gemene grap het universum met me uithaalt, maar de enige manier om uit deze wandelende nachtmerrie te ontwaken is nog even doorzetten. 'Oké,' zeg ik uiteindelijk en ik wijs naar Len. 'Jij eerst. Wat moet je?'

41

'Eh, het gaat over...' Len gebaart naar de reismand. 'Het gaat over de kat. Ik dacht dat je hem misschien terug wilde hebben.'

'Heb je Tuna meegenomen?' roep ik uit. Ik ren naar de reismand, gluur naar binnen en zie het vertrouwde chagrijnige koppie van mijn asielkat me met stilzwijgende afkeuring aanstaren.

'Achteraf blijkt dat hij en Jenny niet met elkaar kunnen opschieten,' mompelt Len. 'Maar goed, als jij hem wilt hebben, dan ga ik weer. Dan kun jij weer...' zijn ogen gaan van Sams druipende en gehavende gezicht naar Theo's boze blik, naar mijn bloemenkrans en glinsterende paarse feeënvleugels, 'feesten.'

'Wil je Tuna meenemen en hem bij mijn moeder achterlaten?' vraag ik, en met een zware zucht en een behoedzame blik op iedereen tilt hij de reismand op.

'Oké,' zegt hij. 'Maar, Clementine' – zijn blik flitst weer naar de rest – 'als vríénd denk ik dat je eens goed moet nadenken over de keuzes die je maakt.'

'Het kan me geen reet schelen wat jij denkt, Len,' antwoord ik. 'Maar je hebt gelijk... Ik moet inderdaad goed nadenken. Ik kan er niet over uit dat ik vier jaar van mijn leven heb vergooid voor een man met het karakter van een gortdroge cracker, omdat ik te bang was om emoties toe te laten. Je kunt gaan.'

En zomaar ineens is het hoofdstuk Len afgesloten. Opgeruimd staat verdomd netjes.

42

'Dat was één,' verzucht ik. 'Nog twee te gaan.' Ik wend me tot Theo. 'Zou jij in mijn kamer op me willen wachten? Ik moet eerst deze puinhoop oplossen.'

Theo aarzelt, alsof hij op het punt staat iets te zeggen, maar dan knikt hij. 'Tuurlijk, ik wacht op je.'

'Theo...' begint Serena, maar hij steekt met een staalharde blik zijn hand op.

'Ik wacht op je,' zeg hij nogmaals. Zijn woorden zijn onverzettelijk, staan niet ter discussie. Het is die strenge stem weer, de stem die ik in elke vezel voel, en aan het gilletje van Lil te horen, ben ik niet de enige die er gevoelig voor is. En dan beent Theo weg.

Langzaam draai ik me naar Sam toe. Het lijkt wel een filmscène waarin de held de grote, gemene schurk confronteert. Maar de man die voor me staat is niet de schurk in mijn verhaal; dat is veel te veel eer. Zoals hij erbij staat, rillend en nat, zijn kunstig verfomfaaide haren aan zijn hoofd geplakt, met de gezichtsuitdrukking van een peuter op het randje van een driftbui, ziet hij eruit zoals hij is: zielig.

'Sam, wat jij al die jaren geleden hebt gedaan...' Ik adem diep in, klaar om alles eruit te gooien wat ik al zo lang heb willen zeggen. 'Ik had echt het gevoel dat je diep vanbinnen iets bij mij had kapotgemaakt. Je hebt me zo veel pijn gedaan dat het heel, heel lang heeft geduurd voordat ik eroverheen was. En niet omdat jij nou zo bijzonder was, of omdat onze relatie zo fantastisch was, maar omdat wat jij deed zo egoïstisch was, zo onnodig wreed, dat ik nog steeds niet begrijp hoe je jezelf achteraf in de spiegel hebt kunnen aankijken. Waarom deed je dat? Waarom heb je me op die manier aan de pers opgeofferd? Was het allemaal één grote leugen?'

Eindelijk kan hij het fatsoen opbrengen om zich te schamen. 'Clemmie, nee,' zegt hij opgelaten en hij veegt zijn natte haren uit zijn gezicht. 'Zo is het niet gegaan. Dat klopt niet.'

'Je bedoelt dat je niet tegen betaling met de pers over mij hebt gepraat, en ook niet geregeld hebt dat ze mij fotografeerden?' vraag ik.

Zijn ogen schieten naar Ripp, die er als een standbeeld bij staat.

'Dit is een groot misverstand,' zegt Sam zenuwachtig. 'Misschien heb ik hier en daar wel contact gezocht toen ik de band van de grond probeerde te krijgen, maar dat ging niet om jou, Clemmie. Ik was net zo geschokt als jij toen ze hun aandacht op jou richtten, maar je weet wat ze zeggen… alle publiciteit is meegenomen, toch?' Hij schenkt me een zogenaamd charmante glimlach. 'Wat wij samen hadden was echt, wat ik voor jou voelde was echt. Ik wist niet wat er ging gebeuren. Het liep gewoon een beetje uit de hand.'

Terwijl de woorden zijn mond uit rollen, besef ik hoe weinig het me doet. Het kan me niks meer schelen waarom Sam deed wat hij heeft gedaan of waarom hij dat voor zichzelf wil recht praten. Het kan me niet eens schelen of onze relatie een leugen was, of dat hij op een bepaald moment toch wel iets voor me voelde. Ik heb te lang gedacht dat die dingen belangrijk waren – dat als ik het waarom en het hoe begreep, ik vanbinnen geheeld zou worden. Nu besef ik dat Sam me niet kapot heeft gemaakt. Hij heeft me pijn gedaan en ik heb mezelf zo goed mogelijk daartegen beschermd: door me zo klein mogelijk te maken.

De afgelopen paar maanden heb ik heel wat onder ogen moeten zien. Het einde van mijn relatie met Len, mijn huis kwijtraken, mijn baan kwijtraken, Theo leren kennen, naar Northumberland gaan en gedwongen worden het verleden daar te confronteren, de waarheid ontdekken achter mijn moeders beslissingen, opnieuw met de pers moeten dealen… Het was alsof al die dingen barstjes hebben veroorzaakt in het schild waarmee ik me omhulde, waardoor het licht naar binnen kon stromen. Het was een puinhoop en pijnlijk, maar er zijn dingen veranderd. Ík ben veranderd.

'We kunnen er toch over praten,' vervolgt Sam, die blijkbaar het gevoel heeft dat hij weer vaste grond onder zijn voeten heeft, 'ik kan het uitleggen. Ik heb je nooit willen kwetsen.'

'Sam,' kap ik hem af. 'Ik hoef het niet te horen. Wat gebeurd is, is gebeurd, maar een paar weken geleden heb je weer over mij met de pers gepraat. Dat was de druppel. Ik ben klaar met jou. Je bent hier niet welkom.' Ik zet een stap naar hem toe, want blijkbaar ben ik binnen tien minuten heel wat hoofdstukken aan het afsluiten. 'En als ik je ooit weer zie of hoor, dan ben *ík* degene die naar de pers stapt. De wereld is veranderd en ik denk dat mensen heel graag *míjn* kant van dit verhaal willen horen. Ik meen het. Ga weg en kom nooit meer terug.'

43

Serena en Lil lopen achter Sam aan om te zorgen dat hij echt weg is, maar ik heb zijn gezicht gezien toen ik dat laatste dreigement uitte, en ik denk eerlijk gezegd niet dat hij me ooit nog lastigvalt. Ripp en ik blijven als enigen over.

Er hangt een ongelooflijk ongemakkelijke stilte.

'Nou?' vraag ik uiteindelijk, met een zucht. 'Wat moet je, Ripp? Voor het geval het je nog niet is opgevallen, ik heb momenteel nogal veel aan mijn hoofd.'

Ripp schraapt zijn keel. 'Het... het spijt me.'

Ik wacht af, maar meer komt er niet. 'Oké. Waar heb je spijt van?'

Hij legt zijn hand achter in zijn nek. 'Eh, van alles wat er met Sam is gebeurd?' Hij laat het klinken alsof het een vraag is. 'Hij krijgt de zak, natuurlijk.'

Ik kijk hem verbaasd aan. 'O, nu krijgt hij wel de zak?'

'Eerlijk gezegd was dat toch al de bedoeling, Clemmie. Hij is niet meer zo goed als vroeger.' Ripp knipoogt samenzweerderig, alsof we aan dezelfde kant staan. 'En nu ik hoor wat er allemaal gebeurd is... kan ik eigenlijk niet anders, of wel?'

Dat verklaart in elk geval waarom Sam ineens contact met me opnam en met me uit wilde. Verkering met mij was de eerste keer ook dé manier om bij Ripp in een goed blaadje te komen. Wat een onoriginele eikel.

'Dus nu het je goed uitkomt, geloof je me wel en wil je van hem af?' Ik laat een humorloze lach horen. 'En bedankt, hè Ripp, echt de vader van het jaar.'

Er flitst iets in zijn ogen en ik weet niet of het woede of pijn is, maar het kan me ook niks schelen.

Na nog een ogenblik stilte doet hij zijn mond weer open. 'Dat had ik verdiend,' zegt hij zachtjes. 'Ik weet dat ik geen goede vader voor jullie ben geweest, maar nu ga ik mijn best doen. Je zussen geven me een kans. Waarom kun jij dat niet?'

'Omdat ik je al kansen heb gegeven,' antwoord ik rustig. 'Tig kansen. En elke keer weer stel je me teleur. Je hebt mijn hart gebroken. Je hebt me het gevoel gegeven dat er iets mis met me was waardoor niemand van me kon houden en dat ik daar iets aan moest doen. Je bent misschien wel mijn vader, Ripp, maar ik ben je níéts verschuldigd.' Ik kan Ingrid me bijna horen toejuichen. Zoiets extraverts zou ze overigens nooit doen, maar ze zou op zijn minst een hoofdknikje geven.

Ripp is verbijsterd. 'Luister.' Zijn stem is onvast. 'Het spijt me heel erg, Clemmie. Dat gevoel heb ik je nooit willen geven. Zo denk ik er namelijk niet over. Ik hou van je. Ik hou van jullie alle drie.'

Hij ademt diep in en wrijft over zijn voorhoofd. 'Toen Carl overleed, was dat… een soort wake-upcall. Er drong van alles tot me door, over mezelf, over mijn leven, dingen die me niet aanstonden. Ik heb dingen gedaan waar ik spijt van heb. Meer dan genoeg, en ik wil het goedmaken. Je bent me inderdaad niks verschuldigd, maar ik wil niet dat alles bij het oude blijft en dat het straks te laat is. Ik wil niet dat je een bloedhekel aan me hebt.'

Ik zucht. 'Ik heb geen bloedhekel aan je, Ripp. Vroeger misschien wel, maar tegenwoordig niet meer.' En dat is ook zo. Als ik nu naar Ripp kijk, zie ik een gebrekkig mens die een aantal waardeloze beslissingen heeft genomen. Maar daarom hoef ik hem nog niet tegemoet te komen, of hem weg te laten komen met het feit dat hij mij pijn heeft gedaan. 'Ik hoef je gewoon niet meer in mijn leven.'

Ik verwacht dat hij ertegenin zal gaan, maar dat doet hij niet. Hij knikt alleen maar. Hij ziet er opeens ouder uit, kleiner. 'Misschien mag ik je vader niet zijn,' zegt hij langzaam. 'Maar ik ben er toch voor je. Als je iets nodig hebt. Als je wilt praten. Wat voor relatie we ook kunnen opbouwen, daar ga ik voor. Op jouw voorwaarden, Clemmie.'

Ik aarzel, dit had ik niet verwacht. Dit is verbazingwekkend attent en totaal niets voor hem. Dat geeft me stof tot nadenken. Ik dacht dat ik

Ripp Harris door en door kende. Maar dan nog, een heleboel dingen die ik dacht te weten blijken niet te kloppen.

'Het heeft geen haast,' zegt hij, met zijn handen omhoog.

Uiteindelijk knik ik. 'Oké. Ik beloof niets, maar ik zal erover nadenken. Misschien kunnen we... praten.'

Hij laat zijn schouders opgelucht hangen en in plaats van me te trakteren op een Ripp Harris-geestigheidje, kijkt hij me recht aan. 'Je hebt m'n nummer.' Dan licht zijn gezicht op. 'Maar ik laat je met rust. Er zit een jongeman in je slaapkamer en rocksterren zoals wij houden niet van wachten!' Met een knipoog draait hij zich om en slentert weg. Ik zucht. Het gaat nog lang duren voordat Ripp emotioneel volwassen is. Ik richt mijn aandacht op het huis. Ripp weg zien gaan doet me niets. Ik weet niet of ik het aankan als ik Theo opnieuw zie vertrekken.

Tegen de tijd dat ik de trap op loop om met Theo te praten, tolt mijn hoofd van de emotionele whiplash van het afgelopen uur.

Bij mijn slaapkamerdeur aarzel ik even en dan klop ik.

'Clemmie?' Ik hoor Theo's stem en leg mijn hoofd tegen de deur, zodat ik even kan genieten van hoe mijn naam uit zijn mond klinkt, met die rauwe, fluweelachtige stem. 'Het is jouw slaapkamer, dus je hoeft niet te kloppen.'

Ik duw de deurklink omlaag. Theo staat bij mijn bureau en kijkt naar mijn boekenkast. Hij heeft een boek van *De Babysittersclub* in zijn handen alsof het een of ander kostbaar reliek is. Het ontgaat me niet dat dit de plek is waar het allemaal is begonnen. Het is vreemd om hem weer in deze kamer te zien.

'Hé,' zeg ik en ik ben bang dat hij het verlangen in mijn stem kan horen.

'Hé,' antwoordt hij zachtjes en hij legt het boek neer. Nu kan ik hem pas goed bekijken en zie ik de kringen onder zijn ogen. Zijn huid is wat van zijn gouden gloed verloren. Zijn ogen dwalen over mijn gezicht en bestuderen me net zo intens als ik hem bestudeer. Ik vraag me af wat hij ziet als hij naar me kijkt. Ziet hij hoe zwaar de afgelopen vijf weken zijn geweest? Zijn omlaaggetrokken mondhoeken vertellen me van wel.

'Theo, wat dit ook is...' begin ik.

Er klinkt een aanhoudend laag zoemend geluid, en het duurt even voordat ik besef dat het zijn telefoon is, die in zijn zak moet zitten. Het gezoem stopt, maar begint onmiddellijk opnieuw.

'Moet je niet opnemen?' vraag ik.

Theo kijkt me gekweld aan. 'Ja, eigenlijk wel. Ik had onderweg naar een interview moeten zijn en ik ben al laat. Er raken mensen... geïrriteerd.'

'Is dat David aan de telefoon?' fluister ik verafschuwd, alsof dit gesprek misschien wordt afgeluisterd, wat verontrustend aannemelijk is, David kennende.

Een zware stem klinkt van onderaan de trap. 'Meneer Eliott? Meneer Eliott, we moeten nu weg.'

'Wie is dat?' vraag ik.

'Steve, mijn chauffeur. David heeft gezegd dat hij me over zijn schouder moet gooien als ik daarmee op tijd in de tv-studio verschijn. Ik wilde me net in je slaapkamer opsluiten. Ik wil het wel tegen hem opnemen, maar hij ziet er heel wat taaier uit dan Sam.'

'Wat doe je hier, Theo?' vraag ik.

'Wil je het echt weten?' Hij kijkt me aan en ik knik. 'We reden over de M40 en voor ik het wist had ik Steve hierheen geloodst. Ik weet dat ik je ruimte zou geven, maar...'

'Zo ging het helemaal niet,' kap ik hem af en hoewel mijn stem onverstoorbaar klinkt, heeft hij een woedende ondertoon. 'Je bent wéggegaan.'

Theo slikt. Knikt. 'Weet ik. Op dat moment leek me dat het beste.'

Ik wrijf in mijn ogen. 'Je hebt me niet eens tijd gegeven om mijn gevoelens op een rijtje te zetten. Je hebt me geen kans gegeven. Je zei dat je al eerder over me heen bent gewalst, maar door weg te gaan deed je eigenlijk precies hetzelfde.'

'Weet ik,' zegt Theo opnieuw.

'Hou op met alles te beamen!' snauw ik. 'Zo wordt ruziemaken met je behoorlijk lastig.'

Hij stoot een kort verstikt lachje uit, gevolgd door een zucht. 'Het spijt me. Het spijt me dat ik ben weggegaan. Het spijt me dat ik niet tegen je in ga. Ik had nooit zo weg mogen gaan. Ik voel me er zwaar klote door. Lisa is behoorlijk tegen me tekeergegaan en merkte scherpzinnig op dat mensen in de steek laten om ze te beschermen, niet de allergezondste aanpak is. Dat heb ik jarenlang ook bij mijn familie gedaan. Destijds dacht ik oprecht dat ik het in jouw belang deed, maar... misschien probeerde ik mezelf te beschermen. Al die shit die ik een relatie in sleep... Volgens mij ben ik weggegaan voordat jij zou beseffen dat ik het niet waard was. Voordat jij mij zou verlaten.'

Ik zit ergens tussen lachen en huilen in als ik zeg: 'Zo te horen hebben we allebei met onze therapeut gepraat.'

Een zweem van een glimlach. 'Ik heb die van mij veel gesproken, zelfs naar LA-maatstaven.'

'Luister,' verzucht ik. 'Wat dit ook moet voorstellen, dat jij hier vandaag bent... Ik kan dat nu niet hebben. Ik heb het gevoel dat mijn hoofd en mijn hart in een blender zijn gepropt. Ik ben net de confrontatie aangegaan met mijn ex-vriendjes en mijn vader. Mijn hoofd staat nu niet naar een gesprek met jou...'

De telefoon zoemt opnieuw.

'Vooral niet als er een klok mee tikt,' vervolg ik nadrukkelijk.

'Dat lijkt me logisch.' Theo knikt en stopt zijn handen in zijn zakken. 'Ik had je niet zo moeten overvallen. Ik zat fout.'

De telefoon zoemt opnieuw. 'O mijn god, neem nou gewoon op!' roep ik uit.

Grommend van frustratie pakt Theo de telefoon. 'Ja?' zegt hij nors, terwijl hij zijn ogen op mij gericht houdt. 'Weet ik.' Het is even stil en hoewel ik niet versta wat David zegt, hoor ik wel de toon waarop hij dat doet. Die is... allesbehalve rustig.

'Dat wéét ik, David.' Theo knijpt in zijn neus. 'Ja, dit is een schoolvoorbeeld van prioriteiten stellen. Jíj was degene die zei dat ik...' Hoe boeiend de rest van deze zin ook is zal ik nooit weten, want die wordt afgekapt door verbolgen protesten.

'De timing is inderdaad niet ideaal, nee,' zegt Theo rustig, 'maar zo staan de zaken er nu eenmaal voor. Zeg maar dat ik eraan kom. Dan zetten ze mij maar wat later op die bank. 'O, eh...' Theo aarzelt en spreidt met een grimas de vingers van zijn rechterhand. 'En wil je zorgen dat er een dokter klaarstaat, want ik heb mijn duim bezeerd. Ik denk niet dat hij gebroken is.' De protesten zijn verstomd, maar de ijzige stilte aan de andere kant van de lijn is dubbel zo luid. Uiteindelijk hoor ik David iets zeggen.

'Goh, meen je dat?' vraagt Theo zuur. 'Ik ben me er inderdaad van bewust dat ik mijn duim nodig heb bij het gitaarspelen, dáárom vraag ik of je een dokter wilt bellen. Wind je niet zo op, ik ga.' Met die woorden maakt hij een eind aan het gesprek en hij wrijft met zijn niet-bezeerde hand over zijn gezicht.

'Het spijt me echt heel erg, Clemmie. Ik ga nu weg. Maar je weet waar ik ben. Als je klaar bent om te praten… áls je wilt praten, dan ben ik er. Ik ga nergens heen.' Nu aarzelt hij. 'Ik bedoel, ik ga wel letterlijk weg, maar ik ga niet wég.' Hij laat een ietwat gekweld geluid horen. 'Waarom ben ik hier toch zo slecht in?'

Weer zoemt de telefoon, maar Theo negeert hem nog een paar lange tellen en staart me doordringend aan.

'Meneer Eliott?' De stem is nu dichterbij, voetstappen bonzen op de trap.

Theo slaakt een zucht van frustratie en dan, alsof hij er niets aan kan doen, leunt hij naar voren, legt zijn voorhoofd tegen het mijne en sluit even zijn ogen terwijl onze adem vermengt. Het is een vederlichte aanraking, er is amper contact, maar ik voel het tot in mijn tenen. Het lijkt wel of mijn lichaam is ingestort en nu is mijn hoofd aan de beurt.

Theo maakt zich met een zachte vloek los. 'We praten later wel, goed?' zegt hij. 'Ik bedoel, ik hoop dat we later kunnen praten. Als je dat wilt.'

'Ik zal erover nadenken.'

Hij knikt. En dan holt hij weg, de gang door.

'Jaja, ik kom al. Ik kom al,' hoor ik hem roepen.

'Meneer Eliott, straks word ik ontslagen,' mompelt de stem van zijn chauffeur. 'U zei dat u maar vijf minuten nodig had en dat was een uur geleden. Ik had u onderhand moeten knevelen en in de kofferbak moeten gooien…'

'Het spijt me heel erg, Steve, maar gelukkig had je een luisterboek om je gezelschap te houden. Ik zei toch dat je het leuk zou vinden.'

'Ja, dat klopt. Ik ben net bij het stukje dat de hertog een aanzoek…'

Terwijl hun stemmen wegsterven, plof ik op mijn bed. 'Wat. Was. Dat?' vraag ik aan de lege kamer.

'Dat willen wij ook weten,' hoor ik Lil zeggen en als ik me omdraai, zie ik haar en Serena in de deuropening staan. Lil heeft een humeurige Tuna in haar armen.

'Ik meen het, Clemmie,' zegt Serena. 'Wat is er in godsnaam aan de hand?'

44

De volgende dag is er wederom een vertrouwd jaarlijks gebeuren: bijkomen van Lil-Fest. En gisteravond sloeg echt alles. Nadat ik tegen mijn zussen had gezegd dat ik niet over mijn gevoelens wilde praten, maar dat ik naar beneden ging om te dansen en te drinken totdat ik mijn hoofd of mijn voeten niet meer voelde, hadden ze wijselijk besloten het gesprek uit te stellen.

Toen Henry een halfuur later Lil op het podium ten huwelijk vroeg, werd ons lot bezegeld. We proostten op het gelukkige stel totdat we allemaal schitterden van de champagne, en in plaats van te blijven stilstaan bij de emotionele catastrofe die eerder had plaatsgevonden, was ik blij voor mijn zus en heb de rest van de avond haar verloving gevierd.

Nu is de ochtend voorbij en protesteert mijn hele lijf tegen die beslissing. Ik krijg mijn ogen eindelijk open en besef dat ik op mijn buik op bed lig. Tuna ligt boven op mijn wasgoed opgekruld en kijkt met een hooghartige welwillendheid naar me.

Als ik me om wil draaien, zit er iets in de weg en het duurt gênant lang voordat ik me realiseer dat ik mijn feeënvleugels over mijn pyjama om heb.

Mijn slaapkamerdeur knalt open en ik krimp ineen.

'Jezus christus,' kreunt Serena vanuit de deuropening. 'Volgens mij ga ik dood.'

'Welkom bij de club,' zeg ik met schorre stem. 'Waarom heb ik die stomme vleugels om?'

Serena schiet in de lach, maar grijpt dan naar haar buik. 'Je was onvermurwbaar en wilde ermee slapen,' zegt ze even later. 'Vraag me niet waarom. Op dat moment leek het volkomen logisch.'

Ze kruipt bij me in bed. 'Waarom doen we dit onszelf elk jaar aan?' jammer ik.

'Omdat we een stelletje sukkels zijn.' Serena's stem klinkt gedempt doordat ze haar gezicht in het kussen heeft gedrukt.

'Wat hebben we gisteravond gedaan?' Lils bevende stem komt vanuit de deuropening. 'Het voelt alsof ik ben aangereden.' Ze komt bij ons liggen en rolt op tot een balletje aan het voeteneind.

'Wat doe je hier?' vraag ik. 'Moet je niet bij je verloofde zijn?'

'Henry is uren geleden al opgestaan. Blijkbaar is hij gaan wandelen.' Lil huivert.

'Niet te geloven dat je met die psychopaat gaat trouwen,' moppert Serena.

'Ik heb thee en geroosterd brood,' zingt mijn moeder terwijl ze met een dienblad naar binnen komt. Dit is ook een traditie, en kreunend en grommend nippen we voorzichtig van de thee en proberen we de droge toast binnen te houden.

'Hier moeten we mee ophouden,' zeg ik. 'We worden oud. Tegenwoordig hebben we katers van een week.'

'Maar het was wel een gezellige avond.' Lil krimpt ineen. 'Denk ik.'

'Eentje om in te lijsten,' beaam ik. 'Ons kleine zusje gaat trouwen.'

'Hoewel ik het huwelijk oprecht achterhaald en een patriarchaal grondbeginsel vind, ben ik wel blij voor je, Lil,' zegt Serena bedachtzaam. 'Henry is best wel een goeie vent.'

'Hij gaat een inbouwkledingkast voor haar maken,' legt Lil uit.

'Aha. Ze zal de ruimte hard nodig hebben nu haar vríéndin haar spullen in haar appartement laat liggen.' Ik grijns spottend.

'Als ik de kracht had om dit kussen op te tillen, dan gaf ik je een knal voor je kop,' snauwt Serena. 'Hou nu alsjeblieft jullie mond zodat ik in alle rust kan sterven.'

We brengen de hele dag in bed door, en nadat we nog een beetje hebben geslapen en wat McDonald's-eten naar binnen hebben gewerkt, dat Henry voor ons had meegenomen ('Ik zei al dat je een goeie vent was, Henry,' zegt Serena), zijn we genoeg op krachten gekomen om rechtop op mijn bed te kunnen discussiëren.

'Ik zeg alleen dat Ryan Gosling een wel heel makkelijke keuze is,' zegt Serena. 'Niet bepaald een originele jeugdliefde, of wel soms? Het was beter voor de karaktervorming geweest als je iemand had gekozen die... minder voor de hand lag.'

'Zegt de vrouw met Britney Spears-posters,' mompel ik.

'Britney is visionair,' zegt Serena verontwaardigd.

'Dames, dames,' komt Lil tussenbeide, voordat Serena het riedeltje kan afdraaien waarom ze van Britney houdt. 'Geen ruzie maken. Mag ik jullie eraan herinneren dat we het over één ding allemaal eens zijn? Eén film die ons verbindt. Eén film die talloze liefdes voortbracht. De klassieker uit 1999, *The Mummy*.'

'Oeh, ja,' beaam ik empathisch.

'Dat is waar,' geeft Serena toe.

'Iedereen in die film is geschikt.' Zwijmelend laat Lil zich op mijn kussen zakken.

'Die kunnen we nu wel kijken,' zeg ik. 'Als ik ergens van opknap, is het wel van Brendan Fraser in dat ouderwetse ontdekkingsreizigerspakje.'

'Jaaaaa,' verzucht Lil.

Ik pak mijn laptop en als ik hem aanzet, krijg ik een melding. Ik heb een e-mail van David.

Beste Clementine,

Zoals u weet, neem ik mijn verantwoordelijkheden als assistent uiterst serieus. Het zou buitengewoon onprofessioneel zijn als ik me met meneer Eliotts privéleven bemoeide, en dat zal ik dus ook nooit doen. De bestanden die ik heb bijgevoegd zijn onbenullige facturen die u moet nakijken. Als de inhoud afwijkt, dan kan ik me enkel verontschuldigen voor wat blijkbaar een ongelukkige administratieve vergissing moet zijn. Ik hoop dat u de tijd neemt om deze facturen nauwkeurig langs te lopen. Ik vermoed dat ze heel bijzonder zijn.

Met vriendelijke groet,

David

'Ik heb zo'n vreemd mailtje gekregen,' zeg ik en ik lees het hardop voor. 'Ik heb geen idee waar hij het over heeft. Bijzondere facturen?' Ik klik op de bijlage, een zipbestand. 'Dit zijn niet eens documenten, het zijn audiobestanden,' zeg ik, met mijn blik op het scherm.

Lil maakt een piepend geluid.

Ik vang een stiekeme blik tussen mijn zussen op.

'Wat was dat?' vraag ik argwanend. 'Wisten jullie hiervan?'

'Neeee,' zegt Serena langzaam, 'maar als het is wat ik denk dat het is, moet je er zeker naar luisteren.'

Dan dringt het ineens tot me door. 'O.' De rillingen tintelen over mijn rug. 'Dit is zijn album, hè?'

'Nou...' Serena aarzelt, '...dat denk ik eigenlijk niet.'

'Waarom doen jullie zo geheimzinnig? Wat is er aan de hand? Wisten jullie dat Theo in de buurt was?'

Lil zwicht als eerste. 'We wisten dat hij vanavond in Londen moest optreden. We wilden het je gisteren vertellen.'

'Wisten jullie dat hij gisteren zou komen?' vraag ik, met mijn ogen opengesperd. 'Wisten jullie dat David me deze bestanden zou sturen?'

'Nee!' komt Serena tussenbeide. 'Theo had nóóit moeten komen. Hij had verdomme bij Graham Norton moeten zitten en zijn nieuwe album moeten aankondigen, maar uiteindelijk was hij vet te laat en zat hij op het hoekje van de bank gepropt naast een of andere gozer uit *Love Island*. Iedereen op kantoor werd helemaal gek toen hij verdween. Ik heb mijn telefoon op stil gezet zodra hij weer opdook. Ik ben al dit gedoe met Theo spuugzat. Mijn werk zit erop; ik trek mijn handen van hem af.'

'Maar, even over de muziek...' begint Lil. Haar stem sterft weg en ze kijkt Serena aan. Het lijkt alsof die twee een ingespannen gesprek voeren met uitsluitend hun wenkbrauwen.

'Ik wilde je zelf een kopie geven,' zegt Serena ten slotte schoorvoetend. 'Ook al had ik daar de zak voor kunnen krijgen.' Ze werpt Lil een vuile blik toe.

'Heb je het al gehoord?' vraag ik.

Serena rolt met haar ogen. 'Natuurlijk heb ik het gehoord, Clemmie. Wat is dat voor vraag? Als jij weet hoe je een plaat kunt produceren zonder ernaar te luisteren, dan hoor ik dat graag van je. We hebben een of andere tekenfilmkikker van YouTube gecontracteerd en daar wil ik met alle liefde onderuit komen.'

'Wat een walgelijke baan heb jij,' moppert Lil. 'Hoe zit het met de artistieke integriteit?'

'Geld verdienen is geen misdrijf. Dus hou maar op met dat hooghartige gedoe en laat mensen gewoon genieten,' snauwt Serena. 'Het hoeft allemaal niet zo diepzinnig.'

'Hou op!' roep ik uit. 'Nu even niet.' Dertig seconden lang overheerst de teleurstelling bij mijn zussen en daarna werpen ze elkaar weer dodelijke blikken toe als ze denken dat ik niet kijk. 'En jij?' Ik richt me tot Lil en kom weer ter zake. 'Heb jij dit album al gehoord?'

Lil wendt haar ogen af. 'Niet helemaal.'

'En dit is niet het album,' zegt Serena opnieuw.

'Ik begrijp er niks van.'

'Moet je horen, Clemmie,' zegt Serena luchtig. 'In plaats van allerlei vragen te stellen, zullen we er gewoon even naar luisteren? Dan praten we er... daarna over.'

Ik voel me meteen kotsmisselijk. Natuurlijk wil ik ernaar luisteren. Natúúrlijk. Maar ik ben ook bang – bang omdat de combinatie van Theo en muziek de allerhoogste nucleaire dreiging voor mijn emotionele welzijn is. David zou het nooit aan me hebben gegeven, en mijn zussen zouden zich niet als een stel krankzinnige gluiperds gedragen, als het niet met mij te maken had, en hoe kan ik me daar in hemelsnaam ooit op voorbereiden?

'Clemmie.' Lil klemt mijn kin tussen haar handen. 'Dit moet je horen. Geloof ons. Druk maar op play.'

Dus dat doe ik.

Ineens word ik omhuld door een nummer dat ik herken – het liedje dat Theo voor me speelde, dat ik zo mooi vond. Maar nu is het zoveel meer geworden. Het stroomt uit de speakers, weelderig en schitterend. Het is niet langer alleen Theo en zijn gitaar, maar een hele band, een orkest misschien, want ik hoor ook strijkinstrumenten, teder en romantisch. Ik word overweldigd, maar niet zo overweldigd als wanneer Theo's stem inzet.

Die stem.

Die hese, zwoele stem die me vanbinnen als een eersteklas whisky verzengt, en overgaat in zachtheid en verlangen. En het lied dat hij zingt… gaat over mij.

Met her at a funeral,
Good thing I don't believe in signs,
'Cause the moment that I saw her,
I knew that she was mine.
Oh, my Darling,
Oh, my Darling.

Hij noemt mijn naam niet, dat hoeft ook niet. Die blijft in de lucht hangen, in het onuitgesproken rijm. Hij noemt mijn naam niet, maar het voelt alsof hij die over mijn huid ademt.

'O mijn god,' fluister ik.

'Mijn hemel,' zegt Lil met hese stem.

'Yep.' Serena klinkt berustend.

Na het eerste nummer verwacht ik een adempauze, maar die komt niet. Het ene prachtige nummer na het andere, ze gaan allemaal over mij. Honderden grapjes piepen tussen de tekst door, verwijzingen naar schelpen, labelprinters, groene jurken, geroosterde marshmallows, betoverde eilanden en jampotten vol madeliefjes.

Als er een track begint die anders klinkt dan de nummers ervoor, niet lief en teder, maar met een opzwepend gegrom van een bas en gejengel van elektrische gitaren, voel ik mijn tenen opkrullen. De muziek bouwt op. Theo's stem klinkt laag en geslepen, alles ademt nauwgezette, voorbedachte verleiding uit.

'Hoe heet dit nummer?' vraag ik Serena.

'"Serial Killer",' zegt ze. Als ik me verslik van het lachen, trekt ze haar wenkbrauwen op. 'En ik wil niet weten waarom.'

Lil zet grote ogen op. 'Als het zo aanvoelt, dan is het een wonder dat jullie ooit uit bed zijn gekomen.'

'Ja, zo voelt het aan,' zeg ik verstrooid, terwijl elke vezel in mijn lijf op het gedreun van de muziek reageert.

'Seksnevel,' prevelt Lil vol ontzag.

Het nummer is afgelopen, maar er komt nog meer. 'Maakte hij nou een grapje over... Chaucer?' vraag ik op een bepaald moment verbouwereerd. Naast de obscure verwijzingen naar middeleeuwse literatuur, is er een nummer waarvan ik negenennegentig komma negen procent zeker ben dat het over ons favoriete stel uit *Blood/Lust* gaat.

Ik schrik op als ik in plaats van Theo een andere stem hoor zingen. Met opengesperde ogen draai ik me naar Lil toe, die alleen maar knikt. Het is het nummer waar ze in Northumberland aan waren begonnen, en Theo zet een stapje opzij, geeft Lil de ruimte om te schitteren. Haar stem is melodieus en dromerig. Die van Theo een zachte echo, in harmonie met haar, samen één betoverend geheel, uitsluitend begeleid door zijn gitaar.

Weird, wayward, wilful, wild,
Salt in the air, laugh like a child
Stars in our hair, a charm in our smiles
Write our names in silver sand.
Three sisters dancing, hand in hand.

We zitten met zijn drieën, onze armen om elkaar heen, terwijl de muziek een vlucht neemt. Zelfs Serena en Lil, die het uiteraard al eerder hebben gehoord, zijn stil van verbijstering. Onze relatie is zo teder en perfect onder woorden gebracht. Ik hoor Lil in de tekst, voel de verhalen ons omhullen, onze geschiedenis, wie we zijn, wie we voor elkaar waren. Ik zie al die betoverende zomers voorbijtrekken, waarin we verwilderd hand in hand in de zee en onder de sterren dansten. Ik voel een vloedgolf van liefde die me dreigt te verpletteren, en ik kan er niet over uit dat Theo hier ruimte voor heeft gecreëerd – voor een eerbetoon aan mijn zussen, mijn zielsverwanten – in wat in wezen ons verhaal is. Alles klopt en ik ben sprakeloos.

Hierna is er nog maar één nummer. Ik denk eerlijk gezegd dat ik er niet nog een aankan, maar terwijl Theo over liefdesverdriet, vergissingen en zijn drie wensen zingt, glipt het laatste restje zelfbeheersing door mijn vingers.

They can call me cursed if they want to,
But if I had three wishes,
Each one would be for you.
You.
You.
You.

Zijn stem breekt op de laatste noot, en ik ook. Ik huil zoals ik nog nooit heb gehuild, diepe, zware snikken, die pijnlijk en fijn zijn. Ik lig met mijn hoofd op Lils schoot, Serena streelt mijn rug, en ik voel me tot in het diepst van mijn ziel gezuiverd, ontdaan van alle ballast.

Het is de volmaakte liefdesbrief. En hij heeft hem voor mij geschreven.

'Hij kent me,' zeg ik verbluft. 'Hij kent me door en door.'

'Jezus, Clemmie,' zegt Serena, die in haar ogen wrijft met de rug van haar hand. 'Als jij niet met hem trouwt, dan moet ik het maar doen.'

'Maak je geen zorgen' – ik laat een waterig lachje horen – 'ik ben zover.'

'Godzijdank,' verzucht Serena. 'Ik zou een waardeloze hetero zijn.'

'Maar ik begrijp het niet,' zeg ik. 'Waarom zeiden jullie dat dit niet zijn album is, terwijl het overduidelijk wel zo is?'

Serena en Lil wisselen weer een veelbetekenende blik. 'Hou daar nou eens mee op!' snauw ik. 'Jullie hoeven me niet te stúren. Vertel gewoon wat er aan de hand is.'

'Dit zijn de nummers die het album niet hebben gehaald,' zegt Serena uiteindelijk. 'Hij heeft er tig opgenomen en toen besloten deze achter te houden.'

Ik frons. 'Zijn er nog meer liedjes?'

Serena knikt. 'Dat gebeurt wel vaker. Soms schrijven muzikanten ontzettend veel en komt niet alles op het album terecht.'

'Zijn die andere liedjes... Gaan die ook over mij?'

'Nee.' Serena houdt haar hoofd schuin. 'Nou ja, er zijn een paar algemene nummers over liefdesverdriet. De meeste zijn eigenlijk door iemand anders geschreven; Theo heeft ze uit onze catalogus gekozen.'

'Dat slaat nergens op,' zeg ik. 'Theo schrijft zijn eigen nummers. Dat betekent ontzettend veel voor hem.'

'Hmmm.' Serena laat slechts een vaag geluidje horen.

'Jullie houden nog steeds iets achter,' zeg ik en ik kijk Lil aan, die haar handen verontschuldigend omhoogsteekt. 'Waarom zou Theo andermans nummers gebruiken als hij deze heeft? Ik bedoel, ik heb geen verstand van muziek, maar... Mijn god... Deze nummers zijn fantástisch, toch?'

'Ja,' zegt Lil vlug.

'Ja,' beaamt Serena.

'Dus, wat...' Mijn stem sterft weg. 'Is het album, het echte album, nog beter?'

Serena aarzelt. 'Het gaat wel,' zegt ze. 'Het doet wat het moet doen. De fans zullen er blij mee zijn. Het label is er blij mee.'

'Maar Theo wilde dat het bijzonder zou zijn!' roep ik gefrustreerd uit. 'Hij was zo teleurgesteld over zijn laatste plaat. Hij wist dat hij meer in zijn mars had, iets groots. Hij is hier járen mee bezig geweest. En nu vertellen jullie me dat hij dit niet gaat gebruiken omdat... O!' De waarheid dringt eindelijk tot me door. 'Hij gebruikt deze nummers niet omdat ze over ons gaan. Omdat ze ons ademen. Omdat hij weet dat ik dit privé wil houden.'

Mijn zussen schuiven ongemakkelijk heen en weer.

'Het is niet aan ons om te zeggen wat er in Theo omgaat,' brengt Lil uiteindelijk uit. 'Eigenlijk moet je met hem hierover praten.'

En zelfs dit klinkt nu logisch, want iedereen probeert te voorkomen dat ik onder druk word gezet. Ook al zouden ze niets liever willen dan dit werk uitbrengen, ze zijn allemaal bereid deze prachtige plaat te laten verdwijnen als ze daarmee voorkomen dat ik me te kijk gezet voel.

'Fuck, zeg,' fluister ik ruw.

'Wat ga je nu doen?' vraagt Lil, die op zoek is naar iets waar ze haar neus mee kan snuiten.

'Ik ga naar hem toe. Mag ik je auto lenen?'

45

Mijn zussen bieden aan om mee te gaan, maar dit moet ik alleen doen.

'Hij treedt in het geheim op in Shepherd's Bush om het album feestelijk aan te kondigen,' zegt Serena, terwijl ik mijn groezelige pyjama uittrek en mijn katterige hoofd een beetje toonbaar probeer te krijgen.

'Ik ben zo trots op je.' Lil knijpt me bijna fijn bij de voordeur. 'Je hebt je "lang en gelukkig" verdiend.'

'Dat geldt voor ons allemaal,' zeg ik.

'Jullie zijn weer zoetsappig bezig,' moppert Serena. 'Zullen we even opschieten, zodat ik weer naar binnen kan en een broodje bacon kan gaan eten? Die kater van mij is wel heel heftig, anders was ik niet zo' – ze wappert met haar hand – 'emotioneel.'

'Oké.' Ik adem diep in en rammel met Lils autosleutels (ik ga voor geen goud voor zo'n belangrijke rit in míjn auto stappen). 'Dus er ligt een kaartje voor me klaar bij de deur?'

Serena knikt. 'Yep, alles is geregeld. Maar je moet nu gaan rijden, wil je hem voor het optreden nog te pakken krijgen.' Ze werpt een blik op haar horloge. 'Hij moet over een uur op.'

Ik spring in de auto, op van de zenuwen en stijf van de adrenaline. Het kan me niks schelen dat dit niet het meest handige plan is. Na vijf pijnlijke weken van inwendige strijd ben ik er klaar voor.

Ben ik doodsbang? Ja. Ga ik evengoed mijn hart op het spel zetten?

Nou en of.

Want ik hou van Theo Eliott, en op dit moment verkies ik hem boven mijn angst. Ik verkies een onoverzichtelijk, heerlijk en ingewikkeld leven boven een leven waarin ik me veilig voel, maar ongelukkig ben. Sam en Len deden me gisteren des te meer beseffen hoe klein mijn wereldje was geworden, hoe lang ik me voor mijn gevoelens heb afgesloten. Deze zomer heeft me wakker geschud. De angst die me al zo lang in zijn greep houdt, pakt me dit niet af.

Mijn hartslag gaat tekeer en ik zet de radio aan. Ze draaien een nummer dat ik niet ken, maar het ligt lekker in het gehoor en is vrolijk, dus zet ik hem harder, harder, harder. Ik laat het raam zakken en dans in mijn stoel.

Bijna een uur later zet ik mijn auto in Shepherd's Bush op het parkeerterrein en haast me naar het poppodium. Theo moet over een paar minuten al op, maar er hangen nog steeds mensen op de stoep rond. Serena vertelde dat het een paar uur geleden is uitgelekt dat Theo hier optreedt en er was een krankzinnige run op de kaartjes. Blijkbaar zijn een hoop mensen die misgegrepen hebben, toch gekomen.

Ik wring me door de menigte naar de kassa, waar een uitgeputte man de ene na de andere golf gretige fans probeert weg te sturen.

'Meneer,' zeg ik en daarna probeer ik het opnieuw, want natuurlijk heeft hij niet veel zin om te luisteren. 'Meneer. MENEER!'

Eindelijk wendt hij zich tot mij, met een grimmige uitdrukking op zijn gezicht, en leun ik naar voren.

'Mijn zus, Serena Ojo-Harris heeft een kaartje voor me klaar laten leggen.'

'Er zijn geen kaartjes meer voor het optreden van vanavond,' zegt de man met de vermoeide, robotachtige ondertoon van iemand die keer op keer hetzelfde heeft moeten zeggen.

'Ja, dat weet ik. Eh, ze werkt voor EMC, de platenmaatschappij? Misschien heeft ze mijn naam doorgegeven? Clemmie, Clementine Monroe?'

De man kijkt me nogmaals nors aan en slaat zijn armen over elkaar. 'Luister, mop, ik heb vanavond alles al voorbij horen komen, dus hou maar op. Er zijn geen kaartjes meer. Niet één. Het heeft geen zin om hier te blijven staan.'

'Hé, wij... eh, wij werken ook voor de platenmaatschappij,' roept een jonge vrouw ademloos terwijl ze mij bruut opzijduwt. 'Dit is Theo Eliotts manager.' Ze wijst naar haar vriendin, die hooguit zestien is, maar eruit probeert te zien als een levensmoeë muziekmanager die alles al een keer heeft gemaakt.

'Wegwezen, zei ik, voordat ik de beveiliging erbij haal,' snauwt de man achter het loket.

'Nou ja, we hebben het in elk geval geprobeerd,' zegt het meisje als troost tegen me. 'Misschien komt hij straks naar buiten om te signeren.'

Ik blijf nog even wachten, totdat ik opzij word geduwd door de volgende lading hoopvolle fans. Shit. Ik laat de menigte achter me en haal mijn telefoon tevoorschijn om Serena te bellen. Als ik een onheilspellend zwart scherm zie, weet ik dat de batterij ergens tussen thuis en Shepherd's Bush leeg is geraakt. Ik ging zo gehaast weg dat ik er niet aan heb gedacht. O god. Wat moet ik nu? Ik ken niet één telefoonnummer meer uit mijn hoofd.

Ik wrijf over mijn voorhoofd. Goed. Oké. Dit red ik. Ik ben hier om een groots romantisch gebaar te maken. Ik laat me niet afschrikken.

Die gedachte biedt me nog zo'n vijf seconden troost, totdat ik besef dat ik niet veel keus heb. Misschien kan ik naar binnen glippen? Naar binnen glippen in een poppodium past niet echt bij Clementine Monroe, maar dit is de nieuwe ik… Dapper! Onverschrokken! Op een missie voor de liefde!

Nonchalant sla ik de hoek van het gebouw om. Ik prop mijn handen in mijn zakken en om een of andere reden kauw ik op een denkbeeldig stukje kauwgom. Ik bekijk het met graffiti bedekte beton alsof ik gewoon een eenvoudige architectuurstudent ben, die gefascineerd is door de kwaliteit van het vakmanschap. Pas als het tot me doordringt dat ik het titelnummer van *Mission Impossible* binnensmonds aan het neuriën ben, bedenk ik dat ik misschien niet overtuigend overkom als heimelijke bandiet.

Daarnaast ben ik lang de enige niet die dit plan heeft opgevat. Naast het pand krioelt het van de mensen en die worden op afstand gehouden door een legertje indrukwekkende uitsmijters in zwarte pakken.

Ik check nogmaals mijn telefoon, voor het geval die op wonderbaarlijke wijze weer tot leven is gekomen. Helaas. Zonder plan loop ik weer naar de voorkant van het gebouw, ga op de rand van de stoep zitten en staar naar mijn handen.

Het geeft niet. Ik bel hem straks wel. Dit is heus niet mijn enige kans om hem te vertellen hoe ik erover denk. Hoewel deze gedachte logisch is, heb ik een zwaar gevoel in mijn maag. Het gaat er niet alleen om dat ik nú bij hem wil zijn, het gaat erom dat ik hem dat wilde laten zíén. Ik wilde iets doen waardoor hij het begrijpt. Ik had Serena's kaartje nodig om backstage te komen; het was de bedoeling dat hij wist dat ik daar stond, dat ik hem aanmoedigde. Compleet uit mijn comfortzone, maar trots op hem en zijn werk.

Dat kan ik hem ook vertellen, zeg ik tegen mezelf. *Zodat hij het begrijpt.*

Op dat moment hoor ik een vertrouwde stem.

'...en dan zien we wel wat de nacht ons brengt.' Een paar dure vintage schoenen stappen uit de auto die voor mij tot stilstand is gekomen. Ik kijk op en word geconfronteerd met de allerlaatste persoon die ik hier had verwacht.

'Ripp?' Mijn mond zakt open.

Mijn vader ziet me op de stoep zitten en fronst. 'Clemmie? Waarom zit jij daar?'

De blonde stoot van ergens in de twintig die om hem heen hangt, trekt een pruillip. 'Riiiiiipp,' zeurt ze. 'We zouden toch naar het concert?'

'We gaan zo.' Ripp maakt zich van haar los en steekt zijn hand naar me uit om me overeind te helpen. 'Waarom zit je hier op de stoep?'

'Er is iets misgegaan met de kaartjes. Ik kon niet naar binnen,' zeg ik, en ik probeer de dodelijke blikken die de vrouw me toewerpt te negeren.

'O, dat kunnen we niet hebben,' mompelt Ripp afkeurend. 'Ga maar met mij mee naar binnen.'

'Heb jij een kaartje?' vraag ik.

Hij trekt zijn wenkbrauwen op. 'Ik ben Ripp Harris. Ik heb geen kaartje nodig. Ik vraag wel of ze je binnenlaten.'

Ik lach hem uit en kijk scherp naar zijn date. Ripp volgt mijn blik. Heel even denk ik dat hij haar mee wil nemen, maar blijkbaar wil hij serieus aan de slag als ouder.

'Sorry, mop.' Ripp richt zich tot haar. 'Zo te zien heb ik een beter aanbod gekregen. Wij gaan een andere keer wel, goed?'

Haar mond zakt open. 'Dit meen je niet?' krijst ze.

'Deze avond is voor mijn lieve meid.' Ripp kijkt me stralend en triomfantelijk aan, en in zijn wereld is dit waarschijnlijk een voorbeeld van goed ouderschap: mij verkiezen boven een date met een vrouw die tien jaar jonger is dan ik. Eigenlijk slaat hij een beurt voor mij af. Niet dat ik daarbij stil wil staan.

'Niet te geloven dat je me dit flikt, Ripp! Ik ben je helemaal zat!' De blondine beeft van woede.

'Niet zo overdreven reageren, Carlie...' sust Ripp.

'Het is Márley,' snauwt Marley.

'Dat was ook zo. Hier.' Hij trekt zijn portemonnee tevoorschijn en haalt er een stapeltje biljetten uit. 'Bel de meiden maar, ga op mijn kosten een avondje uit. Dat heb je verdiend, en je wilt Londen de aanblik van jou in die jurk toch niet misgunnen, of wel soms? Ik bel je morgenochtend.'

Marleys blik verzacht als ze het geld uit zijn handen plukt. 'Oké,' zegt ze, en ze kijkt mij opnieuw boos aan (op zich niet zo vreemd, hoewel ik vind dat mijn vader dat meer verdient). 'Maar je hebt de komende tijd heel wat goed met me te maken, Ripp.'

'Je weet hoe graag ik het goed met je maak.' Ripp kust haar op de wang en ze giechelt. Volgens mij heb ik weer last van mijn kater.

Met Marley uit de weg geruimd, heb ik Ripps onverdeelde aandacht. 'Zullen we?' vraagt hij.

Hij slentert naar de artiesteningang, waar de mannen in pak nog steeds de menigte op afstand houden. Door zijn manier van bewegen splijt de menigte uiteen en ik hoor iemand sissen: 'Mijn hemel, is dat Ripp Harris?'

'Hé, Tony!' roept Ripp en hij loopt naar een van de korzelige mannen toe, een en al glimlach.

Op Tony's gezicht breekt een grijns door. 'Meneer Harris,' buldert hij vanaf zo'n twee meter tien hoog. 'Ik wist niet dat u vanavond zou langskomen.'

'Nou, Tony, strikt genomen staan we niet op de lijst, maar ik ben hier toevallig met mijn dochter.' Hij gebaart naar mij. 'Ze is een vriendin van Theo, dus we wilden als verrassing even binnenwippen.'

'Niet op de lijst?' Tony fronst.

'Ik hoor op een lijst te staan,' zeg ik lichtelijk wanhopig. 'Ik heet Clemmie. Mijn zus, Serena Ojo-Harris? Zij werkt voor EMC.'

Tony houdt de tablet die hij vastheeft omhoog. 'Sorry, staat er niet op.'

Ripp werd even afgeleid voor een handtekening. 'Dat geeft niet, Tony. Ze kan wel met mij mee naar binnen, toch?'

Tony's blik schiet tussen ons heen en weer terwijl steeds meer mensen naar voren dringen. Camera's flitsen. 'Ja, geen probleem, meneer Harris,' zegt Tony. 'Als ze bij u hoort, is het goed.'

En dus lijkt het erop dat mijn grotendeels vervreemde vader bij mijn romantische gebaar aanwezig zal zijn. Dit is officieel het bizarste wat ik ooit heb meegemaakt, dus volgens mij is het wel toepasselijk.

'Dank je, Tony. Doe je de groeten aan Roberta en de kinderen?' kwinkeleert Ripp terwijl we langs hem de spaarzaam verlichte gang in schrijden.

'Oké,' zegt Ripp, in zijn handen wrijvend en snuivend als een bloedhond. 'Loop maar achter me aan.' We dwalen door de doolhof van gangen, kleedkamers en wat zo te zien een greenroom is, waar verschillende verveeld kijkende mannen en vrouwen in pak op hun telefoons tikken.

Harde muziek vult de ruimte en de moed zinkt me in de schoenen als ik besef dat Theo al op het podium staat. 'We zijn te laat. Hij is al begonnen. We kunnen maar beter een plekje zoeken en wachten tot hij klaar is,' zeg ik zenuwachtig.

'Doe niet zo raar,' zegt Ripp, die in de stemming begint te komen. Ik ken die blik. De roes van een concert, het geluid van livemuziek, de geur van zweet en bier... Hij is in zijn element. 'Wil je niet zien wat hij kan? Loop maar mee.'

En net als Alice en het Witte Konijn besluit ik gewoonweg achter hem aan het konijnenhol in te gaan. Gekker dan dit wordt deze dag toch niet, of wel soms? Als we dichter bij het podium komen, klinkt de muziek steeds harder.

Verschillende crewleden schieten ons voorbij terwijl ze druk bezig zijn en ongeveer de helft begroet Ripp. Blijkbaar is hij hier echt een graag geziene gast.

'Ik kom hier regelmatig een optredentje meepikken als ik in de stad ben,' legt Ripp uit, die mijn gedachten blijkbaar kan lezen. 'Ik kijk graag naar veelbelovende acts. Soms vraag ik iemand om in ons voorprogramma te staan, zodat ze een beetje naamsbekendheid krijgen. Het is een keiharde business.' Hij schudt zijn hoofd. 'Klein zaaltje voor iemand als Theo Eliott, maar zo te horen is het publiek te gek.'

Hij heeft gelijk. Ik hoor het publiek goedkeurend brullen.

'Ripp, mag ik je iets vragen?' Ik trek hem zachtjes aan zijn mouw.

Hij blijft staan. 'Tuurlijk, barst maar los, meissie.'

'Stel dat jij een album hebt geschreven... Het allerbeste wat je ooit hebt geschreven, en het gaat alleen maar over mam, of weet ik veel, de vrouw van wie je houdt, en het bevat allerlei piepkleine privédetails over jullie relatie. Zou je zo'n album uitbrengen?'

Ripp trekt verward zijn wenkbrauwen samen. 'Ik snap de vraag niet.'

Ik schiet in de lach. 'Laat maar. Je hebt hem al beantwoord.'

We lopen een trap op en ineens zijn we er, aan de zijkant van het podium.

En ineens is híj er. Theo. Hij heeft een roodsatijnen jasje aan, zonder iets eronder, en een bijpassende broek. Een babyblauwe elektrische gitaar hangt laag op zijn heupen, de gitaarband hangt om zijn nek. Zijn vingers dansen over de frets, zilveren ringen schitteren in het licht, de uiteindes van zijn donkere haar zijn vochtig van het zweet en hij veegt ze uit zijn ogen.

Met een intense blik croont hij in de microfoon en zijn oogleden zakken dicht terwijl die schitterende schorre stem de zaal vult. Het is me te veel. Hij is Theo, maar ook weer niet. Hij stopt even met zingen, wacht, en laat met een glimlach het publiek de woorden keihard terugschreeuwen. Hij houdt iedereens blik vast.

'Wauw,' fluister ik.

'Dat mag je zeggen.' Ripp knikt en staat vlak achter me. 'Die gozer heeft het helemaal.'

'Inderdaad,' beaam ik en ik kijk naar het publiek, dat door hem is betoverd, maar in plaats van onpasselijk, voel ik me trots.

Opeens verandert het podiumlicht en Theo's blik dwaalt onze kant op. Ik besef een tel te laat dat ik vanaf zijn standpunt volop in de spotlight sta, precies voor de ingang van het podium.

'O, shit.' Ik voel zijn ogen branden. Ik slik en steek mijn hand bij wijze van zwakke groet op.

Theo laat zijn handen zakken en stopt met zingen. Stopt abrupt. Heel even klinken er dissonante klanken als de rest van de band erachter probeert te komen wat er aan de hand is, maar Theo staat daar maar, zijn ogen op mij gefocust, en langzaam stopt de band met spelen.

De hele zaal met tweeduizend man valt stil.

Mijn hart gaat zo tekeer dat ik waarschijnlijk ga ervaren hoe het is om ter plekke door de grond te zakken. Het is zover. Dit is het einde. Ik heb Theo's concert verpest. Serena maakt me af.

In het publiek barst hier en daar ongemakkelijk geroezemoes los, een verward gehum. *Hoort dit bij de show?* Ik weet dat ze me niet kunnen zien, maar zo voelt het niet.

'Sorry, mensen,' zegt Theo in de microfoon. 'Ben zo terug.'

En dan koppelt hij zijn gitaar los, zet hem terug in het rek naast hem en beent van het podium, recht op mij af, als een sexy raket met ontbloot bovenlijf.

'O, shit,' piep ik opnieuw.

'Clemmie,' fluistert hij hees als hij bij me is.

'Theo, wat doe je?' Ik duw in paniek zijn arm weg. 'Je kunt niet zomaar halverwege een concert het podium af lopen. Ga terug!'

'Wat doe je hier?' vraagt Theo zachtjes, mijn woorden compleet negerend.

'Daar hebben we het straks wel over!' sis ik. 'Ga nou, hup!'

Hij glimlacht en slaat zijn armen over elkaar. 'Ik ga nergens heen totdat jij vertelt waarom je hier bent.'

Ik kijk Ripp wanhopig aan en hij grijnst. 'Maak je geen zorgen, mop, ik regel het wel.' Dan slentert hij nonchalant het podium op.

'Hallo, Londen,' kirt hij in de microfoon. Het verbijsterde publiek krijgt in de gaten wat er aan de hand is en wordt helemaal gek. 'Ik hoorde dat mijn maatje Theo een feestje voor tweeduizend van zijn beste vrienden geeft.'

Het publiek krijst verrukt door deze vreemde en onverwachte wending.

'Terwijl hij even iets moet regelen, zouden jullie mij dan een plezier willen doen? Het is alweer even geleden dat ik voor zo'n aantrekkelijk publiek heb gespeeld.' En dan pakt hij Theo's gitaar en zet vol vuur een van zijn beroemdste nummers in. De rest van de band kijkt elkaar stomverbaasd aan, en begint dan enthousiast mee te spelen. Binnen de kortste keren klinkt het geluid van tweeduizend mensen die het nummer meezingen dat volgens het tijdschrift *Rolling Stone* op negen staat in de top vijfhonderd aller tijden.

Natuurlijk heb ik dit nauwelijks door, want ik heb het te druk met Theo aanstaren, die me zinderend aankijkt met de shirtloze intensiteit van een gevallen engel.

'Wat kom je doen, Clemmie?' vraagt hij nogmaals, onverstoorbaar.

'Ik ben hier omdat ik van je hou, sukkel!' sis ik en ik geef hem een duw tegen zijn borst. 'Dit was romantisch bedoeld, maar jij bent helemaal gek geworden...'

Theo, één bonk spieren, geeft geen krimp. In plaats daarvan pakt hij voorzichtig mijn pols en trekt me naar zich toe, zodat ik tegen hem aan val, en dan laat hij zijn hoofd zakken en drukt zijn lippen op de mijne, waarmee hij me halverwege mijn tirade afkapt.

Vúúrwerk. Er gaat vuurwerk af in mijn aderen, vonken knetteren over mijn huid, waar hij me ook maar aanraakt. We zijn levensgevaarlijk. We branden dit pand straks helemaal plat.

Uiteindelijk maak ik me van hem los.

'Ik ben nog steeds boos op je,' zeg ik.

Hij ademt langzaam uit. 'Weet ik.'

'Ik heb het album gehoord. Het echte album.'

Hij schrikt op. 'Hoe heb je... Heb je het van Serena gekregen? Ik zéí nog...'

'Nee,' onderbreek ik hem. 'Ik heb zo mijn bronnen, maar die hou ik voor me.'

'Ik wilde niet dat je het zou horen, tenminste, nu nog niet. Ik wilde je niet het gevoel geven dat ik – dat íémand – je onder druk zet om het album uit te brengen. Ik heb iets anders voor de platenmaatschappij gemaakt. Ik snap helemaal dat die nummers niet voor andermans oren bestemd zijn. Ik moest ze schrijven, maar alleen voor jou, voor ons.'

'Je bent een sukkel,' zeg ik.

'Wat?'

'Je hoorde me wel. Dat jij een prachtig kunstwerk over ons aflevert, is niet hetzelfde als ons privéleven op de voorpagina van de roddelbladen. Als je dat album niet uitbrengt, dan is dat...' ik kijk om me heen, zoekend naar de juiste woorden, 'dan is dat heiligschennis, Theo.'

'Volgens mij begrijp je het niet.' Theo legt zijn handen tegen mijn wangen. 'Als we deze nummers uitbrengen, worden ze tot op het bot geanalyseerd, er zal over geschreven worden, de teksten zullen uit hun verband worden gerukt en als artikelen verschijnen.'

'Dan is dat maar zo,' zeg ik.

We blijven elkaar een paar tellen aanstaren.

'Ik hou van je,' zegt Theo ademloos en hij verstrengelt zijn vingers met de mijne.

'Ik hou ook van jou.'

De kus die dan volgt is er een uit een sprookje, de kus die bij 'lang en gelukkig' hoort en die je aan het einde van de regenboog vindt. Teder en liefdevol en vol beloftes waar we ons aan zullen houden.

'Ik heb je zo ontzettend gemist,' zegt Theo.

'Ik wil geen wetenschapper meer zijn,' flap ik eruit.

Hij knippert met zijn ogen, maar is verder niet echt onder de indruk van het veranderde onderwerp. 'Oké,' zegt hij en hij veegt mijn haar uit mijn gezicht.

'Ik voel me er al een eeuwigheid ongelukkig onder, maar ik wilde doorzetten, want ik heb er zo veel energie in gestopt. Ik wilde niet iemand zijn die ermee kapt omdat het zwaar was. Ik dacht dat het te laat was om van gedachten te veranderen. Ik wilde geen dertiger zijn die geen idee had van wat ze wilde met haar leven...' Mijn stem sterft weg.

'En nu?' vraagt Theo voorzichtig.

Ik slaak een diepe zucht. 'Nu geloof ik dat het prima is om niet alles op een rijtje te hebben. Nu geloof ik dat ik niets hoef te bewijzen... Misschien wil ik gewoon proberen om... gelukkig te zijn.'

'Ik wil ook dat je gelukkig bent,' zegt Theo en hij neemt me in zijn armen, legt zijn kin op mijn hoofd en trakteert me op zo'n perfecte knuffel. 'Ik wil het allerliefst dat jij gelukkig bent. Zelfs nog liever dan dat David ophoudt boerenkool bij me naar binnen te proppen.'

Ik kruip tegen hem aan, houd hem nog een tel stevig vast en trek me dan terug. 'Ik word nu het gelukkigst als je dit concert afmaakt.'

Hij geeft me een kus op mijn neus. 'Doe ik. Maar als ik klaar ben, gaan we hier samen weg, goed?'

'Goed,' zeg ik grijnzend. 'Maar alleen omdat je er in dat pak zo lekker uitziet dat mijn hersenen de kluts kwijt zijn.'

Hij kust me opnieuw, zo uitgebreid dat mijn knieën zo week als water worden. Hij houdt me overeind. Grijnst.

'Straks,' belooft hij.

'Straks,' beaam ik.

Nog altijd lachend stapt Theo het podium weer op en zingt samen met Ripp de laatste paar coupletten van het nummer dat hij speelt. Mijn vader heeft absoluut geen moeite gehad het publiek te verleiden en iedereen juicht en stampt waarderend met de voeten.

'Dames en heren, Ripp Harris,' zegt Theo, die met het publiek mee applaudisseert terwijl Ripp een buiging maakt.

Ripp komt hijgend naast me staan, zo blij als een labrador.

'Hebben jullie alles uitgepraat?' vraagt hij.

'Ja.' Ik stoot met mijn schouder tegen de zijne. 'Dank je.'

'Kleine moeite. Goeie show, dit.' Zijn blik wordt berekenend. 'Denk je dat die Theo van jou een gastoptreden wil doen tijdens onze volgende tour?'

'Je kunt het altijd vragen,' zeg ik luchtig, zeker van wat mijn vriend zal zeggen.

'Oké, oké,' zegt Theo, die opnieuw met zijn gitaar achter de microfoon gaat staan. 'Zoals sommigen van jullie weten, hebben we gisteren mijn nieuwe album aangekondigd, en ik wilde jullie een *sneak peek* laten horen van een van de nummers. Wat vinden jullie daarvan?'

Het publiek wordt gek.

Theo tokkelt op zijn gitaar. Zijn blik glijdt naar mij, en hij laat zijn stem zakken en zegt: 'Dit nummer is voor de vrouw van wie ik hou. Het heet: "Oh, My Darling".'

En terwijl hij speelt ben ik absoluut niet bang of overweldigd. Ik ben thuisgekomen.

Epiloog

Negen maanden later

'Het zou me niet moeten verbazen dat je vriend nu al probeert er stiekem met je vandoor te gaan,' verzucht Serena, 'maar van mij mag hij het iets subtieler aanpakken.'

'Geen idee waar je het over hebt,' zeg ik, op mijn kop, ondersteboven vanaf Theo's schouder.

'Dit is niet de echte bruiloft of zo, S.,' gromt Theo. 'En ik zat de hele week in LA. Heb je gezíén hoe Clemmie eruitziet in deze jurk?'

'Zet m'n zus neer, viezerik,' blijft Serena volharden, en met een zucht laat Theo me naar de grond zakken. Het feit dat mijn lichaam dat hele stuk omlaag tegen hem aan glijdt is voor ons allebei een extraatje.

'Ik had verwacht dat ze een stuk relaxter zou zijn nu het album uit is,' fluister ik tegen Theo, terwijl ik de halslijn van mijn roze jurk rechttrek, die eerlijk gezegd een beetje laag uitgesneden is. Zo te zien heeft de tietenspreuk opnieuw zijn werk gedaan.

'Ze is pas tevreden als we de Grammy's binnen hebben gesleept,' zegt Theo, die afgeleid wordt door het uitzicht dat mijn jurk hem biedt en overduidelijk van dit hele gedoe geniet.

'En dat gaan we doen ook.' Serena zwiept tevreden haar haar naar achteren. 'Binnen twee maanden dubbel platina? Mijn beste werk tot nu toe.'

'Volgens mij heb ik er ook aan bijgedragen,' moppert Theo en hij legt zijn warme hand achter in mijn nek, waardoor ik een zucht van genot slaak.

Serena hoort dat, want ze steekt waarschuwend haar vinger op. 'Als jullie de rest van het rehearsal dinner maar wel jullie kleren aanhouden.'

We zitten in een luxueuze eco-lodge verstopt op het platteland van Cornwall, waar Lil en Henry morgen midden in het bos zullen trouwen, onder een overkapping die Henry zelf heeft gebouwd.

Theo moest gisteravond optreden, dus kon hij pas vlak voor de bruiloft hierheen vliegen. Na de trouwerij rijden we naar Northumberland, waar we zes weken blijven. Ik ben volop bezig met het redigeren van mijn boek, dat volgend jaar wordt gepubliceerd, en zoals hij had beloofd, heeft Theo Granny Macs huis dezelfde zes weken als vorig jaar geboekt.

David is wat minder enthousiast over het hele gebeuren, vooral omdat hij van Theo zes weken betaald verlof krijgt en zijn lankmoedige echtgenoot hem meesleept naar de Bahama's. David noemde dit scenario een 'wandelende nachtmerrie', maar Theo hield vol dat het goed voor hem zou zijn. We hebben als concessie afgesproken dat we drie keer per week laten weten dat we nog leven. Theo kijkt ontzettend uit naar tweeënveertig dagen ongelimiteerde toegang tot Cheez Dippers. Die vent heeft de smaak van een vijfjarige.

Hij is ook blij omdat hij voor een week een huis in de buurt heeft gehuurd voor zijn familie, en ik weet zeker dat ze het geweldig zullen vinden. Vooral Hannah kan niet wachten om naar de plek te gaan van onze heksenavonturen. Toen Serena Hannah ontmoette, herkende ze meteen een verwante geest, terwijl Lil opdreunde: 'Magie stroomt door haar aderen.' Hannah was natuurlijk in de zevende hemel, ook al is Oliver – vooralsnog – teleurstellend menselijk.

Gelukkig kan ik tegenwoordig flexibel met mijn tijd omgaan. Ik werk deels als freelance redacteur en deels voor de liefdadigheidsorganisatie van mijn moeder om mijn ieniemienievoorschot voor mijn boek aan te vullen en zo een redelijk salaris bij elkaar te schrapen. In de herfst ga ik cursussen creatief schrijven geven aan jongeren van een van mijn moeders projecten, en Lisa wordt mijn chique assistent. Ik heb nog niet alles rond, maar ik geniet van wat ik doe en dat is het allerbelangrijkste.

En het feit dat ik zes weken mag doorbrengen op mijn favoriete plekje, met mijn woest aantrekkelijke, lieve, grappige en extreem maffe vriend is natuurlijk een flink extraatje.

'Ik dacht dat jij ondertussen de beschermheilige van heftige seks was,' zeg ik tegen Serena.

'Dat ben ik ook! Ik zeg alleen dat jullie het een beetje netjes moeten houden. Nog een uurtje, hooguit twee, ter ere van onze zus, en dan mogen jullie jongelui losgaan.'

'Als jullie willen seksen, vind ik dat prima,' zegt Lil stralend, die onze kant op komt. 'Henry en ik kunnen jullie zelfs laten zien waar een zeer handige linnenkast staat.'

'Ik zweer het jullie, de volgende keer dat we een betovering uitspreken, vraag ik om tien miljoen pond.' Serena gooit haar champagne achterover. 'Jullie zijn een stel geile beren, het levende bewijs dat we krachtige magie in ons bloed hebben.'

'En jij niet?' vraag ik met opgetrokken wenkbrauwen, en ik kijk naar waar Bee staat te lachen met Ripp. Serena en Bee doen het rustig aan en houden de boel een beetje vrijblijvend, want dat vinden ze allebei fijn, maar dat betekent niet dat mijn zus niet zielsgelukkig wordt van deze relatie.

'Ik ben in elk geval wél blij met jullie magische krachten.' Theo trekt me naar zich toe en drukt een kus op mijn hoofd als ik tegen hem aan kruip. 'Hoewel ik moet toegeven dat ik na dat artikel over Sam steeds meer medelijden met Len kreeg. Jullie weten verdomd goed hoe jullie iemand moeten vervloeken.'

Ik gniffel. Een paar maanden geleden dook Sam in de media op. Dat wil zeggen, er verschenen enkele verhalen over hem nadat Ripp hem uit de band had gezet, vooral verhalen over wat een vreselijke eikel hij is, maar dit verhaal – een vernietigend artikel waarin een paar van zijn exen uit de school klappen over zijn middelmatige vaardigheden in bed – was buitengewoon vermakelijk.

'Net goed,' zegt Lil spottend. 'Wie aan onze zus komt...'

'Daar drink ik op.' Serena heft haar glas.

'Op de drie heksen,' zeg ik. 'Heksen, zussen, zielsverwanten.'

We proosten met elkaar en nippen van onze champagne. Lil sleept Serena mee naar een vriendin van haar en knipoogt over haar schouder naar Theo en mij.

'Gaat je zus ons echt alleen laten?' vraagt Theo, met zijn mond bij mijn oor.

'Mmm, volgens mij wel,' zeg ik. 'Heb je zin om die linnenkast te gaan zoeken?'

'Ik ga overal met jou naartoe, Clementine Monroe.'

'Goed geantwoord,' fluister ik, en ik trek hem naar me toe zodat ik hem kan kussen zoals ik het liefste doe.

Alsof met hem al mijn wensen zijn uitgekomen.

Lees hier een bonushoofdstuk:
een interview met Theo Elliott,
tien jaar na het verschijnen
van zijn album *Darling*.